Ihr persönliches Leseexemplar

Über Ihre Meinung freuen wir uns sehr.

Bitte schreiben Sie uns an
leseexemplar@harpercollins.de
Mit der Zitierung Ihrer Meinung
erklären Sie sich einverstanden.
Herzlichen Dank!

Unverkäufliches Leseexemplar
erscheint am 25. April 2023
Gebunden mit Schutzumschlag
€ 22,00 [D] / € 22,70 [A]
ISBN 978-3-365-00167-7

Wir bitten Sie, Rezensionen nicht vor
dem 25. April 2023 zu veröffentlichen.
Wir danken für Ihr Verständnis.

Uta Seeburg

Der treue Spion

Kriminalroman

HarperCollins

1. Auflage 2023
Originalausgabe

Gesetzt aus der Stempel Garamond und der Compass Next
von GGP Media GmbH, Pößneck
Druck und Bindung von GGP Media GmbH, Pößneck
Printed in Germany
ISBN 978-3-365-00167-7
www.harpercollins.de

Klimaneutral
Druckprodukt
ClimatePartner.com/15109-2009-1001

MIX
Papier
FSC FSC® C014496

Für Dirk.
Lass uns immer weiterreisen.

»Falsche Berichte haben schon Massen bewegt. Die Menschheitsgeschichte ist voll von Falschmeldungen in der ganzen Vielfalt ihrer Formen.«

(MARC BLOCH: FALSCHMELDUNGEN IM KRIEG, 1921)

Erster Teil:
Der Anfang

1.

München, 1896

»Das ist sicherlich keine große Sache, Gryszinski.«

Im Laufe einer Erzählung fallen zuweilen Sätze, die schwerer wiegen als andere. Die in wenigen Worten verdichten, was geschah oder noch geschehen würde. Die die Summe der Ereignisse bilden. Oder, wie in diesem Fall, im Nachhinein unbarmherzig auf den Punkt bringen, mit welch kolossalem Irrtum diese Geschichte begann: Das ist sicherlich keine große Sache.

Dieser Satz, an den Gryszinski immer wieder mit bitteren Gefühlen zurückdenken sollte, fiel an einem der kleineren Bistrotische im Café Luitpold, untermalt vom Gluckern heißen Kaffees, der aus einer großen Nickelkanne eingeschenkt wurde, und dem klirrenden Kratzen ihrer Gabeln, mit welchen die letzten Krümelchen Prinzregententorte von den Tellern geklaubt wurden. Ausgesprochen wurde der unselige Satz vom Münchner Polizeidirektor Ludwig von Welser. Der lehnte sich zufrieden in seinem Stuhl zurück, seine in der Regel von zwei grimmigen Falten zerknitterte Stirn in ungewöhnlicher Sorglosigkeit geglättet, und ließ seine Blicke in dem großen Saal umherwandern. Es war ein später Nachmittag im Mai, und das gesamte Kaffeehaus mit seiner Flucht aus hohen Räumen voller Spiegel, Palmen, Kuppeln und Wandmalereien wurde von einem verheißungsvollen

Wind erfüllt, der warm durch die weit geöffneten Türen und Fenster strömte. Major Wilhelm Freiherr von Gryszinski saß Welser gegenüber, nicht minder entspannt und ganz erfüllt von all den hereinsickernden Frühlingsdüften und dem wuchtigen Gebäck in seinem Bauch. Der Polizeidirektor und sein nunmehr wichtigster Ermittler Gryszinski – Preuße, Jurist, Reserveoffizier und vor allen Dingen Spezialist für die noch junge Wissenschaft der Kriminalistik – pflegten seit einigen Monaten einen nahezu freundschaftlichen Umgang. Eine angenehme Folge dieser neuen Kollegialität war ihr wöchentlich in dem eleganten Kaffeehaus in der Brienner Straße abgehaltener *jour fixe*, der der Besprechung aktueller Fälle sowie der Einverleibung jener dem Prinzregenten verehrten Torte und des einen oder anderen Gläschens Cognac diente.

»Das ist sicherlich keine große Sache, Gryszinski«, erklärte Welser also, lehnte sich zurück, blickte umher und winkte schließlich eine der Servierdamen heran, die bereits mit einer zierlichen Karaffe, gut gefüllt mit ihrem bevorzugten *digestif*, bewaffnet war. Nachdem die Kellnerin ihnen eingeschenkt hatte, hielten sie ihre Gläser ins Licht. Sie waren aus Kristall gefertigt, das schwer in der Hand lag.

»Ich wiederhole also«, sagte Gryszinski und schnüffelte zufrieden an seinem Cognac. »Ein französischer Diplomat, persönlicher Gast des Prinzregenten selbst, ist letzte Nacht nicht in seine Suite im Vier Jahreszeiten zurückgekehrt. Und wurde auch heute noch nicht gesehen, zumindest nicht von jenen Herren der preußischen Gesandtschaft, mit denen er am frühen Nachmittag eigentlich verabredet gewesen wäre.«

»Korrekt.« Welser nickte und nahm einen Schluck. »Unser Franzose heißt Henri Fouqué. Gebürtiger Pariser. Wirkt aber schon seit einigen Jahren an der französischen Botschaft in

Berlin, er arbeitet wohl direkt unter dem Botschafter selbst. Ein bedeutender Gast Münchens also. Allerdings auch ein Lebemann, so heißt es.«

Gryszinski lächelte. »Sprich, er hat möglicherweise die eine oder andere Lokalität aufgesucht und vielleicht ein paar neue Freundschaften geschlossen, die ihn von seinem Hotelzimmer fernhielten.«

Derlei Dinge waren in München nicht allzu schwierig, und wer einmal den strengen Sitten Preußens entkommen konnte, nutzte die sich bietenden Gelegenheiten sicherlich auch gern, wie Gryszinski aus eigener Erfahrung wusste. Auch wenn er zu dem Schlag Mann gehörte, der immer und ausschließlich nur mit einer einzigen Person das Bett teilte, und das war seine Gattin Sophie.

»Ja, das ist schließlich denkbar.« Welser lächelte ebenfalls. »Der Münchner Frühling … Jedenfalls soll da jetzt keine große Angelegenheit daraus werden. Fouqué wird vermutlich in den nächsten Stunden wiederauftauchen, um sich umzukleiden, denn nachher findet ein großer Empfang bei Lenbach statt, und Fouqué ist als Ehrengast geladen.«

»Natürlich, was sonst.«

Der große Malerfürst Franz von Lenbach ließ es sich selten nehmen, wichtige Personen in seine prunkvolle Villa am Lenbachplatz zu laden. Vor allem nicht, wenn sie auf Einladung Luitpolds in die Stadt kamen, der selbst ein enger Freund des Portraitmalers war.

»Man hat mich also lediglich gebeten, ein Auge auf diese kleine *affaire* zu haben«, erklärte Welser abschließend. »Nur um sicherzugehen, dass unser französischer Gast auch wirklich wohlauf ist. Ich habe daher dem Concierge des Hotels Anweisung gegeben, eine kurze Meldung per Telephon zu machen, sobald Fouqué wieder gesichtet wird. Er soll sich direkt mit Ihrem Anschluss verbinden lassen.«

»Gut.« Gryszinski nahm einen letzten Schluck aus seinem Glas und stellte es mit einem dumpfen Klopfen auf dem Tisch ab.

Welser tat es ihm nach und erhob sich. »Also dann. Erstatten Sie mir doch morgen früh kurz Bericht, ob sich alles geklärt hat. Ansonsten liegt ja nicht allzu viel an, ich entlasse Sie also gern in diesen schönen Frühlingsabend.«

Vor dem Ausgang des Kaffeehauses nickten sie einander herzlich zu, woraufhin Welser in seine wartende Droschke stieg. Gryszinski blieb einen Moment stehen und sah der Kutsche nach, wie sie im Durcheinander aus Pferden, Fuhrwerken, Trambahnen und Fußgängern verschwand. Über dem Lärm des Boulevards lag ein Licht, das die Szenerie in den träge dahinrollenden Schimmer von Quecksilber tauchte. Wie üblich vergaß er seine eigene Dienstdroschke und machte sich auf, um einen kleinen Spaziergang nach Hause zu unternehmen. Sein Kutscher Gustav Apfelböck quittierte diese Tatsache lediglich mit einem Grinsen und ließ die Pferde seinem Dienstherrn in gemächlichem Tempo folgen.

Das ist sicherlich keine große Sache, Gryszinski.

Eine knappe halbe Stunde später – der Major war ständig stehen geblieben, um einige kleine Wunder zu goutieren, wie die sich sonnenden Semmeln in der Auslage einer Bäckerei oder eine Krähe, die mit der Würde eines adeligen Monokelträgers auf einer Bank im Hofgarten Platz nahm – erreichte er die Liebigstraße im gutbürgerlichen Stadtteil Lehel. Die Gryszinskis lebten hier in einer weitläufigen Wohnung im ersten Stock eines mit Erkern und Stuck verzierten Mietshauses. Er drehte den Schlüssel und stand kurz darauf in ihrer eigenen Welt, deren Mischung aus ruhiger Intimität und der Geschäftigkeit ihrer Haushälterin Frau Brunner ihm tief vertraut war. Auch heute tönten das Klappern der Topfdeckel und das rasante Stakkato eines vermutlich köstliche Dinge schneidenden Messers durch den langen Flur. Gryszinski warf Schlüssel und Hut auf die kleine Ablage neben der Tür, dann ertönte bereits das fröhliche Kreischen, auf das er nur gewartet hatte.

»Papa!«, erklang eine quäkende Stimme, wobei die zweite Silbe stark betont wurde, wie in gebildeten Haushalten, in denen man auch mal auf Französisch parlierte, üblich.

Fritzi, mittlerweile zweijährig, stürmte vom Wohnzimmer aus auf den Korridor, dabei nur ganz kurz den Türrahmen touchierend, und rannte auf Gryszinski zu, mit der den ganzen Tag über aufgestauten Liebe, die kleine Kinder jenem Elternteil entgegenfeuern, der morgens das Haus verlässt und erst am Abend wiederkommt. Wobei, das war Gryszinski durchaus bewusst, der kleine Friedrich keine Spur der Scheu zeigte, mit der andere Kinder aus ihrem Bekanntenkreis ihren Vätern begegneten. Väter, die streng und humorlos ihre Söhne zu künftigen Untertanen des Kaisers drillten und nicht selten die Rute einsetzten. Gryszinski fehlte diese Härte, und so enttarnte Fritzis ungebremste Zärtlichkeit ihn als recht unkonventionelles Familienoberhaupt. Eine Tatsache, über die Gryszinski sich den Kopf zu zerbrechen schlichtweg keine Lust hatte.

»Papa!«, rief Fritzi erneut und ruderte mit den Armen, den kurzen Zusammenstoß mit dem Türrahmen ausgleichend. »Topfrunde! Los, komm!«

Gryszinski lachte und hob ihn auf seinen Arm. Dann machten sie sich auf den Weg, um das allabendliche Ritual von Vater und Sohn zu begehen. Dieses pflegte Fritzi, seitdem er die ersten Worte sprechen konnte, mit einer für einen Zweijährigen erstaunlichen Eloquenz einzufordern, welche sich nur mit einem vom Vater geerbten Hang zur Gefräßigkeit erklären ließ: Sie gingen in die Küche und machten die Runde zwischen Frau Brunners Töpfen. Sie inspizierten deren brodelnden Inhalt, sahen der Haushälterin beim Kneten, Entbeinen und Hacken über die Schulter und lugten zum Abschluss in den riesigen heißen Ofen, wobei Gryszinski sich jedes Mal unter großem Getue mit dicken Topflappen armierte.

»Wir müssen nur eben der Mama einen guten Abend wünschen«, erklärte Gryszinski seinem Sohn und blieb auf halbem Wege an der geöffneten Tür zum Salon stehen.

Sophie saß im Schein der elektrischen Stehleuchte auf dem ausladenden Diwan. Sie hatte ein farbenfrohes Tuch um ihre Schultern geschlungen, das sie seit einigen Monaten immer beim Schreiben trug. Das Sitzmöbel war bis zum letzten Fleck bedeckt mit den Druckfahnen ihres ersten Romans, der in Kürze endlich erscheinen sollte. Völlig versunken studierte sie den Text, einen spitzen Crayon gezückt, als würde sie sich bereithalten, um jeden unliebsamen Buchstaben sofort aufspießen zu können.

»Mienchen«, rief Gryszinski leise.

Sie blickte auf und lächelte warm. »Willi! Ich habe dich gar nicht gehört. Ich bin fast fertig. Macht ihr doch noch eure Topfrunde, dann können wir essen.«

»Sehr gut. Es riecht schon ganz vortrefflich.«

Sie lachte. »Ja, allerdings ist das meiste, was Frau Brunner in ihrer Zauberküche zusammenbraut, erst für morgen. Wir werden uns wohl mit einer Suppe und etwas kaltem Braten mit Apfelkren zufriedengeben müssen, da wir doch nachher noch erwartet werden.«

»Richtig.« Kalter Braten mit Frau Brunners speziellem Apfelkren war ja auch keine schlechte Aussicht. »Also bis gleich.«

Sophie nickte und vertiefte sich wieder in ihr Werk.

Die zwei männlichen Gryszinskis stromerten daraufhin in

die Küche, die sie wie ein schwelendes Hexenlabor umfing. Die dunkle Meisterin der Töpfe brummte etwas, als sie den Raum betraten, sie war keine Frau vieler Worte. In unheimlicher Geräuschlosigkeit huschte sie zwischen Herd, Ofen und dem lang gezogenen Holztisch umher, auf dem lauter in Tücher eingeschlagene Teige und Quarkmassen auf ihre Behandlung warteten. Dann griff die Brunner einen frisch geschlachteten Fasan und begann damit, den noch warmen Körper von seinem prachtvollen Federkleid zu befreien. Gryszinski setzte sich auf seinen Stuhl, ein etwas wackliges Exemplar, das bei den Mehlsäcken stand, weil er dort am wenigsten im Weg war. Von dort aus sah er gebannt den sonst so plumpen Fingern zu, wie sie geschmeidig und gegen den Strich die Daunen ausrupften. Fritzi dagegen postierte sich direkt vor dem Tisch und fing mit steigender Begeisterung den feinen Flaum auf, der langsam durch die Luft taumelte.

Bis Anneliese, das Kindermädchen, plötzlich in der Tür stand. »Friedrich, Zeit fürs Bett!«, erklärte sie streng.

Schuldbewusst, weil er wieder einmal alle häuslichen Abläufe durcheinanderbrachte, nahm Gryszinski Fritzi bei der Hand und zog ihn langsam, aber doch bestimmt aus der Küche und geleitete ihn und Anneliese zum Salon, wo Fritzi den Gutenachtkuss der Eltern empfing. Anneliese nahm den Jungen mit und machte ihn für die Nacht fertig, dann rief sie nach Sophie, die noch einmal ins Kinderzimmer ging, um Fritzi zuzudecken. Währenddessen begab sich der Major in sein kleines Ankleidezimmer.

Und dann begann Gryszinskis wundersame Verwandlung.

Er fing mit der Krawatte an. Gryszinski löste deren engen Knoten und zog sie auf, während er erleichtert ausatmete, als hätte jemand die Schlinge um seinen Hals gelockert. Der Major trug im Dienst nie Uniform, sondern maßgeschneiderte Anzüge aus steifen, dunklen Stoffen, darunter ein stets perfekt gestärktes Hemd. Die Brunner verwendete dafür Kartoffelstärke und ein wenig weißes Wachs, eine Mischung, die dafür sorgte, dass seine Hemden wie Bretter im Schrank hingen. Gryszinski entledigte sich all der Kleider, die seinen Körper den Tag über aufrecht hielten wie eine ausgehärtete Hülle aus Gips. Dann schob er die Hohlräume seiner öffentlichen Person zur Seite und griff stattdessen ein weiches Hemd, zwar auch gewaschen und geplättet, aber verstohlen der Brunner'schen Stärkeprozedur entzogen. Es schmiegte sich weich um seine Arme. Jetzt stieg er in die Hosen eines anderen Anzugs, der weiter und lässiger geschnitten war als seine üblichen. Zuletzt band er sich locker eine Schleife um den Hals. Fertig war Gryszinski, der Teilzeit-Bohemien.

Denn was sie vor einem guten Jahr als eine vage Idee formuliert hatten, war Tatsache geworden. Seitdem Sophie ganz offiziell und ohne verschleierndes Pseudonym als Schriftstellerin auftrat, deren Erstling, ein Kriminalroman, bald gedruckt in jedem Buchgeschäft ausliegen würde, waren sie plötzlich Teil der international bekannten Künstlerszene Münchens geworden. Sie gingen in den einschlägigen Kaffeehäusern der Dichter und Maler ein und aus, diskutierten an den Stammtischen, besuchten die Atelierfeste Schwabings. Gryszinski begleitete seine Gattin immer treu. Ihn umhauchte eine gewisse Dramatik ob seiner Position als Mordermittler, außerdem kaufte er hin und wieder mal ein Bild. Das alles ließ ihn als liquiden Mäzen gelten, dessen Spleen eben ein dunkler Hang zu Leichen war.

Einmal in der Woche, so war es auch wieder für den folgenden Abend geplant, lud Sophie in ihre Wohnung zum poetischen Salon, an dem hauptsächlich junge Schriftsteller teilnahmen. Diese schlugen sich erst die Bäuche mit Frau Brunners Braten voll, bevor sie aus unveröffentlichten Texten lasen – nicht selten war das schwer verdauliche lyrische Kost.

Im Hintergrund saßen dabei in der Regel ihre Hausfreunde Franziska von Wurmbrand sowie Otto von Grabow, die mittlerweile zum Inventar gehörten wie zwei Sessel, die stets in der dämmrigsten Ecke des Salons stehen und mit der ganzen freundlichen Milde ihrer plüschigen Gestalten die Geschicke ihrer Umgebung bezeugen. Wobei die Wurmbrand als steinreiche Wiener Gräfin vielleicht doch eher einer vor Gold strotzenden neobarocken Tischuhr glich, aus deren exaltiertem Porzellangehäuse mit schöner Regelmäßigkeit eine wunderliche Melodie herausbrach.

Gryszinskis Eltern hatten auf all diese Neuerungen hin ihre Drohungen wahr gemacht und den gesellschaftlichen Verkehr zu ihrem Sohn abgebrochen. Dies bedeutete praktisch, dass sie nicht mehr nach München zu Besuch kamen, was auch vorher schon selten vorgekommen war, und ihn auch nicht, sollte er nach Berlin reisen, dort empfangen würden. Ganz war der Faden aber dennoch nicht abgerissen, man schrieb einander weiterhin, wohl auch, weil die alten Gryszinskis die Verbindung zu ihrem Enkel nicht verlieren wollten. Es waren distanzierte Zeilen voller leerer Phrasen. Also eigentlich alles beim Alten.

Sophie und Wilhelm nahmen ihr kleines Abendbrot zu sich und plauderten dabei vertraut. Dann ließ Gryszinski Gustav ausrichten, dass er mit der Kutsche vorfahren solle. Bevor sie die Wohnung verließen, wandte Gryszinski sich an seine Haushälterin: »Frau Brunner, eine wichtige Sache noch: Ich erwarte einen Anruf aus dem Vier Jahreszeiten. Sollte dieser hier eingehen, notieren Sie die Nachricht und lassen Sie sich bitte mit dem Café Stefanie verbinden, die sollen mich dann an den Apparat holen.«

Die Brunner nickte majestätisch zum Zeichen ihres Einverständnisses. Sie waren bislang der einzige Hausstand in ihrer Straße, der über einen Anschluss verfügte, aber sie hatten sich nach anfänglichem Fremdeln an das Telephon gewöhnt. Es thronte neben der Garderobe im Flur auf einem eigenen kleinen Tischchen, daneben nur ein Schreibblock und ein Crayon, um etwaige Botschaften notieren zu können. Dort hüllte es sich in beredtes Schweigen, das jede Sekunde in ein brutales Schrillen umschlagen und jedweden beliebigen Fremden durch ein nebulöses Kabel direkt in ihre Wohnung pressen konnte. Gryszinski wurde immer noch von einem Schwindel des Unglaubens erfasst, wenn er sich klarmachte, dass er mit jemandem sprach, der doch im selben Moment ganz woanders war. Die Welt in ihrer unfassbaren Größe schrumpfte in diesem Augenblick so jäh und lautstark zusammen, als würde jemand zwei Becken scheppernd aufeinanderschlagen.

Doch jetzt schrillte es nicht. Es schrillte auch nicht, als die Gryszinskis ihre Kutsche bestiegen, die, kaum hatten sie den Verschlag geschlossen, mit einem Ruck losraste – es war mittlerweile stadtbekannt, dass Gryszinskis Kutscher die Pferde durch die Straßen trieb, als ob der Teufel hinter ihm her sei, weshalb viele Droschken von vornherein auswichen, wenn der königliche Sonderermittler herangerauscht kam. Nur Litfaßsäulen konnten leider nicht zur Seite treten, wie Gryszinski bereits schmerzlich hatte feststellen müssen.

Das Telephon im Korridor in der Liebigstraße blieb weiterhin stumm, während sie das Café Stefanie betraten und von dem vertrauten modrigen Geruch nach Kaffee und Zigaretten umfangen wurden. Frank Wedekind, dessen gelbe Pepitahose sich leuchtend von der braunen Holzvertäfelung abhob, winkte ihnen von dem runden Tischchen neben dem Kohleofen zu. Dieser blieb heute erstmalig kalt, dafür blies der Frühlingswind auch hier herein, dieses Mal vom Vorraum her, in dem die Maler Lovis Corinth und Anton Ažbe, Letzterer bereits deutlich derangiert eine Flasche Korn umklammernd, wie in einem hell erleuchteten Schaufenster saßen und Schach spielten. Auch als Kellner Arthur mit den Getränken an ihren Tisch trat, diese stumm abstellte und anschließend ungefragt die fälligen Pfennigsummen in seinem zerfledderten Büchlein anschrieb, ließ sich niemand mit Gryszinskis Anschluss verbinden. Und als sie schließlich einige Stunden später wieder in ihrer Wohnung eintrafen, erklärte eine müde Frau Brunner, die sich sofort auf den Weg in ihr Bett machte, dass keine einzige Person angerufen habe.

»Danke. Und gute Nacht.« Verwundert betrachtete Gryszinski den schweigenden Apparat. Er trat näher und ruckelte vorsichtig an dem mit dickem Garn umflochtenen Kabel, aber alles schien seine Richtigkeit zu haben. Nachdenklich öffnete er die Tür zum Kinderzimmer und trat leise ans Fritzis Bettchen. Das Kind schlief ruhig, im Arm seinen ramponierten Stoffelefanten. Die Nähte des Spielzeugs waren abgerieben, der gesamte zottelige Filz mit roten Flecken übersät, da Fritzi kürzlich versucht hatte, das Kuscheltier mit eingemachten Preiselbeeren zu füttern. Gerührt betrachtete Gryszinski seinen kleinen Sohn. Wie er da so lag, mit seinen Locken und dem friedlichen Kindergesicht, verbreitete sein gleichmäßiger Atem eine absolute Ruhe, als müsse die ganze Welt solch ein geborgener Ort wie sein Zuhause sein.

Vorsichtig schloss Gryszinski wieder die Tür. Das Telephon blickte ihm unverändert stumm entgegen. Entschlossen trat er zu ihm, hob den Hörer an und betätigte die kleine Kurbel. Als sich die Vermittlung meldete, ließ er sich mit der Rezeption des Vier Jahreszeiten verbinden. Eine Männerstimme, wohl von dem Klingeln aus einem leichten Dämmerzustand gerissen, meldete sich.

»Hier Major von Gryszinski, Königlich Bayerische Polizeidirektion. Sie hatten Weisung, mich zu unterrichten, sobald ein bestimmter Gast eintreffen würde.«

»Ja, Herr Major. Monsieur Fouqué, ich weiß Bescheid.«

»Nun, und?«

»Nein, Major.«

»Wie meinen?«, gab Gryszinski etwas ungeduldig zurück.

»Ich meine, nein, bisher ist Monsieur Fouqué nicht wieder hier erschienen. Sein Zimmerschlüssel hängt am Brett, seine Post liegt unangetastet in seinem Fach. Niemand hat ihn gesehen.«

»So. Also gut.« Gryszinski zog seine Taschenuhr, es war bereits nach Mitternacht. »Hören Sie, ich rufe morgen früh wieder an. Dann sehen wir weiter. Gute Nacht.«

Damit legte er auf. Er war noch nicht beunruhigt, eher verwundert. Dann schüttelte er den Kopf. Wo auch immer dieser Fouqué war, er würde schon wiederauftauchen. So dachte er.

2.

Verdun, 1916

Wieder blickt er nach oben. Der Fesselballon hängt immer noch im bleigrauen Himmel. Er hat die Form einer Wurst, mit vier geschwungenen Flossen an einem Ende: ein französisches Feldluftschiff. Fritz von Gryszinski erinnern diese Ballons an Kalmare, die schlafend im Ozean treiben, unter sich den zerklüfteten Meeresboden, voller langer Bodenspalten und Trichter, in denen er und seine Kameraden hocken und auf ihre Chance warten herauszukommen. Doch die schlafenden Kalmare sind wachsam. Unter ihren plumpen Körpern baumelt ein kleiner Korb, und in dem sitzt ein Mann mit einer Kamera und einem Telephon. Er photographiert jeden Meter der weiten Ebene, die sich unter ihm auftut. Und sobald er eine Bewegung sieht, greift er zum Telephon, dessen Kabel wie eine Angelschnur aus seinem Korb nach unten hängt. Ein verlorenes Summen am anderen Ende, irgendwo in einem stillen Schützengraben. Gemurmelte Sätze, ein Seufzer aus einer der Erdspalten. Und dann bricht ein Krach los, wie ihn Fritz sich niemals zuvor hat vorstellen können. Der Beschuss, das Trommelfeuer. Erst vor einigen Wochen hat die deutsche Artillerie den Feind hundert Stunden lang ohne Pause unter Feuer genommen, mit der monotonen Effizienz eines Fließbands. Ein Prasseln auf einer stählernen Pauke, das sich schließlich zu einem einzigen Ton verdichtet, der so laut ist, dass es einen schüttelt und an einem zerrt, bis man nichts mehr weiß und nichts mehr ist.

Fritz ist froh, dass er nicht tagelang im Graben sitzen muss, auch wenn seine Aufgabe oftmals noch gefährlicher ist. Dafür bleibt er in Bewegung. Er ist Meldegänger. Ein menschlicher Ersatz für das Telephon, das für ihn bisher nur der schwarze Apparat mit der lustigen Kurbel war, der im Flur seiner Eltern steht und mit einem fordernden Klingeln den Vater von der Abendtafel wegholt. Erst spät hat er begriffen, dass dieses spezielle Telephon in seinem Zuhause eigentlich nur dann läutet, wenn irgendwo in München jemand außerhalb der Bureauzeiten ermordet wurde. In den Schützengräben hängen weitaus tödlichere Feldtelephone an den Leitungen, als wären sie bereit zur Verabreichung einer Infusion. Doch die Kabel sind nur oberflächlich verlegt, hastig aufgehängt oder irgendwie eingebuddelt und werden ständig zerschossen. In einem solchen Fall müssen Meldegänger die Nachrichten zwischen den einzelnen Frontabschnitten verbreiten. Die meisten arbeiten sich schnell zu Fuß durch das Geäst der Gräben. Doch manchmal ist jegliche Kommunikation gestört, dann müssen die Gräben verlassen werden, um eine Botschaft in die Außenwelt zu bringen. Das ist Fritzens Spezialität. Denn Friedrich von Gryszinski ist schnell, sagenhaft schnell. Sobald er auf seinem Fahrrad sitzt.

Wieder sieht er nach oben zu dem aufmerksamen Kalmar. Unmöglich zu wissen, worauf sein aufmerksames Auge sich jetzt richtet. Das Gelände liegt nur unter leichtem Beschuss, kaum einer lässt sich blicken, wie die Krebse liegen alle unterm Sand. Es ist ein kühler Frühlingsabend, die leichte Decke einer blauen Dämmerung breitet sich allmählich über das zerfurchte Land. Bald werden die Raketen aufsteigen, um das Schlachtfeld zu erhellen. Die Leuchtkugeln der Franzosen hängen an seidenen Fallschirmen und taumeln sacht zu

Boden, fluoreszierende Quallen im schwarzen Wasser. Fritz streicht über seine Meldetasche, prüft noch einmal deren Inhalt. Karten der Umgebung, ein Kompass, ein Feldstecher. Eine Taschenlampe, bei deren Gebrauch allerdings Vorsicht geboten ist, zu schnell wird der Feind auf ein kleines Licht in der Dunkelheit aufmerksam. Die Tasche lässt ihn an den Tatortkoffer des Vaters denken, sein Markenzeichen bei der Münchner Polizeidirektion. Die Dinge, die Fritz bei sich trägt, finden sich auch in dem väterlichen Koffer. Dort gibt es natürlich noch viel mehr: Pinzetten, Tütchen für Indizien und allerlei geheimnisvolle Pastillen, Tinkturen und Pülverchen. Einen Blick in die Vergangenheit tut sein Vater damit, in die dunkle Mitte eines Mordes, einen Abgrund, in den er sich mithilfe der Spuren fallen lässt. Die Dinge in Fritzens Tasche dagegen, die haben nur mit der Zukunft zu tun, denn sie sollen ihm beim Überleben helfen.

Unwillkürlich muss Fritz grinsen, als er an das Röhrchen mit dem Rußpulver denkt, das man benutzt, um Fingerabdrücke zu nehmen. Als Schuljunge hatte ihm einmal einer das Pausenbrot geklaut, da ist Fritz mit dem Pulver, einem weichen Pinsel und sogar einem amtlichen daktyloskopischen Formular aus dem Tatortkoffer in die Schule marschiert, um eine forensische Untersuchung des Vorfalls vorzunehmen. Sehr wütend ist sein sonst so gutmütiger Vater geworden, als er das Fehlen der Ausrüstung bemerkt hat. Doch er wurde etwas milder gestimmt, als Fritz erklärte, dass es sich bei dem entwendeten Objekt um eine von Frau Brunners speziellen Semmeln gehandelt hatte, für die sie die beiden Hälften des Gebäcks in Schmalz röstet und das Knochenmark eines geschmorten Schweins in die Einkerbungen des knusprigen Teigs gibt. Sein Magen zieht sich zusammen. Seit einiger Zeit sitzt er in einem Trichter fest, und letztendlich ist es der Hunger, der ihm den Mut eingibt, es nun endlich zu wagen, egal, wohin das Auge des Kalmars gerade blickt.

Fritz greift sein Fahrrad, ein Militärrad des Modells Diana 30. Kurz hinter ihm ist ein längerer deutscher Laufgraben, da muss er rein und ein Stück hindurch, dann wieder hoch auf freies Land, so schnell aus der Schusslinie raus wie möglich. Die Nachricht soll er einem Stabschef überbringen, der sich in einem Lager wenige Kilometer hinter der Front befindet.

Er holt tief Luft, wuchtet sein Rad über den Rand des Trichters, klettert hinterher. In diesem Teil des Geländes sollte man besser nur am Boden kriechen, aber Fritz kann sein Fahrrad nicht aufgeben, drum springt er auf den Sattel – mit einer so oft geübten fließenden Bewegung, dass sein ganzer Körper manchmal im Schlaf zuckt, wenn er sie in seinen Träumen vollführt – und rast los, kracht irgendwie mit dem Rad unter sich in einen Graben, wirft sich zu Boden. Ein paar Geschosse pfeifen über den Graben hinweg, er merkt es kaum.

»Da biste ja«, sagt ein Kamerad freundlich und löffelt sein Gulasch aus einer Blechschüssel. »Dachten schon, du seist verloren gegangen.«

Der Rest seiner Fahrt besteht nur noch aus der ewig kreisenden Bewegung seiner Beine und einem wirren Muster aus Erinnerungen, das ungefiltert durch seinen Kopf rauscht. Hauptsächlich Szenen aus seiner Kindheit. Fritz lässt sie zu, lädt sie sogar ein. Die unwiederbringlichen Schnipsel helfen ihm, bei sich selbst zu bleiben. Der Vater, der seine Hand nimmt und mit ihm in die Küche läuft. Das väterliche Gesicht verschwindet hinter eine Dampfwolke, als er den Deckel über einem gewaltigen Topf anhebt. Die Mutter, wie sie auf dem Diwan sitzt und stirnrunzelnd in einem Buch liest. Das Stehpult in der Küche, an dem sie schreibt, ihr buntes Tuch um die Schultern geschlungen. Fritz und sein Schulfreund Max knien mit Lupen auf dem Boden und suchen die dicken Teppiche im Salon nach Spuren ab. Die Brunner, wie sie heiße Buchteln aus dem Ofen holt. Er und Max werfen Steine in die Isar, die übervoll vom geschmolzenen Schnee in wilden Strömen unter den Brücken hindurchfließt. Die Spaziergänge mit seinem Vater über den Victualienmarkt, beide mit einer Bratensemmel in der Hand. Die Lesungen gesichtsloser Lyriker in ihrem Salon; er sieht nur ihre nervös wippenden Beine in knittrigen Hosen, weil er unter dem Tischchen im Erker sitzt. Der vertrocknete Erntekranz im Atelier von Onkel Lovis, der diesen an seine Heimat erinnert. Der Stoffelefant auf seinem Kinderbett. Gläser mit eingemachten Beeren auf dem Fensterbrett; konservierte süße Erinnerungen.

Er überbringt seine Nachricht und kehrt dann zu seiner Kompanie zurück, die schon in den Baracken ist. Es herrscht eine milde alltägliche Stimmung, man muss erst in zwölf Tagen wieder in den Graben, viele schlafen schon auf ihren Pritschen. Fritz setzt sich still auf sein Lager. Er hat Post bekommen, zwei Briefe und ein kleines Paket. In dem Päckchen findet er, dick eingepackt in ein paar selbst gestrickten Socken, ein Weckglas, das zu seiner unaussprechlichen Freude mit eingekochten Bratäpfeln gefüllt ist. Er lächelt. Bei der Brunner hat er einen noch größeren Stein im Brett als sein Vater. Der eine Brief stammt von seiner Mutter, er enthält die Abschrift einer italienischen Erzählung für Kinder, die eine ihrer Dichterfreundinnen kürzlich grob ins Deutsche übertragen hat und von der sie glaubt, dass sie ihm gefallen würde, weil sie wunderlich und phantastisch sei. Er faltet die Geschichte zusammen und steckt sie ein, um sie morgen bei Tageslicht zu lesen.

Den anderen Brief hat sein Vater ihm geschickt. Es sind ein paar recht unpersönliche Zeilen, die dort in der etwas fahrigen Handschrift seines Vaters niedergeschrieben sind. Seine Mutter und er hofften, dass Friedrich wohlauf sei und sich weiterhin tapfer für das Wohl seines Vaterlands einsetzen würde. München im Frühling sei schön wie immer, Gott behüte dich, herzliche Grüße aus der Liebigstraße. Fritz dreht das Schreiben hin und her. Zwischen den Zeilen klaffen große Abstände. Jetzt muss er sich ein lautes Lachen verkneifen. Das kann doch nicht sein? Leise tastet er nach seiner Meldetasche, in der er auch eine kleine Schachtel mit Streichhölzern aufbewahrt. Er entzündet eines der Hölzchen und hält es vorsichtig unter den Brief. Sofort erscheint, wie von Geisterhand, ein Schriftzug auf dem frei gelassenen Papier. In Fritz steigt Zärtlichkeit auf. Sein Papa hat ihm doch tatsächlich einige Zeilen mit Geheimtinte geschrieben, vermutlich hat er Zitronensaft verwendet, wie er es ihm gezeigt hat, als er ein Junge war.

Fritzi, wir sind in Gedanken bei dir, steht es dort in der zauberartig hervortretenden Schrift, als er sein Streichholz langsam unter dem Brief kreisen lässt. *Versprich uns, dass du keine unnötigen Risiken eingehst! Und jetzt noch ein kleines Rätsel für dich: HUXDQ. Dein Papa.*

3.

München, 1896

Am nächsten Morgen weckte Gryszinski ein Duft nach frisch aufgebrühtem Mokka und heißem Gebäck, vermischt mit diesem lockenden Frühlingswind, der durch das halb geöffnete Fenster drang und die Vorhänge blähte. Er hielt noch ein wenig die Augen geschlossen und atmete tief ein. Dann drehte er sich auf die andere Seite und streckte den Arm nach Sophie aus, doch seine Hand ertastete nicht den dünnen Stoff ihres Nachthemds und das Gewusel ihrer offenen Locken, sondern eine deutlich kleinere Person, die da bereits eingekuschelt lag, wo er sich gerade hatte hinwälzen wollen. Er blinzelte erstaunt, um dann direkt in die weit aufgerissenen Augen seines Sohnes zu blicken, der ihn erwartungsvoll anstarrte. Fritzis Gesicht befand sich unmittelbar vor seinem, offenbar hatte der Junge schon länger geduldig darauf gewartet, dass sein Vater endlich aufwachen würde.

»Papa! Topfrunde!«, flüsterte das Kind, griff nach seinem Ohr und drückte und zog interessiert daran herum.

»Fritzi.« Gryszinski rieb sich übers Gesicht. »Es ist früh am Morgen. Die Topfrunde begehen wir nur abends.«

Fritzis Blick verfinsterte sich in bodenloser Enttäuschung. »Topfrunde, jetzt! Mit dir!«, erklärte er im diktatorischen Tonfall.

Jetzt ertönte ein leises Lachen. Sophie war ebenfalls aufgewacht, ihr zerzauster Kopf tauchte hinter dem von Fritzi auf.

In diesem Augenblick sahen Mutter und Sohn sich ähnlich wie noch nie, registrierte Gryszinski. »Guten Morgen«, sagte sie gähnend und zeigte dann entschuldigend auf das Kind. »Anneliese konnte ihn letzte Nacht gar nicht beruhigen, er hatte einen Albtraum. Sie hat mich geholt, und dann habe ich ihn kurzerhand mit ins Bett genommen. Du hast so fest geschlafen, dass du es gar nicht bemerkt hast.«

»Verstehe.« Gryszinski sah Fritzi an, der ihn immer noch gespannt beobachtete. Er musste lächeln. »Nun gut. Man kann ja eigentlich auch morgens eine kleine Topfrunde machen. Komm mal mit.«

Gryszinski angelte nach seinem Morgenmantel. Fritzi kletterte derweil strahlend aus dem Bett und griff nach seiner Hand, woraufhin die beiden einträchtig durch den langen Flur zur Küche spazierten. In seinem roten Morgenmantel mit den orientalischen Ornamenten, wie ihn der Major nach der aktuellen Mode trug, wirkte Gryszinski auf Fritzi mehr denn je wie ein Zauberer aus einem der arabischen Märchen, die seine Mutter ihm manchmal vorlas – typisch, sie wollte stets etwas unkonventioneller als andere sein, auch in der Wahl der Lektüre ihres Sohnes. In Fritzis kindlicher Wahrnehmung verwandelte sich der bayerische Haushalt in eine exotische Szenerie. Frau Brunner polierte die Zauberlampen, die auf dem Herd dampften, die Küche wurde ein Laden voller fremder Gewürze, und sein Vater in seinem roten Magierumhang sprang eben in Pantoffeln vom fliegenden Teppich, um mit den Topflappen, die wie die Flossen einer Kreatur der sieben Meere aussahen, den Ofen zu öffnen. Ein heißer Schlund gähnte ihnen entgegen, die Räuberhöhle, in der sich ein Schatz aus, nun, frischen Semmeln ihren staunenden Blicken darbot.

Der Major setzte sich auf seinen Stuhl bei den Mehlsäcken und nippte an dem heißen Mokka, den die Brunner ihm reichte.

Am liebsten hätte er es sich hier mit den Morgenzeitungen, die ihnen täglich geliefert wurden, bequem gemacht, aber nun fiel Gryszinski wieder ein, dass er sich nach Fouqués Verbleib erkundigen musste. Wieder ging er also nun zum Telephon und ließ sich mit dem Vier Jahreszeiten verbinden. Ein Concierge mit einer deutlich raueren Stimme als der vom Vorabend nahm das Gespräch an.

»Monsieur Fouqué ist immer noch nicht hier erschienen, es ist ein Rätsel«, erklärte die Stimme, deren Klangfarbe auf eine gesteigerte Vorliebe für Tabak hinwies. Gryszinski stellte sich einen Mann mit gezwirbeltem Schnurrbart und einem spanischen Zigarillo zwischen den Lippen vor.

»In der Tat.« Gryszinski überlegte kurz. »Ich werde wohl heute im Laufe des Vormittags im Hotel vorbeischauen und einmal Fouqués Suite besichtigen.« Vorher würde er noch den Polizeidirektor unterrichten müssen.

»Wir stehen zu Ihrer Verfügung, Herr Major.«

»Schön. Ach, eins noch«, fiel Gryszinski ein. »Wurde das Zimmer eigentlich seit seinem Verschwinden hergerichtet?«

»Natürlich.« Die brüchige Stimme klang gekränkt in ihrer Berufsehre, was einen recht dissonanten Effekt hatte. »Sobald ein Gast sein Zimmer verlässt, wird immer sofort aufgeräumt und sauber gemacht. Wir konnten ja nicht ahnen, dass Monsieur Fouqué nicht zurückkommen und die Polizei ein Interesse an der Suite haben würde.«

»Schon gut, schon gut, es war nur eine Frage. Bis später also.«

»Auf Wiederschauen, Herr Major.«

Gryszinski hatte telephonisch angekündigt, dass er in Welsers Bureau vorsprechen würde. Dieses befand sich in der weitläufigen Zentrale der Polizeidirektion, schräg gegenüber dem Dienstgebäude in der Schrammerstraße gelegen, in dem sein eigenes Bureau war und das eine schmerzhaft lockende Aussicht auf einen Delikatessenladen namens Dallmayr bot.

Als Gryszinski bei Welser eintraf, musste er nun überrascht feststellen, dass er nicht nur vom Polizeidirektor selbst, sondern noch von drei weiteren Herren erwartet wurde. Sie saßen wie ein finsteres Tribunal in der Sitzecke aus reichlich verschnörkelten Sesseln, die sich unter ein hohes Podest mit einem wuchtigen Sekretär duckten, der Gryszinski immer an eine Dampfmaschine erinnerte. Einen der anwesenden missmutigen *gentilshommes* kannte er persönlich, es war Anton Graf von Monts, der preußische Gesandte in München. Gryszinski hatte im letzten Jahr inoffiziell für ihn ermittelt und erfahren müssen, wie ausgesucht höflich und gleichzeitig unerbittlich der Berliner Diplomat sein konnte. Neben Monts saß ein weiterer Herr von traditionsreicher Herkunft, ein Spross der Familie Dichtl – ein gemütlicher bayerischer Graf, der zu Luitpolds engerem Kreis gehörte und wohl hier war, um dem Prinzregenten danach direkt Bericht zu erstatten. Gryszinski schluckte. Offenbar wuchs sich die kleine *affaire* um den verschwundenen Franzosen zu einem diplomatischen Dilemma aus. Den dritten Herrn hatte Gryszinski noch nie gesehen, aber er war ganz offensichtlich preußischer Militär, trug er doch die Uniform der Alexandriner, eines der glänzendsten Regimenter Preußens – einer seiner eigenen Jugendfreunde diente ebenfalls bei dem stolzen Gardekorps. Der blaue Waffenrock mit dem ponceauroten Kragen und den weißen Schulterklappen, auf die eine rote Zarenkrone nebst einem verschlungenen A und der Zahl 1 gestickt war, stach unübersehbar hervor. Genauso wie die leuchtend roten Haare des Offiziers, die dieser raspelkurz trug, vermutlich, um die auffällige Farbe so weit wie möglich zu kaschieren, was allerdings in keinster Weise gelungen war.

»Major Georg von Bocksnick«, stellte Welser eben den Rothaarigen vor, dessen wenig ansprechendes Gesicht zudem noch mit Sommersprossen übersät war, deren zierliche Verspieltheit überhaupt nicht zu dem arroganten Gesichtsausdruck und der betont maskulinen Körperhaltung Bocksnicks passte. »Der Major wurde eigens aus Berlin entsandt, um Monsieur Fouqué zu begleiten.« Da die vier Sessel der Sitzecke bereits besetzt waren, hatte man einen unbequemen Stuhl aus einem der Verhörräume dazugestellt, auf den Welser nun einladend wies. »Nehmen Sie doch Platz, Gryszinski.«

Er setzte sich in dem unangenehmen Bewusstsein, dass alle ihn anstarrten. Als hätte er persönlich den Franzosen verschwinden lassen.

Graf Monts verlor, typisch für ihn, keine Zeit. »Nun, Major, was konnten Sie in Erfahrung bringen?«

»Noch nicht viel. Wie gestern besprochen …«, Gryszinski nickte Welser zu, »… hatte das Vier Jahreszeiten Order, sich mit mir in Verbindung zu setzen, sollte Monsieur Fouqué wieder dort eintreffen. Ich habe, da sich niemand meldete, dann persönlich dort nachgefragt, gestern Abend und auch heute Morgen. Doch er bleibt verschwunden.« Er holte kurz Luft. Irgendwie hatte er das Gefühl, dass er noch mehr hätte tun müssen, dabei hielt er sich an das gewöhnliche Procedere. »Ich würde nun im nächsten Schritt im Vier Jahreszeiten vorstellig werden und die Suite Fouqués durchsuchen. Möglicherweise finden sich ja Spuren, die darauf schließen lassen, warum er fort ist und wohin er gegangen sein könnte.«

Ein seltsamer Laut ertönte. Irritiert sah Gryszinski sich um und begriff im selben Moment, dass es sich bei dem Geräusch um ein Schnauben handelte, das der Nase Bocksnicks entwich. Es drückte gleichzeitig Missbilligung und Hochmut aus, obwohl es ein ziemlich uneleganter, deplatzierter Körperton war.

Der bayerische Graf bedachte Bocksnick mit einem tadelnden Blick. Vermutlich waren es ihm eh viel zu viele Preußen auf diesem engen Raum. »Verehrter Major«, wandte er sich nun jovial an Gryszinski, wobei er seinen recht fülligen Körper umständlich in seinem Sessel neu austarierte, um ihn direkt ansehen zu können. »Ich bin mir sicher, dass Sie als brillanter Kriminalist da schnell Licht ins Dunkel bringen werden.«

Wieder dieses Schnauben. Dichtl ignorierte es, aber die nasale Rüge stand zwischen ihnen allen wie ein unangenehmer Geruch.

»Das Allerwichtigste bei dieser ganzen Geschichte«, fuhr der bayerische Graf fort, »ist Ihre unbedingte Diskretion. Wir wissen ja nicht, wohin unser Gast entschwunden ist. Es ist also von überragender Wichtigkeit, dass so wenig Personen wie möglich mitbekommen, dass wir nach ihm suchen.«

»Ich stimme Ihnen darin zu«, meldete sich nun wieder Monts zu Wort. »Allerdings muss ich sagen, dass die Tatsache, dass man von vornherein das Hotelpersonal instruiert hat, nach Fouqué Ausschau zu halten, von einer gewissen Ungeschicklichkeit zeugt. Damit wird die Sache doch sofort Stadtgespräch werden.«

Welsers Stirnfalte vertiefte sich auf diesen offenen Angriff hin bedenklich. »Auf die Diskretion der Concierges des Vier Jahreszeiten – immerhin eines der besten Häuser unserer Stadt – kann man sich bedingungslos verlassen«, knurrte er.

»Und ein paar Scheine zur Belohnung, gell, die können ja auch nicht schaden«, erklärte Dichtl pragmatisch.

Die Münder der Preußen verzogen sich sofort spöttisch ob dieses Zeugnisses bayerischer Gschaftlhuber-Mentalität. Nur Gryszinski enthielt sich und nickte lieber Welser zu. Der nahm die kleine Geste als Zeichen und erklärte die Unterredung für beendet. Alle erhoben sich, es folgte eine reservierte Verabschiedung.

»Auf ein Wort noch, Gryszinski«, bat Welser. Als sie allein waren, blickte der Polizeidirektor seinen Ermittler fest an. »Ich weiß, ich sagte, das Ganze ist sicherlich keine große Sache. Sollte Fouqué aber tatsächlich verschwunden sein, sollte ihm etwas zugestoßen sein … nun, das wäre wirklich sehr unangenehm, wie Ihnen die angespannte Runde eben ja bereits deutlich vor Augen geführt hat.«

»Ja, das ist nachvollziehbar. Schließlich ist Monsieur Fouqué in offizieller Mission hier in München.«

»So ist es. Verstehen Sie, ein wirklicher, nun, *Vorfall* um Fouqués Person würde jeden der soeben Anwesenden inkommodieren: Graf Monts, der täglich mit den Spannungen zwischen Deutschland und Frankreich jongliert, müsste eine erneute politische Krise fürchten. Der Prinzregent, auf dessen Einladung Fouqué in München weilt, kann sich wiederum keine schlechte Stimmung zwischen Bayern und Preußen leisten. Dieser Bocksnick, nun, der war zur Begleitung des Franzosen hier, und nun ist genau jener Herr verschwunden, eine ziemliche Blamage. Und nicht zuletzt wird man *mir*, Gryszinski, von allen Seiten her Druck machen, wenn wir diesen Fouqué nicht ganz schnell wieder herbeizaubern. Heikel, wirklich heikel.« Welser atmete tief durch. »Ich kann Sie also nur nochmals bitten, die Situation so schnell und diskret wie möglich zu klären.«

4.

Verdun, 1916

Blätter rascheln, Lichtflecken huschen über alte Stämme. Ein milder Frühlingsmorgen in einem Wald jenseits der kleinen französischen Festung, um die nun schon seit vielen Wochen erbittert gekämpft wird. Nachts ist die Erde noch gefroren, tagsüber regnet es fast ununterbrochen. Der unverhoffte Sonnenschein wirkt wie ein Ausbruch, eine Kunde aus einem anderen Leben. Das Bild eines nach warmer Luft duftenden Tags im Biergarten zieht in Fritz auf, die umherfliegenden Stimmen, die sich unter dem Zelt der Baumkronen verdichten, die kühle Schwere des Steinkrugs in der Hand. Ihm schaudert. Das ist keine zwei Jahre her. Der Wald erstickt den Lärm der Front. Nur noch ein Brummen in der Ferne ist es, ein metallenes Hornissennest in irgendeiner Regenrinne, die einen nichts angeht. Er wandert durch den Wald, in dem sich das Lager der Deutschen versteckt. Hütten aus Beton, nicht mehr als Schlafschachteln. Als junger Offizier von Adel bekleidet Fritz den Rang eines Leutnants. Das bedeutet: etwas besseres Essen, besserer Schnaps. Außerdem putzt ihm ein achtzehnjähriger Bursche namens Josef Köhler abends seine Stiefel. Ansonsten schläft er in den Baracken wie jeder andere Soldat und darf sich auch sonst für nichts zu schade sein. Die Unterkünfte lassen Fritz an Haidhausen mit seinen Herbergen denken, nur wirken die kleinen Häuser der Handwerker wie Knusperhäuschen, als seien sie schon ewig da, märchenhaft. Diese Betonklötze hier sind nicht mehr als Papierschiffe im Strom der Zeit, ohne Fundament auf porösen, rieselnden Sand gesetzt.

Fritz ist an seinem Lieblingsplatz angekommen. Eine kleine Baumgruppe, die sich nicht für die Geschicke der Menschen interessiert, ihn aber gnädig in ihrer Mitte aufnimmt. Er entfaltet den Brief seines Vaters mit der bräunlich verfärbten Zaubertinte. Dann sieht er sich sorgfältig um, bevor er ein kleines Heft aus der Innentasche seiner feldgrauen Jacke zieht. Auf den ersten Blick sieht es aus wie eines der Schlüsselbücher, die vom Heer genutzt werden, um geheime Nachrichten zu chiffrieren: seitenweise Tabellen auf Papier, das dünn und durchscheinend ist, damit es rasch zerrissen, im Wind verstreut oder sogar gegessen werden kann, bevor es in falsche Hände gerät. Manchmal sind die Seiten mit einer speziellen Tinte bedruckt, die bei Kontakt mit Wasser besonders schnell zerläuft. In den Tabellen reihen sich Funkcodes und ihre Entschlüsselungen. *151: Gegner greift an. 169: Feindliche Gräben sind stark besetzt. 190: Wir greifen an. 194: Erbitten Verstärkung.* Diese kleinen Lebensbücher werden alle paar Tage ausgetauscht, neue Chiffren ersonnen. Denn Funkgeräte und Telephone werden permanent abgehört, von beiden Seiten. Ein verwirrender, ständiger Strom aus Geheimnissen, Lauschern, Verschwörungen, fluide wie die Tinte, die rasch in schwarze Tränen zerfließt.

Von dem Büchlein, das Fritz bei sich trägt, gibt es nur zwei Exemplare. Sein Vater besitzt eines, das andere überreichte er seinem Sohn am Bahnhof, als Fritz in den Krieg zog. Es enthält ebenfalls Tabellen in Spezialtinte auf dünnem Papier, doch die hier verzeichneten Chiffren bestehen aus Buchstaben, und sie werden anhand einer weiteren Tabelle verschlüsselt, die auf der Vigenère-Methode basiert. Danach wird den einzelnen Buchstaben keine festgelegte Bedeutung zugeschrieben, vielmehr verschiebt sie sich jedes Mal wieder und muss mithilfe der Tabelle mühsam ermittelt werden. Sein Vater hat die Methode weiterentwickelt – oder verkompliziert, je nachdem, wie man es sehen möchte – und weitere Faktoren in die Verschlüsselung einbezogen, wie das Datum des Absendetags oder die Menge der Konsonanten. Fritz braucht fast eine Stunde, in der ihm immer wieder die Buchstaben und ihre Botschaften entgleiten, bis er endlich den Sinn des väterlichen *HUXDQ* enträtselt hat. Als es so weit ist, muss er laut auflachen. Dort steht: *Was hängt an der Wand?* Fritz weiß, wie es weitergeht. Es ist ein Kinderrätsel, das die Brunner ihm einst beibrachte und das er eines Abends seinen Eltern entgegenschmetterte, als diese von irgendeiner Matinee zurückkehrten:

»Was hängt an der Wand und hat den Rücken verbrannt?«

»Die Bratpfanne!«, dröhnte sein Vater zurück.

Fritz lächelt immer noch leise vor sich hin, als er die Geschichte liest, die seine Mutter ihm geschickt hat. Sie heißt *Pinocchio* und handelt von einem hölzernen Bengel, der sich wünscht, ein Junge aus Fleisch und Blut zu werden. Doch dafür soll er sich erst brav benehmen, und das fällt ihm schwer. Nach allerlei Abenteuern muss er mit ansehen, wie sein Vater, jener Holzschnitzer, der ihn erschaffen hat und nun verzweifelt nach ihm sucht, im Ozean versinkt. Schließlich treibt Pinocchio selbst auf dem Meer wie eine verirrte Flaschenpost. Bis ein Riesenhai ihn verschluckt. Er verschwindet im Bauch des gigantischen Fischs. Und trifft dort unten, in der warmen Dunkelheit der kreatürlichen Magenhöhle, seinen Vater wieder. Die beiden entkommen, und die Holzpuppe verwandelt sich endlich in einen echten Jungen.

Unwillkürlich stößt Fritz einen tiefen Seufzer aus und lässt den Blick über die rohen Kuben wandern, in denen sie leben, dicht gestapelt wie Brennholz. Jungen aus Fleisch und Blut, das waren sie einmal.

5.

München, 1896

Nach der Unterredung mit Welser nahm Gryszinski seinen Hut und trat den kurzen Weg zum Vier Jahreszeiten an. Die Erbauung des Grand Hotels war ehemals von König Maximilian selbst angeregt worden, es sollte ein Glanzpunkt der nach ihm benannten Prachtstraße werden – wobei der Architekt fortan mit der schwierigen Vorgabe zu kämpfen hatte, ein Haus von erhabener Schönheit zu schaffen, das dennoch nicht der benachbarten königlichen Residenz den Rang ablaufen durfte.

Gryszinski näherte sich dem Gebäude von der Oper her. Flaneure wandelten über den Boulevard, nicht wenige in ihren besten Kleidern, die man hier wie in einer Theaterkulisse präsentierte. Schon von Weitem leuchteten ihm die gestreiften Markisen vor den Fenstern entgegen. Die Fassade des Vier Jahreszeiten nahm einen gesamten Straßenblock ein, und dahinter entfaltete sich ein kleiner Binnenstaat aus weiten Treppenaufgängen, langen Korridoren mit dicken Teppichen und überdimensionierten Ballsälen, unter deren hohen Decken schwere Kronleuchter hingen. In den Zimmern fanden sich neben dem erlesenen Mobiliar eigene Telephone und elektrische Zigarrenanzünder, die mit dem Strom aus dem neuen hauseigenen Kraftwerk betrieben wurden. Auch hatte man jüngst die Gasbeleuchtung gegen eine wahnwitzige Menge an

Glühlampen eingetauscht – es waren eintausend, um genau zu sein, während das gesamte München mit viertausend auskam –, die das Hotel an den Abenden in eine elektrifizierte Sonne verwandelte, bei deren Anblick man sich die Augen mit der Hand beschatten musste. Seine Kutschpferde konnte der Gast in einem der sechzig Ställe unterstellen, wo die braven Gäule im Pferdedampfbad ausruhen durften.

Diesen Ausbund gastgewerblicher Ausrufungszeichen betrat man durch eine Drehtür, eine weitere Innovation ihrer Zeit. Gryszinski begab sich ins Innere der gläsernen Konstruktion und drehte sich hinein in das Hotel, welches mit seinen fremdländischen Gästen, den unzähligen Koffern, die auf Gepäckwagen herumgeschoben wurden, und dem ständigen Wechsel von Ankommenden und Abreisenden als Ort erschien, der dem Zeitlauf der Stadt enthoben war. Er sah sich im Vestibül um. Eine weiße Kassettendecke über persischen Teppichen, dahinter eröffnete sich ein lichtes Gewölbe mit Spitzbogen wie in einer gotischen Kirche. Palmen und kleinere Laubbäume standen überall in Kübeln und leiteten den Blick zu einem von Säulen flankierten Treppenaufgang. Der Empfangstresen drückte sich da vergleichsweise bescheiden in einer Ecke direkt neben dem Eingang herum. Gryszinski hielt darauf zu. Zwei Männer in mit Goldknöpfen besetzten Uniformen taten hier Dienst, ein Schild über ihren Köpfen wies darauf hin, dass man an der Rezeption auch telephonieren, telegraphieren und Zugfahrten buchen konnte. Hinter ihnen befand sich ein Regal mit lauter kleinen Fächern, in denen Telegramme, Briefe und Depeschen für die Gäste gesammelt wurden. Ein Fach quoll deutlich über vor Korrespondenzen. Der Major ging davon aus, dass es sich um die Post ihres verschwundenen Franzosen handelte.

»Der Herr wünschen?«, fragte der Zartere der beiden Concierges, dessen Stimme Gryszinski sofort als diejenige identifizierte, deren herbes Timbre er bereits am Telephon hatte goutieren dürfen. Da er sich eine Art südländischen Hasardeur vorgestellt hatte, staunte der Major nicht schlecht, einem blondgelockten Jüngling mit lieblichen Gesichtszügen gegenüberzustehen. Eine Putte in Hoteluniform mit der Stimme einer gefallenen Bardame.

Gryszinski stellte sich vor und bat darum, die Suite des französischen Diplomaten besichtigen zu dürfen. »Außerdem wird gleich noch ein Wachtmeister Eberle eintreffen«, fügte er hinzu. »Den schicken Sie dann auch zu mir.«

»Selbstverständlich. Folgen Sie mir bitte.«

Die blonde Basstuba geleitete Gryszinski durch die Eingangshalle zum Paternoster. Schweigend stiegen sie in den beständig rotierenden Kasten, um diesen im zweiten Stock wieder zu verlassen. Ein flüchtiger Schwindel erfasste einen, sobald die Füße wieder auf unbewegtem Boden standen. Sie fanden sich in einem langen Gang wieder, der wie jeder andere Winkel des Hotels in gleißender Helligkeit lag. Dicke Teppiche und seidene Tapeten schluckten jegliches Geräusch der Außenwelt.

»Hier entlang, bitte.« Der Concierge wies den Weg, bis sie vor einer der vielen verschlossenen Türen haltmachten. Der Angestellte klopfte mehrmals und rief »Pardon, Monsieur« in seiner rostigen Stimme, bis er ganz sicher war, dass sich niemand in dem Zimmer befand. Dann zog er umständlich einen Generalschlüssel hervor, öffnete die Tür und ließ dem Major mit einer höflichen Geste den Vortritt.

Die Suite war – Gryszinski hatte es nicht anders erwartet – ausnehmend elegant. Der Salon, der sich vor ihm auftat, lag in gelbem Licht, das die Sonne durch den Stoff der gestreiften Markisen warf. Vis-à-vis zum Eingang stand eine von stilisierten Lorbeerkränzen und Akanthusblättern umrankte Konsole, über der ein riesiger Spiegel hing. Beide Stücke waren mit Blattgold überzogen, das in dem gedämpften Licht warm schimmerte. Ein Sekretär aus Palisander stand direkt am Fenster. In der Mitte des Raums hatten sich einige mit Tapisserien bezogene Sessel zu einer Sitzgruppe zusammengefunden, ihre breiten Lehnen öffneten sich wie zur Umarmung. Gryszinski sah sich um. Alles war penibel aufgeräumt und geputzt. Keine einzige Spur wies darauf hin, dass hier überhaupt jemand gewohnt hatte. Er trat an den Schreibtisch. Immerhin lag dort ein halb fertiger Brief. Er war in Französisch verfasst und begann mit *Chère Anne!* Ein zugeschraubter blauer Füllfederhalter der Firma Soennecken lag obenauf. In den Schubladen des Sekretärs fanden sich keine weiteren persönlichen Gegenstände.

»Ich möchte mit dem Zimmermädchen sprechen, das diese Räume in Ordnung brachte, nachdem Fouqué das Hotel zum letzten Mal verlassen hat«, erklärte Gryszinski.

Die Basstuba zuckte, aus ihren Gedanken gerissen, kurz zusammen, nickte dann aber eilfertig. »Wie Sie wünschen.«

»Könnte Fouqué noch an einem anderen Ort im Hotel etwas aufbewahrt haben?«

Der Concierge nickte. »Wir haben einen Hoteltresor. Ich kann gerne in Erfahrung bringen, ob Monsieur Fouqué dort etwas hinterlegt hat, Herr Major.«

Gryszinski nickte, woraufhin der blonde Concierge zum Telephon schritt, das in seiner beredten Stummheit auf einem eigenen Tischchen thronte, und bei der Rezeption anrief. Der Major riskierte derweil einen Blick ins Badezimmer. Es war komplett mit Marmor ausgekleidet. Auf dem Waschtisch lag eine Zahnbürste mit einem Griff aus Elfenbein. Ein weiterer großer Spiegel zeigte sein eigenes Bild im kaskadenhaften Strahlen der Glühlampen.

»Herr Major?« Die Basstuba tauchte im Spiegel hinter ihm auf. »Monsieur Fouqué hat offenbar eine Taschenuhr zur Aufbewahrung abgegeben. Mein Kollege wird sie gleich hochbringen.«

»Ausgezeichnet. Danke.«

Er wandte sich zum Schlafzimmer: Seidentapeten, ein wuchtiges Bett aus Mahagoni, das Betthaupt war mit reichlichen Schnitzereien versehen. In einer Ecke stand ein großer aufgeklappter Kofferschrank.

»Ich nehme an, der gehört Monsieur Fouqué?«, fragte Gryszinski und wies auf das mannshohe Gepäckstück.

Der Concierge nickte.

Das Innere des Schranks war mit festem Leinen ausgekleidet. In der rechten Seite befanden sich mehrere Schubladen, während in der linken Hälfte eine Kleiderstange aus Messing angebracht war, an der einige Hemden an Bügeln baumelten. Gryszinskis Blick ging zu dem Schrank, der in der Ecke des Boudoirs stand.

»Dort hinein wurden seine Anzüge geräumt«, erklärte der Concierge. »Sie befanden sich in einer weiteren Reisetruhe.« Dabei öffnete er den Schrank. Besagte Truhe war dort ebenfalls untergebracht worden. Sie war leer, während vier saubere Anzüge ordentlich aufgehängt waren, einer davon ein frisch gebürsteter Frack für den Abend. Es fanden sich hier auch zwei Hutschachteln, eine kleinere mit einer Melone und einem Homburg, in der größeren Schachtel wartete ein Zylinder auf seinen feierlichen Einsatz.

»Verstehe.« Gryszinski beäugte noch ein wenig den Schrankkoffer, bevor er seine Handschuhe überstreifte und sich anschickte, die erste Schublade herauszuziehen. In diesem Moment klopfte jemand an die Tür im Nachbarzimmer und rief. Gryszinski erkannte Stimme und Dialekt seines schwäbischen Wachtmeisters. »Wir sind hier, Eberle«, rief er, während er die oberste Schublade öffnete. Säuberlich zusammengefaltete Taschentücher mit eingesticktem Monogramm, einige nicht minder akkurat gefaltete modische Ascotkrawatten und seidene Halsbinden. Eine Schatulle mit mehreren Manschettenknöpfen.

»Grüß Gott, Chef.« Eberles farblose Gestalt erschien im Türrahmen. Er besaß die seltene Gabe, vollkommen mit seiner Umgebung zu verschmelzen. Nach wenigen Sätzen konnte er die Sprechart seines Gegenübers nachahmen, und sein Äußeres war so spektakulär unscheinbar, dass man ihn leicht vergaß, wenn er einfach gleichmäßig atmend neben einer ruhig tickenden Pendeluhr stand. Allerdings gab es doch dunkle Tiefen in den ruhigen Gewässern des Wachtmeisters Eberle, und das war seine glühende Leidenschaft für alles, was irgendwie exotisch war. Zudem hielt sich das hartnäckige Gerücht, dass er eine Verlobte habe, die alles andere als günstig im Unterhalt sei.

»Kommen Sie rein, Eberle.« Gryszinski zog die zweite Schublade heraus. Seidene Strümpfe in gedeckten Farben, dazwischen steckten, wie die flirrenden Farbtupfer auf einem Gemälde der Freilichtmaler, einige bunte Exemplare, wie die eines Dandys. Der Major hob die Augenbrauen.

»Ich habe Ihren Koffer, Chef«, erklärte Eberle und hob den Tatortkoffer in die Luft.

»Ausgezeichnet.« Gryszinski wandte sich ihm zu. »Ich bin etwas im Zweifel, ob wir hier viel Aufschlussreiches finden werden. Trotzdem sollten wir einmal Fingerabdrücke nehmen, an den Türklinken, den Griffen des Sekretärs und, nun, an den Bettpfosten. Erledigen Sie das als Erstes, Eberle, dann sehen wir weiter.«

Der Angesprochene nickte. Nach kurzem Überlegen legte er den Koffer auf einen Sessel, der in der Ecke des Schlafzimmers stand, öffnete ihn und suchte unter den verschiedenen Phiolen und Röhrchen dasjenige aus, in dem sich das Rußpulver befand. Außerdem entnahm Eberle dem Koffer einen

Pinsel mit besonders weichen Borsten. Stumm begab er sich zur Eingangstür und begann vorsichtig, den mit Messing beschlagenen Bereich um die Türklinke einzustäuben, als würde er eine glatte Damenwange mit schwarzem Puder bedecken.

Der Major wandte sich wieder dem Schrankkoffer zu. Zwei Schubladen fehlten noch. Beide waren voll befüllt mit teurer französischer Herrenunterwäsche, soweit er das sehen konnte. Gryszinski zauderte erst ein wenig, doch dann zog er beide Fächer ganz heraus und stellte sie aufs Bett, um sie systematisch untersuchen zu können. In diesem Augenblick hoffte er, dass der Vermisste nun nicht doch einfach eintreten und ihn bei dieser ungebührlichen Verletzung seiner Privatsphäre erwischen würde. Vorsichtig hob er die ordentlich gefaltete Wäsche heraus. Schon beim zweiten Stapel ertastete er etwas Festes. Er suchte mit seinen Händen herum und zog schließlich eine Dokumentenmappe aus feinem Leder hervor. Er klappte sie auf. Mehrere amtliche Papiere, die Henri Fouqué als französischen Diplomaten auswiesen, waren hier versammelt, außerdem ein Reisepass, auf dem die amtlichen Siegel des französischen Konsulats sowie der preußischen Staatskanzlei prangten. Zuunterst lag eine Photographie, eine typische Studioaufnahme mit einer antiken Gipssäule und einer Stechpalme im Hintergrund, auf der ein elegant gekleideter Herr mit gefälligen Gesichtszügen zu sehen war.

Der Major wandte sich an den Concierge. »Ist das hier Monsieur Fouqué?«

»Ja, zweifelsfrei.«

Daraufhin studierte Gryszinski das Portrait genauer. Alles an dem Franzosen wirkte sehr *à la mode*. Unter dem taillierten Jackett blitzte eine gemusterte Weste hervor, das hellbraune Haar war kurz geschnitten und vermutlich mit einer großen Menge Pomade zum strengen Seitenscheitel frisiert. Dazu ein dichter *moustache* und ein kurzes, spitz zulaufendes Kinnbärtchen. Fouqué hatte eine Pose eingenommen, in der er leicht entrückt in die Ferne blickte. Das vermittelte Gryszinski, der sich mit den Lehren der Pathognomik befasste, den flüchtigen Eindruck einer Person, die gerne Pläne schmiedete und von zukünftigen Abenteuern träumte, anstatt sich zupackend und hellwach auf das Gegenwärtige zu konzentrieren. Der Major, der zugegebenermaßen wohl auch eher zur ersten Kategorie der träumenden Luftgucker gehörte, wurde aus ebenjenen Gedanken zum allgemeinen Abschweifen seiner Gedanken gerissen, als es wieder an die Tür klopfte und jemand mit entschlossener Stimme – eindeutig der zweiten Kategorie von Menschen entstammend – seinen Namen rief.

Gryszinski legte die Mappe zurück aufs Bett und ging in den Salon. Ein junger Herr, der für sein Alter ungewöhnlich selbstbewusst wirkte, rauschte auf ihn zu.

»Adolf Obermayer, Hoteldirektor«, stellte der Leiter des Vier Jahreszeiten sich vor, Gryszinski schätzte ihn auf höchstens Ende zwanzig.

»Angenehm.« Sie reichten einander die Hände.

»Herr Major, dürfte ich einige Minuten Ihrer Zeit beanspruchen und Sie um eine Unterredung unter vier Augen bitten?« Obermayer machte bereits eine entsprechende Geste zur Tür hin.

»Selbstverständlich. Eberle, Sie machen hier weiter, ich bin gleich zurück.«

Gespannt folgte Gryszinski dem Direktor, der ihn zurück zum Paternoster führte. Dieses Mal fuhren sie abwärts, zurück ins Erdgeschoss, wo Obermayer ihn mit dem Stolz des Hausherrn in die Lobby führte. Der dunkel vertäfelte Saal war von allen Seiten her zugänglich. Ein beständiger Luftzug aus rauschenden Kleidern und einem wellenhaften Stimmengewirr durchzog den Raum, der Gryszinski an eine Bahnhofshalle erinnerte. Es ging nun auf die Mittagszeit zu.

Auf den Fauteuils und Sofas, die um kleine Tische gruppiert waren, hatten einige wartende Gäste Platz genommen. Man strich sich noch einmal prüfend übers Haar oder richtete eine nach Parfum duftende Stola über den Schultern, während man nach seiner Verabredung fürs *déjeuner* Ausschau hielt. Über der ganzen Szenerie hing eine Kuppel, die eigentlich keine Kuppel war, denn sie war platt wie die Erdscheibe aus den alten Mythen; bunte konzentrische Glasbahnen, in deren Zentrum das Licht durch ornamentale Blumen fiel.

Obermayer wies auf zwei freie Sessel in einer ruhigeren Ecke. Nachdem sie sich gesetzt hatten, blickte er Gryszinski durchdringend an, als wolle er zunächst sichergehen, dass der Major ihm auch seine volle Aufmerksamkeit widmete. Der blickte ruhig zurück und wartete ab.

»Herr Major, ich muss gestehen, dass ich etwas auf dem Herzen habe, eine unangenehme Sache, bei der Sie mir, wie ich hoffe, möglicherweise helfen könnten … Die Geschichte erfordert höchste Diskretion, weshalb es wohl fast ein Glück zu nennen ist, dass ich Sie hier antreffe. Auch wenn die Umstände natürlich nicht die besten sind.«

Der Direktor wand sich regelrecht, während Gryszinski innerlich seufzte. Offenbar betraute man ihn nur noch mit Aufgaben, die man unauffällig und irgendwie hintenherum zu lösen hatte. Er bemühte sich dennoch, seiner Stimme einen aufmunternden Klang zu verleihen. »Wie kann ich Ihnen denn helfen?«

Obermayer fasste sich. »Nun, es geht um zwei Gäste, die nun schon seit drei Wochen in unserem Hause logieren. Ein junges Paar, um genau zu sein. Russen. Sie heißen, angeblich, Nataliya und Sergeij Baranoff. In den Papieren, mit denen der junge Herr sich ausgewiesen hat, ist das Wappen der Romanows abgebildet, wir sind also davon ausgegangen, dass er ein direkter Verwandter der Zarenfamilie ist.« Er schwieg einen

Moment. »Die beiden, vor allem die junge Dame, treten ungewöhnlich elegant auf, ich möchte fast sagen: mondän. Sehr selbstbewusst, sehr auffällig.« Wieder schwieg er.

»Und weiter?«, fragte Gryszinski.

Der Direktor seufzte und blickte hoch zur gläsernen Decke. »Wissen Sie, seit fast vierzig Jahren leitet meine Familie dieses Hotel. Erst mein Großvater, dann mein Vater, beide jeweils bis zu ihrem Tod. Dieses Haus ist auch mein Heim, das Hotelgewerbe die Welt, in der ich aufgewachsen bin und der ich die Treue zu halten gedenke, bis man auch mich hier mit den Füßen voraus hinaustragen wird. Natürlich durch den Lieferantenausgang, um kein unangenehmes Aufsehen zu erregen.« Er schmunzelte. »Man könnte also sagen, dass ich schon einiges gesehen und auch so etwas wie einen, nun, Instinkt für einen gewissen Schlag Mensch entwickelt habe.«

»Das heißt?«

»Das heißt, dass ich dieses russische Gespann für Betrüger halte.« Obermayer holte tief Luft. »Sollte ich mich aber irren, und die beiden sind doch einfach nur etwas schrille, aber wirkliche Anverwandte der echten Romanows, dann wäre eine solche Anschuldigung natürlich eine bodenlose Frechheit. Nur – diese Leute belegen seit drei Wochen eine meiner besten Suiten und dinieren hier regelmäßig, wobei sie alles auf ihr Zimmer schreiben lassen. Natürlich bestellen sie nur den teuersten Champagner, Kaviar und was Sie sich noch vorstellen können.«

»Haben sie irgendeine ihrer Rechnungen bereits beglichen?« Gryszinski ahnte die Antwort bereits.

»Nein, selbstverständlich nicht.« Obermayer presste die Lippen zusammen. »Hin und wieder haben sie wohl Trinkgeld gegeben. Offenbar zahlen sie über mehrere Tage nichts, und dann erhält ein Kellner plötzlich ganz überraschend eine ungewöhnlich hohe Summe, als wollten sie auf ihre

Großzügigkeit aufmerksam machen. Auf mich wirkt das so, als würden sie nur sporadisch an Geld kommen, möglicherweise beim Glücksspiel? Mir fällt zudem auf, dass sie häufig Kontakt suchen zu, nun ja, besonders gut betuchten Gästen oder auch zu solchen, die in der Politik tätig sind … Nun wäre meine große Bitte an Sie, verehrter Herr Major, da Sie nun schon einmal hier sind: Könnten Sie die beiden unauffällig überprüfen?« Plötzlich beugte er sich vor und flüsterte, mit dem Kinn auf einen der Durchgänge deutend: »Dort kommen sie im Übrigen.«

Gryszinski wandte sich nicht gleich um. Das Erste, was er hörte, war ein gurrendes Lachen, gefolgt von dem russischen Wortschwall einer Dame, deren tiefe, fast heisere Stimme erregt, sogar wütend klang. Dann verfiel sie in ein Summen, lockend, beschwichtigend. Eine männliche Stimme warf nur kurze Worte ein, als wäre sie nicht beteiligt an dem, was die weibliche Stimme bewegte. Gryszinski sah nun, dass sich die Köpfe mehrerer anwesender Herren zur Quelle dieser Melodie drehten, die gleichzeitig hart und weich tönte. Die Blicke folgten jener gut hörbaren Dame, die für ihn immer noch unsichtbar war. Dann liefen sie beide, der Mann und die Frau, so nah an ihm vorbei, dass er sie hätte berühren können. Er dunkelhaarig, dichter Schnurrbart und Koteletten, ansonsten von völlig durchschnittlicher Statur. Dafür fiel sofort auf, dass er jeden in seiner Umgebung intensiv anstarrte, als wolle er einen zwingen, zu ihm Kontakt aufzunehmen. Sobald er dann sein Ziel erreicht hatte, wurde sein Gesicht, ja seine ganze Erscheinung, von einem Lächeln erhellt, das für Gryszinskis Geschmack doch eine Spur zu eilfertig ausfiel. Sie war sicherlich die interessantere Erscheinung. Ihr schwarzes Haar war in schulterlange Locken gelegt, die mit einer gekonnten Wildheit ein rundes Gesicht umrahmten, dessen Reiz darauf beruhte, dass alles ein bisschen zu viel war: zu dichte lange

Wimpern, zu volle rote Lippen und stechend blaue Augen. Dieses Übermaß an verführerischen Attributen überspielte die Tatsache, dass die junge Russin eigentlich nicht besonders schön war. Ihr Kleid war ein verwirrender Schwall aus Mustern und Spitzen, der in mehreren Schichten an ihrem Körper herunterfloss wie die Stufen einer Torte. Einziger Ruhepunkt war die eng geschnürte Taille. Dazu war sie mit funkelndem Schmuck behängt wie ein Christbaum, und während sie weiter, wild gestikulierend, ihre Wortkanonade abfeuerte, klirrte, läutete und schepperte ihre gesamte Erscheinung. Das Paar nahm nun in einer Sitzgruppe mitten im Raum Platz und rief lautstark nach dem Kellner.

»In der Tat, etwas auffälliger«, bemerkte Gryszinski leise, woraufhin Obermayer verstohlen grinste.

Nach dieser kurzen Begegnung kehrten der Major und der Hoteldirektor in Fouqués Suite zurück. Eberle war eben mit den Fingerabdrücken fertig geworden. Gryszinski schickte ihn daher direkt in die Lobby, um das russische Paar in ein scheinbar belangloses Gespräch zu verwickeln, das ihnen vielleicht ein paar Details liefern würde, an die sie mit ihrer Überprüfung anknüpfen könnten. Die blonde Basstuba sollte Eberle begleiten und ihm das Paar diskret zeigen, auch wenn dieses unmöglich zu verfehlen war.

Vorher reichte der Concierge Gryszinski ein schmales Etui. »Herr Major, während Sie unten waren, hat mein Kollege das hier gebracht. Monsieur Fouqué hatte es zur Verwahrung in unserem Hoteltresor abgegeben.«

»Vielen Dank.« Gryszinski nahm das Etui in Empfang. Sobald er wieder mit Obermayer allein war, öffnete er es vorsichtig. Eine goldene Taschenuhr mit filigranen Einlegearbeiten auf der Rückseite kam zum Vorschein. Ins Ziffernblatt waren anstatt der Zahlen winzige Diamanten eingelassen.

»Wunderschön.« Obermayer hatte ihm über die Schulter geblickt.

»Das auch.« Gryszinski verstaute die Uhr wieder in ihrem Etui. »Vor allem aber wohl eher kein gutes Zeichen in der Sache unseres verschwundenen Franzosen.«

»Wieso das?«

»Monsieur Fouqué ist nun seit knapp zwei Tagen nicht mehr gesehen worden. Selbst wenn er ein ausgesprochener *bon vivant* sein sollte, so ist er doch in offizieller Funktion hier unterwegs, und es muss ihm klar sein, dass eine noch längere Abwesenheit fatale Folgen für seine Karriere haben würde. Aber wer weiß? Stellen wir uns einen Augenblick lang vor, dass er seine diplomatische Laufbahn in den Wind schießen und einfach verschwinden will, warum auch immer. Vielleicht hat er ja gefälschte Papiere und lässt deshalb seine Reisedokumente, mit denen er sich allerdings überall frei bewegen könnte, einfach hier zurück. Das kann ich mir gerade noch vorstellen. Aber jemand, der freiwillig verschwindet und dann eine derartig wertvolle Uhr zurücklässt, die ihm bei jedem anonymen Pfandleiher ein Vermögen einbringen würde? Daran glaube ich nicht.« Er seufzte tief. Das ist sicherlich keine große Sache, Gryszinski, dachte er düster. Nachdrücklich schüttelte er den Kopf. »Dieser Mann ist nicht freiwillig abgetaucht. Entweder er wird irgendwo festgehalten, oder … ich fürchte, wir müssen mit dem Schlimmsten rechnen.«

6.

Verdun, 1916

Lieber Fritz, schreibt sein Vater, wieder in Zaubertinte, die sich langsam auf dem Papier materialisiert, als würde man Staub von einer Inschrift pusten. *Deine Mutter bat mich, dir dieses Paar Socken zu schicken. Stell dir vor, sie hat es selbst gestrickt.*

Sophie von Gryszinski mit Stricknadeln auf ihrem Diwan? Fritz, der wieder bei seinen Bäumen sitzt, obgleich ein stechend kalter Wind weht, schüttelt staunend den Kopf.

Alle Frauen in München stricken jetzt, schreibt sein Vater weiter. *Man strickt beim Tee, in der Elektrischen und im Wartezimmer, und es stricken sogar Schriftstellerinnen, Malerinnen und Frauenrechtlerinnen, in Mutters Frauensalon wird weiterhin heftig debattiert, aber alles beim Klang der wütend klappernden Stricknadeln …*

Fritz muss lachen, vor allem, als ihm klar wird, dass sich vermutlich sogar die Wurmbrand an dem einen oder anderen Schal probiert. Er atmet tief durch und denkt an seine Mutter und Tante Wurmbrand, diese eleganten Frauen, von ihren Treffen und Festen zurückkehrend, die Capes noch kalt von der Stadtluft. Und jetzt stricken sie kratzige Socken für die Männer an der Front. Wieder schüttelt er den Kopf und liest weiter. Von der fremdenfeindlichen Stimmung in München schreibt sein Vater ihm, überall gehe das Misstrauen um, ein jeder sei verdächtig, ein Spion zu sein.

Stell dir vor, zwei junge Frauen wurden am Stachus festgehalten und sogar geschlagen, weil sie sich angeblich auf Französisch unterhielten. Wedekind lässt seine bunt karierten Anzüge lieber im Schrank, da man ihn bereits mehrmals für einen Engländer gehalten hat. Auch mit französischen Hüten, auf denen irgendwo sichtbar die Namen der ausländischen Fabrikanten stehen, sollte man lieber nicht mehr ausgehen. Die hübschen bunten Schildchen in den Schaufenstern, mit denen die Konditoreien immer ihre bonbons *und* fruits glacés *angepriesen haben, sind schon lange verschwunden. Am unangenehmsten aber sind die ständigen Gerüchte, dass irgendwelche feindlichen Agenten unser Trinkwasser vergiften würden, mit Cholerabazillen oder gleich mit Zyankali. Die Brunner kocht nun alles doppelt ab, es dauert ewig, bis sie meinen Mokka fertig hat. Ach, mein Sohn! Diese jahrzehntelange Stimmung des ständigen Verdachts, dieser internationale Argwohn, der immer unter der Oberfläche brodelte, der zeigt sich nun überall ganz offen, der hat uns letztendlich diesen elenden Krieg eingebrockt.*

Lieber Papa, antwortet Fritz ihm. Er schreibt auf normalem Papier, mit einem gewöhnlichen Stift, wohl wissend, dass sein Kommandant die meisten Passagen seines Briefes zensieren wird. Er grinst beim Gedanken daran, wie sein Vater daheim beim Anblick der stümperhaft geschwärzten Stellen vergnügt in die Hände klatschen und seinen Tatortkoffer öffnen wird, in dem sich natürlich die nötigen Instrumentarien befinden, um Fritzens Worte wieder sichtbar werden zu lassen. *Lieber Papa*, schreibt er also. *Ja, der Argwohn ist es, aber noch eine andere Sache: Es erscheint mir wie ein Traum, wenn ich an das Geklapper der Pferdehufe auf den gepflasterten Straßen meiner Kindheit denke und an das einsame Telephon in unserem Korridor. Und doch ist das alles noch nicht lange her! Jetzt stehe ich hier im Trommelfeuer technischer Neuerungen. Irgendwie wabert dieser Krieg durch ein undurchdringliches Geflecht aus Botschaften, Gerüchten und unsinnigen Informationen. Der Argwohn ist die böse Saat. Doch für ihre unnatürlich schnelle Verbreitung sorgt die ständige Innovation.*

Im Feldlager wird ununterbrochen und hektisch telephoniert. An jedem Apparat klebt das kleine Schild mit dem alarmierenden Appell: Achtung, Feind hört mit! *Andauernd kommen chiffrierte Befehle per Telegraphie herein, aus den Gräben wird gefunkt, gemorst und telephoniert, in die Heimat gedrahtet. Und sobald der Kommandant einen Befehl gebellt hat, klingelt das Telephon, und ein ranghöherer Offizier schreit eine komplett gegensätzliche Anweisung in den Lautsprecher. Gestern unterhielt ich mich mit einem anderen jungen Leutnant, der im Stabsquartier für die telephonische Kommunikation zuständig ist und dort Absurdes erlebt. Die Brigade rufe alle vier Minuten an, der Generalstabsoffizier der Division im viertelstündigen Takt, berichtete er mir. Dann müsse er in ständiger Verbindung mit den Adjutanten der Nachbarregimenter bleiben, außerdem mit der Artillerie, dem Gasschutzoffizier und dem Verpflegungsoffizier. Mittendrin riefe dann irgendein Oberleutnant an, um anzuzeigen, dass die Brieftasche eines gewissen Schützen Kleinemeyer gefunden worden sei. Und während draußen die Granaten heulen, meldet sich der Führer einer Kavallerieabteilung und bittet ihn dringend, ihm einige Spielleute seines Regiments zur Versetzung in seine Abteilung zu empfehlen, da er einen Trompeterchor gründen wolle. Und dann wieder, wie ein Kollaps aus Vergangenheit und Zukunft: Leuchtsignale, Brieftauben und abgerichtete Meldehunde mit Nachrichtenkapseln am Halsband. Und ein wagemutiger Leutnant auf seinem Fahrrad, der losfährt, wenn das Telephon seinen Dienst versagt. Du schreibst, ich soll vorsichtig sein, und das bin ich. Doch bedeutet Vorsicht im Krieg etwas anderes als im echten Leben. Sag Mutter tausend Dank für die Socken, ich umarme euch!*

Nachdenklich faltet Fritz den Brief zusammen und steht auf. Der erste kalte Regen fällt vom Himmel, vermutlich wird es in ein paar Minuten noch stärker werden, schon wieder. Eilig läuft er zu dem Gebäude, in dem das Feldpostamt untergebracht ist. Tatsächlich setzt jetzt ein peitschender Regen ein, weshalb er sich, nachdem er sein Schreiben abgegeben hat, im Laufschritt zu den Unterkünften begibt. Josef Köhler sitzt bereits parat und erwartet Fritzens Stiefel, die eine gründliche Reinigung nun bitter nötig haben. Er entledigt sich der schweren Schuhe und streckt sich auf seiner Pritsche aus. Während Köhler das Schuhwerk poliert, berichtet er, was sich gerade so tut im Lager, aus irgendeinem Grunde weiß der Bursche immer bestens Bescheid.

»Ein neuer General ist heute hier eingetroffen«, erzählt Köhler und reibt mit einem weichen Tuch über das Leder. »Direkt aus Berlin.«

»Weißt du seinen Namen?«

Köhler schüttelt den Kopf. »Nein, aber gesehen habe ich ihn schon, sieht aus wie ein typischer preußischer Haudegen. Außerdem macht er ein komisches Geräusch, scheint eine schlechte Angewohnheit zu sein.«

Und ehe Fritz ihn davon abhalten kann, richtet Köhler sich auf, reckt den Kopf in die Höhe und stößt laut schnaubend Luft durch seine Nase aus, wie ein durchgedrehtes Pferd. Trotz der Respektlosigkeit muss Fritz lachen. Köhler hat einen gnadenlosen Sinn für solche Eigenarten, der jeden Karikaturisten des *Simplicissimus* zur Ehre gereichen würde.

»Gryszinski?«, tönt es da vom Eingang der Baracke her. Ein humorlos wirkender, ältlicher Major erscheint. »Leutnant von Gryszinski, Sie sollen zum Kommandanten kommen.«

»Jawohl!« Fritz springt auf und zieht mit Köhlers Hilfe die Stiefel wieder über. Sie fühlen sich wie steinerne Gewichte an. Er beeilt sich, dem Major hinaus in den strömenden Regen zu folgen. Und ahnt nicht, dass Vergangenheit und Gegenwart in wenigen Augenblicken einen erneuten Kollaps erfahren werden.

7.

München, 1896

Nach der ersten Inaugenscheinnahme der Suite im Vier Jahreszeiten hatte Gryszinski noch ein kurzes Gespräch mit dem Zimmermädchen geführt, das Fouqués Zimmer als Letztes gereinigt hatte. Leider war ihr nichts Ungewöhnliches aufgefallen. Weder war das Zimmer in besonderer Unordnung gewesen, noch hatte es, was natürlich hilfreich gewesen wäre, Blut oder sonst etwas, was auf eine Gewalttat hätte schließen lassen, auf dem Boden oder an den Wänden gegeben. Danach hatten Gryszinski und seine beiden Wachtmeister Eberle und Voglmaier die folgenden Stunden damit verbracht, Henri Fouqué als offiziell vermisst zu melden, und damit die polizeiliche Suche nach ihm eingeleitet. Sie hatten Telegramme an die französische Botschaft in Berlin und die Polizeipräfektur in Paris geschickt, außerdem ließen sie den Münchner Bahnhof überwachen und hatten die wichtigsten Polizeistationen und Gendarmerien Bayerns verständigt. Viel mehr konnten sie nicht tun, schließlich war Fouqué kein gesuchter Straftäter, dessen Steckbrief man einfach im *Königlich Bayerischen Polizei-Anzeiger* abdrucken konnte, wie es sonst das übliche Prozedere bei Fahndungen war. Zudem hofften sie immer noch, den Franzosen irgendwo in der Stadt aufzuspüren und ihn unauffällig ins Hotel zurückschaffen zu können, auch wenn Gryszinski immer weniger an einen solchen Ausgang der Geschichte glaubte.

Trotzdem, da er nichts unversucht lassen wollte, schickte er das Spatzl, wie Voglmaier genannt wurde, auf Kneipentour. Der bayerische Wachtmeister zog los, um Münchens Wirtshäuser zu durchstreifen und einige seiner unvermeidlichen Spezln auf die Sache anzusetzen. In seiner Umtriebigkeit bewegte sich das Spatzl wie in einem unsichtbaren Schwarm, dessen Mitglieder sich irgendwo im Schlick der Straßen verbargen. Sie waren ein Zusammenbund von Beobachtern, die andersherum nie gesehen wurden; die Putzer von Bierfässern, die Auskratzerinnen der Trambahnschienen, Milchmänner, Postboten, Kutscher von Mietdroschken, Kartenabreißer sowie die eine oder andere Dame, die abends am Stachus ihre Runden lief. Und natürlich war Voglmaier als echtes Münchner Kindl mit praktisch jedem bekannt, der in den Bierpalästen arbeitete oder zu jenen Stammgästen gehörte, die wie Schwammerln auf den Sitzbänken wucherten. Sollte Fouqué sich also in einer noch so entlegenen Schenke aufhalten – Voglmaier würde ihn finden.

Eberle indes war tatsächlich mit den angeblichen Baranoffs ins Gespräch gekommen, genauer gesagt mit der russischen Dame, die, wie sich herausgestellt hatte, des Deutschen mächtig war, während Eberle wiederum lediglich ein mangelhaftes Französisch sprach, das beide Russen wohl perfekt beherrschten.

»Jedenfalls plauderten wir ein wenig über dies und das«, berichtete er. »Sie erzählte, dass sie schon länger auf Reisen seien. Vorher waren sie angeblich in London, Amsterdam und Brüssel.« Eberle überlegte kurz. »Ihre Berichte waren sehr detailreich, fast überbordend. Schwer zu beurteilen, inwieweit es sich da vielleicht um angelesenes Wissen handelte. Dann jedenfalls fragte sie mich, ob ich ebenfalls auf Reisen sei. Ich wollte ihr keine Lügen auftischen, sondern eine plausible Geschichte erzählen. Und da, Chef, ich weiß nicht …«

»Was?« Gryszinski wurde hellhörig.

»Ich hoffe nicht, dass ich eine Dummheit begangen habe. Ich sagte, dass ich auf einen Bekannten warten würde, mit dem ich zum Mittagessen verabredet sei, und nannte – ich weiß selbst nicht genau, warum – den Namen Monsieur Fouqués.« Eberle schwieg und sah den Major gespannt an.

Gryszinski runzelte die Stirn. »Tja, vielleicht nicht sehr diskret, andererseits sagte ihr der Name ja möglicherweise gar nichts?«

»Das eben denke ich nicht«, widersprach Eberle lebhaft. »Tatsächlich hatte ich den Eindruck, dass die beiden, auch er, der wohl zumindest den Namen verstand, ziemlich nervös wurden. Er zog plötzlich seine Uhr, ihr Wortschwall brach ab, und eine Minute später verließen sie mich. Es kam mir schon etwas verdächtig vor.«

»So.« Gryszinski dachte kurz nach. »Vielleicht war das ein bisschen unbedacht losgeschlagen, aber möglicherweise haben Sie uns ja sogar auf eine Spur gebracht. Am Ende haben die beiden etwas mit Fouqués Verschwinden zu tun, das wäre dann ja ein regelrechter Glückstreffer. Gut, also …« Er zog aus der Schublade seines Sekretärs einige weiße Blätter Papier hervor, dazu hauchdünne Bögen Strohpapier, die von beiden Seiten mit Indigomasse bestrichen waren. Das blaue und das weiße Papier stapelte er immer abwechselnd, so drückte sich die Farbe beim Schreiben durch, hinterließ tiefe Spuren in den papiernen Schichten, und es entstanden brauchbare Reproduktionen. Auf diese Weise musste er seine Befehle nur ein Mal niederschreiben. Während Gryszinski bereits seinen Crayon zückte, sprach er weiter. »Wir werden ab sofort die Eingänge des Hotels überwachen, außerdem muss jemand abbestellt werden, der das russische Paar beschattet. Dann, besonders wichtig: Fouqués Tage vor seinem Verschwinden müssen rekonstruiert werden. Das übernehmen wir beide,

Eberle. Wir werden jetzt gleich ins Vier Jahreszeiten zurückkehren und die Angestellten dazu genauer befragen.«
Gryszinski dachte einen Moment nach. Fouqués ungelesene Korrespondenz, die in dessen Brieffach lagerte, hatte er bereits durchgesehen, doch sie hatte keine entscheidenden Informationen geliefert. Der unfertige Brief auf Fouqués Tisch schien ein paar unverfängliche Beschreibungen Münchens zu enthalten, möglicherweise war *Chère Anne* eine Verwandte, vielleicht die Schwester oder eine Cousine des Diplomaten. Er nickte vor sich hin, löste die Papiere voneinander und reichte Eberle die Kopien seiner schriftlichen Anweisungen. »Geben Sie das bitte weiter. Und bevor Sie mir ins Hotel folgen, leiten Sie doch noch eine erste Überprüfung der Russen ein. Das wäre erst einmal alles.«

»Ja, Chef.«

Er hatte das gar nicht so beabsichtigt, doch Gryszinskis Beine trugen ihn, ohne sich groß um seinen gedankenschweren Kopf zu kümmern, direkt zum nahe gelegenen Victualienmarkt. Sein Bauch ging mit dieser Aktion *d'accord*, schließlich hatte er schon seit Stunden nichts mehr gegessen. Er steuerte die kleine neogotische Ladenzeile an, in der die Metzger untergebracht waren. In den blank polierten Schaufenstern hatte man anstatt von Hüten oder Kleidern Schweinsköpfe und Keulen drapiert, dazwischen wallte hier und da ein aufgeschnittener Pansen wie ein mit Korallen besetzter Umhang. Das Fräulein Ganghofer, das in Gryszinskis favorisiertem Geschäft bediente, schien eine Art übersinnliches telegraphisches Kabel zu besitzen, das direkt in seine Gedanken führte; jedenfalls reichte sie ihm strahlend, kaum hatte er den Laden betreten, eine frisch zubereitete Bratensemmel entgegen.

Seitdem er zum ersten Mal auf eine knusprige Bratenkruste gebissen hatte, schätzte Gryszinski den infernalischen Krach, der beim Kauen im Kopf entstand und alles andere ausblendete. Es glich einer meditativen Übung. Zudem war die Bratensemmel das ideale Instrument, um die Gryszinski'sche Praxis zur Festigung flüchtiger Gedanken zu erproben: Diese Gedanken, die wie kleine Vögel im Innern seiner körperlichen Hülle umherflatterten und sich nur rein zufällig berührten oder einander auswichen, wurden nach seiner Methode von einer schweren Menge Essen eingefangen, nach unten gedrückt und komprimiert, um am Ende als konsistente Idee wie Phönix aus der Asche zu entsteigen und emporzuschweben, und zwar direkt in seinen Kopf. Ein geniales System, fand Gryszinski, auch wenn seine Gemahlin ihn schlicht als verfressen bezeichnete.

So schlenderte er also über den Markt, seine Bratensemmel kauend und dabei zusammenhanglose Fragen und Ideen zum Verschwinden des Franzosen komprimierend.

»Willi!«, erklang es plötzlich.

Er drehte sich um und sah Sophie und Fritzi auf sich zukommen. Letzterer stand aufrecht in seinem Kinderwägelchen aus Korb, dem er fast entwachsen war, und strahlte ihm entgegen. Auch seine Frau wirkte erfreut über das zufällige Zusammentreffen, beim Anblick der Semmel lächelte sie. »Durchdenkst du mal wieder einen Fall mit deinem Bauch?«

Während seine Eltern sich neckten, starrte das Kind gebannt umher. Sie standen dicht an einem Stand, unter dessen Dächlein prachtvolles Federvieh an kräftigen Haken baumelte. Ein Luftzug strich durch den Flaum der Vögel. Fritzi dachte an einen Kimono seiner Mutter. Er war aus dunkelblauer Seide, durch die sich goldene Wellen woben, Kraniche mit würdevollen Gesichtern standen in dem Gewässer aus schimmerndem Garn. Er versteckte sich oft unter diesem Kimono und spielte dort Zelt, und genauso, wie er dieses Gewand über seinen Kopf zog, stülpte sich jetzt die ganze

Szenerie aus Kranichen und goldenem Wasser über den bayerischen Markt und ließ die Kapaune und Enten im Schilf eines japanischen Flusses wogen. Eine Gruppe Infanteristen strebte plaudernd und scherzend in Richtung Hofbräuhaus, ihre leuchtenden Uniformen glichen den Gewändern der Samurai auf den japanischen Bildern an den Wänden des väterlichen Ankleidezimmers. Eben jetzt trat ein unheimlicher Krieger aus dem lockenden Labyrinth der Gänge zwischen den Marktständen hervor, er trug eine Holzmaske, in die tiefe Furchen geschnitzt waren. Es war eigentlich der alte Mann, dem der Stand mit den hutzligen Salatköpfen gehörte, doch in den aus Bildern und Geschichten gesponnenen Netzen der kindlichen Einbildung verfingen sich jetzt die rosafarbenen Kirschblüten, die es auf einem Atelierfest geregnet hatte, von dem Fritzis Eltern ihm oft erzählten und die jetzt auch hier auf ihre Köpfe fielen. Der Wind blies stärker. Er wirbelte die Blütenblätter durch die blaue Luft, blähte die Kimonos, ließ Hüte wie leichte Papierlaternen fliegen und nahm seiner Mutter den leuchtend roten Sonnenschirm sanft aus der Hand, um ihn zum Himmel steigen zu lassen.

»Vergiss nicht, heute Abend pünktlich zum Salon zu kommen, wir haben ja auch einen besonderen Gast«, sagte seine Mutter gerade.

Sein Vater nickte und klopfte sich die letzten Krümel seiner Semmel vom Mantel. Es war ein dünner Umhang, der sich mit jeder Brise bauschte. »Ja, richtig, dieser Maler aus Moskau, wie war noch sein Name?«

»Kandinsky.«

»Genau.« Man konnte seinem Vater ansehen, dass er nicht ganz bei der Sache war.

»Er ist erst letzte Woche in München angekommen«, erklärte Sophie, »wir sollten ihn also willkommen heißen. Im Übrigen habt ihr einiges gemeinsam, er ist nämlich von Haus

aus auch Jurist, ein brillanter Jurist sogar, ihm wurde erst kürzlich ein eigener Lehrstuhl angeboten, in Dorpat. Doch er hat völlig überraschend abgelehnt, seine Zelte in Moskau abgebrochen und ist nun hier, weil er Maler werden will.«

Gryszinski lächelte und drückte seiner Frau die Hand. »Schon verstanden, ich werde rechtzeitig da sein. Nun muss ich aber weiter und noch einige Zeugen befragen. *À ce soir!*«

Sophie schob das Wägelchen schon wieder an, sie hatte es ebenfalls eilig weiterzukommen. Fritzi blickte seinem Vater nach, der im Gedränge verschwand. Sein Kimono entfaltete sich wie die Flügel einer Fledermaus.

Etwa zwei Stunden später zeichnete sich eine erste Spur ab. So gut wie jeder Angestellte des Hotels, der am Tag vor Fouqués Verschwinden Dienst getan hatte, berichtete, dass ein Herr mit einem großen Aktenkoffer den Diplomaten in seiner Suite aufgesucht hätte, und zwar am frühen Abend. Danach war Fouqué noch ausgegangen, auch am nächsten Morgen hatte er nach einem kurzen Frühstück ganz normal das Hotel verlassen. Da hatte man ihn das letzte Mal gesehen. Dass die Menschen ihr Gegenüber in der Regel gar nicht richtig ansahen, sich oft nicht an deren Kleidung, Körpergröße oder Alter erinnern konnten, war ein Phänomen, das Gryszinski schon länger von seiner Arbeit kannte. Und so waren auch in diesem Fall die Zeugenaussagen zur äußeren Erscheinung des unbekannten Besuchers in manchen Teilen widersprüchlich. Doch in drei Punkten waren sich alle Zeugen einig: Der Fremde hatte einen auffällig großen Aktenkoffer getragen. Er war in einen etwas kuriosen Mantel gekleidet, der irgendwie bunt gewesen sei – wobei in der genaueren Beschreibung des Musters die Erinnerungen schon wieder sehr unterschiedlich waren. Und – das wurde einhellig festgestellt – sein Bartwuchs sei ungewöhnlich dicht und wild gewesen. »Wie bei einem Anarchisten«, so wurde in mehreren Vernehmungen geraunt.

Nachdem sie mit jedem gesprochen hatten, überließ Gryszinski Eberle die Aufgabe, ein *portrait parlé* aus den Aussagen zu filtern. Dieses Gedächtnisbild war ein weiterer Auswuchs der Bertillon'schen Methode aus Paris, derer man sich gewöhnlich in Europa bediente und bei der es sich vor allem darum drehte, Delinquenten so akribisch wie möglich zu vermessen, und zwar mit vielen komplizierten Geräten, auf die meist Bertillon selbst das Patent besaß. Der Mann war mittlerweile in Frankreich zum Leiter des polizeilichen Erkennungsdienstes aufgestiegen. Das gesprochene Portrait war üblicherweise die verbalisierte Version einer zusätzlich beiliegenden Photographie, aber die streng systematisierten Vorgaben, nach denen man Ohren, Nasen, Kopfformen und jedes weitere körperliche Attribut zu beschreiben hatte, gaben auch eine Orientierung für die Beschreibung ihres bärtigen Phantoms vor. Eberle würde, sobald er mit dieser etwas komplizierten Übung fertig war, die Angaben an die hiesigen Fahndungsbeamten weitergeben. Zufrieden mit den heutigen Fortschritten und außerdem beruhigt, dass jede relevante Dienststelle informiert war, begab sich Gryszinski auf einen Abendspaziergang nach Hause, um diesen Kandinsky zu treffen.

Zunächst allerdings musste er die Lobby des Vier Jahreszeiten durchschreiten, bevor er sich mit der Drehtür in die Wirklichkeit des lauen Frühlingsabends hinauswirbeln konnte. Im Zentrum der Halle verlangsamte er seinen Schritt, um zu den gläsernen Blumen an der Decke emporzublicken, und stieß dabei prompt mit jemandem zusammen.

»Oh, *pardon*!«, rief er automatisch und sah erst dann, wen er da touchiert hatte. Es war Georg von Bocksnick, jener rothaarige Major, den man zu Fouqués Begleitung nach München geschickt hatte.

»Nichts passiert«, sagte Bocksnick steif und klopfte sich imaginären Staub von seiner Uniform. Ihr militärisches Rot-Blau wirkte deplatziert zwischen all den eleganten Roben und Anzügen, die in der Lobby versammelt waren – man brach allmählich in den Abend auf, vielleicht noch zu einem raschen *dîner* vor der Oper oder dem Varieté.

Der Berliner Major stieß wieder sein Schnauben aus. Es war wirklich ein sehr uneleganter Laut, der irgendwie entlarvend wirkte. Gryszinski fragte sich, ob Bocksnick, der sich so männlich und überlegen gab, heimlich darunter litt, dass seiner Nase diese beständige Gesichtsflatulenz entfuhr, er diese aber nicht unterdrücken konnte, aus einer unlösbaren Zwanghaftigkeit heraus. Tatsächlich blickte der Preuße verstimmt zu Boden.

Gryszinski räusperte sich. »Es ist eigentlich ein Glück, Major, dass wir uns hier begegnen. Ich habe eben mehrere Zeugen zu Fouqués Verschwinden befragt und hätte noch einige Punkte, die ich gerne mit Ihnen klären würde. Hätten Sie ein paar Minuten Zeit für mich?« Er wies auf zwei leere Sessel, die etwas abseits des abendlichen Trubels standen.

Es wirkte widerstrebend, wie sich Bocksnick langsam auf einem der Sessel niederließ. »Nun gut.«

Gryszinski nahm ebenfalls Platz und zückte Notizheft und Crayon. »Mehrere Zeugen berichteten von einem Mann mit wildem Bart, der Monsieur Fouqué in seiner Suite aufgesucht haben soll, am Vorabend seines Verschwindens. Wissen Sie etwas darüber?«

Bocksnick schüttelte den Kopf. »Nein, nichts.«

»Aber war es nicht Ihre Aufgabe, sich immer in Monsieur Fouqués Nähe aufzuhalten?«

»Was wollen Sie damit andeuten?«, gab Bocksnick scharf zurück.

Gryszinski blickte etwas erstaunt ob dieses schroffen Tonfalls von seinen Notizen auf. »Nun, Sie wurden als Begleitung Fouqués eigens aus Berlin entsandt. Aber Sie wissen nichts über dessen Verbleib. Was genau war denn Ihre Aufgabe auf dieser Reise?«

Ein ungehaltenes Schnauben entwich Bocksnicks Nase. Er setzte sich verärgert zurecht. »Monsieur Fouqué ist ein hochrangiger Diplomat, da ziemt es sich auf einer offiziellen Reise, ihm eine Begleitung an die Seite zu stellen. Ich sollte als eine Art Entourage oder Assistent fungieren, ihm eine rechte Hand sein, wie man so schön sagt. Aber ich bin doch nicht sein Kindermädchen.«

»Aha.« Gryszinski fasste ihn genauer ins Auge. Das alles kam ihm recht schwammig vor. »Und dennoch wissen Sie nichts über besagte Verabredung. Und haben auch nicht gesehen, in welche Richtung Fouqué am nächsten Morgen aufgebrochen ist, bevor er sich offenbar in Luft aufgelöst hat?«

Er hatte das alles in einem höflichen, aufrichtig fragenden Tonfall vorgetragen. Doch Bocksnick schien sich regelrecht attackiert zu fühlen. Jedenfalls sprang er auf und funkelte Gryszinski wütend an. »Ihre Unterstellungen, Gryszinski, sind impertinent! Ich habe keine Sekunde lang meine Pflichten vernachlässigt. Henri Fouqué ist ein erwachsener Mann. Ich war jederzeit für ihn erreichbar, aber selbstverständlich ist er auch seiner eigenen Wege gegangen, schließlich habe ich ihn nicht bespitzelt. Wenn Sie mich nun entschuldigen wollen, diese Konversation ist beendet.«

Damit rauschte er von dannen – natürlich nicht, ohne ein besonders spektakuläres Schnauben auszustoßen, woraufhin einige Hotelgäste erwartungsvoll die Köpfe zu ihnen umdrehten. Gryszinski musste grinsen. Erst vorhin hatte einer der Concierges berichtet, dass hin und wieder ein recht spleeniger Graf es für unnötig erachtete, von seinem Pferd zu steigen, sobald er das Hotel erreichte, sondern vielmehr direkt in seine Suite zu reiten pflegte. Offenbar erwartete man nun, einen Blick auf den Stammgast hoch zu Ross werfen zu können. Er schüttelte den Kopf. Ziemlich empfindlich, dieser Bocksnick. Er vermutete, dass der preußische Offizier sich eben doch eine Vernachlässigung seiner Pflichten vorwarf und deshalb, nachdem Gryszinski den Finger in die Wunde gelegt hatte, einen solch divenhaften Abgang hingelegt hatte. Gryszinski seufzte und warf dann einen Blick auf seine Taschenuhr. Was auch immer der Grund war, er jedenfalls musste jetzt dringend den Heimweg antreten.

8.

Verdun, 1916

»Leutnant Friedrich von Gryszinski! Als ich Ihren Namen hörte, wollte ich Sie doch einmal herbitten. Ich nehme an, Sie sind der Sohn von Major Wilhelm von Gryszinski, dem Kriminalisten aus München?«

Etwas verwirrt blickt Fritz dem General entgegen, der ihm bedeutet, näher zu kommen. Er betritt den spärlich beleuchteten, großen Raum. Hier ist die Kommandozentrale des Lagers eingerichtet. Nackte Betonwände, in der Mitte ein ausladender Tisch, auf dem Landkarten und Luftaufnahmen ausgebreitet sind. Im Nebenraum sind hinter einer halb geöffneten Tür mehrere Telephonisten zu sehen, in Gespräche mit unsichtbaren Menschen vertieft, die allesamt in irgendeiner Weise mit dem verbunden sind, was ein paar Kilometer von hier in den Gräben geschieht. Das Geräusch fallenden Regens rauscht pausenlos von draußen herein, vermischt mit dem bienenartigen Gesumme des Trommelfeuers.

»Ganz recht, Herr General. Wilhelm von Gryszinski ist mein Vater«, antwortet Fritz.

Sie begegnen einander in einem gelben Lichtkegel, der die Mitte des Raums wie ein Scheinwerfer ausleuchtet, während die restliche Umgebung in dunklen Konturen versinkt. Feiner Staub tanzt durch das Licht, das jetzt jedes äußerliche Detail des Mannes preisgibt, den Fritz vorher im Dunkeln kaum erkennen konnte. Er schätzt den General auf Anfang fünfzig. Breites Kreuz, eine etwas grobschlächtige Körperhaltung. Kurzes, stahlgraues Haar, dessen roter Schimmer seine ehemalige Farbe verrät. Feine Fältchen, zart wie gepresste Blätter, durchziehen das Gesicht, und in diesem Firmament alternder Epidermis blitzen und blinken unzählige Sommersprossen. Ein gütiger Ausdruck erwärmt die gesamte Erscheinung des Generals, als der, die üblichen Formeln militärischer Hierarchien missachtend, Fritz die Rechte entgegenstreckt. Sie schütteln einander die Hände mit festem Druck.

»General Georg von Bocksnick, angenehm, Sie kennenzulernen. Ich kannte Ihren Vater einmal recht gut.« Bocksnick lächelt herzlich und zeigt auf zwei Stühle, die bequemer aussehen als alles, was sich in den Unterkünften der niederen Ränge als Sitzgelegenheit ausgibt. »Setzen Sie sich doch ein wenig zu mir, Junge.« Während er das sagt, entweicht seiner Nase ein Schnauben. Köhler hat den Laut – offenbar ein nervöser Tick – in seiner Parodie gut getroffen. Fritz kommt der Aufforderung nach und setzt sich.

»Sehr gern, vielen Dank, General.« Der Name seines Gegenübers bringt etwas in Fritzens Kopf zum Klingen, eine entfernte Erinnerung. Ist er Bocksnick schon einmal begegnet? Hat sein Vater von ihm erzählt?

»Ich kannte Ihren Vater, als Sie noch ein ganz kleiner Junge waren«, unterbricht Bocksnick seine Gedanken. »Wir hatten beruflich miteinander zu tun, im Zusammenhang mit einem Vermisstenfall ... Henri Fouqué, ein Mitarbeiter der französischen Botschaft in Berlin, der bei einem Besuch in München spurlos verschwand. Ich war damals als Begleitung für Fouqué nach München abkommandiert worden. Hat Ihr Vater Ihnen vielleicht einmal von dem Fall erzählt?«

Fritz starrt ihn erstaunt an. Der Fall Fouqué. Und ob sein Vater ihm davon erzählt hat. Es ist der eine ungelöste Fall, der den Königlichen Sonderermittler niemals losließ. Der Schandfleck in seiner so makellosen Liste kriminalistischer Erfolge. Und auch ein quälendes Rätsel, das Gryszinski niemals ganz lösen konnte. Es gibt ein wiederkehrendes Bild in Fritzens Erinnerung: sein Vater, der stumm grübelnd mit einem Stapel Mappen auf einem der Sessel im Erker sitzt. Diese Mappen sind aus dunkelgrauem Leinen gefertigt, ihre Deckel brüchig vom jahrelangen beharrlichen Auf- und Zuklappen. In der ersten Zeit saß wohl auch seine Mutter bei den müden Mappen, sie diskutierten stundenlang, wohin Fouqué verschwunden sein mochte. Fragten sich, was sie beide übersehen hatten. Denn die ganze Geschichte hat seine Eltern auf eine lange Reise geschickt. Er, Fritzi, war noch zu klein gewesen, um sie zu begleiten. Man hatte ihn bei seinem Kindermädchen und Frau Brunner zurückgelassen. Nur schemenhaft erinnert er sich, wie er auf einem Hocker stand und einen dicken Teig knetete, während die Brunner vor sich hin summte. *Sagt, wer mag das Männlein sein, das da steht im Wald allein, mit dem purpurrothen Mäntelein?* Doch haben die Eltern ihm so oft von den Geschehnissen erzählt, die auf das Verschwinden des Franzosen folgten, dass er das Gefühl hat, dabei gewesen zu sein.

Bei ihrer Reise auf der Suche nach Fouqué. Und den Mordfällen.

Seine Mutter wollte allerdings irgendwann nichts mehr davon wissen, sie schloss damit ab. Aber der Vater saß weiterhin immer wieder mit den Mappen auf seinem Sessel, freundlich, aber doch taub gegenüber den Appellen seiner Frau, es doch gut sein zu lassen. Und irgendwann hat Fritz ihren Platz eingenommen, setzte sich eines Tages auf den leeren Sessel neben seinem Vater. Der hatte genickt und ihm die erste Mappe gereicht. Ihn sich alles ansehen lassen. Dann hatte der Vater es ihm erläutert. Seine Methoden, seine Fragen. Sein

Scheitern. Über die Jahre war die Sache zu einem Ritual zwischen ihnen geworden. Lag einmal ein Abend vor ihnen, der ereignislos zu werden versprach, holten sie die Mappen hervor und vertieften sich in ihre Spekulationen. Seine Mutter schüttelte immer nur mild tadelnd den Kopf, ließ sie aber schließlich gewähren.

Fritz betrachtet Bocksnick. Dessen Name war immer nur am Rande aufgetaucht. »Der Fall ist mir durchaus vertraut, er hat meinen Vater sehr lange beschäftigt, auch nachdem er schon offiziell abgeschlossen war.«

»Das kann ich mir vorstellen.« Der General nickt nachdenklich. »Ihr Vater ist ein hervorragender Ermittler, ich habe seine Arbeit über die Jahre verfolgt. Und diese Sache damals muss ihn gewurmt haben.« Er lacht kurz auf, gepaart mit seinem seltsamen Schnauben. »Wissen Sie, wir sind in den ersten Tagen nach Fouqués Verschwinden ziemlich aneinandergeraten. Ich war noch neu in meiner Position und wohl auch etwas eitel, sehr ehrgeizig … und Ihr Vater setzte mir zu mit seinen Fragen. Ich hatte den Eindruck, er hielte mich für pflichtvergessen.« Bocksnick hebt die Hände, dreht sie nach außen wie jemand, der zeigen will, dass er dort nichts heimlich verbirgt. »Wir Preußen und unser empfindlicher Stolz! Doch am Ende haben wir uns zusammengerauft. Ihr Vater ist wirklich ein besonders feiner Mensch.«

»Das ist er.« Fritz lächelt, und ein warmes Gefühl steigt in ihm auf.

»Und Sie?«, fragt Bocksnick. »Wie ich höre, haben Sie sich mehrmals besonders hervorgetan, als Sie einige bedeutsame Nachrichten von der Front überbracht haben. Auf dem Fahrrad, wenn ich es recht verstanden habe?«

»Jawohl. Ich bin ein ganz passabler Fahrer.«

»Passabel, nun, Bescheidenheit ist eine Zier. Hat Ihr Vater Ihnen auch das Fahrradfahren beigebracht?«

»Er und auch andere. Es ergab sich so … Bei meinen Eltern sind viele Künstler ein und aus gegangen. Einige von ihnen besaßen Fahrräder, das war günstiger als die Mietdroschke. Als ich ein Junge war, durfte ich öfter mal auf den Rädern unserer Gäste eine Runde drehen. Am Anfang hat mich tatsächlich mein Vater schieben müssen, weil meine Füße nicht an die Pedale heranreichten.«

Das Bild der Liebigstraße taucht in Fritzens Kopf auf, unbefahren in sonntäglicher Ruhe. Sein Vater hält das wacklige Fahrrad, auf dessen Sattel er selbst sitzt. Hinter ihnen, aufgeregt gestikulierend, seine Mutter und die Wurmbrand, Letztere hat natürlich einige theatralische Vergleiche zur Hand. Sie ruft etwas vom Saulus auf dem hohen Pferd, gefolgt von dem hilfreichen Hinweis, dass man die Balance halten müsse. Ihr Freund Wedekind, den seidenen Klapphut schwenkend, kreischt aus Furcht um sein kostbares Fahrrad.

Bocksnick lacht. »Nun, die Beine scheinen ja schnell gewachsen zu sein. Weiter so, Junge, solch mutige junge Offiziere wie Sie brauchen wir.« Der General erhebt sich, das Gespräch ist beendet. Er klopft Fritz auf die Schulter. »Ich hoffe, dass wir uns bald wieder unterhalten können. Passen Sie solange auf sich auf.«

9.

München, 1896

Eilig schloss Gryszinski die Tür zu ihrer Wohnung auf. Es mochte Hausherren geben, die die Kunst beherrschten, ihre eigene Feier so nonchalant und leicht verspätet wie ein Gast zu betreten. Aber er machte sich lieber noch einmal parat, bevor alles begann, was auch in Sophies Sinne war, die solch Unwägbarkeiten wie einen verspäteten Ehemann auf ihren Abendgesellschaften nicht mochte. Außerdem schuldete er Fritzi die abendliche Topfrunde, vor allem an den Abenden ihres wöchentlichen poetischen Salons, denn da glich das Hexenlabor der Brunner einer rauchenden und dampfenden Palastküche.

Auch heute bog sich der lange Holztisch vor den staunenden Augen der beiden männlichen Gryszinskis unter auskühlenden Töpfen, in Tücher gewickeltem Gebäck, saftigen Büscheln Kräutern, aufgehenden Teigen und einem unbezwingbaren Berg aus heißen Knödeln. All die aufgetürmten Schüsseln und Platten schienen zu atmen und zu singen wie eine Gesellschaft lebendig gewordener Geschirrstücke. Besonders in einem Korb, der in der Mitte des langen Tisches stand, rumpelte es dermaßen laut, dass Fritzi erregt aufschrie. Behutsam hob Gryszinski den Deckel des Korbes ein wenig an. Sie beugten sich vor und lugten hinein. Unzählige blanke Äuglein starrten Vater und Sohn entgegen, klappernde Scherenhände fuhren in die Luft.

»Krebse«, brummte die Brunner, griff den Korb mit beiden Händen und schüttete beherzt die ganze Bande kampflustiger Krustentiere in einen Topf, in dem bereits Zwiebeln, Petersilie, Kümmel, Wein und Wasser brodelten. Fritzi und Gryszinski sahen staunend zu, wie die Tiere sich knallrot färbten. Kurz darauf schichtete die Brunner sie zu einer Pyramide auf, die drohenden Scheren zur Decke gerichtet.

Gryszinski hatte immer noch dieses letzte Bild vor Augen, durchzuckt von den Gedanken an einen gesichtslosen Unbekannten mit wildem Bart, als er sich im Ankleidezimmer der Verwandlung in seinen Abend-Bohemien unterzog. Spontan wählte er zu seinem bequemen Anzug eine tiefblaue Seidenweste mit roten Stickereien, die wohl arabische Schriftzeichen darstellen sollten, ihn aber an die Scheren der Krebse erinnerten. Er ruckelte noch sein Einstecktuch zurecht, da klingelte es bereits an der Tür. Die Stimme der Wurmbrand schallte durch den Korridor, wie immer eine Wiener Melange aus leidender Langeweile und der gleichzeitigen unverkennbaren Lust daran, sich selbst zuzuhören. Darunter mischte sich ein etwas leiserer Bass preußischer Couleur – offenbar war sein Freund Grabow zeitgleich eingetroffen. Gryszinski beeilte sich, Ankleidekammer und Schlafzimmer zu verlassen.

»Schlupp!«, rief Gryszinski seinem Jugendfreund entgegen.

»Ah, Baldur, guten Abend.« Grabow legte seine Handschuhe auf das dafür vorgesehene Tischchen und schritt ihm entgegen.

Man nannte sich immer noch bei den etwas albernen Spitznamen, die aus der gemeinsamen Berliner Militärzeit stammten. Grabow alias Schlupp hatte es ebenfalls nach München verschlagen, auch wenn er sich den ganzen Tag über in der Blase der preußischen Gesandtschaft bewegte, um dann abends die Gryzsinskis zu besuchen, die ja ebenfalls

Exil-Berliner waren, in deren Wohnung wiederum fast nur Zugezogene und internationale Gäste verkehrten. So war Schlupps Kontakt zum bayerischen Volk weitestgehend auf die Münchner Witwe beschränkt, bei der er als ewiger Junggeselle zur Untermiete wohnte und mit der er auf ständigem Kriegsfuß stand, wohl hauptsächlich, weil sie die Frechheit besaß, jeden Tag die gemütliche Unordnung seines kleinen Salons aufzuräumen.

Die Gastgeber und ihre Hausfreunde begrüßten einander in herzlicher Vertrautheit. Einem ungeschriebenen Gesetz folgend, trafen an den Salonabenden die Wurmbrand und Grabow immer zehn Minuten vorm offiziellen Beginn ein. So standen sie schon wie eine warmgelaufene Runde im Wohnzimmer zusammen, am Heidsieck nippend und in eine leichte Plauderei vertieft, wenn die übrigen Gäste am Eingang läuteten.

Eine halbe Stunde später war die Gesellschaft komplett und saß um die lange Tafel im Speisezimmer. Sophies Verleger Albert Langen und der Schriftsteller Frank Wedekind gaben sich heute die Ehre, Letzterer wie üblich übermäßig elegant und ein wenig exzentrisch gekleidet. Seine Beine steckten heute in einer hautengen grünen Hose. Langen hatte vor zwei Wochen die erste Ausgabe seiner Zeitschrift *Simplicissimus* auf den Markt gebracht, für die auch Wedekind einige Beiträge geschrieben hatte. Leider verkaufte sich das Blatt nicht besonders gut, was Langen aber keine Sorgen zu machen schien. Vermutlich nicht weiter erstaunlich, schließlich konnte er problemlos jedweden finanziellen Verlust kompensieren, entstammte er doch jener märchenhaft reichen Fabrikantenfamilie, die den Würfelzucker erfunden hatte. Neben dem illustren Gespann saßen die junge Literatin Gerda Ranke und der Nachwuchsmaler Friedrich Schulz, der wiederum eigentlich Jurastudent aus einem weiteren gut betuchten Elternhaus war. Sein strenger Vater hatte Schulz eine Auszeit als Bohemien zugestanden, die dieser unter anderem mit Malen verbrachte. Gryszinski kannte die beiden jungen Leute von einem anarchistischen Zirkel her, mit dem er im vorigen Jahr zu tun gehabt hatte. Sie waren jetzt seltsamerweise Monarchisten. Oder vielleicht doch Kommunisten, vor allem Gerda Ranke wollte sich da noch nicht so festlegen.

Zwischen Gryszinski und Sophie hatten sie die Ehrengäste platziert: Wassily Kandinsky und seine Gattin Anna Tschimjakin. Während er sich wohlzufühlen schien und sich zu beiden Seiten in fließendem Deutsch mit einem angenehmen russischen Akzent unterhielt, wirkte sie eher still und fast ein wenig deplatziert, wie Gryszinski fand. Kein Wunder, wenn man bedachte, dass sie wohl noch bis vor ein paar Wochen im Glauben gelebt hatte, demnächst die Gattin eines angesehenen Professors zu sein und einen entsprechenden Haushalt zu führen. Und nun saß sie plötzlich hier in München zwischen politisch zweifelhaften Nachwuchskünstlern, dem modischen Wedekind und neben einem Gatten, der von einem auf den anderen Tag beschlossen hatte, dass er nun Maler war. Tja, dachte Gryszinski, so spielt dieses bunte Leben manchmal. Kandinsky berichtete eben von seinem Erweckungserlebnis, das seine Abkehr von der Juristerei bewirkt hatte.

»Es war eine Ausstellung französischer Maler in Moskau. Claude Monets *Heuhaufen*, kennen Sie das Bild?« Kandinsky wartete keine Antwort ab, seine Augen glühten vor Begeisterung. »Es war das erste wirkliche *Bild*, das ich sah, verstehen Sie! Dabei konnte ich den Heuhaufen gar nicht erkennen, erst der Katalog belehrte mich, dass es ein solcher sein sollte. Irgendwie fand ich zuerst, dass Monet doch gar kein Recht hatte, so undeutlich zu malen. Es war mir fast peinlich, dass man den Heuhaufen nicht erkennen konnte. Doch dann geschah etwas Erstaunliches, was mich zutiefst verwirrte: Das

Bild packte mich, es hat sich unverwischbar in mein Gedächtnis eingeprägt, es schwebt mir auch jetzt ständig bis in die letzte Einzelheit vor Augen. Seltsam, nicht wahr? Ich konnte erst gar keine logische Konsequenz aus all dem ziehen. Unbequem für einen Juristen.« Kandinsky lachte leise. Auch Gryszinski, obwohl er nicht ganz bei der Sache war, da er an den bärtigen Unbekannten dachte, musste lächeln. »Was mir aber vollkommen klar war«, fuhr Kandinsky fort, »war die ungeahnte, mir vorher unbekannte Kraft der Palette. Die Kunst, sie ist machtvoller als alles andere, und deshalb bin ich hier.« Er warf seiner Frau einen kurzen Seitenblick zu, aber sie blickte auf ihre Hände, die vor ihr auf dem Tisch lagen. Daraufhin wandte er sich an Gryszinski. »Deshalb habe ich der Jurisprudenz abgeschworen. Auch wenn ich übrigens ein großer Enthusiast der Kriminalanthropologie bin. Ich habe mich viel mit den Lehren Cesare Lombrosos beschäftigt.«

Gryszinski betrachtete den Maler interessiert, wobei er selbst Lombrosos Schädelvermessungen und seine Thesen zu typisch kriminellen Kopfformen problematisch, wenn nicht sogar gefährlich deterministisch fand. Vieles davon ist auch einfach ähnlich absurd wie die Strategien zur Vermessung des Körpers nach Bertillon, dachte er bei sich und landete schon wieder bei der Frage nach dem bärtigen Fremden, der Fouqué in seiner Suite besucht hatte.

»Ich kenne das Bild von Monet leider nicht«, sagte nun Friedrich Schulz und beugte sich vor. »Wie ist es gemalt?«

»Es sind mehrere Heuhaufen, und sie alle scheinen zu brennen, zu flirren. Die Farben singen.«

»Sie singen?«, fragte Schulz erstaunt.

»Ja, singen und musizieren.« Kandinsky nickte ernst.

»Sie sind Synästhetiker, nicht wahr?« Die Wurmbrand blickte in der Runde umher, triumphierend ob ihres Wissensvorsprungs. »Sie können Farben hören.«

»Das ist korrekt.« Kandinsky nickte wieder.

In diesem Augenblick trug die Brunner, deren Sinn für effektvolle Auftritte man einfach bewundern musste, die Pyramide der kriegerischen Krebse auf.

Kandinsky zuckte empfindlich zusammen und zeigte auf die Krebse. »Knallrot, ich höre wirklich einen Knall, wenn ich diese Krustentiere sehe. Rot, das klingt wie der Schall von Trompeten, dazu noch eine kräftige Tuba.«

Die Mitglieder der Tischrunde betrachteten ihn erstaunt.

»Und ... die anderen Farben? Wie klingen die?«, wollte Gerda Ranke wissen.

Kandinsky wies auf die Wurmbrand, die ein opulent gerafftes Seidenkleid in leuchtend gelber Farbe trug. »Ihr Kleid, verehrte Gräfin, klingt für mich ebenfalls wie eine sehr laute Trompete. Gelb ist eine exzentrische Farbe. Ihre dunkelblaue Weste dagegen, Major, ist eine ruhige Flötenmelodie, unterstrichen vom tiefen Klang des Cellos. Wenn auch unterbrochen vom Fortissimo dieser rot scheppernden Ornamente. Ihre grüne Hose, mein Herr ...«, Kandinsky nickte Wedekind zu, der eben mit einer Grimasse sein Gebiss nach hinten schob und dabei fasziniert lauschte, »... klingt wie eine Geige.«

Auf diese Auskünfte hin folgte ein allgemeines Schweigen. Jeder betrachtete unwillkürlich seine Kleidung und fragte sich, welche bis dato unbemerkten Geräusche diese wohl machte.

Sophie nahm den Faden wieder auf. »Und wie gefällt Ihnen denn nun München, Herr Kandinsky?«, fragte sie freundlich.

»Oh, es ist zauberhaft!«, rief der Russe aus. »München ist für mich wie eines der alten deutschen Märchen. Die hohen schmalen Dächer, die verwunschenen Straßen in der Au! Ja, in meinen Augen zieht die blaue Trambahn durch diese Straßen wie verkörperte Märchenluft, und die gelben Briefkästen singen von den Ecken ihr kanarienvogellautes Lied.«

»Entzückend!«, brach es aus der Wurmbrand hervor.

»Tatsächlich vortrefflich formuliert«, stimmte Wedekind mit ehrwürdigem Ernst hinzu. »Darauf erhebe ich gern mein Glas.«

Während man sich zuprostete, kauerte Fritzi still wie ein Mäuschen unterm Tisch, umringt von den Beinen der Erwachsenen. Er hatte nicht viel verstanden, außer, dass die Briefkästen wie Kanarienvögel sangen, die Trambahnen offenbar verzaubert waren und das Kleid von Tante Wurmbrand so laut kreischte wie eine Trompete.

Nach dem angeregten Gespräch bei Tisch wanderte die Gesellschaft hinüber in den Salon, wobei man – ein Makel der Wohnung – den umständlichen Weg durch den Korridor antreten musste, da eine direkte Verbindungstür fehlte. Nachdem das Hindernis überwunden war, suchten sich alle einen Platz, und es folgte eine kleine Lesung von Gerda Ranke, deren saubere Verse im Nachhall der klingenden Farben Kandinskys verblassten. Auch Wedekind verlas ein kurzes Textchen, wie immer mit einer Grabesmiene, aus der man unmöglich herauslesen konnte, ob seine Sätze ernst oder parodistisch gemeint waren, was einen seltsam komischen Effekt hatte. Die Wurmbrand, die schon des Öfteren Lesungen des Schriftstellers erlebt hatte, hielt sich jedenfalls vorsorglich ein Taschentuch vor den Mund, denn lautes Lachen konnte Wedekind so dermaßen erbittern, dass er zuweilen einfach aufsprang und hinausstürmte.

Doch der Abend endete in keinem Eklat, im Gegenteil, die freundlichen Stimmen und klirrenden Gläser hingen noch in der Luft, als sich schon alle verabschiedet hatten. Gryszinski, immer noch in Gedanken bei seinem Fall, wanderte als Letzter durch die dunklen Zimmer, die in blauer Ruhe lagen. Der tiefe Laut eines unsichtbaren Cellos schien alles zu durchdringen. Umso unangenehmer, ja, brutaler riss ihn das schrillende Telephon nur wenige Stunden später aus dem Schlaf. Knallrot schrie es, als Gryszinski zu dem aufbegehrenden Apparat stolperte und den Hörer von der Gabel riss.

Es meldete sich der diensthabende Gendarm, der abbestellt worden war, um das russische Paar zu beschatten, und er verkündete eine nicht minder unangenehme Nachricht: »Herr Major, ich bin untröstlich, aber … die Russen, die Baranoffs … Sie sind verschwunden.«

10.

Verdun, 1916

Zwei Tage später muss Fritz wieder in den Graben. Bis dahin hat er viel an den Fall des verschwundenen Franzosen und die Abende mit den müden Mappen gedacht. Doch angesichts des heftigen Beschusses, des Galgenhumors der Kameraden und des argwöhnischen Kalmars, der wie ein böses Auge am Himmel hängt, verblassen die Bilder aus der Liebigstraße. Dafür betrachtet er wieder öfter die Photographie eines Mädchens, das Ella heißt. Sie stammt aus einer respektablen Münchner Familie und ist zwar nicht offiziell seine Verlobte, aber doch eine ernsthafte Kandidatin. In den Wochen, bevor Fritz in den Krieg zog, gingen sie ein paarmal miteinander tanzen, und in dem emotionalen Druckkessel, in den das Leben während eines Kriegsausbruchs gerät, verdichteten sich die freundschaftlichen Gefühle schnell zu einer Verliebtheit, die Fritz, der sich insgeheim doch fürchtete, auf angenehme Weise sedierte. Ella ist ein ruhiges, versonnenes Mädchen mit weichem Haar und braunen Augen. Sie schreibt romantische Briefe auf schwach parfümiertem Papier, die ihm gefallen, auch wenn sie nichts mit ihm zu tun haben, genauso wenig wie die blumigen Worte, die er ihr pflichtschuldigst zurückschreibt. Vermutlich hat auch sie es in der Heimat nicht leicht, doch darüber schreibt sie ihm nichts. Sie beide ziehen es vor, in der formelhaften Sprache romantisch Liebender zu kommunizieren, in feststehenden Sprachwendungen, wie sie in einem Schlüsselbuch verzeichnet sind. Und doch betrachtet er aufrichtig gern ihr Portrait und bedauert jeden, der kein Mädchen daheim hat. Schließlich ist Ellas Existenz ein Versprechen. Sollte er zurückkehren, wird sein Leben irgendwie voranrollen, sie können wieder tanzen gehen oder im Luitpold zusammensitzen, das in seiner Erinnerung eine berauschende Flucht aus marmornen Zimmern voller Palmen ist, gebettet in das warme Gluckern der Kaffeekannen.

So gehen zwei Wochen dahin, in denen Fritz weiterhin überlebt. Einmal wird es brenzlig, da muss er eine Nachricht an den Kommandanten eines anderen Bataillons überbringen, als seine Einheit von der Kommunikation abgeschnitten und in schwer beschossenes Gebiet geraten ist. Wieder eine wilde Fahrt auf seiner Diana. Beine, Pedale und Atem sind vereint mit den in Stößen auftauchenden Erinnerungsbildern, in denen der ungelöste Fall des Vaters allerdings nicht vorkommt. An den seit zwanzig Jahren vermissten Franzosen denkt Fritz erst wieder, nachdem er ins Lager im Wald zurückgekehrt ist.

Gleich am ersten Abend seiner Ankunft lässt Bocksnick ihn zu sich rufen und trinkt feierlich auf Fritzens Mut. Die Tage zwischen den Betonhütten im Wald tröpfeln vor sich hin, buchstäblich, der Regen rauscht weiterhin um das auf Sand gebaute Dorf. Die Bewohner, eine Zweckgemeinschaft vereint im Ausnahmezustand, sitzen herum, starren Wände an, spielen Karten, schreiben Briefe. Langeweile mit einem ständigen Störgeräusch im Ohr, das von der Front durch die Wand aus Regen dringt. Auch Fritz hat viel Zeit, und so ergibt es sich ganz natürlich, dass er hin und wieder ein Gläschen mit dem General trinkt.

Aus diesen zufälligen Treffen wird allmählich eine regelmäßige Einrichtung, und schon bald sitzen Fritz und Bocksnick täglich zusammen. Sie reden selten über den alten Münchner Vermisstenfall, dafür oft über tiefgründige, existenzielle Fragen. Dabei parlieren sie häufig auf Französisch, das Fritz fließend und akzentfrei spricht. Für ihn fühlt es sich wie die unverhoffte Fortsetzung seiner ersten Semester an der Münchner Universität an. Diese Zeit, in der man stundenlang mit seinen Kommilitonen auf den zerschlissenen Polsterbänken eines Studentencafés zusammenhockt, die Zähne schwarz vom Rotwein, und das Denken einübt, indem man die großen Fragen argumentativ zergliedert und mit einer gewissen Monotonie die eigenen wichtigsten Thesen immer wieder formuliert. Bocksnick gleicht dabei dem Professor, der sich gern ins Zwiegespräch mit seinem Lieblingsstudenten begibt. Fritz mag den General. Trotz seines zackig-militärischen Auftretens und des skurrilen Geräuschs, das seine Nase macht, fühlt er sich in dessen Gegenwart unerwartet geborgen.

Aus einer bloßen Verlegenheit heraus schreibt Fritz seinem Vater dennoch nichts über dessen alten Bekannten. Als Kommandierender kann Bocksnick ohne Weiteres Einsicht in die Feldbriefe der Mannschaften und unteren Offiziere nehmen, bevor diese abgeschickt werden. Und auch wenn Fritz nicht genau weiß, ob Bocksnick tatsächlich auch seine Post liest und zensiert – das ist in seinem Fall eigentlich die Aufgabe eines griesgrämigen Majors aus der Pfalz –, wäre es ihm unangenehm, sollte der General persönliche Zeilen über sich selbst lesen. Deshalb erfährt Gryszinski nichts von dem neuen väterlichen Mentor seines Sohns.

11.

München, 1896

Der Weg, auf dem die angeblichen Baranoffs sich im Morgengrauen abgesetzt hatten, war schnell rekonstruiert. Während der unglückselige Gendarm, diskret hinter einer aufgeschlagenen Zeitung verborgen, in der Lobby gesessen hatte, waren sie schlichtweg durch einen Hinterausgang verschwunden, jeder nur ein kleines Köfferchen in der Hand. Eine Küchenhilfe hatte sie gesehen, aber bis die Information zum schlaftrunkenen Concierge und endlich zu dem jungen Polizisten vorgedrungen war, saßen die beiden wohl schon längst im Zug nach Irgendwo. Ihre astronomische Rechnung hatten sie natürlich nicht beglichen.

»Und ihr ganzes Gepäck? Was ist damit?«, fragte Gryszinski unwirsch, sobald er im Vier Jahreszeiten eingetroffen war. Sie hatten sich im Bureau des Hoteldirektors Obermayer versammelt: Gryszinski, Eberle, der wachhabende Gendarm, der Concierge – es war wieder die feingliedrige Basstuba – und der Direktor selbst, dessen Gesicht ganz grau war ob des herben finanziellen Schlags, den er heute früh bereits erlitten hatte.

»Wie es nach einer ersten Durchsicht des Zimmers scheint«, sagte die Basstuba, »war die gesamte Garderobe, die von den Herrschaften vor Ort getragen wurde, entweder geliehen oder schlicht noch nicht bezahlt. Offenbar haben sämtliche

Münchner Couturiers nur zu gerne ihre edelsten Kleider auf Rechnung ins Hotel geliefert. Besagte Rechnungen liegen allesamt sauber gestapelt auf dem Sekretär in der Suite.«

»Heißt das, die beiden sind hier lediglich mit ihren zwei kleinen Koffern angereist? Kam Ihnen das nicht merkwürdig vor?«, fragte Gryszinski.

Der Concierge zuckte mit den Schultern. »Ich erinnere mich dunkel, dass die Dame etwas davon sagte, dass ihr Gepäck später nachkommen würde. Und dann wurden so oft Kleidertruhen geliefert, dass keiner mehr darauf geachtet hat, ob da noch große Koffer ankamen.«

»Woher wissen wir dann überhaupt mit Gewissheit, dass sie abgereist sind?«

»Weil …«, Obermayer richtete sich düster in seinem Stuhl auf, »… sie ihre Papiere mitgenommen haben. Und den Zimmerschlüssel haben sie netterweise ebenfalls auf dem Schreibtisch liegen lassen. Die Tür war unverschlossen.«

»Schmuck?«

»Wie die Kleidung: war wohl alles geliehen. Entsprechend liegen oben haufenweise gut gefüllte Schatullen. Ob sie nicht doch etwas haben mitgehen lassen, wird man wohl erst nach Durchsicht der Rechnungen wissen. Vermutlich.« Der Direktor hielt sich das Gesicht, als ob er unter schrecklichen Zahnschmerzen leiden würde.

»Na dann.« Gryszinski seufzte resigniert und erhob sich. »Das Ganze zeugt wirklich von einer wahrhaft abenteuerlichen Dreistigkeit.« Er nickte Eberle zu. »Sie beginnen bitte sofort, zusammen mit Wachtmeister Voglmaier, mit der großflächigen Überprüfung dieser falschen Baranoffs. Ich werde derweil das Zimmer unserer Russen in Augenschein nehmen.«

Obermayer war ebenfalls aufgestanden. »Kommen Sie, Major, ich begleite Sie zu der Suite.«

Während sie stumm durch die Gänge liefen, stellte sich Gryszinski zum ersten Mal die Frage, die ihm die wichtigste zu sein schien: War es ein Zufall, dass das russische Paar sich gerade heute entschieden hatte, das Hotel um die Zeche zu prellen? Oder waren sie geflohen, nachdem Eberle Fouqués Namen erwähnt hatte, sprich: Hatten sie etwas mit dem Verschwinden des Franzosen zu tun?

Die Tür war nur angelehnt, dafür stand ein Angestellter des Hotels Wache. Die Räume der Baranoffs waren im selben Stil wie die Suite eingerichtet, die Fouqué bewohnt hatte, doch es gab noch mehr Zimmer, die Spiegel waren noch größer, die seidenen Kanapees noch ausladender. Von den zwei Schlafgemächern war eines offensichtlich tatsächlich zum Schlafen genutzt worden, davon erzählte das zerwühlte Bett. Das linke Kopfkissen trug deutliche Spuren von Puder und Lippenstift. Hier hatte Nataliya, langsam in die Tiefen des Schlafes sinkend, ihre Maske abgewischt. Das zweite Schlafzimmer hatte als Lager für die Massen an unbezahlten Roben und Anzügen hergehalten. Die Kleidungsstücke lagen auf dem Bett und einigen Sesseln wie eine kopflose Abendgesellschaft. Gryszinski schüttelte fassungslos den Kopf und wollte sich eben daranmachen, das Badezimmer zu inspizieren, welches einer römischen Therme glich, als Obermayer ihn ansprach.

»Ach, verzeihen Sie, Herr Major. Das kommt mir eben in den Sinn: Können wir denn Fouqués Suite wieder freigeben?« Er blickte missmutig umher. »An Tagen wie diesen kann ich es mir kaum leisten, auf weitere Einkünfte zu verzichten«, fügte er hinzu.

»Ja, richtig, das wollte ich noch veranlassen. Da wir Fouqués sämtliche Habe verpackt und zur Polizeidirektion gebracht haben, spricht nichts dagegen.«

»Hervorragend.« Der Hoteldirektor schritt direkt zum

Telephon, das einer opulent vergoldeten Putte glich, und zwickte den Fernsprecher ins dicke Beinchen, um sich zur Rezeption durchstellen zu lassen. Sobald er verbunden war, veranlasste er, dass zwei Zimmermädchen die Suite in Ordnung bringen sollten, bevor sie der nächste Gast beziehen würde.

Wie viele Menschen und Geschichten diese Wände bereits gesehen haben, dachte Gryszinski, der sich nicht zum ersten Mal wünschte, dass die Tapeten, Sofas und Spiegel ihm einfach das Erlebte erzählen könnten. Er blickte in einen weiteren Salon mit einem Erker, der wie eine rundum verglaste Taucherglocke über der Maximilianstraße und ihren Flaneuren hing; schillernde exotische Fische, die durch die blaue Luft trieben. Die angeblichen Baranoffs hatten es sich wirklich gut gehen lassen. Auf einem Teetischchen ruhte ein silbernes Tablett mit mindestens zwanzig leer geschlürften Austernschalen sowie den roten – knallroten – Hüllen zweier Hummer. Daneben zwei Champagnerkelche. Die würde er einpacken lassen, um die Fingerabdrücke darauf zu sichern, vielleicht würden diese noch nützlich sein. Er kehrte zurück in den ersten Salon, der gleichzeitig als Entree diente. Dieser Raum glich dem Salon in Fouqués Suite am deutlichsten, der Grundriss schien identisch zu sein.

»Liegen diese Räume eigentlich direkt über denen Fouqués?«, fragte Gryszinski.

Obermayer nickte. »Ganz genau.« Er holte Luft und wollte wohl noch etwas hinzufügen, doch eine geisterhafte Stimme unterbrach ihn.

»Herrschaftszeiten!«, hallte die Stimme durch den Salon, sie war eindeutig weiblich.

Die beiden Herren erstarrten.

»Was? Wie?« Gryszinski blickte sich verwirrt um.

»Glaub's mir«, ertönte wieder die körperlose Stimme.

»Der Ludwig, dein Gspusi, der is foisch! Dem tät ich niemals übern Weg traun.«

»Ah geh, Maria!« Eine zweite Geisterstimme erfüllte den Raum. »Denkst, i woaß des net? I bin doch ned auf der Brennsuppn dahergschwomma.«

»Ja, was willst dann vom Ludwig?«, blaffte die erste Stimme erregt zurück.

Daraufhin ertönte ein Kichern. Gryszinski und Obermayer waren, die Köpfe wild hin und her wendend, im Salon umhergelaufen. Die erste Stimme kicherte jetzt auch.

»Je nun, fesch is er ja, der Ludwig«, erklärte die als Maria bezeichnete Stimme.

»Aus dem Kamin! Daher kommt es!«, schrie Gryszinski und zeigte auf die Feuerstelle, die mit marmornen Blumengirlanden umrandet war. Der Major und der Direktor kamen gleichzeitig dort an und steckten ihre Köpfe in den Kamin.

Schallendes Gelächter fuhr durch den Schacht, knallte gegen die grob gemauerten Innenwände wie ein verirrter Vogel. Sie zuckten unisono zurück und sahen einander an.

»Sind das vielleicht die Zimmermädchen, die Fouqués Suite in Ordnung bringen sollten?«, fragte Gryszinski.

»Ja, genau«, stammelte Obermayer und fasste sich an den Kopf. »Aber was …«

»Nun, offenbar …«, Gryszinski hatte sich wieder einigermaßen gefangen, »… kann man hier ganz wunderbar alles anhören, was in dem Zimmer unter uns gesprochen wird.«

Wie es zu der ominösen akustischen Verbindung zwischen den beiden Suiten gekommen war, ließ sich mithilfe einiger Anrufe, untermalt von den immer lauter werdenden Wehklagen des Hoteldirektors, bald klären: Am Tag von Fouqués Ankunft, einige Stunden, bevor der Franzose seine Zimmer bezogen hatte, war ein Kaminkehrer damit betraut worden, die Schächte zu säubern. Offenbar hatte er dabei eine

Lüftungsklappe geöffnet und diese dann vergessen. Diese unselige Klappe stellte eine Verbindung zwischen zwei Abzugsschächten her und sorgte dafür, dass die Baranoffs, die zu diesem Zeitpunkt bereits im Vier Jahreszeiten logierten, plötzlich über ein regelrechtes Hörrohr in den Salon eines hochrangigen französischen Diplomaten verfügten. Gryszinski stellte sich vor, wie die beiden Russen in ihren geliehenen Kleidern, angetan mit ihren unbezahlten Juwelen, ihre ergaunerten Austern schlürften, als plötzlich eine fremde männliche Stimme durch ihren Salon hallte. Vielleicht sprang Sergeij schon zum Telephon, um die Störung zu melden, als Nataliya einen Finger an die Lippen legte. *Attendez!* Hatten sie Fouqué tagelang belauscht? Und dabei etwas erfahren, das eigentlich niemand wissen sollte?

In den nächsten zwei Tagen, die nichts Neues über den verschwundenen Franzosen brachten, staunte Gryszinski dafür fortwährend über die Möglichkeiten, die ihnen der ruhelose, oftmals wahnwitzige Erfindergeist ihrer Zeit bescherte. Dank der Telegraphie, und vor allem natürlich des Telephons, konnten sie in erstaunlicher Geschwindigkeit Informationen über die Baranoffs zusammentragen. Auch wenn es trotzdem ein mühevolles Geschäft war, musste man doch Polizeistationen, Konsulate und auch so einige Grand Hotels in gleich mehreren Ländern abklappern.

Was macht eigentlich die Identität eines Menschen aus, fragte sich Gryszinski in diesen Stunden, in denen sie wie Getriebene kabelten und Verbindungen herstellen ließen. Die Spur, die man in einem Raum hinterlässt, wie leere Austernschalen, liegen gelassene Kleider und der Abdruck des Gesichts im Kissen? Die amtlichen Fakten, die sich überall in der modernen Welt über einzelne Individuen ansammeln? Oder jene Facetten seiner selbst, die man selbstbestimmt nach außen hin zeigt? Auf Letzteres hatten die angeblichen Baranoffs natürlich gehofft mit dem Wappen der Romanows in ihren Papieren, ihrem extravaganten Auftreten und dem falschen Pomp, in den sie sich hüllten. Doch dieses selbst geschaffene Bild erwies sich nun als Trugbild.

Die Wahrheit stellte sich folgendermaßen dar (auch wenn Gryszinski klar war, dass auch diese angebliche Wahrheit wieder nur aus jenen Fäden geknüpft war, die er und seine Wachtmeister durchs Hörensagen zusammengeklaubt hatten, dass also auch dieser Flickenteppich an Informationen schnell wieder auseinanderfallen konnte): Sergeij Baranoff war zwar tatsächlich der Name des jungen Herrn, doch mit den Romanows war er keineswegs verwandt. Er entstammte einer eher unbedeutenden Familie des russischen Landadels. Trotzdem hatte er eine gute Partie gemacht und war mit einer wohlhabenden serbischen Gräfin verheiratet, die allerdings in Belgrad weilte. Über die Beziehung der Eheleute konnten sie nichts in Erfahrung bringen. »Aber man kann sich ja vorstellen, wie die Sache liegt, wenn er mit einer anderen Frau durch die Lande tingelt«, brachte das Spatzl die Situation auf den Punkt. Bei der Dame, die Sergeij begleitete, handelte es sich also mitnichten um seine Gattin, sondern angeblich um eine Volksschauspielerin aus St. Petersburg, deren Name unbekannt war. Offenbar war sie unter verschiedenen Pseudonymen in Russland aufgetreten. So blieben sie fürs Erste bei Nataliya. Zu diesem Zeitpunkt reisten die beiden bereits eine ganze Weile durch Europa, verprassten die gelegentlichen Zuwendungen von Sergeijs Gattin oder prellten einfach dreist, vermutlich je nach derzeitiger Finanzlage, die mondänen Grand Hotels, in denen sie abzusteigen pflegten, um die Zimmermiete.

Doch die wichtigste Information, um die sich alle weiteren Überlegungen Gryszinskis entspinnen sollten, erfuhr er unter der Hand an einem Abend im Café Luitpold. Eigentlich handelte es sich auch wieder nur um ein Gerücht. Sophie und er hatten sich zur Abwechslung mit der Wurmbrand und Grabow in dem großen Kaffeehaus verabredet, da man anschließend noch Karten für eine Opernpremiere hatte. Die Wurmbrand kam an diesem Abend in Begleitung eines alten Bekannten aus Wiener Tagen. Sein Name war Ferdinand von Keffenbrinck, er stammte ursprünglich aus dem Mecklenburgischen, lebte aber schon seit Jahren in Wien, wo er für die Deutsche Botschaft arbeitete. Er und Grabow, die beide schon lange im diplomatischen Dienst tätig waren, unterhielten die kleine Runde mit Anekdoten über Botschaftsempfänge, diplomatische Krisen und die Sitten anderer Länder. Da es gut zu ihrem Gesprächsthema passte, berichtete Gryszinski von seiner Korrespondenz mit zahlreichen Konsulaten und Botschaften der letzten Tage.

»Ach, und wie kam es dazu, Major?«, fragte Keffenbrinck interessiert.

»Ich möchte darüber nicht allzu viel preisgeben, aber wir fahnden derzeit nach einem russischen Paar, das in ganz Europa kleinere und größere Betrügereien begangen hat und möglicherweise im Zusammenhang mit einem anderen Fall steht«, antwortete Gryszinski. »Ein sehr elegantes und noch dreisteres Gespann, möchte ich hinzufügen.«

Danach wandte ihr Gespräch sich der anstehenden Premiere zu, doch Gryszinski hatte durchaus bemerkt, dass Keffenbrinck ihm einen langen Blick zugeworfen hatte.

Etwas später spazierten sie vom Luitpold zur Maximilianstraße. Dort angekommen, standen sie noch ein wenig inmitten der steinernen Weite des Max-Joseph-Platzes und nahmen das Bild der Oper in sich auf, die festlich leuchtend überm Trottoir schwebte. Etwas weiter hinten erstrahlte das Vier Jahreszeiten in brutaler Helligkeit. Eine Hand legte sich auf Gryszinskis Oberarm. Er wandte den Blick. Keffenbrinck stand direkt hinter ihm.

»Major, auf ein Wort«, bat er leise.

Grabow und die Damen gingen schon vor, während die beiden anderen sich etwas abseits des Gedränges stellten. »Also?«, fragte Gryszinski.

»Ich komme direkt zur Sache.« Keffenbrinck räusperte sich. »Das russische Paar, von dem Sie berichtet haben – nennen sich diese Personen Baranoff?«

»Ja, genau.« Gryszinski betrachtete ihn überrascht, dann überlegte er kurz. Die Baranoffs waren, das hatten sie ermittelt, auch in Wien gewesen. »Hatten Sie mit ihnen zu tun, als sich die beiden in Wien aufgehalten haben?«

»Ja, also nun, indirekt … Ich habe sie gesehen. Sie sprachen in der Botschaft vor. Geredet habe ich nicht mit ihnen, wohl aber wurde mir im Nachhinein etwas zugetragen … Ach!« Keffenbrinck holte tief Luft.

»Seien Sie versichert, dass alles, was Sie mir mitteilen werden, unter uns bleiben wird«, sagte Gryszinski, dessen Neugierde geweckt war.

»Gut.« Keffenbrinck nickte ihm ernsthaft zu. »Ich möchte niemanden kompromittieren, aber ich denke, dass Sie etwas wissen müssen.«

»Nun?«, fragte Gryszinski sanft.

»Die Baranoffs baten um eine Unterredung mit dem deutschen Botschafter. Diese wurde ihnen natürlich nicht gewährt, aber sie konnten doch mit einem engen Mitarbeiter Seiner Exzellenz reden. Mit diesem Herrn bin ich gut bekannt, daher habe ich einiges erfahren. Offenbar haben die Baranoffs sich erboten, als Spitzel oder Spione für das Deutsche Kaiserreich tätig zu werden. Sie erklärten, dass sie sich auf internationalem Parkett bewegen würden, viele wichtige Persönlichkeiten kennen und vor allem eben mit vielen, tja,

Franzosen und Russen verkehren würden. Zudem ließen sie durchblicken, dass sie wenig Skrupel und dafür umso mehr Wagemut hätten. Meinem Bekannten erschien dieser ganze Antrag doch recht halbseiden, also lehnte er ab. Obwohl man in der Wahl seiner Spitzel ja nicht immer allzu wählerisch sein kann, erschienen diese beiden ihm irgendwie gefährlich, nicht vertrauenswürdig.«

»Ich verstehe«, warf Gryszinski ein. Obwohl er eigentlich kaum verstand, so erstaunlich kam ihm die Sache vor. Zwei Betrüger, die sich als Spione verdingen wollten. Und dabei offenbar nicht einmal Bedenken hatten, ihre eigenen Landsleute zu bespitzeln.

»Aber die Sache geht noch weiter.« Keffenbrinck seufzte. »Mein Bekannter tätigte nach diesem Gespräch ein paar Anrufe. Wie es scheint, haben diese Baranoffs in so einigen Städten und an den verschiedensten Stellen ihre Dienste als Spione oder auch Informanten angeboten. Wobei ihnen die Nationalität ihres potenziellen Arbeitgebers wohl egal war.« Er seufzte noch einmal. »Das sind jetzt zwar alles Gerüchte, gewissermaßen aus dritter Hand, wenn Sie so wollen, aber doch wirkt es recht glaubwürdig. Inwieweit sie mit ihren, nun, Bewerbungen erfolgreich waren, lässt sich leider nicht sagen, das liegt in der Natur der Sache.«

Keffenbrinck schwieg, und auch Gryszinski sagte nichts, musste er doch das Gehörte erst einmal für sich sortieren. Zwei Hochstapler, die international ihre Dienste als Spitzel anboten. Und die, wurde ihm mit einem plötzlichen Kribbeln der Wirbelsäule klar, tagelang einen bedeutenden französischen Diplomaten belauscht hatten. Vermutlich hatten sie auch jenes Gespräch mit dem bärtigen Fremden mitangehört, den sie immer noch nicht identifiziert hatten. Er schüttelte angewidert den Kopf. Das Ganze war ein trüber Morast. Möglicherweise war Henri Fouqué in dieser Gerüchtesuppe einfach untergegangen, begleitet von dem schmatzenden Geräusch, das der Matsch macht, sobald ein unaufhaltsam fallender Stein in ihm versinkt.

12.

Verdun, 1916

»Es kommt mir vor wie das Ende der Welt«, sagt Fritz. Er blickt durch das zugige, schief in seinen Angeln hängende Fenster der Kommandozentrale hinaus in den Regen. Heute musste er seit Langem mal wieder an Kandinsky denken; wie klänge wohl das Grau des Betons in dessen Ohren?

»Oh nein.« Bocksnick blickt ebenfalls hinaus, in der Hand ein stumpfes Glas, gefüllt mit Cognac. »Ich war am Ende der Welt. Dort ist es anders.«

»Ach ja?« Fritz betrachtet ihn interessiert. »Wie meinen Sie das?«

»Ich war bis vor nicht allzu langer Zeit in der Südsee stationiert. Die Admiralitätsinseln im Bismarck-Archipel. Dort lebt man auf einem winzigen Stück Land, das wie ein Stecknadelkopf in einer unermesslich großen blauen Fläche steckt. Losgelöst vom Rest der Welt. Ständige Fremdheit.« Er schnaubt laut. »Das hier, das ist eher das Ende der Menschheit.«

Wieder blickt Fritz hinaus. Alles, was Bocksnick beschrieben hat, fühlt er hier auch. Ihre kleinen Schlafschachteln im Wald lösen sich allmählich von ihrem sandigen Fundament, der Regen wird sie schließlich anheben und fortspülen. Fritz stellt sich vor, wie er in einer trudelnden Flaschenpost kauert, die zwischen den Baumstämmen im gurgelnden Wasser tanzt. Er schüttelt sich. »Die Südsee …«, sagt er dann.

Der General nickt. »Direkt nach den Tagen in München bin ich dorthin gekommen. Ins verlorene Paradies. Aber auch ein Schutzraum«, fügt er etwas nebulös hinzu.

»Solitude sometimes is best society«, proklamiert Fritz, der von seinen Berliner Großeltern die preußische Kunst gelernt hat, Unwissenheit mit einem Zitat zu überspielen. Denn von der Südsee weiß er kaum etwas, wenn man von den obskuren Völkerschauen mit ihren künstlichen Dörfern aus Hütten und halb nackten, freundlichen Insulanern mal absieht. Und natürlich von den Bildern Paul Gauguins, der aber wohl, soweit Fritz informiert ist, in seinem angeblichen Paradies an der Syphilis verendet ist.

Bocksnick starrt ihn an, die Phrase hat offenbar etwas in seinem Inneren getroffen. »Wie recht Sie haben.« Er schnaubt.

»Auf die Einsamkeit«, getraut Fritz sich zu sagen und erhebt sein Glas. Mit einem dumpfen Laut stoßen ihre Gläser aneinander. Aus dem Augenwinkel betrachtet Fritz den General. Dessen ganzes Wesen erscheint ihm wie die verschwommene Photographie einer Person, die nicht lang genug still stehen kann, um richtig eingefangen zu werden. Fritz interessiert diese Unklarheit. Seine eigenen Eltern etwa sind, obgleich sie ein recht unkonventionelles Leben führen, zutiefst verwurzelte Menschen. Es sind nicht nur die jahrhundertealten Stammbäume, auf deren dichtes Astwerk sie ihre Füße setzen. Sein Vater und seine Mutter sind sich beide absolut ihrer selbst bewusst, mit einer schlafwandlerischen Sicherheit. Zudem hat seine Mutter mit ihrer überquellenden Bibliothek einen tonnenschweren Anker ausgeworfen. Ihr Reich der getreuen Bücher fixiert ihr Dasein, verortet ihr Leben endgültig. Auch wenn ihr Geist beweglich ist: Sammler sind nicht für Revolutionen, nicht für Kriege gemacht. Sophie von Gryszinski wird immer wie ein Drache ihre Schatzhöhle bewachen.

Bocksnick hingegen erscheint ihm da unklarer, suchender. Fritz kann sich nicht vorstellen, dass der schnaubende Haudegen mit seinen wechselnden Wohnorten auch nur ein paar Pfeifen sammelt. Und obwohl Fritz seine Eltern liebt und deren Lebensweise nie infrage gestellt hat, zieht ihn doch diese Loslösung, diese Verschwommenheit des Ichs an – denn das ist genau der Zustand, den er jetzt erlebt. Und wie anders sollte man mit der Veränderung seiner Lebensumstände umgehen, als sich einfach ins Abenteuer fallen zu lassen?

Es sind wohl diese fatalistischen Gemütsbewegungen, die dafür sorgen, dass Fritz nicht einmal zögert, als er wenig später aufgefordert wird, ein entsetzliches Wagnis einzugehen.

13.

München, 1896

Wieder musste sich Gryszinski der unangenehmen Runde in Welsers Bureau stellen. Das Herrentribunal saß unter einer dichten Wolke aus Zigarrenqualm und versank unisono immer weiter in den weichen Plüschsesseln, bis der Major nur noch rauchende Köpfe sah, überragt von dem wuchtigen Schreibtisch, der wie ein U-Boot aus dem Parkett auftauchte. Nachdem Gryszinski seinen Bericht beendet hatte, breitete sich Schweigen aus.

»Nun, viele Spuren. Aber kein Fouqué, gell«, fasste Dichtl, der bayerische Graf, die dramatische Lage zusammen. Er lehnte sich dabei mühsam nach vorn, während die Schwerkraft und der durchgesessene Fauteuil ihn zurückzuziehen versuchten.

»In der Tat, und das droht allmählich zu einer ausgewachsenen Staatsaffäre zu werden«, erklärte Welser düster.

»Fürwahr.« Bocksnick schnaubte.

Nur der preußische Gesandte Anton von Monts schwieg. Überhaupt hatte er schon die gesamte Unterredung über kein einziges Wort gesagt, wie Gryszinski jetzt realisierte. Auch die nächsten zehn Minuten lang, in denen das Tribunal in seiner Sitzecke ein kriegsähnliches diplomatisches Szenario heraufbeschwor, bis Gryszinski endlich diesen renitenten Franzosen herbeischaffen würde (»Mit Verlaub, es ist ja gar nicht so unwahrscheinlich, dass er tot ist.« – »Dann eben die Leich', verehrter Major.«), äußerte sich Monts mit keiner Silbe. Er blickte vielmehr die ganze Zeit über zu Boden, als würden die auf Hochglanz polierten Budapester des Polizeidirektors seine gesamte Aufmerksamkeit fesseln.

Irgendwie wunderte es Gryszinski daher wenig, als er, endlich in seinem eigenen Bureau sitzend und die Krawatte verstohlen lockernd, ein Telegramm von Monts erhielt, in dem dieser ihn in die Preußische Gesandtschaft einbestellte.

Heute abend 10 uhr, nehmen sie hintereingang.

Gryszinski seufzte. Und wieder eine Unterredung, die höchste Diskretion und eine Heimlichtuerei erforderte, die ihm mittlerweile ernsthaft auf die Nerven ging.

Trotzdem berichtete er Sophie nichts davon, als sie am früheren Abend eine der rar gewordenen zweisamen Stunden auf dem Diwan im Salon verbrachten. Er saß dicht hinter ihr und zwirbelte ihre Locken, während sie in einer Art laut gesprochenem Gedankenstrom erzählte, was sie heute geschrieben und gelesen hatte. »Gelesen, vor allem«, gestand sie. »Balzac und Flaubert, in der Hoffnung, dass es mich inspirieren würde. Irgendwie kann ich schon seit ein paar Tagen kaum einen geraden Satz schreiben.«

»Tatsächlich?«, fragte Gryszinski erstaunt. Er konnte sich nicht vorstellen, dass seiner eloquenten Gemahlin einmal die Worte ausgehen könnten.

»Ja, es ist ganz furchtbar, um ehrlich zu sein.« Sie drehte sich zu ihm um und blickte ihn direkt an. »Ich weiß gar nicht, was ich eigentlich genau sagen will.« Mit einem Mal wirkte sie richtiggehend verzweifelt. »Was ist …«, begann sie zögerlich und verstummte wieder.

»Was denn?«, fragte er vorsichtig.

»Was ist, wenn ich doch keine richtige Schriftstellerin bin?

Vielleicht war dieses eine Buch nur Glück, aber zu mehr bin ich nicht gemacht?«

»Aber Sophie, das ist doch ...«

»Nein, lass mich aussprechen! Wir haben mit deinen Eltern gebrochen, damit ich ganz offiziell unter meinem Namen schreiben kann. Alle, unsere neuen Künstlerfreunde, aber auch unser alter Freundeskreis und vor allem die *Frauen* aus unserem Bekanntenkreis, lauern jetzt auf mein erstes Buch. Sie erwarten alle so viel. Oder würden vielleicht auch hämisch reagieren, wenn ich scheitern würde. So oder so frage ich mich, ob es nicht sehr vermessen von mir ist, zu denken, ich sei eine so herausragende Dichterin, dass, nun, dass schon alles gut gehen wird.«

Gryszinski betrachtete seine Frau. Eine Welle der Zärtlichkeit stieg in ihm auf. Er hatte keine Ahnung gehabt, dass sie sich derlei Sorgen machte. »Mienchen«, sagte er mit fester Stimme. »Es *wird* alles gut gehen. Immerhin hat ein hervorragender Verleger dein Buch für brillant befunden. Es erscheint mir ganz natürlich, dass du vor deiner ersten großen Veröffentlichung Lampenfieber hast. Ich würde mir da nicht so viele Sorgen machen.« Er lehnte sich zurück, um ihr seine eigene Sorglosigkeit zu demonstrieren. »Du hast es ein Mal geschafft, ein großes Buch zu schreiben, dann schaffst du es auch ein zweites Mal.«

»Aber es ist, als würde ich keinen klaren Gedanken festhalten können!«

»Das mit den klaren Gedanken kenne ich«, gab Gryszinski zurück. »Wie wäre das: Lass doch in deiner Geschichte einen Mann verschwinden. Und dann findest du ihn auch wieder.«

Sophie musste lachen. »Das wäre dann aber keine sehr spannende Handlung.«

»Aber eine, die mich ungemein froh machen würde.«

Sie schüttelte lächelnd den Kopf. »So funktioniert das

leider nicht. Sich die Welt so zu schreiben, wie man sie am liebsten hätte.«

Jetzt staunte Gryszinski noch mehr. »Ich dachte, genau deshalb schreibt man.«

Sie dachte kurz nach. Dann strich sie ihm liebevoll übers Haar. »Ach, Willi, vielleicht stimmt das ja.« Sie räusperte sich und wechselte wieder in ihren pragmatischen Ehefrauenton. »So, nun genug der Selbstzweifel, lass uns lieber eine besonders gute Flasche Wein öffnen.«

»Superbe Idee! Für mich allerdings nur ein Glas, ich muss noch einmal etwas außer Haus erledigen«, fügte er verstimmt hinzu.

»Warum das denn?« Sie warf ihm einen durchdringenden Blick zu. »Doch nicht etwa wieder die Preußen? Hast du nicht schon genug Spionage betreiben müssen in den letzten Jahren?«

Er schüttelte den Kopf. »Ich weiß es ehrlich gesagt nicht so genau. Aber ich glaube, dieses Mal geht es um etwas anderes. Wir werden sehen.«

Zwei Stunden später wurde Gryszinski ordentlich durchgeschüttelt, als Gustav Apfelböck einmal mehr seine armen Kutschpferde durch die abendlichen Straßen trieb. Der Major merkte nicht allzu viel davon, denn natürlich war es nicht bei dem einen Gläschen geblieben. Als sie in die Türkenstraße einbogen, riss Gustav gerade noch die Kutsche herum, um nicht in einen Trupp fescher Infanteristen zu rasen, die auf dem Weg zurück in ihre Kaserne waren. Ihr Gefährt kippte beinahe auf die Seite, aber wie durch ein Wunder krachte es doch zurück in die richtige Position. Gustav ließ die Peitsche knallen, während Gryszinski im Fond reflexhaft nach seinem Herzen griff, als wolle er überprüfen, ob es in diesem Moment der unfreiwilligen Schwerelosigkeit irgendwo anders hin gerutscht sei. Er war wieder unangenehm klar im Kopf, als sie vor dem Nachbarhaus der preußischen Gesandtschaft hielten.

Obwohl sie nun standen, schien der Boden der Kutsche immer noch leicht zu wanken, vermutlich eine besonders perfide Form des *Delirium Furiosum*, mindestens. Seufzend kletterte Gryszinski aus seiner Droschke, um den würdelosen Weg zum Dienstboteneingang der Preußischen Gesandtschaft anzutreten, der auf der Rückseite des Palais lag. Er stolperte durch den stockdunklen Garten, sog kurz die frischen Gerüche auf, die aus der lockeren, kühlen Erde hochstiegen, und fand dann eine schwere Tür. Deren Schloss war blockiert worden, sodass er sie mit etwas Kraft aufschieben konnte. Vorsichtig stieg er ein paar schwach beleuchtete Stufen hoch und stand dann in dem mittlerweile vertrauten Vestibül, das ebenfalls im Halbdunkel lag. Von dem geschäftigen Treiben, das hier tagsüber herrschte, war nichts zu spüren, das ganze Gebäude schien menschenverlassen. Gryszinski stieg die Haupttreppe hinauf, er kannte den Weg zu Monts' prachtvollem Bureau. Die schwarzen Schatten ließen das Stiegenhaus riesig wirken, als würden unsichtbare Räume im Dunkel lauern. Plötzlich hielt er inne. Er hatte das deutliche Gefühl, Schritte zu hören. Oder war das nur der Widerhall seiner eigenen Schritte? Etwas langsamer nahm er die nächsten Stufen und lauschte dabei angestrengt. Doch, da war etwas. Schwere Schritte im Stockwerk über ihm, auch wenn der hochflorige Läufer auf den Treppen dafür sorgte, dass man das Geräusch gedämpft wie durch dickes Glas hörte. Er blieb wieder stehen. Stille. Der andere lauschte auch. Gryszinski schüttelte den Kopf und ging dann entschlossen weiter. Der andere hatte offenbar dieselbe Entscheidung getroffen, und so liefen sie aufeinander zu, zwei Enden einer Schnur, die immer kürzer wurde. Dann hallte ein ganz anderes Geräusch durch das herrschaftliche Treppenhaus, und Gryszinski verstand: Dieses Schnauben kannte er doch.

»Bocksnick!«, schmetterte er in den dunklen Raum, und tatsächlich bog in diesem Moment der rothaarige Major um die Ecke.

»Ach, Gryszinski, Sie schleichen hier also herum«, dröhnte der Angesprochene zurück und konnte ein weiteres Schnauben seiner Nase nicht verhindern.

»Dasselbe könnte ich wohl über Sie sagen. Was führt Sie hierher zu dieser späten Stunde?«

Verstimmt betrachtete Bocksnick ihn, während er wohl innerlich eine möglichst vage Antwort formulierte. »Nun, ich hatte noch einige Dinge zu tun …«

»Gryszinski, sind Sie das?« Die Gestalt des Gesandten Monts, die korrekt und steif in ihrem maßgeschneiderten Anzug steckte, erschien im Türrahmen am oberen Treppenabsatz. Weiches Licht fiel aus dem Vorraum seines Bureaus auf dicke Teppiche und eine Berliner Stadtansicht in Öl, die im Aufgang hing. »Dann kommen Sie doch herein.« Er komplimentierte Gryszinski in sein Bureau, während er Bocksnick einen knappen Abschiedsgruß zurief. Der verschwand sofort im Dunkel der Korridore.

»Exzellenz, mit Verlaub, was treibt denn dieser Bocksnick eigentlich immer noch hier?«, fragte Gryszinski.

»Er wartet auf Informationen zu Fouqués Verbleib«, gab Monts zurück und öffnete die Glastür einer klirrenden Vitrine, die mit Kristallkaraffen gefüllt war. »Bocksnick hat Weisung aus Berlin, so lange in München zu bleiben, bis wir über Fouqués Schicksal Bescheid wissen.« Er seufzte. »Aber setzen Sie sich doch, Major. Einen Cognac für Sie?«

Gryszinski schüttelte den Kopf. »Nein, vielen Dank … Wobei, ach, vielleicht doch. Gern.«

Monts schenkte erst seinem späten Gast und dann sich

selbst großzügig ein, bevor er Gryszinski gegenüber Platz nahm, in einer ähnlichen Sitzgruppe wie in Welsers Bureau. Allerdings waren die Sitzflächen hier preußisch hart, sodass man aufrecht saß und nicht, wie beim Münchner Polizeidirektor, in eine immer laxere Körperhaltung rutschte, was bösen Zungen wohl Aufschluss geben würde über dieses doch etwas liederliche *Laisser-faire* der Bayern.

»Ich dachte eher, Bocksnick würde sich nicht wieder zurück nach Berlin trauen«, spottete Gryszinski, nachdem sie einander zugeprostet hatten. »Schließlich hat er seinen Auftrag, Fouqué zu begleiten und ihn zu unterstützen, wohl gründlich vermasselt.«

Monts lächelte fein. »Die Dinge liegen in Wirklichkeit etwas anders.«

»Wie meinen Sie das?«

Der preußische Gesandte seufzte nochmals. »Also gut, ich sage Ihnen, was ich weiß, aber Sie müssen Stillschweigen bewahren.«

»Ja, natürlich«, gab Gryszinski leicht verärgert zurück.

»Als Fouqué diese kleine diplomatische Reise nach Bayern antrat, stellte das Auswärtige Amt ihm Bocksnick als Begleitung an die Seite, nach außen hin eine aufmerksame Geste, die für einen freundschaftlichen Umgang zwischen dem deutschen Kaiserreich und Frankreich steht. In Wirklichkeit misstraut der Staatssekretär Fouqué wohl. Bocksnick ist sein Spitzel, er sollte den Franzosen im Auge behalten.«

»Oha«, machte Gryszinski erstaunt.

»Ja.« Monts nahm einen ausführlichen Schluck Cognac. »Nicht auszudenken, was geschehen würde, wenn die Franzosen jetzt glauben würden, dass wir Deutschen ihren Diplomaten hätten verschwinden lassen.« Er führte nochmals das Glas an die Lippen. »Ich nehme an, dass Fouqué die Sache schnell durchschaut hat. Er ist nämlich, soweit ich weiß, Bocksnick einige Male ganz absichtlich entwischt, ins Varieté oder in irgendwelche Bierpaläste, möglicherweise auch in Richtung der Damen am Stachus. Also bevor er verschwand.«

Gryszinski spürte nun ernsthaft Ärger in sich aufsteigen. »Mit Verlaub, Exzellenz, wieso geben Sie Ihr Wissen erst jetzt preis? Seit einer Woche suchen wir fieberhaft nach dem Mann, während Sie mit wichtigen Informationen hinterm Berg halten.«

Monts hob beschwichtigend die Hände. »Sie haben ja recht, ich muss um Verzeihung bitten. Ich habe Sie ja nun einbestellt, um Ihnen alles offenzulegen.«

Gryszinski zog die Augenbrauen hoch. »Es gibt noch mehr?«

Der Gesandte lachte auf. »Oh ja«, gab er trocken zurück.

»Nun, Sie haben meine uneingeschränkte Aufmerksamkeit.«

»Es geht um diese Baranoffs, von denen Sie vorhin in Welsers Bureau berichtet haben.«

»Ja?« Gryszinski setzte sich noch weiter auf, er saß jetzt stocksteif aufgerichtet wie die stolzeste Borussia persönlich.

»Sie haben bei mir vorgesprochen.«

»Wann?«, fragte Gryszinski scharf.

Monts blickte verschämt auf seine Hände. »Einen Tag, nachdem Fouqué verschwunden ist.«

»Weiter.« Nur mit größter Selbstbeherrschung wahrte der Major einen Ton, der noch einigermaßen mit konventioneller Höflichkeit in Einklang zu bringen war.

»Sie baten um eine streng vertrauliche Audienz, denn sie hätten Informationen von nationaler Tragweite …« Einen Moment lang wirkte es so, als wolle der Gesandte sich die Hände vors Gesicht schlagen, doch er machte nur eine undefinierte Geste und umklammerte anschließend die Armlehnen seines unkomfortablen Sessels. »Es war ein Verkaufsgespräch. Sie sagten, sie würden über Pläne für eine geheime Technik verfügen, von höchster militärischer Brisanz. Und dass die Franzosen ebenfalls daran interessiert seien. Doch wenn der Preis stimmen würde, könnten sie dafür sorgen, dass nur wir diese ominösen Pläne erhalten würden. Sie hatten einige Papiere dabei, wissenschaftliche Aufzeichnungen, Berechnungen, Skizzen. Sie sagten, ich könne diese Unterlagen von einem unabhängigen Experten prüfen lassen. Doch einige entscheidende Papiere würden sie bis zum Kauf zurückhalten.«

Gryszinski hatte verblüfft und auch etwas verwirrt zugehört. »Um was für eine Technik soll es sich denn da handeln?«, fragte er nun.

Monts atmete einmal tief durch. »Sie sagten, es sei eine Technik, die es ermöglicht, telegraphische Nachrichten derart zu manipulieren, dass daraus Falschmeldungen entstehen.«

Die Aussage stand in ihrer ganzen Unbegreiflichkeit einige Augenblicke lang im Raum.

»Aber das würde ja bedeuten …«, wagte sich Gryszinski vor und verstummte wieder. Seine aufgerichtete Haltung hatte sich in ein gekrümmtes Fragezeichen verwandelt.

»Das würde bedeuten, dass eine Seite, sollte es zu einem Krieg kommen, die Nachrichten des Feindes verdrehen und verfälschen könnte. Man würde nicht nur Nachrichten stören oder abhören, man würde sie verändern, und zwar unbemerkt. Man könnte Lügen streuen, Befehle umkehren. Diese Erfindung wäre unfassbar machtvoll.« Monts schüttelte entschieden den Kopf. »Zu schön, um wahr zu sein, wenn Sie mich fragen.«

»Sie meinen, die Pläne sind falsch?«

»Ich meine, dass ich mir, als diese Russen vor mir saßen, um nichts in der Welt vorstellen konnte, dass es diese Technik wirklich gibt. Zudem kamen mir diese zwei Individuen nicht seriös vor. Meine Einschätzung war ja offenbar richtig, nach allem, was Sie über die beiden bereits herausgefunden haben.«

Gryszinski nickte nur.

»Trotzdem habe ich mich entschieden, diese sensible Information mit Ihnen zu teilen. Die Aussage, dass auch die Franzosen Interesse an der Erfindung hätten, und jetzt noch dieser Kaminschacht im Vier Jahreszeiten …«

»Fouqué wurde die Erfindung ebenfalls angeboten, und zwar von dem bärtigen Mann!«, fiel ihm Gryszinski, der plötzlich die Dinge überblickte, ins Wort. »Daraufhin müssen die Baranoffs die Pläne gestohlen haben, um sie Ihnen anbieten zu können. Haben die beiden dann auch Fouqué verschwinden lassen?« Die letzte Frage stellte er sich eher selbst, Monts antwortete trotzdem.

»Das weiß ich nicht, auch wenn es wohl plausibel erscheint.«

Gryszinski schüttelte den Kopf. »Was ist das nur für eine Geschichte? Jeder bespitzelt jeden, Informationen werden gestohlen oder manipuliert …«

»Nun, so ist unsere Zeit, oder nicht?«, sagte Monts. »Sie müssen nur nach Frankreich blicken, wo gerade dieser Dreyfus vor ganz Paris entehrt und anschließend auf eine gottverlassene Insel geschickt wurde. Und warum? Weil er uns Deutschen angeblich ein paar relativ uninteressante militärische Geheimnisse verraten haben soll.«

»Angeblich?«

»Also dazu möchte ich mich nun wirklich nicht äußern«, erklärte Monts schnell. »Dafür habe ich Ihnen noch etwas anderes zu sagen, und zwar zu dem Mann, der Fouqué aufgesucht und ihm vermutlich die Pläne vorgestellt hat.«

»Nun?«

»Nach der Personenbeschreibung und allem, was die Russen haben durchblicken lassen, bin ich mir relativ sicher, dass es sich bei dem Fremden um jemanden handelt, mit dem wir hier in der Gesandtschaft auch schon einmal zu tun hatten. Seltsam natürlich, dass er seine Geheimtechnik ausgerechnet einem Franzosen angeboten hat, aber das zu ergründen ist wohl Ihre Sache.«

»Wer ist es also?«, fragte Gryszinski ungeduldig.

»Ich *denke*«, betonte Monts, »dass der Mann mit dem Bart ein bekannter Münchner Erfinder ist. Sein Name ist Alfons Hummert.«

14.

Verdun, 1916

Auch wenn die Gespräche zwischen Fritz und Bocksnick höchstens in nebensächlichen Bemerkungen den alten Münchner Fall des Vaters streifen, denkt Fritz doch wieder öfter an die Abende bei den müden Mappen. Er vermutet, dass sein Vater diese Akten immer noch in den zwei Kartons aufbewahrt, die in seinem Kleiderschrank verborgen sind. In Gedanken betritt er das väterliche Ankleidezimmer und zieht die Kartons hervor, während ihm die gestärkten Hemden im Nacken sitzen.

Gleich in der ersten Kladde, die den umfassenden und doch unvollständig gebliebenen Abschlussbericht enthält, finden sich auch vier Photographien, auf denen die wichtigsten Akteure dieser ganzen verwickelten Geschichte zu sehen sind. Das erste Bild ist jene weichgezeichnete Studioaufnahme Henri Fouqués, die sein Vater damals bei dessen Papieren im Vier Jahreszeiten gefunden hat. Ein gepflegter, sorgfältig nach neuester Mode gekleideter Enddreißiger, der es für nötig befand, sich für eine Stunde in ein exklusives Photoatelier zu begeben, um seine ansehnliche Erscheinung ausleuchten und aufnehmen zu lassen. Die zweite Photographie zeigt Nataliya »Baranoff«, echter Familienname unbekannt, Volksschauspielerin. Auch sie ist professionell photographiert worden, allerdings wohl in ihrer Funktion als Schauspielerin. Sie steht in einer Theaterkulisse, eine prachtvolle Terrasse, über der ein übergroßer Vollmond aus Pappmaché hängt. Nataliya ist in lauter durchsichtige Schleier gehüllt und in einer tänzerischen Pose erstarrt. Fritz vermutet eine Aufführung der skandalträchtigen *Salome* von Oscar Wilde. Sergeij Baranoff, auf der dritten Photographie, sieht direkt in die Kamera, aber eigentlich ins Nirgendwo, sein Blick hat sich auf einen unbestimmten Punkt gerichtet. Er starrt vor sich hin, was die Unscheinbarkeit seiner Gestalt noch deutlicher hervortreten lässt, als würde er langsam fortdriften aus der gesamten Szenerie. Bei dem Bild handelt es sich um sein Hochzeitsportrait. Seine Braut, die serbische Gräfin, hängt strahlend an seinem Arm. Zuletzt die vierte Aufnahme: Alfons Hummert. Woher das Bild stammt, weiß Fritz nicht, es zeigt kein Beiwerk eines Ateliers, sondern lediglich den Erfinder selbst vor einem undefinierten Hintergrund. Eine altmodische Daguerreotypie. Tatsächlich, da muss Fritz den Zeugen recht geben, sieht Hummert wie der Inbegriff eines wilden Anarchisten aus. Er trägt einen dichten Bart, der fast wie ein zotteliges Tier wirkt, und aus diesem Viech glühen zwei Augen. Was waren die Motive des Mannes, der eine möglicherweise geniale Erfindung ausgerechnet den Franzosen verkaufen wollte?

In dieser ersten Mappe steckt auch noch ein dicker Umschlag, aber den durfte Fritz niemals öffnen. *Tatort* steht auf der Rückseite in der Schrift seines Vaters geschrieben.

»Warum darf ich die Bilder nicht ansehen?«, fragte Fritz nicht nur einmal, denn das Verbot frustrierte ihn.

»Ich möchte nicht, dass du das siehst«, antwortete sein Vater ihm daraufhin schlicht. »Du wirst den Tod noch früh genug zu sehen bekommen, aber hoffentlich niemals so, gewaltsam und sinnlos.«

Der Soldat Fritz lächelt müde bei dieser Erinnerung. Allerdings muss er zugeben, dass die Sorge seines Vaters nicht ganz unberechtigt war. Denn einmal, davon weiß bis heute niemand, hat er den Umschlag heimlich geöffnet. Und auch wenn er mittlerweile weitaus größeres Grauen gesehen hat, kann er doch nicht vergessen, wie unbegreiflich ihm diese schwarz-weißen Photographien erschienen, welche die blutbesudelte Hülle eines Lebens für die Ewigkeit festhielten, obwohl es doch im selben Augenblick bereits verhaucht war.

15.

München, 1896

Es war Gryszinski unmöglich, bis zum nächsten Morgen zu warten. Und wenn es noch so unhöflich war, kurz vor Mitternacht einem Fremden einen Besuch abzustatten: Er würde diesen Alfons Hummert jetzt sofort aufsuchen. Der Erfinder wohnte, wie eine kurze Suche in den lokalen Adressbüchern ergab, im Münchner Vorort Gern, in der brandneuen Villenkolonie südlich des Nymphenburger Kanals, die vor allem für die zahlreichen nach München strebenden Künstler und Kunstprofessoren erbaut worden war – wobei die pekuniär eher mangelhaft ausgestatteten Bohemiens ihren Schwabinger Dachkammern treu blieben. Wer hier rauszog, war auf dem Kunstmarkt bereits etabliert. Viele der Häuser waren entsprechend mit lichten Ateliers ausgestattet. Sie fanden sich in den frei stehenden Villen, aber auch in den Reihenhaussiedlungen, lange Ketten aus Einfamilienhäusern, die dem gutbürgerlichen Geschmack entsprachen.

Hummert wohnte in einem Eckhaus einer solchen Häuserzeile, und zwar allein, wie Gryszinski dem Adressbuch entnommen hatte. Offenbar lebte nicht einmal eine Haushälterin bei ihm.

Nach einem viertelstündigen Teufelsritt durch die nächtlichen Straßen fiel der Major mehr oder weniger kopfüber aus seiner Kutsche und landete direkt vor einem dunklen

Block aus Häusern. Diese waren mit etwas Fachwerk verziert, wie lauter Pfefferkuchenhäuser, die ordentlich auf einer Ladentheke aufgereiht standen. Die Fenster blickten dunkel auf ihn herab, und über den Vorgärten lag die Stille schlafender Bewohner. Auch im Haus des Erfinders brannte kein Licht mehr, doch Gryszinski schritt entschlossen zur Gartentür, die sich lautlos öffnen ließ. Zwei Stufen führten zu einem verglasten Windfang, dessen Inneres allerdings hinter Gardinen verborgen war. Der Major suchte im schwachen Schimmer der Straßenlaterne vergebens eine Klingel. Schließlich klopfte er kräftig an die Tür. Diese schwang daraufhin sofort auf.

Etwas verwundert betrat er den kleinen Raum vor der eigentlichen Eingangstür und sah sich um. Neben einem Paar mit Schlamm bespritzter Stiefel, die vielleicht zur Gartenarbeit genutzt wurden, stand hier nur eine Kiste aus grobem Holz. Er trat näher. In der Kiste warteten zwei Milchkannen, bis obenhin gefüllt. Er hob die erste an und schnupperte, sie roch normal. Die zweite allerdings verströmte, sobald er seine Nase darüber hielt, einen unangenehm säuerlichen Geruch. Er verzog das Gesicht. Die stand hier schon eine Weile. Eine erste Unruhe machte sich in ihm breit, noch leise, aber doch spürbar. Wieder klopfte er. Das Haus schwieg. Gryszinski klopfte noch einmal, jetzt deutlich lauter und anhaltender. Er ließ einige Momente verstreichen. Genug Zeit, die jemand brauchen würde, um aus dem Schlaf hochzufahren, nach Morgenmantel und Pantoffeln zu greifen und eine kleine Treppe herunterzustolpern. Nichts geschah. Daraufhin drückte er die Klinke hinunter. Die Tür war nicht abgeschlossen. Vorsichtig ging er hinein.

Direkt am Eingang entdeckte er einen Lichtschalter. Er rief laut den Namen des Erfinders, und als immer noch keiner antwortete, legte er den kleinen Hebel aus Messing um. Mehrere Glühbirnen flammten auf und versenkten alles in dunkelgelbes Licht. Gryszinski stand in einem mit lauter Dingen vollgestopften Eingangsbereich, der trotzdem behaglich wirkte, vielleicht, weil in den offenen Regalen lauter Sachen standen, die man sonst in einem Salon vorfand: Bücher, kleine Marmorfiguren, Kerzenleuchter, Gläser. Dazu ein ganzes Kabinett voller Hüte. Eine solide Holztreppe führte ins obere Stockwerk. Auf allen Stufen türmten sich noch mehr Bücher, es war lediglich ein schmaler Gang frei gehalten, sodass es gerade noch ein Durchkommen gab. Von dieser kleinen Eingangshalle gingen mehrere Türen ab, sie alle standen offen.

Gryszinski blickte überall hinein. Eine Küche, die unbenutzt wirkte. Vermutlich ging Hummert lieber auswärts essen. Ein Speisezimmer. Auf der langen Tafel standen lauter Gerätschaften, die fremd und rätselhaft aussahen. Dann der Salon, der sich nur als solcher zu erkennen gab, weil in einer Ecke ein Sofa stand. Den Großteil des Raums bestimmte ein wuchtiger Tisch, auf dem mehrere Planskizzen ausgebreitet worden waren. Dazu weitere kleine Apparate, außerdem Telegraphen und Telephone, die stumm auf mehreren Sesseln und Fußbänkchen standen. Allerdings entschied Gryszinski sich aus einem anderen Grund dafür, als Erstes diesen Raum zu betreten, und das war der nur allzu bekannte süßliche Geruch, ein Duft, der wie nichts anderes auf der Welt roch. Es fühlte sich an, als würde eine kalte Hand seinen Nacken umklammern, als er dem beißenden Odeur folgte, doch er musste Gewissheit haben.

Vorsichtig schob er sich durch den Parcours aus Möbeln und Maschinen. An den Salon schloss sich ein verglastes Atelier wie ein überdimensionierter Wintergarten an. Durch den gesamten Raum waren mehrere Kabel gespannt. Sie verbanden zwei Telegraphen miteinander, die in den äußersten

Ecken platziert waren. An einen Fernschreiber war eine weitere Maschine angeschlossen, die glatt und abweisend wirkte. Gryszinski beschäftigte in diesem Moment allerdings etwas viel Dringlicheres. Denn die Quelle des überwältigend süßen Geruchs befand sich genau in der Mitte des Ateliers.

Er lag auf dem Gesicht, seine Arme hatte er weit ausgestreckt. Die Kabel spannten sich als löchriges Firmament über die liegende Gestalt: dem Erfinder Alfons Hummert, der mit absoluter Sicherheit tot war.

Gryszinski ging hinaus auf die schlummernde Straße. Im Fond seiner Kutsche hatte er das nötige Schreibzeug, um mit zittriger Hand eine Depesche zu verfassen. Mit dieser Nachricht schickte er Gustav direkt zur Polizeidirektion, begleitet von der unnötigen Anweisung, sich zu beeilen. Daraufhin kehrte er in den Wintergarten zurück, legte jeden Lichtschalter um, den er finden konnte, und stellte sich wieder an den Platz, an dem er eben schon gestanden und die Szenerie betrachtet hatte. Eine überwältigende Helligkeit flutete den Tatort, vermutlich hatte der Erfinder einen eigenen Stromgenerator für sein Haus. Auch ohne Gerichtsarzt und Spurensicherung konnte Gryszinski schon jetzt mit ziemlicher Sicherheit sagen, dass der Fundort der Leiche auch der Tatort war, und die Mordwaffe hatte er mit einem Blick ausgemacht. Alfons Hummert lag mit zertrümmertem Schädel in einer bereits getrockneten Blutlache. Und ganz offenbar war er mit jenem massiven Telephonapparat erschlagen worden, der direkt neben ihm lag.

Nach einer Weile wurde es Gryszinski unangenehm, allein mit dem Toten zu sein, und er wanderte, vorsichtig, um nichts zu berühren, durch die anderen Räume. Gleich am Eingang zum Wintergarten, gut sichtbar auf dem Türrahmen, entdeckte er einen einzelnen blutigen Fingerabdruck. Er wirkte wie ein bedrohlich leuchtendes Wundmal. Den würden sie genauer untersuchen müssen. Erst jetzt fiel ihm auf, dass sich in allen Zimmern Kommoden, Sekretäre und Schränke die Wände entlang aneinanderreihten. Fast alle Schubladen und Türen der Möbelstücke waren leicht geöffnet. Er lugte überall hinein und bemerkte stapelweise Papiere, auf denen ihm unverständliche Formeln und Skizzen zu erkennen waren. Hatte Hummert die Fächer selbst offen stehen lassen, vielleicht, um alles griffbereit zu haben? Oder hatte hier jemand etwas gesucht? Nachdenklich blieb er vor einem Sekretär stehen, auf dem ein Durcheinander aus kleineren Zetteln, Visitenkarten und Telegrammen fast kunstvoll arrangiert war, wie ein papiergewordener Wirbelsturm. Er starrte länger auf die tanzenden Buchstaben und knicksenden Eselsohren, als ihn der Anblick eines bestimmten Telegramms stutzen ließ. Hastig trat er näher und konnte sich gerade noch beherrschen, das kleine Stück Papier nicht anzufassen.

Treffen heute abend um sieben im vier jahreszeiten. bringen sie pläne mit. Fouqué, stand dort in einer Nüchternheit, die Gryszinski umso mehr elektrisierte.

»Chef!«, dröhnte in diesem Augenblick die unverwechselbare Stimme des Spatzl durch das Haus. »Wir sind da.«

Schnell ging Gryszinski zum Eingang, nicht ohne eine gewisse Befriedigung darüber zu spüren, dass selbst sein oftmals eher renitenter Wachtmeister Voglmaier mittlerweile verinnerlicht hatte, niemals ohne die Aufforderung des Königlichen Sonderermittlers einen Tatort zu betreten. Das Spatzl stand unterhalb des Windfangs. In den Händen hielt es zwei Taschen, vollgepackt mit kleinen und größeren Kisten, die sie gleich schützend über jede mögliche Spur stülpen würden. Der Rest ihrer Mannschaft – Eberle, der seinen Tatortkoffer hielt, dazu der Photograph Dornauer, der Gerichtsarzt Meyering und noch einige jüngere Polizisten – wartete wie eine brave Schulklasse vorm Gartentor.

Als Erstes ging Gryszinski gemeinsam mit Dornauer in das Atelier, um ihm Anweisungen zu geben, aus welchen Winkeln die Leiche photographiert werden sollte und welche weiteren Details einer Aufnahme bedurften. Der Photograph fuhr bereits sein Leiterstativ aus. So konnte er in wankender Höhe den Toten aus der Vogelperspektive belichten. Voglmaier und die übrigen Gendarmen durchstreiften mit Taschenlampen den Vorgarten, um nach Fußspuren zu suchen. Sicherlich wäre es sinnvoll gewesen, damit bis zum Morgengrauen zu warten, aber ein kühler Luftzug kündigte Regen an, und Gryszinski wollte nicht riskieren, dass mögliche Spuren weggeschwemmt werden würden.

Eberle indes machte sich bereit, den Tatort schriftlich zu protokollieren und einige Lageskizzen anzufertigen. Er stellte den Koffer auf dem blank polierten Arbeitstisch in der Küche ab und öffnete ihn, als Gryszinski hinzutrat. Der Major ließ den Blick über das Innere seines Koffers gleiten, und wie immer überkam ihn ein Gefühl der Ruhe beim Anblick der wohlüberlegten Ordnung seiner Instrumentarien, mithilfe derer er es mit dem Mord aufnehmen würde. Er hatte einst die Röhrchen, Fläschchen und Dosen, einen Pinsel, seine zusammenlegbare Taschenlaterne, Schrittzähler, Zirkel, Lupe, ein kleines Kruzifix (falls ein Sterbender noch rasch beeidet werden musste) und weitere nützliche Kleinigkeiten einem Sattler übergeben. Der hatte die Dinge auf einer zum Koffer passenden Platte kompendiös angeordnet und Laschen aus Leder angebracht, in denen nun seine kleinen Helfer steckten. Unter der Platte verbargen sich, akkurat gefaltet, diverse Papiere, die er am Tatort brauchte. Dort fanden sich auch mehrere Pläne der einzelnen Münchner Stadtteile und Umgebung. Aus Platzgründen waren sie auf hauchdünnes Papier gedruckt, das man mit Zaponlack bestrichen hatte, um die Karten wetterfest zu machen, auch wenn sie durch diese Behandlung sehr leicht entflammbar und daher feuergefährlich waren. Eberle entnahm dem Koffer nun Schreibzeug und Skizzenpapier. Gryszinski strich über die Dose mit den Bonbons, die sehr hilfreich waren, wenn man verängstigte Kinder befragen musste. Direkt daneben steckten die Sublimatpastillen, mit denen man eine Lösung zur Desinfizierung der Hände oder einer ersten Reinigung von Wunden herstellen konnte. Da sie hochgiftig waren und den Bonbons zum Verwechseln ähnlich sahen, hatte er sie mit einem Totenkopf gekennzeichnet. Nach kurzem Überlegen griff er nach einem Röhrchen mit Antipyrinpulver, einer Mischung aus Phenacetin und Koffein, die er vorsorglich gegen die sich bereits ankündigenden Kopfschmerzen einnahm. Er ging davon aus, dass es eine lange Nacht werden würde.

Gryszinskis Ahnung bestätigte sich. Als sie schon eine Weile beschäftigt waren, wandelten die Laternenanzünder durch die Straße, in der einen Hand ein kleines Licht, in der anderen die lange Stange, mit der die Gaslaternen gelöscht wurden. Kein braver Bürger hatte nun noch in dieser anständigen Gegend unterwegs zu sein, und so wurde alles in pechschwarze Finsternis getaucht. Nur das Mordhaus leuchtete weiterhin lichterloh. Hin und wieder fuhr ein noch grelleres Licht durch die Straße, dann hatte Dornauer wieder sein Blitzlichtpulver entzündet. In den illuminierten Fluren und Räumen arbeiteten sie schweigend vor sich hin, verloren sich allmählich in der Flut aus Realien, die allesamt eine entscheidende Spur verbergen konnten. Schließlich sickerte die Dämmerung in die Zimmer. Gegenüber wurden erste Gardinen zur Seite geschoben. Die Nachbarhäuser öffneten ihre Augen und richteten ihre Blicke auf das eine Haus, vor dessen Gartentor lauter fremde Droschken warteten. Endlich bewegte sich etwas vor dem Windfang, und eine Bahre glitt heraus, bedeckt mit einem Leichentuch, das sich im Wind bauschte.

Nur Sekunden später verschwand sie in einer schwarzen Kutsche.

Auch Gryszinski verließ Hummerts Haus und ließ sich in seine eigene Wohnung fahren. Er war todmüde und gleichzeitig wie fiebrig vor Unruhe. Irgendwann in der Nacht hatte er eine Depesche an den Polizeidirektor verfasst, um ihn schon einmal in groben Zügen über die jüngsten Entwicklungen zu informieren. In der Liebigstraße angekommen, zog er mühsam Schuhe und Anzug aus und legte sich so neben Sophie ins Bett. In einer halben Stunde war es Zeit zum Aufstehen, aber sie würden ihn sicher schlafen lassen. Er würde bei Welser vorsprechen, sobald er sich etwas ausgeruht hätte.

Kaum hatte Gryszinski die Augen geschlossen, zumindest kam es ihm so vor, drang das Schrillen des Telephons mitten in einen wirren Traum hinein, in dem er mit aller Kraft ein winziges Detail festgehalten hatte, das er beim Aufwachen sofort wieder vergaß. Verwirrt setzte er sich im Bett auf. Durch einen Spalt zwischen den Vorhängen schien die Sonne hinein, sie stand offenbar bereits hoch am Himmel. Es klopfte an der Tür.

»Gnädiger Herr?« Es war die Stimme der Brunner. »Der Polizeidirektor persönlich ist am Apparat.«

Erschrocken setzte Gryszinski sich auf. Wieso rief Welser ihn an? Schleunigst sprang er aus dem Bett, warf sich den orientalistischen Morgenrock über und eilte zum Korridor. Die Brunner reichte ihm den Hörer und glitt nach einem kurzen Blick auf seine derangierte Erscheinung in Richtung Küche. Das anschließende Scheppern ließ darauf schließen, dass sie ihm dort einen starken Mokka braute, wofür sie dem Geräuschpegel nach zu urteilen offenbar mehrere Töpfe und einen Hammer brauchte, aber vielleicht hämmerte es auch nur in seinem Kopf. Er nahm sich zusammen und meldete sich.

»Gryszinski!«, dröhnte es durch die Leitung. Immer wieder erstaunlich – als würde der Gesprächspartner direkt neben einem stehen.

»Herr Polizeidirektor?«

»Hören Sie! Normalerweise würde ich Sie jetzt sofort ins Bureau bestellen und alles mit Ihnen unter vier Augen besprechen, aber die Zeit eilt. Gute Arbeit, übrigens, dass Sie den Hummert identifiziert haben. Und, nun ja, ihn auch aufgefunden haben. Das heißt, wir haben jetzt einen Toten, der in Verbindung zu Fouqué und diesen Russen stand?«

Gryszinski fuhr sich müde durchs Haar. »Ja, allerdings, davon müssen wir wohl ausgehen.«

»Was ist das nur für eine Geschichte? Jetzt auch noch Mord.«

»Nun, ich hatte gestern Abend eine Unterredung mit Anton von Monts, die mich erst auf die Spur mit Hummert gebracht hat. Hummert hat Monts seine neueste Erfindung zum Kauf angeboten, eine Technik von höchster militärischer Brisanz, mehr möchte ich am Telephon nicht sagen.«

»Dieser alte Geheimniskrämer«, sagte Welser verärgert. »Bei dem werde ich heute noch vorstellig werden.«

Von hinten reichte die Brunner Gryszinski, wie immer völlig geräuschlos, eine Tasse Mokka. Er zuckte kurz zusammen, nahm den heißen Trunk dann aber dankbar an. Nach einem ersten Schluck sprach er weiter. »Vor Monts hat Hummert wohl Fouqué seine Erfindung zum Kauf angeboten. Das Gespräch zwischen Hummert und Fouqué ist es demnach, was die Baranoffs durch den Kaminschacht hören konnten.«

»Unfassbar!«, rief der Polizeidirektor. »Das macht den Grund für meinen Anruf noch dringlicher.«

»Herr Polizeidirektor?«

»Gryszinski, die Sache geht jetzt noch weiter.«

»Wie meinen?«

»Ich bekam eben einen Anruf aus Frankreich. Die deutsche Botschaft in Paris. Sie wissen ja, ein alter Kamerad von mir ist dort ein ranghoher Diplomat.«

»Ja, ich erinnere mich natürlich.« Welser hatte ihnen bei ihrer Recherche zu den Baranoffs geholfen und seinen Pariser Bekannten selbst angerufen. »Und der hat sich nun wieder gemeldet?«

»So ist es. Hören Sie genau zu. Die Baranoffs befinden sich in Paris. Sie sind bei der Deutschen Botschaft vorstellig geworden und dabei direkt an meinen Bekannten geraten. Sie haben ihm das uns bereits bekannte Geschäft angeboten. Nach dem, was Sie mir jetzt erzählt haben, müssen wir wohl davon ausgehen, dass sie sich nicht nur als Spitzel anbieten, sondern ihm auch die Pläne verkaufen wollen.« Welser senkte seine Stimme, offenbar wurde ihm eben wieder klar, dass Telephone zuweilen auch abgehört wurden. »Mein Bekannter hat die Sache gleich begriffen und hält die beiden hin. Er hat gesagt, dass sie in zwei Tagen wiederkommen sollen. Gryszinski, passen Sie jetzt genau auf.«

Der Angesprochene stand mittlerweile so aufs Äußerste gespannt in seinem Flur, dass Welsers Appell völlig unnötig war, aber er nickte dennoch, auch wenn der Direktor ihn natürlich nicht sehen konnte.

»In achtundvierzig Stunden wird mein Bekannter sich mit diesen Individuen treffen, im Café de la Paix an der Opéra Garnier«, fuhr Welser fort. »Und deshalb setzen Sie sich in den nächsten Nachtzug nach Paris. Dann sind Sie rechtzeitig dort, um alles vorzubereiten. Man wird Sie vor Ort unterstützen. Und sobald die beiden sich blicken lassen, verhaften Sie sie.«

Gryszinski nickte immer weiter. Welser war offenbar mittlerweile bereit, alle Register zu ziehen, um Fouqués Schicksal in Erfahrung zu bringen. Gryszinski ging es nicht anders. »Verstanden«, antwortete er schlicht.

»Gut. Und wissen Sie was? Nehmen Sie Ihre Gattin mit.«

Nun staunte der Major doch. »Warum das?«

»Es soll lieber nicht herauskommen, dass Sie eine dienstliche Reise nach Paris antreten, um eine Verhaftung auf französischem Boden vorzunehmen. Überhaupt sollten möglichst wenig Personen wissen, worum es sich dreht. Bislang konnten wir Fouqués Verschwinden noch herunterspielen, aber es kommen allmählich immer drängendere Fragen aus Berlin.«

»Ich verstehe. Wir sollen so tun, als würden wir eine private Reise unternehmen.«

»Exakt. Sicherlich ist es für Ihre Frau nicht schwer, sich von ihrem Verleger noch rasch ein paar Empfehlungsschreiben für einige Pariser Künstler ausstellen zu lassen?«

»Nein, also ja, das sollte schon gehen.« Gryszinski musste lächeln. Sophie würde völlig aus dem Häuschen geraten ob dieser unerwarteten Gelegenheit.

»Gut, dann machen wir es so. Ich veranlasse, dass man Ihnen die entsprechenden Bahnkarten besorgt und überbringt. *Bon voyage.*«

Zweiter Teil:
Der Aufbruch

16.

Paris, 1896

Gryszinski erblickte einen Tupfer Rot in der Menge. Der Tupfer wogte auf und ab zwischen schwarzen Zylindern und sorgfältig gepuderten Wangen, leuchtete unter dem Meer aus grauen, leicht gewölbten Dächern, verschwand kurz hinter einem voll besetzten Pferdeomnibus und tauchte wieder auf, als er den weitläufigen Boulevard überquerte. Die Umrisse des roten Tupfers nahmen allmählich die Form eines Damenhuts an, und unter der geschwungenen Krempe erkannte Gryszinski nun deutlich das Gesicht seiner Frau. Sie hatte noch rasch die nahe gelegene Galeries Lafayette besuchen wollen, ein neuartiges, fünfstöckiges Warenhaus mit einer kathedralenhaften Kuppelhalle. Vermutlich war dieser ihm unbekannte Hut das Ergebnis ihres Abstechers. Er selbst saß bereits seit einer Stunde an einem kleinen Bistrotisch unter einer vom warmen Maiwind geblähten Markise, vor sich ein Glas Rotwein, an dem er allerdings nur nippte. Das Leben auf der Promenade umflutete das Straßencafé, das wie ein Schiffsbug die Ecke eines großen Hauses einnahm.

Man spürte überall, dass Paris eine neue Stadt war. Nirgendwo stand noch altes Gemäuer, das versunkene Zeiten aufleben ließ, nein, jeder Stein dieser Metropole atmete den Geist des neunzehnten Jahrhunderts, ihrer eigenen Ära. Das war auch kein Wunder, schließlich war es noch nicht allzu lang her, dass ein unerschrockener Stadtplaner namens Haussmann zwanzigtausend Häuser abreißen ließ, um vierzigtausend neue zu bauen. Der mit derselben erlöserhaften Geste, mit der Jesus das Rote Meer teilte, Gassen und Plätze öffnete, um Licht und Luft durch die neu geschaffenen Flaniermeilen strömen zu lassen, gegen die ihre Münchner Maximilianstraße doch recht bescheiden wirkte. Menschen, die nicht viel älter als Gryszinski waren, hatten noch als Kinder in den düsteren, engen Gassen des mittelalterlichen Paris gespielt. Jetzt wandelten sie zwar noch auf derselben Stelle des Erdballs, aber liefen doch staunend durch die riesenhaften Boulevards einer komplett ausgetauschten Stadt. Für dieses surreale Erlebnis hatte Haussmann den Erbauern von Paris kistenweise identisch aussehender Parkbänke, Brunnen, Trottoirs, Straßenlaternen, Werbesäulen und Alleebäume gegeben, dazu eine Auswahl an hübschen Pilastern, Kapitellen, Balkongittern und Fensterumrandungen für die Wohnhäuser. Er gab sie ihnen wie einer Gruppe Kinder, die sich der Lust ihrer Bauwut hingeben, aber dafür nur die Bauteile aus dem Setzkasten nehmen durften. So wurde jede Straßenecke zur Variation ein und derselben Idee. Und diese Idee hieß: Paris, die Hauptstadt der Welt.

Das Café de la Paix, in dem Gryszinski zunächst seine Gemahlin und dann die Baranoffs erwartete, lag direkt gegenüber der Opéra Garnier, dem – *bien sûr!* – größten Theaterbau dieser Erde. Vor allem war die Oper eine gigantische Bühne für die Pariser Gesellschaft selbst, die sich in den prunkvollen Räumen zuweilen gekonnter inszenierte als die Darsteller. Selbst an Gryszinskis kleinem Tischchen spürte man die Nähe zu dieser fremden Sonne, in deren Umlaufbahn das modischste Volk am Champagner nippte, während die in schwarze Westen und weiße Kellnerschürzen gewandeten *garçons* ihr Ballett der hochmütigen Pinguine tanzten.

Gryszinski lehnte sich zurück und betrachtete die ganze Versammlung mit dem aufrechten Interesse eines Ornithologen, wobei er an den schwarzsamtenen Rücken einer krähenhaften Dame stieß. Dann lächelte er Sophie entgegen. Es war nicht sein erster Besuch in Paris, aber doch das erste Mal, dass er konspirativ in einem der feinsten Cafés der Stadt auf ein russisches Betrügerduo lauerte, das er obendrein festnehmen sollte, und er konnte sich einem gewissen Gefühl der staunenden Selbstentfremdung nicht entziehen. Sophie bahnte sich ihren Weg durch die eng gestellten Tische und Stühle.

»*Bonjour*, Willi«, sagte sie keck und hauchte ihm ein Küsschen auf die Wange, bevor sie sich ihm gegenüber niederließ.

Ihre Straßenecke lag auf der Sonnenseite. Das warme Licht durchfuhr die dünnen Schichten ihres roten Huts und ließ ihren Kopf lodern, als würde ihr Haar in Flammen stehen. Sophie blickte sich um und ließ die Szenerie auf sich wirken. Sie genoss ihre Überraschungsreise sichtlich. Gryszinski dachte an die letzten achtundvierzig Stunden zurück, die ihm im Rückblick wie ein irrer Ritt durch Zeit und Raum erschienen. Nach atemlosen Reisevorbereitungen und einem schweren Abschied von Fritzi, der trotz aller Versicherungen, dass sie bald zurück seien, bitterlich geweint hatte, waren sie zum Münchner Centralbahnhof gefahren. Dort hatten sie im Bahnhofsrestaurant ihr Abendessen eingenommen, um endlich kurz nach Mitternacht den Nachtzug zu besteigen. Der nächste Teil der Reise verdichtete sich in Gryszinskis Kopf zu einem monotonen Rattern durch die Schwärze mondloser Stunden, gefolgt von einer gleichförmigen Ewigkeit im taghellen Zugrestaurant, wo er unruhig über den spurlos verschwundenen Fouqué, die Leiche in München und die Russen in Paris nachdachte, während Sophie voller Tatendrang und deutlich schneller als die dampfschnaufende Lokomotive einen dicken Stoß Papierbögen mit ihrem Crayon vollschrieb. Die Reise nach Paris dauerte rund zwanzig Stunden. Es war schon wieder dunkler Abend, als sie in die französische Hauptstadt einfuhren und diese ihre Gemüter wie ein zivilisatorischer Urknall aufrüttelte.

»Oh, Willi«, hatte Sophie geflüstert und seinen Arm gepackt, während sie in einer Droschke zum Hotel fuhren und die im Schein unzähliger Gaslaternen und hell erleuchteter Cafés glitzernden Trottoirs voller Menschen an ihnen vorbeizogen.

Am nächsten Morgen hatte sich dieser andächtige Moment wiederholt, nachdem die beiden über eine kleine Außentreppe auf das Oberdeck eines Pferdeomnibusses geklettert waren und nun die immer gleich schönen Straßenzüge durchfuhren, gesprenkelt von dem flirrenden Lichtspiel, das die Blätter der Haussmann'schen Alleebäume auf die Fassaden warfen. Gryszinski begriff bei diesem Anblick, warum die Impressionisten so derart besessen waren von diesem Licht und der Unmöglichkeit, dessen Flüchtigkeit einzufangen, dass sie jahrelang immer wieder ihre Farben auf Leinwände tupften, in mühevoll kleinen Strichen und Punkten, als würde durch diese Anstrengung irgendwann eine Art alchimistischer Prozess freigesetzt werden, der aus Öl wahrhaftigen Sonnenschein machen würde.

Dann musste alles schnell gehen bis zu dem verabredeten Treffen im Café de la Paix. Gryszinski hatte den Kontaktmann der Botschaft nicht mehr kennenlernen können. Sein Name war Julius Dornbacher, und sie hatten noch von München aus per chiffriertem Telegramm vereinbart, dass der deutsche Diplomat als Erkennungszeichen einen schmalen Band mit Gedichten Heinrich Heines vor sich auf dem Tisch platzieren würde. Das musste reichen. Außerdem war Gryszinski im achten Arrondissement dem Omnibus entsprungen und hatte in der dunklen Ecke eines überfüllten Restaurants einen Polizisten namens Mercier getroffen. Diesen hatte man wohl rekrutiert, um dem Kollegen aus Bayern Amtshilfe zu leisten, aber seine mürrische Miene und allgemein abweisende Haltung machten deutlich, was er davon hielt, diesen *boche* bei einer verdeckten Aktion unterstützen zu müssen. So nahm ihre konspirative Besprechung vielleicht fünf Minuten in Anspruch, und Gryszinski hatte sich anschließend gefragt, ob der Pariser Polizist überhaupt auftauchen würde.

Da ihm nach dem Treffen noch unerwartet viel Zeit geblieben war, hatte er einen Spaziergang ins benachbarte neunte Arrondissement unternommen, in dem sich die Oper befand. Dabei ließ er sich in alle möglichen Richtungen treiben. Er flanierte die weiten Boulevards entlang und verdrehte den Kopf, um die Hausdächer aus Zink und Schiefer zu bewundern, die ihm besonders gefielen. Ihr Graublau setzte sich matt vom leuchtenden Hellblau des Frühlingshimmels ab. Mit ihren gewölbten rundlichen Formen hatten sie etwas von schlafenden Walen, deren Rücken mit unzähligen Schornsteinen gespickt waren. Am liebsten aber mochte Gryszinski die mit Glas und Eisen überdachten Passagen, Zimmerstraßen, die sich plötzlich zwischen den Häusern auftaten wie geheime Gänge, durch die man von einer riesenhaften Prachtstraße zur anderen kam. Hier war alles stiller und kleiner. Allerdings fiel ihm auf, dass die Passagen seit seiner letzten Paris-Reise deutlich schmutziger wirkten. Die kleinen Lädchen, die sich hier aneinanderreihten, standen entweder leer oder wirkten heruntergekommen. Zudem erkannte er mit geübtem Ermittlerblick so manch zwielichtige Person, die vermutlich mit Substanzen handelte, die man nicht in der Apotheke bekam. Hier und da stand eine still wartende Dame der Halbwelt vor einem verrammelten Schaufenster. Vermutlich gerieten die kleinen überdachten Sträßchen im Schatten der Boulevards immer mehr in Vergessenheit, wurden langsam von den umliegenden Häusern vertilgt, während die tempelartigen Warenhäuser dort draußen ganze Straßenzüge einnahmen.

Und nun saßen sie hier. Gryszinski registrierte, wie sich langsam ein Kribbeln in seinem Körper ausbreitete. Das Gift der Nervosität, das gleichzeitig seine Sinne schärfte. Er zog seine Taschenuhr. Noch etwa zwanzig Minuten bis zum verabredeten Zeitpunkt. In diesem Augenblick schlenderte ein weiterer Herr im eleganten Anzug um die Ecke. Er ließ kurz seinen Blick über die verschiedenen Tische des Cafés gleiten, bis er am Rande des Geschehens Platz nahm. Nachdem er einem der Kellner seine Bestellung zugerufen hatte, zog er bedächtig ein dünnes Büchlein aus der Innentasche seines Jacketts und legte es vor sich auf den Tisch. Das musste also Dornbacher sein. Aufgeregt griff Sophie nach Gryszinskis Arm, doch die Bewegung dauerte nur eine Sekunde, dann riss sie sich zusammen, und sie taten so, als sei nichts geschehen. Aus dem Augenwinkel nahm Gryszinski nun wahr, dass sich die mürrische und etwas schäbige Gestalt des Polizisten Mercier an einen weiteren Tisch unweit des Mitarbeiters der Deutschen Botschaft setzte. Er würde, sollten die Baranoffs fliehen wollen, mit einem einzigen Sprung bei ihnen sein. Etwas beruhigt nahm Gryszinski einen weiteren kleinen Schluck seines Weins. Sie waren bereit. Jetzt mussten sie nur noch warten.

17.

Verdun, 1916

»Herr General, Sie wollten mich sprechen?«

»Gryszinski! Kommen Sie!« Bocksnick winkt Fritz, hereinzukommen.

Der Dauerregen hat endlich ausgesetzt, das Innere der Kommandozentrale schimmert in dem Frühlingslicht, das durch die schmutzigen Scheiben fällt. Aus dem feuchten Waldboden steigt ein Duft nach Erneuerung auf, der bis in den zweckmäßigen Betonbau dringt. Noch etwas scheint anders zu sein. Bocksnick wirkt heute zugeknöpfter, offizieller, wie er da so fast strammsteht und ihm mit forschendem Blick entgegensieht. Außerdem, bemerkt Fritz verwundert, ist der angrenzende Raum der Nachrichtenzentrale leer. Und das, obwohl die Telephone ununterbrochen schrillen.

»Herr General?« Fritz bleibt vor Bocksnick stehen. Unwillkürlich hat auch er Haltung angenommen. Ein kurzes Schweigen folgt, wenn auch keine Stille, denn die Telephone tönen immer weiter.

»Setzen Sie sich.« Nun weist Bocksnick doch auf die beiden Stühle, auf denen sie auch sonst während ihrer Gespräche Platz nehmen. Das Gefühl, dass es hier um keine ihrer freundschaftlichen Plaudereien geht, bleibt dennoch. »So, mein lieber Herr Leutnant.« Ein feines Lächeln durchzieht Bocksnicks Gesicht mit den Sommersprossen, die bereits nach den wenigen Wochen so nahe der Front wie Altersflecken aussehen. Er beugt sich vor und sieht Fritz ernst in die Augen. »Was wir jetzt gleich besprechen werden, muss absolut unter uns bleiben. Es geht um Dinge von höchster militärischer und nationaler Brisanz, die niemals nach außen dringen dürfen.«

Fritz schluckt, gleichzeitig spürt er ein aufgeregtes Ziehen im Bauch. »Jawohl, Herr General.«

»Gut.« Bocksnick bedenkt ihn mit einem letzten prüfenden Blick, dann beginnt er zu reden. »Sie haben sich als außergewöhnlich mutiger und findiger Meldegänger ausgezeichnet. Deshalb, Gryszinski, wurden Sie ausgewählt, um eine ehrenvolle Mission für das Deutsche Kaiserreich auszuführen. Eine ehrenvolle und geheime Mission, wohlgemerkt. Sie sollen eine streng vertrauliche Botschaft überbringen, der Inhalt wird Ihnen nicht bekannt sein. Sie werden sich als jemand anderes ausgeben müssen. Und zwar als Franzose, um genau zu sein, Ihr Französisch ist ja gut genug.«

»Herr General?«

»Sie werden nach Paris gehen, getarnt als französischer Kriegsreporter.«

Fritz starrt Bocksnick ungläubig an. »Nach … Paris? Wie soll ich auf die andere Seite der Front gelangen?«

Der Nase des Generals entfährt ein lautes Schnauben. »Wir werden Sie schon mit den entsprechenden Papieren ausstatten, Leutnant. Aber es erfordert natürlich Mut. Und die Bereitschaft, einige Risiken einzugehen. In Paris wird man Ihnen ein versiegeltes Kuvert übergeben, das Sie mit Ihrem Leben beschützen werden. Dieses Kuvert muss überbracht werden. Weitere Instruktionen dazu wird man Ihnen in Paris geben.« Er bedenkt Fritz mit einem weiteren durchdringenden Blick. »Haben Sie bis hierhin alles verstanden?«

»Ja«, sagt Fritz, obwohl er eigentlich nichts verstanden hat. In seinen Ohren rauscht es. Gleichzeitig spürt er bereits, wie sein ganzes Ich in einen neuen Zustand, eine neue Wirklichkeit gleitet. Er wird sich als deutscher Spion nach Paris durchschlagen, so verrückt das auch klingen mag. Er strafft die Schultern. »Wie soll ich also vorgehen?«

Zufrieden klopft Bocksnick ihm auf die Schulter. »Sehr gut, Gryszinski, das ist der preußische Geist des mutigen Machers, auch wenn Sie in München geboren sind, aber dafür können Sie ja nichts.« Er lacht jovial. »Also hören Sie mir gut zu. Für diese erste Etappe Ihrer Reise gilt es noch klare Anweisungen zu befolgen. Danach sind Sie auf sich gestellt.«

Und Fritz hört genau zu.

18.

Paris, 1896

Nataliya und Sergeij Baranoff verspäteten sich. Oder sie würden nicht kommen. Gryszinski, der schon wieder verstohlen seine Taschenuhr konsultierte, gestand sich diese bittere Möglichkeit allmählich ein.

»Wo bleiben Sie nur?«, raunte Sophie unruhig. Sie hatte mal wieder eines ihrer Notizhefte aufgeschlagen, aber ihr Stift lag beschäftigungslos neben ihren Händen, die wiederum ihr Glas umklammerten. »Sie müssten doch schon längst hier sein?«

»Seit mittlerweile vierzig Minuten«, gab Gryszinski zurück und steckte die Uhr verdrossen in seine Westentasche.

»Ob sie doch irgendetwas geahnt haben und deshalb nicht kommen?«

»Ich weiß es nicht.« Gryszinski seufzte. Er war eigentlich sicher, dass die Baranoffs ihn nicht weiter registriert hatten, als er die beiden im Vier Jahreszeiten beobachtet hatte. Aber vielleicht irrte er sich? Vielleicht hatten sie ihn aus der Ferne gesehen, erkannt und waren wieder umgedreht? Er schüttelte unwillkürlich den Kopf. Das war schon deshalb unwahrscheinlich, weil es an der Place de l'Opéra dank der monumentalen Sichtachsen kaum möglich war, einen Treffpunkt zunächst versteckt auszuspähen. Wären die Baranoffs um die Ecke gebogen, hätte einer von ihnen das Gespann sehen müssen. »Entweder sie sind einfach zu spät. Oder sie haben einen interessanteren potenziellen Käufer für die gestohlenen Pläne gefunden und versetzen diesen hier.« Wieder zog Gryszinski seine Uhr. »Ich würde sagen, wir geben ihnen noch eine halbe Stunde.«

Die nächsten dreißig Minuten erschienen Gryszinski fast noch zäher als die Stunden im Zug am Vortag. Noch viel schlimmer war die immer deutlichere Erkenntnis, dass sie die Reise nach Paris völlig umsonst unternommen hatten. Sollten die Baranoffs tatsächlich nicht auftauchen, dann hatte er nichts. Er stöhnte leise. Das hier war wirklich ein furchtbarer Rückschlag.

In diesem Augenblick erhob sich Mercier von seinem Stuhl. Die schmale Zeche für sein Getränk warf er mit einer verächtlichen Geste neben sein leeres Glas. Ohne die Gryszinskis auch nur anzusehen, schob er sich an ihnen vorbei, den Major unsanft anrempelnd, während er etwas von *»perte de temps«* murmelte, Zeitverschwendung. Kurz darauf verließ auch ihr Kontaktmann der deutschen Botschaft seinen Platz. Er tat so, als würde er neben dem Tisch der Gryszinskis noch rasch im Stehen seinen Zylinder richten, während er zischte: »Das war wohl vergeblich. Sollten sie sich noch einmal melden, schicke ich Ihnen umgehend ein Telegramm ins Hotel.«

»Gut«, sagte Gryszinski leise. Daraufhin entschwand der andere und mit ihm die Hoffnung auf die Festnahme der Baranoffs.

Sophie und Wilhelm blieben noch ein wenig sitzen und sahen niedergeschlagen auf ihre Hände.

»Und jetzt?«, fragte Sophie nach ein paar Minuten sanft.

Gryszinski schüttelte den Kopf. »Ich weiß es nicht.« Er schüttelte ein zweites Mal den Kopf, aber jetzt eher, um die verzagte Stimmung loszuwerden. »Nun, du hast unseren Mann von der Botschaft ja gehört. Vielleicht melden die Baranoffs sich wieder bei ihm. Schon deshalb sollten wir also ein paar Tage hier ausharren und abwarten, ob noch etwas geschieht.«

»Ja, gut, das klingt vernünftig.« Sophie strahlte.

Gryszinski musste lachen. »Dir gefällt diese Reise wirklich gut, nicht wahr?«

»Oh, Willi, natürlich!« Sie machte eine ausholende Geste. Die Oper lag im gleißenden Sonnenschein, ein steinerner Apollon auf dem Dach reckte eine goldene Harfe in den Himmel, die wie ein Signallicht strahlte. »Sosehr ich München mittlerweile liebe und Fritzi vermisse … Es ist alles so viel größer und freier hier, frei für die Gedanken, meine ich. Meine Selbstzweifel von letzter Woche erscheinen mir plötzlich weit weg.« Sie atmete tief durch und griff dann nach seiner Hand. »Jetzt müssen wir nur noch die Sache mit den Baranoffs und Fouqué aufklären, dann ist alles in schönster Ordnung.«

Gryszinski drückte ihre Hand, musste sich aber doch ein ungläubiges Schmunzeln verkneifen. Es war einfach erstaunlich, wie seine Frau aus seiner Ermittlung schon wieder einen gemeinsamen aufregenden Kriminalfall machte.

Kurz darauf entschieden sie sich zum Aufbruch. Sie waren dank der Vermittlung durch Sophies Verleger zu einem kleinen Künstlertreff im Café de Flore am frühen Abend geladen, und Sophie wollte sich vorher noch ein wenig hinlegen und sich dann in Ruhe zurechtmachen. Gryszinski geleitete sie zu ihrem Hotel, doch er selbst spürte keine Müdigkeit. Dafür großen Hunger. Er beschloss, sich ein kleines Bistro zu suchen, um bei einem Essen seine Gedanken zu ordnen, nach seiner ureigensten Phönix-aus-dem-Schmaus-Methode.

Ihr Hotel lag im noblen Faubourg Saint-Germain. Der Stadtteil war von den geschmackvollen Stadtpalais der Pariser

Aristokratie geprägt. Allerdings wurde seine Schönheit deutlich durch die Tatsache geschmälert, dass man von vielen Straßenecken direkte Sicht auf den vor einigen Jahren errichteten Eiffelturm hatte, der wie ein hässlicher Fabrikschlot in den Himmel ragte. Die gesammelte Künstlerschaft Frankreichs war sturmgelaufen gegen den Bau dieses wahnwitzig hohen Turms, das größte Bauwerk der Welt, das zudem noch völlig nackt seine Eisenkonstruktion darbot, wie ein dürres Skelett, von dem keiner glaubte, dass es wirklich fest auf der Erde stehen konnte. Dieser Koloss von einem Turm erhob sich wie ein bizarres Wesen aus der Zukunft über die ganze Stadt und ließ deren Wohnhäuser und Monumente klein wirken. Genau aus diesem Grund liebte mittlerweile doch so mancher Franzose diesen hoch aufgerichteten Beweis ihrer Überlegenheit gegenüber dem restlichen Europa. Gryszinski erhaschte einen weiteren Blick auf den streitbaren Eisenturm, bevor er vor einem einladend wirkenden Bistro stehen blieb.

Eine rot-weiß gestreifte Markise flatterte über der weit geöffneten Tür, durch die Gryszinski eintrat. Der gesamte Gastraum war mit dunklem Holz vertäfelt, dessen Oberfläche wie poliert glänzte. An den Wänden zogen sich durchgehende Bänke entlang, davor standen in regelmäßigen Abständen kleine Tische mit Marmorplatten und zierliche Stühle. Hinter den Sitzenden hingen hohe Spiegel. Gryszinski ließ sich von einem schwarz gekleideten Kellner mit grau meliertem Haar an einen kleinen Ecktisch geleiten. Zufrieden quetschte er sich auf seine Bank. Er mochte es, alles im Blick zu haben, während er in einer ruhigen Ecke verschwand. Zu dieser Zeit am Nachmittag war nicht viel los. Ein Paar saß ihm schräg gegenüber und diskutierte in leisem, aber vehementem Ton. Einige Tische weiter saß ein einsamer Herr, der eifrig in ein Notizbuch schrieb. Gryszinski studierte die einfache Tafel mit den angebotenen Gerichten und entschied sich für das klassische *pot-au-feu*. Der Kellner nickte stumm und drehte ab in Richtung Küche, bis Gryszinski ihn noch einmal zurückrief, um doch noch ein paar kleine Austern und ein Portiönchen von den *cannellons à la Française* zu ordern. Wo er doch schon mal hier saß. In deutlich zuversichtlicherer Stimmung nahm der Major die blütensaubere Serviette aus dickem Stoff vom Tisch und entfaltete sie, während ihm bereits eine Karaffe des Hausweins gebracht wurde, der einen ordentlichen Eindruck machte.

Wie traditionell üblich wurde ihm zunächst die Brühe seines *pot-au-feu* serviert, für den stundenlang die eher günstigen Stücke des Rinds wie Backe, Zunge und Brust zusammen mit einfachem Gemüse und einem fein duftenden Sträußchen aus Kräutern gegart wurden. Manch gewitzter Koch versteckte in dem großen Topf noch ein paar Stubenküken oder gleich ein ganzes Kaninchen, das er dann wie ein Zauberer aus dem dampfenden Hut ziehen konnte. Gryszinski beugte sich über den Teller, in dem die klare Brühe sanft schwappte. Einige hell geröstete *croûtons* trieben auf einem Fettfilm, der wie seidige Gaze auf der heißen Brühe lag. Verzückt griff er nach dem Löffel. Die Wärme der Suppe breitete sich in seinem Innern aus. In diesem Moment kam sein halbes Dutzend Austern auf einem kühlen, silbernen Tablett. Nur ein paar winzige Tröpfchen Zitrone gab Gryszinski dazu. Er schätzte den rohen, unverstellten Geschmack nach dem Meer und all dem Unbekannten, das in ihm trieb. Mit geschlossenen Augen nickte Gryszinski vor sich hin. Seine Gedanken gewannen jäh an Klarheit. Als die *cannellons* serviert wurden, buttrig-weiche Pfannkuchen, mit Hühnerragout und einer dicken *sauce béchamel* gefüllt und in Form kleiner, länglicher Schnitten paniert und in Schmalz ausgebacken, formte sich bereits ein Schlachtplan in seinem Kopf. Im Laufe der Hauptspeise nahm dieser schließlich scharfe Konturen an.

Das zarte Fleisch aus seinem *pot-au-feu* samt weich gekochtem Gemüse und einer scharfen Vinaigrette, die ihm Tränen der Begeisterung in die Augen trieb, rutschte mühelos in die letzten Winkel seines Magens, während sein innerer Phönix sich mit rauschendem Flügelschlag emporschwang. Sein Plan stand. Er würde nicht einfach nur passiv darauf warten, dass die Baranoffs sich vielleicht noch einmal bei dem Mitarbeiter der deutschen Botschaft meldeten. Nein, er würde sie suchen. So unwahrscheinlich die Aussicht auf Erfolg in dieser riesigen Stadt auch schien, er würde es dennoch versuchen und die einschlägigen Treffpunkte der wohlhabendsten, einflussreichsten und elegantesten Pariser aufsuchen und nach ihnen Ausschau halten. Zudem beschloss er in diesem Augenblick, dass es nicht schaden konnte, auch ein paar Personen aus Fouqués engerem Pariser Kreis aufzusuchen, allen voran jene *Chère Anne!*, an die der halb fertige Brief gerichtet gewesen war, der auf dem Sekretär des Vier Jahreszeiten gelegen und den er vorsorglich mitgenommen hatte. Seinen Recherchen nach konnte es sich dabei um die Schwester des verschwundenen Franzosen handeln, die im sechsten Arrondissement lebte.

Entschlossen faltete er seine Serviette zusammen und legte sie auf den Tisch zurück. Etwas mühsam zwängte er seinen vollen Bauch aus seiner behaglichen Ecke heraus. Er hatte viel zu tun.

19.

Verdun, 1916

An seinem ersten Tag als Spion für das Deutsche Kaiserreich liegt Fritz von Gryszinski mit dem Gesicht nach unten im Dreck und lauscht. Schon der erste Teil seines Auftrags erscheint ihm dermaßen wahnwitzig, dass er sich bang fragt, was danach noch kommen mag.

»Als Meldegänger kennt niemand dieses Gebiet so gut wie Sie«, hat Bocksnick gesagt. »Wenn also jemand weiß, wie man sich nachts auf die andere Seite der Front durchschlägt, dann Sie.«

Ein etwas stärkeres Artilleriefeuer am westlichen Abschnitt, zur Ablenkung, das hat der General ihm zugestanden. Dem fernen Brummen dieses Beschusses hört Fritz jetzt zu, während er sich den Rest des Planes durch den Kopf gehen lässt – immer unter der Prämisse, dass er die nächsten Stunden überlebt.

Sie hätten eine Nachricht der Franzosen abgefangen, hat Bocksnick erklärt. Noch am selben Abend, zu sehr später Stunde, werde ein Reporter erwartet, er käme mit einem Truppentransport aus Paris. Dieser Mann soll sich nach kurzer Nachtruhe am Startplatz des französischen Fesselballons einfinden und gemeinsam mit dem zuständigen Offizier in die Luft steigen, um einen allgemeinen Eindruck des Gebiets zu gewinnen. Danach wird man ihm einen Photoapparat zur Verfügung stellen, um mit einigen Soldaten ein paar Kampfszenen nachzustellen. Fritz kennt das schon von der deutschen Seite: Während der echten Gefechte sind die Kämpfenden oft zu weit verstreut, alles ist voller Nebel und Rauch, und dann haben die Geschosse auch noch die leidige Angewohnheit, nie dort zu explodieren, wo der Photograph es gern hätte. Deshalb legt man hin und wieder bei schönem Sonnenlicht gekonnt das Gewehr im Schützengraben an, ohne auf etwas zu schießen, reckt eine Siegesfaust in die Luft, ohne etwas gewonnen zu haben, oder stürmt über ein Trichterfeld, das der Feind längst aufgegeben hat – und schon haben die Zeitungen in der Heimat ein paar schöne Motive, um die Moral der Daheimgebliebenen weiterhin zu stärken. So halten es offenbar auch die Franzosen, und besagter Reporter soll ein paar solcher Bilder aufnehmen, bevor es am Abend mit dem nächsten Krankentransport zurück nach Paris geht.

»Der Mann, der im Morgengrauen beim Ballon wartet und später die Photoaufnahmen macht, der werden Sie sein«, hat Bocksnick erklärt, in einem Tonfall, der keine Widerworte zuließ, keinen Raum dafür, einmal auszudrücken, über welch umfänglichen Wahnsinn sie hier gerade sprachen. »Wir haben drüben einen Spitzel, der wird dafür sorgen, dass der französische Journalist verschwindet. Da er mitten in der Nacht ankommt, wird es niemand mitbekommen. Ab dem Moment, in dem Sie in Kontakt mit dem Luftoffizier der anderen treten, sind Sie der französische Kriegsreporter Jules Bassanet.«

Fritz betastet den groben Stoff seiner deutschen Uniformjacke. Noch befindet er sich auf jener Seite der Gräben, auf der er Friedrich von Gryszinski ist, doch es sind jetzt nur noch gute hundert Meter, die ihn von seiner Existenz als Jules Bassanet trennen. Papiere trägt er keine mehr bei sich, auch seine Meldetasche nicht, beides hat Bocksnick für ihn in Verwahrung genommen. Nur von dem winzigen

Schlüsselbuch seines Vaters konnte er sich nicht trennen, das hat Fritz in seine Jacke eingenäht. Außerdem hält er einen unscheinbaren Beutel unter seinem Hemd verborgen, in dem sich Zivilkleidung befindet. Die Auflösung seiner Person hat bereits begonnen. Ausweis und Reisepapiere des Journalisten, über dessen Schicksal Fritz so wenig wie möglich wissen will, wird der deutsche Spitzel in einem Gebüsch in der Nähe des Ballons deponieren.

Wieder lauscht er. In seinem Abschnitt ist es ruhig, die Ablenkung wirkt. Auch die Lichtbälle taumeln an ihren seidenen Fallschirmen in weiter Entfernung vom mondlosen Himmel, während er in der Dunkelheit liegt. Er hat sich durch kleinere Verbindungsgräben von der Linie der Reserve zur vorderen Kampflinie bewegt. Eine weitere Verbindung führt ganz nach vorne zur Linie der Wachtposten, die sich direkt hinter einem hohen Verhau befindet, ein durch ständiges Artilleriefeuer deformierter Klumpen aus Stacheldraht. Damit keiner seiner wachhabenden Kameraden ihn entdeckt, ist er auf den letzten Metern des schmalen Durchgangs nach oben geklettert und hat sich in einen Trichter geworfen. Dort liegt er jetzt und starrt in die tonlose Schwärze. Es gibt eine Stelle im Stacheldraht nur wenige Meter von hier, die einen Durchschlupf ins Niemandsland zwischen den Feindeslinien gewährt. Fritz hat dieses mannshohe Loch inmitten der stählernen Dornenranken schon öfter aus der Ferne betrachtet. Seines Wissens hat noch keiner versucht, die Stelle zu passieren. Warum auch? Während man sich vorsichtig durch die Öffnung schieben müsste, wäre man eine lebendige Zielscheibe. Doch heute kann es – muss es – gelingen.

Er atmet noch einmal tief durch, dann schaltet er seinen Geist auf Fremdsteuerung, wie ein Schachtürke, in dessen maschinenhaftem Körper ein kleiner Mann sitzt und seine Bewegungen anleitet. Seine Gedanken lässt er vom vertrauten

Stakkato der Bilder aus seiner Kindheit durchströmen. Er kriecht zum Rand des Trichters, stemmt sich hoch, springt in den deutschen Graben der Wachtposten. Alles ruhig. Wieder hoch, zum Verhau. Er findet die Öffnung und steht in jener schlammigen Kraterlandschaft, über der seit Monaten die Geschütze explodieren. Nun gilt es, unentdeckt von Trichter zu Trichter zu gelangen. Auf halber Strecke zieht Fritz im Liegen seine Uniform aus und windet sich in den zivilen Anzug hinein. Nach dieser Häutung muss er jetzt zusätzlich aufpassen, den Anzug nicht allzu sehr zu verschmutzen, damit er nicht aussieht wie einer, der gerade aus den Gräben kommt.

Er arbeitet sich weiter vor, im stupiden Krebsgang, und dann taucht plötzlich der französische Stacheldrahtverhau vor ihm auf. Es ist immer noch dunkel. Es erscheint ihm wie ein Wunder. Mit tauben Lippen und Füßen schleicht er weiter. Bocksnick hat ihm diverse Luftaufnahmen des französischen Grabensystems gezeigt, die er sich eingeprägt hat. Wenn er eine offene Stelle im Verhau findet, sollte er schnell zu einem Verbindungsgang gelangen können, der zu den hinteren Gräben führt. Ab da kann er sich, sollte ihn jemand sehen und ansprechen, als neugieriger Kriegsreporter aus Paris herausreden. Die Nacht ist unwirklich still, und auf beiden Seiten sind die wenigen wachhabenden Soldaten im Stehen eingeschlafen. Später kann sich Fritz kaum noch erinnern, aber er muss wohl wie der Prinz im Märchen an den schlummernden Schlossbewohnern vorbeigehuscht sein.

Als das erste Morgenlicht über den Kratern liegt, steht Fritz neben dem französischen Feldluftschiff, das wie ein schlafender Wal am Boden festgebunden ist. Die Papiere des Journalisten Jules Bassanet hat er bereits an sich genommen. Auch einen kleinen Notizblock hat Fritz vorgefunden, zur Hälfte mit französischen Notizen in winziger Handschrift gefüllt, dazu ein zierlicher Crayon, wie er eher zu einer Dame passen würde.

»Monsieur Bassanet?«

Fritz fährt herum. Ein französischer Offizier kommt auf ihn zu und sieht ihn fragend an. Fritz nickt. *»Oui.«*

»Bon.« Der Mann macht sich bereits an dem Ballon zu schaffen. *»Allez!«*

Folgsam besteigt Fritz den Korb des Fesselballons, froh, dass der Franzose offenbar kein Mann vieler Worte ist. Ein kurzes Ruckeln, dann gleitet der Riesenkalmar lautlos nach oben. Das Land, das Fritz bisher nur als ewigen Horizont aus Schlamm und Pfützen kannte, beäugt vom tiefen Graben aus, zieht in einer plötzlichen vertikalen Bewegung an ihm vorbei, es entfaltet sich und fällt von ihm ab. Und dann liegt das wunde Land zu seinen Füßen, ein sieches Tier, das kaum noch atmet. Lange Furchen durchziehen seine Haut, die übersät ist mit runden Kratern, in denen brackiges Wasser steht.

Der Offizier ihres Flugschiffs betrachtet die einzelnen Teile dieses durchlöcherten Körpers ungerührt und sucht nach weiteren Symptomen seines Befalls. Einmal entdeckt er den rauchenden Schornstein eines verlassenen Hauses, dann ein ungewöhnliches Blinken in einem Trichter. Eine größere Gruppe schlammiger Gestalten schiebt sich durch einen Graben wie ein wandernder Pfropf in einer verstopften Arterie. Auf jede dieser Entdeckungen hin greift er zu seinem Fernsprecher und macht unten Meldung. Zwischendurch nimmt er Photographien der Umgebung auf. Dem Journalisten neben ihm schenkt er kaum Beachtung, und wenn doch, dann nuschelt er ein paar Sätze in einem unverständlichen bretonischen Französisch, wohl Bemerkungen zur Umgebung und den Bewegungen der *boches*, bevor er wieder in Schweigen verfällt.

Fritz schließt für einen Moment die Augen. Der Frühlingswind streicht ihm kräftig durchs Gesicht. Eine ahnungsvolle Würze kündigt den Sommer an. Er atmet tief durch, dann fährt er zusammen, sich selbst innerlich ermahnend, seine Rolle nicht zu vergessen. Er zückt den Notizblock des französischen Reporters und beginnt, hier und da etwas zu notieren, als wolle er wirklich einen propagandistischen Artikel über die ruhmreichen Erfolge der Franzosen in Verdun verfassen. Dabei versucht er, die kleine Handschrift des Journalisten zu kopieren. Er stellt sich vor, dass die winzigen Buchstaben Zellen sind, die allmählich in seinen Körper eindringen und die alten Zellen ersetzen. Noch während er die invasiven Schriftzeichen betrachtet, spürt er, dass sich die Stimmung in ihrem in der Luft baumelnden Korb ändert.

Angespannter als zuvor sieht der Franzose immer wieder hinunter zu einer bestimmten Stelle, blickt durchs Fernglas, schüttelt unschlüssig den Kopf. Schließlich greift er zum Telephon, mit einem unwirschen Seitenblick auf Fritz, und spricht hinein. Dieses Mal verwendet er codierte Sätze, und doch meint Fritz einmal das Wort *»gaz«* zu verstehen. Beunruhigt blickt er hinunter. Steht ein Gasangriff bevor? Doch sein ungeübtes Auge erkennt nur die Furchen der Schützengräben und die im Sonnenlicht schimmernden Pfützen in den Trichtern.

»Oui, d'accord«, sagt der Luftoffizier jetzt zu seinem unsichtbaren Gesprächspartner. Dann wendet er sich an Fritz. »Wir gehen wieder runter«, erklärt er in seinem keltischen Französisch. Er greift nach einer Tasche, die im Innern des Ballonkorbs befestigt ist, zieht zwei Gasmasken hervor und reicht Fritz eine davon. »Die hier nehmen Sie besser, Monsieur. Es wäre möglich, dass wir sie gleich brauchen.«

Stumm nimmt Fritz seine Maske und blickt in Richtung Boden, der ihnen schnell entgegenkommt und das Sichtfeld wieder einengt.

Als der Ballon unten festgemacht ist und Fritz dem Kalmar entsteigt, sieht er plötzlich einen Soldaten auf sich zukommen. Der winkt und ruft laut: »Jules! Jules Bassanet, *mon ami!*«

Einen Augenblick lang bemerkt Fritz, wie der bretonische Offizier ihn lauernd anstarrt, während er selbst noch gar nicht begreift, dass er gemeint ist. Dann zuckt er zusammen und versucht, den kurzen Moment des Zögerns zu überspielen, indem er besonders zackig ein fröhliches *»Bonjour!«* ruft und selbstbewusst auf den Rufenden zugeht, der nun allerdings erstaunt stehen bleibt.

»Du bist nicht Bassanet«, sagt der Soldat verwundert auf Französisch. »Aber man sagte mir, Jules sei hier …«

Fritz spürt, wie ihm der Schweiß ausbricht. Alle möglichen Antworten schießen ihm durch den Kopf, er entscheidet sich für die unwahrscheinlichste Variante, die dennoch die einzig mögliche ist: »Doch, doch, *bien sûr*, ich bin Jules Bassanet. Erkennst du mich denn gar nicht wieder?«

Er hört selbst, wie seine Stimme zittert. Einige weitere Soldaten sind auf ihn aufmerksam geworden und mustern ihn mit argwöhnischen Blicken. Plötzlich ist Fritz sicher, dass sie ihn gleich hier auf der Stelle erschießen werden.

»Gaz! Gaz!«, schreit da plötzlich jemand, und schon ertönt das Knallen und Zischen der deutschen Gaswerfer. Vom Ballon aus würde man nun lauter lange Rohre sehen, aus denen ein weißer Brodem bläst, weich wie ein erstickendes Daunenkissen.

Entsetzt sieht Fritz, wie die Franzosen um ihm herum durcheinanderrennen. Dann erinnert er sich schlagartig an die Gasmaske in seiner Hand. Er zerrt sich die Maske über das verräterische Gesicht, das nicht das des Reporters Jules Bassanet ist. So geschützt sieht er sich, plötzlich innerlich ganz kühl, nach einem leicht erhöhten Platz um, der ihm am meisten Schutz vor dem Gas bieten könnte, das in jeden Graben, hinter jede Bodenwelle, in jede Höhle dringt wie eine amorphe Qualle, sich aber am fatalsten in jeder tiefer gelegenen Stelle sammelt. Aus dem Augenwinkel bemerkt er, dass derjenige, der ihn eben fast enttarnt hätte, verzweifelt nach einer Maske sucht und wohl keine findet. Fritz rennt los.

20.

Paris, 1896

Beschwingten Schrittes war Gryszinski zum Hotel geeilt. Nun schloss er so leise wie möglich die schwere Tür zu ihrem Zimmer auf. Er rechnete damit, Sophie schlummernd auf dem Bett vorzufinden, und wollte sie nicht wecken. Sie befand sich tatsächlich auf dem Bett – einem wuchtigen neobarocken Modell mit Schnitzereien und opulentem Staubvolant –, war aber mindestens genauso hellwach wie er selbst. Sie saß, ein Kissen in den Rücken gestopft und mit ausgestreckten Beinen, zwischen lauter vollgeschriebenen losen Blättern, die das gesamte Möbel bedeckten. Eben warf sie in dem ihm mittlerweile wohlbekannten irrsinnigen Tempo mehrere Sätze auf ein Papier, als Unterlage lag ein Tablett auf ihren Oberschenkeln. Auf diesem war ihr offenbar zuvor Tee serviert worden, davon erzählten zumindest der Samowar, den sie seltsamerweise in der Waschschüssel platziert hatte, vermutlich, weil er ihr irgendwie im Weg gewesen war, und eine Etagere mit hübschen Blumenmalereien, die sie gedankenverloren auf ihren ausgestreckten Füßen balancierte. Zwischen einigen angeknabberten Macarons entdeckte er dort drei kleine Tintenfässer, allesamt aufgeschraubt und in prekär wackliger Lage stehend. Sophie hatte ihr buntes Schreibtuch über die Schultern geworfen, und ihre Hände waren voller Tintenkleckse. Auch auf ihrer Stirn prangte ein schöner schwarzer Fingerabdruck. Mit einem überglücklichen Ausdruck im Gesicht begrüßte sie ihn.

»Willi! Also, ich hatte vorhin einen Moment der Inspiration ...« Mit leuchtenden Augen betrachtete sie die Papierflut um sich herum.

»Ich sehe es.« Lächelnd setzte er sich auf die äußerste Kante des Betts, bemüht, keines der Blätter zu zerknittern. »Wollen wir uns dennoch bald auf den Weg zum Café de Flore machen?«

»Ist es schon so spät?«, rief sie erstaunt aus. »Du meine Güte! Ja, natürlich, ich werde mich rasch umziehen.« Sie begann sofort, sich aus ihrem Kokon aus raschelnden Blättern zu winden.

»Und vielleicht auch den Tintenfleck aus deinem Gesicht waschen«, fügte er lachend hinzu, während er die Etagere auffing und die Tintenfässer vor dem Umkippen bewahrte. »Obwohl es natürlich ein hübsches Erkennungszeichen wäre, so zwischen Literaten.«

Tatsächlich hatten die weitreichenden Beziehungen Albert Langens, der seinen ersten Verlag in seiner Pariser Zeit gegründet und sich intensiv in der hiesigen Künstlerszene umgetan hatte, dafür gesorgt, dass die Gryszinskis heute Abend unter anderem den großen Émile Zola treffen konnten.

Sie erreichten den Boulevard Saint-Germain, der bereits voller Leben war. Die Straßencafés waren vollgepfropft mit Gästen, alles rauchte wie ein Schlot, trank Absinth oder Bockbier und lachte deutlich lauter als am rechten Ufer der Seine. Es wurde viel durcheinandergerufen, oftmals in einem Französisch, dessen Klangfarbe ein fremdländischer Akzent bestimmte. Die Markisen des Café de Flore bauschten sich wie windgefüllte Segel über einer weiteren Straßenkreuzung, diesmal an der Ecke Boulevard Saint-Germain und Rue Saint-Benoît. Hinter den bodentiefen Fenstern lag der

Gastraum im gelben Licht. Am Tresen saß eine wachsame Kassenfrau, vor sich den wuchtigen Geldkasten wie eine komplizierte Maschine, die es mit höchster Bedeutsamkeit zu bedienen galt. Die Gryszinskis erkannten Zola schon von Weitem, mit seinem dunklen Bart, der freigekämmten Stirn und seiner markanten runden Brille. Um ihn herum war eine Entourage aus weiteren Literaten und Malern versammelt. Sie saßen zusammengedrängt wie Opernbesucher, die sich eine Loge teilten, und betrachteten Sophie und Wilhelm gespannt, als diese an den Tisch traten und sich vorstellten. Man rückte zusammen, ein Kellner brachte zwei weitere Stühle, und schon waren sie Teil des illustren Publikums, das obskurerweise zur selben Zeit auf der Bühne saß.

Etwa eine Stunde später hatte Gryszinski sich zufrieden zurückgelehnt und zog an einer Zigarre, während er sich von den Gesprächen umschwappen ließ. Das flirrende Spiel der Abendsonne auf den umliegenden Fassaden war der Illumination der Straßenlaternen und Cafés gewichen. Unzählige künstliche Lichter spiegelten sich in den Schaufenstern und gläsernen Lampenschirmen. Ihr Widerschein ließ die bunten Farben der Kleider aus der Dunkelheit hervortreten, als wäre die gesamte Szenerie ein prachtvoller Wandteppich auf samtblauem Grund. Gryszinski hatte sich bereits wieder recht bequem in seiner Rolle des Feierabend-Bohemiens eingerichtet, während Sophie in eine intensive Debatte über die Wahrhaftigkeit der Literatur verwickelt war. Ihr Gesprächspartner hatte sich als Marcel Proust vorgestellt und war ein junger Schriftsteller, der genauso wie Sophie kurz vor der Veröffentlichung seines ersten Romans stand. Gryszinski lauschte der Konversation mit einem Ohr und schnappte gleichzeitig noch weitere Gesprächsfetzen auf. Es wurde schnell heftig gestritten, wie er es aus Schwabing kannte, aber ihm fiel auch auf, dass in diesem Zirkel viel politischer als in ihrer

Münchner Runde diskutiert wurde. Oftmals vertrat man dabei glühend patriotische Standpunkte, was allerdings nicht bedeutete, dass gerade die französische Regierung nicht stark kritisiert wurde.

Unwillkürlich fragte sich Gryszinski, wohin es wohl ging mit ihrer Welt, die sich so rasend schnell entwickelte und ständig mit begeisternden Innovationen aufwartete, während die Nationen einander immer misstrauischer beäugten. Strebten sie einer neuen glücklichen Welt entgegen, in welcher der Mensch alle Grenzen und Unterschiede überwunden hatte, fliegen, unbegrenzt kommunizieren und Türme bis hinein in die Wolken bauen konnte? Oder würden die Intrigen, das gegenseitige Bespitzeln und ein immer verbisseneres Konkurrieren dazu führen, dass alles mit einem Knall enden würde?

Auch wenn Gryszinski immer tiefer in seinen Gedanken versank, vergaß er doch nicht, hin und wieder den Kopf zu wenden, um nach den Baranoffs Ausschau zu halten. Eigentlich vermutete er sie eher in der Lobby eines Grand Hotels oder auf dem Empfang irgendeines Diplomaten denn hier unter den Bohemiens der *Rive Gauche*, aber er wollte dennoch keine Möglichkeit auslassen. Sie würden morgen einige Orte der Stadt abklappern und vor allen Dingen wohl, auch wenn das nicht sehr befriedigend war, auf einen glücklichen Zufall hoffen müssen.

»*Mon Dieu*, eine Madeleine!«, riss ihn eine Stimme aus seinen Überlegungen. Gryszinski blickte auf. Der junge Literat namens Marcel Proust hatte die Worte ausgerufen. Mit fiebrigen Augen, als hätte er eben eine Erscheinung gehabt, starrte er Sophie an, die ihrerseits eben ein Stück des muschelförmigen Gebäcks in eine Tasse Tee gestippt hatte und es nun etwas ratlos betrachtete.

»Nun ja, sie sahen so gut aus und scheinen mir auch frisch gebacken. Sollen wir Ihnen auch eine Madeleine bestellen?«, fragte Sophie den offenbar völlig konsternierten Proust freundlich. »Mit einer Tasse Tee ist das eine schöne Erfrischung für zwischendurch …«

»In Tee getunkt, so bot sie mir auch meine Tante Léonie an, ich erinnere mich plötzlich genau«, flüsterte Proust verzückt.

Sophie, die sich wohl nicht ganz sicher war, ob ihr Gesprächspartner sie eben mit seiner alten Tante verglichen hatte, wirkte nun recht skeptisch, was nicht besser wurde, als Proust ohne Vorwarnung seine Hand vorschnellen ließ, um Sophie den kleinen Kuchen abzunehmen.

»Diese kleine Muschel aus Kuchenteig, so fröhlich und behäbig in ihrem Faltenkleid, trägt sie nicht das unermessliche Gebäude der Erinnerung in sich?« Proust drückte die Madeleine liebevoll zwischen seinen Fingern.

Die Frage hatte er wohl eher an sich selbst gerichtet, doch Gryszinski beugte sich lebhaft vor. Die Worte des jungen Mannes hatten etwas in ihm zum Klingen gebracht. »Was Sie dort eben formuliert haben, ich muss Ihnen sagen, ganz aufrichtig …«

»Ja?«, Proust blickte ihn überrascht an, also würde er eben erst feststellen, dass er an dem voll besetzten Tisch eines Cafés saß.

»Sie haben es auf den Punkt gebracht.« Gryszinski lächelte. »Das mit den Madeleines. Genauso geht es mir mit einer guten Bratensemmel.«

Einen Moment lang starrte Sophie ihren Gatten erstaunt an. Dann brach sie in schallendes Gelächter aus.

Sie kicherte immer noch, als sie später in einer öffentlichen Droschke Platz genommen hatten. An dem Gefährt baumelte eine gelbe Laterne, um anzuzeigen, dass es in Richtung Montmartre fuhr. Die kleine Lampe tanzte über den sandfarbenen Pflastersteinen und taumelte wie ein Irrlicht umher, als sie den Pont de la Concorde überquerten. Unter der Brücke lag die hell erleuchtete Stadt wie ein strahlendes Trugbild auf dem schwarzen Wasser der Seine.

Das gelbe Lichtlein zog weiter an der riesenhaften Place de la Concorde vorbei. Stolz paradierte hier eine Armee eiserner Laternenpfähle vor dem mit Hieroglyphen bedeckten Obelisken. Das Lichtlein tat einen mutigen Blick in die gewaltigen Schlünde der Grands Boulevards, in deren Tiefen schlaflose Menschenströme verschwanden. Schließlich schaukelte die kleine Laterne zwei großen Wohnhäusern mit properen Türmchen und Erkern entgegen. Zwischen den beiden Bauten klaffte ein Loch, als hätte man einen Zahn aus seiner Reihe gebrochen, und in dieser Leerstelle thronte, übergossen vom elektrischen Licht, die berühmte dunkelrote Mühle, bei deren Anblick das kleine Gelb schüchtern erlosch. Fröhlich entstiegen die Gryszinskis der Kutsche, ein paar weitere angeheiterte Literaten im Schlepptau. Eine frühlingshafte blaue Nacht umfing sie im Garten des Moulin Rouge, an Bäumen und Sträuchern wogten bunte Lampions. Sophie stieß einen überraschten Laut aus und blieb abrupt stehen. Inmitten dieses Gartens, direkt hinter einer Bühne, deren Dach an eine fernöstliche Pagode erinnerte, stand ein riesiger Elefant. Staunend gingen sie näher. Der lebensechte Koloss war eine Statue, und offenbar verbarg sich eine Wendeltreppe in einem der Beine, die direkt in den Bauch des Tiers führte.

»Sieh mal, da!« Sophie zeigte auf einen kleinen Turm, den der Elefant auf seinem Rücken trug. Hinter den Fensterscheiben waberte schummriges Licht durch die runde Turmkammer, und der Polizist Gryszinski musste lachen ob der frechen Extravaganz dieser Opiumhöhle auf der Hucke eines falschen Dickhäuters. Was sich da noch in dem Bauch abspielte, wollte er gar nicht so genau wissen.

Durch eine hohe Tür gelangten sie in das eigentliche Cabaret. Eine große Halle öffnete sich vor ihren Augen. Bunte

Federn und Blumen aus Taft thronten auf Damenhüten und grüßten huldvoll die Menge aus schwarzen Zylindern. Breite Emporen schwebten über der Tanzfläche, die eng anliegenden Stiefeletten der Frauen knallten auf den glänzend polierten Holzbohlen. Zahllose Lichterketten funkelten zwischen mehrflammigen Laternen. Ein Gewirr aus Stimmen, Musik, Blicken und gebauschten Röcken strömte auf sie ein. Die Tänzerinnen rissen die Beine hoch.

»Man kann wirklich ihre Unterwäsche sehen«, rief Sophie in einer Mischung aus Unglauben und Ehrfurcht aus.

Alles sirrte, wiegte, drehte sich, bis es einem schwindelig war. Und als Gryszinski schon gar nicht mehr wusste, an welche Seite seines Körpers welches Bein gehörte, griff er sich seine Frau und tanzte eine selbstvergessene Quadrille mit ihr.

Auf dem Rückweg ins Hotel schwiegen sie einvernehmlich. Rote, blaue, weiße und gelbe Laternen leuchteten unermüdlich an vorbeiziehenden Droschken durch die Nacht. Aus den Backstuben der *boulangeries* fiel schon wieder fahles Licht in die Schaufenster, frische *baguettes* stapelten sich in den Auslagen und beschlugen mit ihrem warmen Dampf die Fensterscheiben.

»Ich bin erschöpft und will doch nie wieder schlafen«, flüsterte Sophie und schmiegte sich an ihn.

»Ich weiß, was du meinst.« Gryszinski lächelte. »Der Preuße konsultiert streng die Uhr, des Bayern Herz schlägt im behaglichen Takt, aber der Pariser vertreibt die Zeit, er kennt sie gar nicht.«

»Ah!« Sophie nickte anerkennend. »Darf ich dich bei Gelegenheit zitieren?«

»Naturellement«, gab Gryszinski majestätisch zurück.

Als sie im Hotel ankamen, holte die Zeit ihn wieder ein – diese unerbittliche Zeit, die immer weiter drängte, während er nach nunmehr drei Personen suchte und einen Mordfall aufklären musste. Sie mahnte in Form eines Telegramms, das man auf seinem Kopfkissen platziert hatte, wo es ihm vorwurfsvoll entgegenblickte. Doktor Meyering hatte es aus München geschickt. Ein ausführlicherer Bericht würde per Kurier folgen, doch die wichtigsten Neuigkeiten zur Untersuchung der Villa in Gern sowie des Leichnams von Alfons Hummert hatte der Gerichtsarzt direkt gekabelt. Wie auf den ersten Blick angenommen, war Hummert mit einem schweren Telephonapparat der Schädel eingeschlagen worden. Sie hatten sich zudem wieder die Mühe gemacht, einige weitere Fingerabdrücke sicherzustellen, und direkt mit jenen Abdrücken verglichen, über die sie bereits von den in diesen Fall verwickelten Personen verfügten. An den verschiedenen Regalen und Sekretären, in denen der Erfinder seine Aufzeichnungen und Pläne verwahrt hatte, befanden sich viele Fingerabdrücke der Baranoffs.

Gryszinski nickte vor sich hin. Und dann las er den letzten, in kostensparender Nüchternheit verfassten Satz, den das Telegramm für ihn bereithielt. Er stieß einen Laut des Erstaunens aus.

»Was ist denn, Lieber?«, fragte Sophie besorgt und trat hinter ihn.

Gryszinski schüttelte fassungslos den Kopf. Was hatte das zu bedeuten? »Da, lies selbst!«

Sie nahm das Telegramm vorsichtig zwischen die Finger und hielt es ins Licht. Und sie las: »Blutiger Abdruck identifiziert. Stammt von Fouqué.«

21.

Paris, 1916

Schnaufend und ratternd nimmt die Eisenbahn eine weite Kurve. Seit Stunden hat Fritz nur diese monotone Melodie der Dampflok wahrgenommen, ist eins mit der harten Berührung der Schienen geworden, während sie nahezu blind durchs Land gefahren sind. In der Aufregung nach dem Gasangriff hat Fritz sich im Hintergrund gehalten, das Gesicht die meiste Zeit hinter der Maske verborgen. So hat er irgendwie den Tag überstanden, bis man ihn wieder abholte, um ihn zum nächsten Truppentransport zu bringen. Der zuständige Offizier kannte glücklicherweise keinen Jules Bassanet von früher, und es war ihm auch gleichgültig, ob der vermeintliche Journalist Bilder gemacht hatte oder nicht. Und so sitzt Fritz endlich in einem Zug nach Paris, in einer Ecke auf den Boden gekauert, da der Platz für die Verwundeten gebraucht wird. An den Rändern der Nacht macht sich ein schmutziges Grau bemerkbar, das einen verhangenen Morgen ankündigt.

Und dann, ohne Vorwarnung, erreichen sie Paris. Die Stadt liegt in totaler Finsternis. Ihre prachtvollen Bauten lagern wie tote Giganten zu beiden Seiten der Gleise. Kaum zeichnen sich die Silhouetten der dunklen Monumente vor dem schwarzblauen Himmel ab. Der Zug biegt in etwas ein, was wie ein riesenhaftes lichtloses Loch wirkt: die Gare Saint-Lazare. Auch hier verrät kein Licht den großen Bahnhof. Fritz kneift die Augen zusammen, um die Umrisse zu erkennen, die um ihn herum in seinem Abteil in Bewegung geraten. Er streckt seine Beine durch, sie schmerzen vom langen Sitzen. Dann steht er auf und schlüpft im allgemeinen Aufbruch hinaus auf den Bahnsteig.

In dem großen Vestibül sickert blaue Dämmerung durch die Oberlichter und legt sich auf müde Gesichter. Fritz schreitet zügig aus wie jemand, der genau weiß, wo er hingehen muss. Dabei sieht er sich unauffällig um. Über den einzelnen Durchgängen zu beiden Seiten des Saals sind Schilder angebracht. Unter dem Schild mit der Aufschrift *Bagages* soll laut Bocksnicks Instruktionen eine weitere Übergabe stattfinden.

Er bleibt nicht stehen, verringert nur sein Tempo, als er an der verabredeten Stelle ankommt. Jemand rempelt ihn an, ein Mann im grauen Mantel und mit tief ins Gesicht gezogenem Hut. Fritz spürt eine kräftige Hand an seiner Brust, er greift hastig zu und schiebt die überreichten Papiere unter die Jacke seines Anzugs. Dann ist der Moment auch schon vergangen.

Etwas benommen verlässt Fritz den Bahnhof. Auf der Rue d'Amsterdam muss er sich kurz orientieren. Er kennt Paris recht gut von einer Reise, die er gemeinsam mit seinem Vater vier Jahre zuvor unternommen hat. Sie hatten, die Hände lässig in den Hosentaschen, wie es sich für Urlauber gehört, am Fuße des Eiffelturms gestanden und nach oben gesehen, bis ihre Nacken schmerzten. Danach waren sie, natürlich, in ein kleines Bistro eingekehrt, das sein Vater noch von früher gekannt hatte. Zum Nachtisch bestellte der ältere Gryszinski seltsamerweise eine Madeleine mit einer Tasse Tee und grinste die ganze Zeit vor sich hin, während er das kleine Gebäckstück in das dampfende Getränk tunkte. Damals war Fritz gerade achtzehn geworden, und deshalb hatte sein Vater ihn auch ins Moulin Rouge geführt, das ihm als einziges Gedränge in Erinnerung geblieben ist – wie das leicht beklommene Gefühl der Verlegenheit, das Vater und Sohn beim Anblick der knielangen Spitzenunterhosen der Tänzerinnen ergriff, weshalb sie nicht lange geblieben waren. Früher, hat sein Vater ihm erzählt, sei hier noch ein großer Garten gewesen. In dem hätte ein riesenhafter künstlicher Elefant gestanden, in dessen Innern eine Opiumhöhle gewesen sei. Fritz hatte nur ungläubig den Kopf geschüttelt und sich vorgestellt, wie sein Vater, plötzlich wieder der Zauberer seiner Kindertage, in das Bein einer gigantischen Kreatur kletterte, eine magische Wendeltreppe erklomm, um dann, wie in der Geschichte von Pinocchio, im Magen eines Riesenhais zu landen, wo sie wieder aufeinandertrafen.

Das war erst vor vier Jahren. Die verdunkelte Stadt, die sich nun vor ihm auftut, erscheint ihm völlig fremd. Im ersten Kriegsjahr haben die Franzosen noch über das deutsche Bombardement gespottet. Auf dem Montmartre konnte man Stühle und Fernrohre mieten, um bei einem Gläschen Tee die Ankunft der lachhaften kaiserlichen Eindecker zu beobachten, die ein paar Flugblätter und harmlose Geschosse abwarfen. Seitdem allerdings die Zeppeline wie stille Todesschiffe am Himmel von Paris erschienen sind und weitaus gefährlichere Brandbomben regnen ließen, nimmt man die Sache offenbar ernst und versucht, die Deutschen in die Irre zu führen, indem man die französische Hauptstadt nachts in der Düsternis verschwinden lässt. Gerüchte besagen sogar, dass man irgendwo bei Paris, auf dem Lande, eine beleuchtete Attrappe der Hauptstadt bauen will, mit der man die Flieger narren wird.

Fritz wendet sich in südliche Richtung. Er will so schnell wie möglich das Ufer der Seine erreichen und läuft erst die Rue de l'Arcade und dann die Rue Royale hinunter, bis die Place de la Concorde vor ihm auftaucht. Der weite Platz ist menschenleer. In der Dämmerung wirken die Laternenpfähle wie ein Heer ernster Krieger, die eine Totenwache halten. Das Grabmal, der Obelisk mit seinen rätselhaften Inschriften, ist bereits errichtet. Fritz schüttelt die trübsinnigen Gedanken ab. Er läuft wie auf Watte. Dass er hier ist, fühlt sich zutiefst irreal an. Die *Fontaine des Mers*, ein Springbrunnen, in dem für gewöhnlich das Wasser aus den Mäulern goldener Fische sprudelt, ist trockengelegt. An der steinernen Straßburger Stadtgöttin am östlichen Ende des Platzes flattert ein Banner: *Auf ewig französisch!*

Endlich hat Fritz den Platz überquert und erreicht die Brücke. Das Licht ist immer noch blassgrau, als er verstohlen zu beiden Seiten blickt. Mit einer schnellen Bewegung, die aber doch so auffällig gerät, dass sie ihn als Anfängerspion entlarvt, zieht Fritz die Papiere Jules Bassanets aus seiner Jackentasche. Sie stecken in einem Umschlag, in den er noch in Verdun ein paar Steine gestopft hat. Er lehnt sich ein Stück übers Geländer der Brücke und wirft die gesamte Identität des Franzosen samt den Steinen aus den blutigen Gräben in die Seine. Keine Sekunde zu früh, denn genau jetzt taucht eine Patrouille auf der *Pont* auf. Fritz dreht sich schnell vom Geländer weg, er hat gerade noch wahrgenommen, wie sein kleiner Umschlag durch die Luft trudelte und dann im Fluss verschwunden ist. Er sieht der Patrouille entgegen, mit dem arglosesten Blick, der ihm gelingt. Es sind fünf Männer in Uniform, offenbar einfache Streifenpolizisten der *Sûreté nationale*. Allesamt schon älteren Semesters und von eher untersetzter Statur. Natürlich, wird Fritz klar, die jungen kräftigen Männer sind an der Front.

»Bonjour«, sagt einer der Männer misstrauisch, wohl der Anführer der kleinen krummbeinigen Truppe, vielleicht mittlerer Dienstgrad eines Brigadiers.

Fritz grüßt brav zurück.

»So früh schon unterwegs?«, fragt der Brigadier und

beäugt seinen zerknitterten Anzug. »Wo kommen Sie denn her, Monsieur?«

Einer Eingebung folgend, beschließt Fritz, so ehrlich wie möglich zu sein. »Ich bin soeben mit dem Zug in der Stadt eingetroffen. Am Saint-Lazare«, fügt er noch unnötigerweise hinzu. Während er spricht, wird ihm plötzlich sein schreckliches Dilemma klar: Der Mann am Bahnhof hat ihm einen Umschlag mit neuen Ausweispapieren zugesteckt, doch Fritz hat sich diese noch gar nicht angesehen. Sollte dieser griesgrämige Polizist ihn jetzt also nach seinem Namen fragen, so wüsste er keine Antwort darauf. Zumindest keine, die mit der Identität übereinstimmt, die ihm eben verliehen wurde und in seiner Jackentasche steht – und die sie unweigerlich bei einer Leibesvisitation finden würden. Fritz spürt, wie beim Gedanken an dieses Szenario sein Mund ganz trocken wird. Ein leichter Schwindel ergreift ihn. Unauffällig stützt er sich mit einer Hand an der steinernen Brüstung der Brücke ab, die sich tröstlich kühl und stark anfühlt.

Der Brigadier betrachtet ihn noch einmal von unten bis oben, dann lächelt er plötzlich väterlich. »Auf Heimaturlaub, *camarade*?«

Fritz, der selbst nicht weiß, wie ihm geschieht, schießen Tränen in die Augen. Vielleicht liegt es an dem gefühlvollen Tonfall dieses fremden Franzosen, der ihn in einen unerwarteten Abgrund der Einsamkeit stößt. *»Oui, exactement«*, bringt er mit gepresster Stimme hervor und drängt die Tränen gewaltsam zurück.

Freundlich klopft der Ältere ihm auf die Schulter. »*Bienvenue!* Dann gehen Sie mal weiter, Junge.« Er lacht. »Die Mädchen werden sich freuen. Es gibt derzeit nicht viele junge Männer in Paris.«

»Und schon gar nicht welche, die noch alle Arme und Beine haben«, fügt einer der anderen Polizisten hinzu.

Sein Schwindel wird stärker, während Fritz sich wie ferngelenkt von den lachenden Männern verabschiedet und weiterstolpert, ohne zu wissen, in welche Richtung er gehen soll. Er nimmt schließlich den Weg zurück, den er eben gekommen ist, wendet sich aber nach rechts und findet sich kurz darauf im Jardin des Tuileries wieder, dessen duftiges Grün ihn wohltuend umfängt. Er lässt sich auf eine Bank fallen und blickt sich um. Die Blumen in den Beeten blühen, die Bäume leuchten in jenem unwirklich grellen Grün eben entfalteter Blätter. Erst auf den zweiten Blick fällt ihm auf, dass die stolzen Statuen, die Alleen und Wege säumen, in Sandsäcke verpackt sind. Vermutlich zum Schutz vor Geschossen.

Fritz erhebt sich und spaziert ziellos herum. Er ist durstig und hungrig, aber zuallererst muss er wissen, wer er jetzt ist. In einem abgelegenen Winkel der Gärten wagt er es, den Umschlag, den der Fremde ihm gegeben hat, zu öffnen. Er findet einen Schweizer Reisepass. Seit zwei Jahren müssen deutsche Pässe eine Photographie des Auszuweisenden enthalten, offenbar ist das auch in der Schweiz der Fall. Zu seinem Erstaunen klebt im Pass ein Bild von ihm, vermutlich hat jemand das aus seinem deutschen Pass vervielfältigt. Sein Name lautet jetzt Carl Steiner, wie er selbst im März 1894 geboren, allerdings in Zürich. Außerdem ist er als Mitarbeiter des Politischen Departements in Bern ausgewiesen, das in etwa dem deutschen Auswärtigen Amt entspricht. Fritz nickt vor sich hin. Dann bemerkt er, dass sich noch etwas im Umschlag befindet, und schüttelt diesen. Heraus fällt die Visitenkarte eines Hotels im fünften Arrondissement.

Fritz fährt mit beiden Händen durch sein ungewaschenes Haar und streicht es glatt. Er steht auf. Das Heimweh, das ihm eben noch bis in den Bauch wehgetan hat, weicht dem beruhigenden Gefühl, ein Ziel zu haben, das er jetzt sofort aufsuchen wird. Eigentlich ist es noch mehr, gesteht er sich ein, während er seine Schritte aus dem Park herauslenkt. Es ist ein erhabenes Gefühl, als Spion durch diese feindliche Stadt zu laufen. Einen geheimen Auftrag zu haben. Er fühlt sich wie der Held einer phantastischen Geschichte, noch absurder als der ganze Irrsinn, den er in den letzten Monaten im Schützengraben erlebt hat. Dort begann das Gefühl der Selbstentfremdung, das jetzt alles, was ihm widerfährt, noch abstrakter erscheinen lässt. Und wieder lässt er sich fallen in diesen traumartigen Fatalismus. Er geht, um das Hotel zu suchen, das ihm die Geschichte als nächste Station eingibt.

22.

Paris, 1896

Sollten sie das Pech haben, diese verfluchten Baranoffs nicht zu finden, so fürchtete Gryszinski allmählich, würde Polizeidirektor Welser ihm in München ihre Spesenquittungen um die Ohren hauen. Dieser düstere Gedanke ereilte ihn beim Tee und dem Anblick der kleinen Kunstwerke französischer Patissierskunst, die in einem verschwenderisch schönen Saal des Hôtel Le Meurice gereicht wurden. Musiker standen vor den weit geöffneten Flügeln einer hohen Glastür, in der sich Wandmalereien spiegelten, frisch geschnittene Blumen quollen von Kaminsimsen und Tischen. Auf den kühlen Marmorböden ruhten wertvolle Perserteppiche, darüber wandelte, das Geräusch der Schritte vom dicken Flor geschluckt, eine Gesellschaft in anmutig raschelnder Garderobe. Die Fenster eröffneten einen grandiosen Blick auf die grünen Weiten des Jardin des Tuileries, seine breiten, von Skulpturen gesäumten Alleen, die runden Brunnen und Beete. Genau diese Nähe zu der Parkanlage hatte sie vor ein logistisches Problem gestellt, weshalb sie nun hier drinnen beim Tee saßen: Da der Park direkt gegenüber auf der anderen Seite der Rue de Rivoli lag, zudem begrenzt durch einen trutzigen hohen Eisenzaun, gab es kein Straßencafé vis-à-vis, in dem man sich niederlassen und unauffällig den Eingang des Grandhotels beobachten konnte. So hatten sie es mit dem Hôtel de Lazun an der Place

Vendôme gehalten, auch das Hôtel Scribe hatten sie auf diese Weise gut im Auge behalten können.

Dort hatten sie dann jeweils an einem kleinen Bistrotisch gesessen, geduldig wartend, im vollen Bewusstsein, dass die Baranoffs natürlich genau dann auf die Straße treten könnten, wenn sie eben nach stundenlanger Warterei ihren Beobachtungsposten verlassen hätten. Andersherum war es genauso möglich, dass die Russen gerade im Meurice waren, während sie das Lazun beschatteten – und umgekehrt. Trotz dieser ziemlich wahrscheinlichen Ausweglosigkeit der ganzen Unternehmung hatten sie sich dennoch ihrer Aufgabe gestellt, Sophie beständig schreibend, Gryszinski ununterbrochen grübelnd.

Meyerings Telegramm vom letzten Abend und die darin enthaltenen Informationen trieben ihn um. Während Sophie ihren Crayon über die Seiten trieb, versuchte er sich klar zu werden, was die verschiedenen Spuren zu bedeuten hatten. Die Fingerabdrücke der Baranoffs in Alfons Hummerts Haus überraschten ihn nicht allzu sehr, war ihm doch schon vorher klar gewesen, dass sie zumindest über Teile der Pläne des Erfinders verfügten. Allerdings hatte er bisher angenommen, dass sie die Unterlagen aus Fouqués Suite gestohlen hatten, und nicht mit der Dreistigkeit gerechnet, dass sie in Hummerts Haus eindringen und dieses nach den Plänen durchsuchen würden, denn das war ja hier offensichtlich geschehen.

Was ihn aber regelrecht aus der Bahn warf, das war die Tatsache, dass der blutige Fingerabdruck von Fouqué stammte. Leider hatte sich der Abdruck am Türrahmen des Wintergartens befunden, also zwar am Tatort, aber eben nicht direkt an oder neben der Leiche, was die Sache viel einfacher gemacht hätte. So stand Gryszinski vor einer verwirrend diffusen Spurenlage. Er seufzte. Wenn es doch nur möglich wäre zu bestimmen, von wem das Blut des Abdrucks stammte – von

Hummert, Fouqué selbst oder einer völlig anderen Person. Oder wenn man wenigstens herausfinden könnte, wie alt das Blut war, ob der Abdruck also zum Zeitpunkt des Mordes entstanden war oder eben früher oder später. Aber ob die Forensik jemals fähig sein würde, derartige Untersuchungen erfolgreich durchzuführen, das konnte nun wirklich niemand vorhersagen. So musste Gryszinski sich damit zufriedengeben, verschiedene mögliche Szenarien zu entwerfen.

War es also möglich, dass Henri Fouqué der Mörder von Alfons Hummert war? Und deshalb die Flucht ergriffen hatte und sich irgendwo verbarg? Aber wieso hatte er dann seine gesamten Papiere im Hotel zurückgelassen, mit denen er sich problemlos hätte absetzen können? Und seine wertvolle Uhr? Was Gryszinski außerdem an dieser Theorie störte, war dieser seltsame einzelne Fingerabdruck, der wie ein Ausrufungszeichen vom Türrahmen leuchtete. Wer erschlug jemanden, um dann mit einem einzelnen Finger einen blutigen Abdruck zu hinterlassen? Hätte Fouqué in Panik etwas angefasst, würde man dann nicht einen ganzen Handabdruck sehen?

Eine andere Möglichkeit war natürlich, dass der Erfinder vor seinem eigenen Tod Fouqué umgebracht oder zumindest verletzt hatte. Der Diplomat hatte dann vielleicht an seine blutende Nase gefasst und danach unbewusst den Türrahmen berührt. Trotzdem blieb immer noch die Frage: Wo war der Franzose? Und warum hätte Hummert seinen potenziellen Kunden attackieren sollen?

Und wie passten Nataliya und Sergeij Baranoff in diese ganze unselige Geschichte? Sie hatten nachweislich Fouqué bespitzelt und Hummert beraubt. Waren sie auch für den Mord am Erfinder verantwortlich? Hatte er sie in seinem Haus überrascht, als sie nach den Plänen suchten, woraufhin die beiden ihn im Affekt erschlagen hatten? Aber Fouqué, warum war er dort gewesen? Hatten die Baranoffs auch ihn ermordet, aber seine Leiche verschwinden lassen, wobei der blutige Fingerabdruck entstanden war? Warum gerade dort, in Hummerts Haus?

Gryszinskis Mentor Hans Groß hatte ihn immer ermahnt, sich in einer Ermittlung niemals zu früh auf eine Theorie festzulegen. Denn dann würde der Kriminalist unweigerlich jede weitere Erkenntnis seiner Theorie unterordnen, die Spuren würden nicht mehr selbst sprechen, sie wären dann lediglich Teil einer konstruierten Wahrheit. Dennoch tendierte der Major nun zum letzten Szenario, trotz der vielen offenen Fragen. Durch ihre dreiste Spioniererei hingen die Baranoffs schon so tief drinnen in dem Fall, dass er einfach nicht glauben konnte, dass sie nicht auch mit den weiteren Entwicklungen zu tun hatten. Er sah sich wieder in der prachtvollen Hotelhalle um. Wo steckten die beiden Russen nur?

»Wir werden sie schon finden«, sprach Sophie plötzlich mitten in seine Gedanken hinein, ganz so, als hätte sie sein inneres Gespräch mitangehört.

»Denkst du das wirklich, oder möchtest du mich nur aufmuntern?«, gab Gryszinski zurück.

»Beides.« Sophie lächelte fein. »Wolltest du nicht noch Fouqués Schwester Anne einen Besuch abstatten? Wenn du möchtest, bleibe ich hier noch ein wenig sitzen und halte weiter unauffällig Ausschau.«

»Oh, würdest du dieses Opfer bringen?« Gryszinski machte eine scherzhafte Geste, die das gesamte erlesene Interieur und die noch übrig gebliebenen Leckereien auf ihrem Tisch umfasste.

»Natürlich nur aus Liebe zu dir.« Sie lachte.

Er überlegte. Sophie hatte die Photographien der Russen so oft studiert, dass sie die beiden problemlos erkennen würde. Die Wohnung der Schwester des Diplomaten war nicht allzu weit entfernt, er würde nicht lang fortbleiben. Trotzdem war Gryszinski nicht wohl bei dem Gedanken, seine Frau allein zu lassen. Als er im vergangenen Jahr nach einem gefährlichen Mehrfachmörder gesucht hatte, war er auf die Idee verfallen, sie am Rande in die Ermittlungen einzubeziehen, woraufhin sie sich nicht nur ein Mal eigenmächtig in den Fall eingemischt hatte, und zwar ohne Rücksicht auf ihre eigene Sicherheit zu nehmen – oder auf seine Nerven. Andererseits konnte er ein wenig Hilfe wirklich gut gebrauchen. Er hob also streng den Zeigefinger. Sophies zuckende Mundwinkel verrieten, dass sie diese Geste in keinster Weise ernst nahm, aber sie hielt sich mit Kommentaren zurück.

»Aber nur, wenn du mir hoch und heilig versprichst, die beiden nicht anzusprechen, sollten sie wirklich hier auftauchen«, sagte er gewichtig. »Zu diesem Zeitpunkt sondieren wir nur. Wir wollen wissen, wo sie verkehren, und möglicherweise nach weiteren Käufern für die Pläne suchen. Mehr nicht.«

»Natürlich«, antwortete sie mit Nachdruck.

Leider war Gryszinski schon zu lange mit ihr verheiratet, um zu wissen, wie viel diese Versicherung bedeutete. Andererseits – was blieb ihm übrig? Mit einem unguten Bauchgefühl machte er sich also auf, um *Chère Anne* aufzusuchen. Sophie wandte sich zufrieden wieder ihren Notizen zu, nicht ohne sich vorher noch ein Gläschen Champagner zu bestellen. Gryszinski seufzte innerlich. Vielleicht würde sie ja in ihrem Schreibrausch einfach vergessen, nach den Russen Ausschau zu halten.

Mit raschen Schritten verließ Gryszinski das kostbar schimmernde Dämmerlicht des Grand Hotel, trat ins Freie und kniff im jähen Sonnenschein die Augen zusammen. Es war ein prachtvoller Frühlingstag, fast ein wenig zu warm für seinen grauen Anzug und den dunklen Bowler. Die meisten

Herren, die in den offenen Kutschen die Rue de Rivoli entlangfuhren, trugen bereits helle und deutlich luftigere Sommerhüte. Er würde sich ebenfalls ein solches Modell zulegen müssen. Er überquerte den Boulevard, um auf den schmalen Trottoir zu gelangen, der entlang des hohen Zauns der Parkanlage verlief. Schon nach wenigen Minuten lief ihm der Schweiß den Rücken hinunter, also wechselte er zurück in die schattigeren Arkadengänge, die die eleganten Gebäude der Straße säumten. Am Louvre überquerte er schnell den Pont du Carrousel, unter dem die Seine wie träger Honig flimmerte. Und schon hatte er den vornehmsten Teil von Paris verlassen und befand sich wieder auf der Seite der Künstler und Bohemiens, das Café de Flore und die Kunsthochschule lagen nur wenige Minuten entfernt.

Anne Fouqué wohnte in der Rue Visconti, einer kleinen Straße, die so schmal war, dass ihr winziger Bürgersteig keinen Platz für Laternenpfähle bot, weshalb man die Lampen direkt an den sandfarbenen Fassaden aufgehängt hatte. Vielleicht, so überlegte Gryszinski, während er nach der richtigen Hausnummer suchte, hatte Haussmann diese winzige Straße einfach übersehen. Andererseits waren die Häuser keinesfalls heruntergekommen, hinter manchen besonders steilen Mauern schienen sich sogar kleine Gärten und großzügige Palais zu verbergen. Das Haus, in dem die Schwester des Diplomaten lebte, wirkte allerdings schon von außen eng und dunkel. Gryszinski grüßte die grimmige Concierge, die am offenen Fenster im Erdgeschoss stand und jeden musterte, der es wagte, hier vorbeizuflanieren. Er erklärte, zu wem er wollte, woraufhin sie ihm die Tür unter einem Geseufze öffnete, in dem das Mühsal der ganzen Welt lag. Widerwillig deutete sie auf eine düstere Treppe und erklärte, dass die gesuchte *Mademoiselle* im zweiten Stock zu finden wäre. Gryszinski, dem keine mürrische Hausmeisterin der Welt seinen

Elan rauben konnte, schließlich war er Berliner und somit ein Kenner dieser misanthropischen Spezies Mensch, bedankte sich freundlich und nahm die zahlreichen Stufen in Angriff.

Oben angekommen, musste er eine ganze Weile vor der Tür warten, bis ihm endlich eine Frau in gestärkter Schürze öffnete, vermutlich die Haushälterin. Gryszinski schickte einen sehnsüchtigen Gedanken an die Brunner, ihren Apfelkren und die mit Bratensaft vollgesogenen Knödel. Er betrat ein *appartement*, das von einem gutbürgerlichen Elternhaus erzählte, dessen Wohlstand und Bedeutung in der nächsten Generation merklich verblasst war. Es war wohl Tolstoi gewesen, wenn Gryszinski die Ausführungen Sophies richtig im Kopf hatte, der geschrieben hatte, dass jede unglückliche Familie auf ihre eigene Weise unglücklich sei. Dasselbe galt seiner Erfahrung nach für verarmte Familien. Die Räume, die er nun betrat, wirkten wie eine Kapsel, in der man die beste Zeit der Familie Fouqué eingeschlossen hatte. Bücher, Vasen und geschmackvoller Nippes, die vermutlich einmal ein schönes großes Haus geziert hatten, waren hier zusammengerafft wie im Keller eines Museums. Gryszinski konnte sich gut vorstellen, dass ab und an ein Stück aus dieser erstarrten Sammlung verschwand, vom Herzen gerissen, um einem Pfandleiher übergeben zu werden, woraufhin die alleinstehende bescheidene Dame des Hauses wieder einige Monate lang ihren Lebensunterhalt bestreiten konnte.

In diesem Moment betrat Anne Fouqué selbst den kleinen Salon, in dem man ihn zu warten angewiesen hatte. Beinahe übersah er sie zwischen all den Stücken aus ihrer Vergangenheit, so unheimlich fügte sie sich in die verstaubte Szenerie ein.

»*Bonjour*, Sie wollten mich sprechen?« Fragend blickte sie ihn an, ohne ihm einen Platz anzubieten. Ihr unscheinbares Gesicht wirkte alterslos, aber von ihren Nachforschungen, die sie noch in München angestellt hatten, wusste er, dass sie eine Frau von etwa dreißig Jahren war. Sie war unverheiratet geblieben.

Gryszinski stellte sich höflich vor, nicht ohne zu registrieren, dass ihr Mund sich bei der Nennung seines deutschen Namens leicht missbilligend verzog. Er schluckte den aufsteigenden Ärger darüber hinunter. Erst der Preuße in Bayern, jetzt der *boche* in Frankreich, wo würde man ihm denn einmal ohne Ressentiments begegnen? Doch es half ja nichts. Er zog einen Umschlag aus der Innentasche seines Anzugs hervor, öffnete diesen und entfaltete den von Fouqué in München begonnenen Brief, von dem er vermutete, dass er an die Frau vor ihm gerichtet war.

»*Madame*«, begann er – es wäre ihm komisch vorgekommen, die Dame als *Mademoiselle* zu bezeichnen –, »Ihr Bruder Henri war in seiner Rolle als Mitarbeiter der Berliner französischen Botschaft bei uns in München zu Besuch. Zu unserem Bedauern muss ich Ihnen mitteilen, dass er dort spurlos verschwunden ist. Diesen Brief hier haben wir in seinem Hotelzimmer gefunden. Ich nehme an, dass Sie die Empfängerin des Briefes sein sollten?«

Damit überreichte er ihr das Schriftstück, das sie mit einem Ausdruck von Verwunderung entgegennahm. Sie warf einen kurzen Blick darauf und nickte dann. »*Oui*. Mein Bruder schreibt mir regelmäßig, vor allem, wenn er auf Reisen ist. Ich interessiere mich sehr für fremde Orte.«

Vermutlich, weil sie Paris niemals verließ, ergänzte Gryszinski für sich. Endlich bot sie ihm einen Platz auf einem schlecht gefederten Sofa an, das dafür mit einem edlen tiefblauen Brokat bezogen war. Sie selbst setzte sich ihm gegenüber auf einen Stuhl mit Schnitzereien im Kolonialstil.

Als würde sie erst jetzt begreifen, was er eben gesagt hatte, fragte sie: »Was meinen Sie damit, dass er spurlos verschwunden ist?«

»Genau das. Er hat vor etwa anderthalb Wochen sein Hotel verlassen und ist seitdem von niemandem mehr gesehen worden. Seine Papiere und sein gesamtes Gepäck hat er zurückgelassen.«

Sie sah ihn verwirrt an. Mit einem Mal wirkte sie restlos verloren zwischen all ihren Sachen. »Und deshalb sind Sie eigens nach Paris gereist, Monsieur?«

»Es geht mittlerweile nicht mehr nur darum, dass er verschwunden ist.« Gryszinski sprach jetzt betont ernst. »Wir haben einige dringliche Fragen an ihn, im Zusammenhang mit einem Fall von Mord und Spionage.«

»Spionage«, flüsterte sie, und ihre Augen weiteten sich.

Gryszinski nickte. Spionage erschien vielen als das schlimmstmögliche Verbrechen in diesen Tagen eines prekären Friedens, in denen bereits ein geflüsterter Verdacht ausreichte, um eine rechtschaffene Person als feindlichen Spitzel dastehen zu lassen. Er sah sie eindringlich an. »Madame, haben Sie in den letzten Tagen etwas von Ihrem Bruder gehört?«

Sie schüttelte heftig den Kopf. *»Non!«*

»Oder haben Sie irgendeinen Hinweis, eine Idee, wo er sich aufhalten könnte?«

Sie starrte ihn mit weit aufgerissenen Augen an. Dann huschte etwas über ihr Gesicht, so erschien es Gryszinski plötzlich, sie öffnete den Mund, und er hatte das Gefühl, dass sie etwas preisgeben wollte.

Ärgerlicherweise klopfte genau in diesem Moment die Haushälterin an und entschuldigte sich für die Störung, sie bräuchte *Mademoiselle* kurz in der Küche – dieses schon als fatal zu bezeichnende Gefühl für dramatische Auftritte schien eine internationale Fähigkeit von Haushälterinnen zu sein.

Gryszinski lehnte sich brummelnd auf dem unkomfortablen Sofa zurück und sah sich um. Wirklich bemerkenswert, wie viele Dinge hier in den dunklen Räumen versammelt waren. Eine zierliche Figur fiel ihm ins Auge, eine Ballerina aus Bronze, die ihre winzige Hand erhoben hatte, als wolle sie der dräuenden Lawine eines zum Bersten gefüllten Regals Einhalt gebieten. Über allem lag der Geruch von muffigen Büchern und feuchten Schränken. Und noch etwas anderes, registrierte er und sog die Luft ein.

Da kehrte Anne Fouqué zurück und setzte sich wieder. Sie wirkte deutlich gefasster. »Entschuldigen Sie dic Unterbrechung«, erklärte sie höflich. »Leider kann ich Ihnen nicht weiterhelfen. Ich habe das letzte Mal vor einigen Wochen von meinem Bruder gehört.«

»Verstehe.« Er überlegte kurz. »Wie ich hörte, ist Ihr Bruder, sagen wir, der vergnüglichen Seite des Lebens nicht abgeneigt. Ich habe Gerüchte gehört, nach denen dieser Hang manchmal etwas zu weit ging?«

»Was hat das mit seinem Verschwinden zu tun?«

»Ich versuche nur zu verstehen, was für eine Person Ihr Bruder ist. Bisher habe ich nur eine Photographie von ihm gesehen.«

»Er sieht sehr gut aus, nicht wahr?« Sie lächelte bitter. »Charme und Schönheit, das hat alles Henri bekommen, und damit konnte er hinaus in die Welt gehen. Ich dagegen bin die perfekte Hüterin des Familienschatzes.«

Gryszinski sah taktvoll zu Boden.

»Dieser Schatz war um einiges größer, als unsere Eltern starben«, fuhr sie sachlich fort. »Mein Bruder hat das meiste schon durchgebracht. Die Frauen, das Glücksspiel. Und leider fehlt ihm auch der rechte Geschäftssinn. Unser Elternhaus hat er für eine Investition als Sicherheit angegeben, die sich als wertlos entpuppte. Wir verloren nicht nur das Haus, es gab auch Ärger mit seinem Geschäftspartner, der dazu führte, dass Henri sich duellieren musste.« Sie schüttelte den

Kopf. »Glücklicherweise haben wir noch einige letzte einflussreiche Freunde unserer Familie. In Paris konnte mein Bruder sich zwar nicht mehr blicken lassen, aber er bekam einen bedeutsamen Posten bei der Botschaft in Berlin.« Sie machte eine energische Geste. »Das ist die ganze Geschichte. Unsere letzte Chance wäre eine gute Partie, da hätte mittlerweile nur noch Henri Aussichten. Aber sein Ruf als Frauenheld ist natürlich nicht besonders hilfreich.« Sie schwieg. Gryszinski sah ein, dass er nicht mehr erfahren würde.

»Haben Sie vielen Dank für Ihre Offenheit, Madame.« Er erhob sich. »Ich hoffe aufrichtig, dass Ihr Bruder nicht in ernsten Schwierigkeiten steckt. Sollten Sie doch noch von ihm hören, bitte ich Sie eindringlich, sich bei mir zu melden. Ich werde wohl noch einige Tage in Paris bleiben.« Er überreichte ihr die Karte seines Hotels. »Ich möchte Ihrem Bruder nichts Böses, im Gegenteil, ich bin besorgt um seine Sicherheit und möchte nicht, dass er falschen Verdächtigungen ausgesetzt ist. Also bitte, melden Sie sich, auch, wenn Ihnen noch etwas einfallen sollte, was uns helfen könnte, ihn zu finden.«

Sie nickte, jetzt schon fast freundlich, und begleitete ihn noch zur Tür.

Erst als Gryszinski wieder unten auf dem schmalen Trottoir stand, wurde ihm klar, was er in der Wohnung gerochen hatte. Über dem modrigen Odem alter Dinge, in den Räumen einer alleinstehenden Jungfer, hatte ein feiner Duft von Zigarren gehangen. Er dachte kurz darüber nach. Natürlich konnte er sich auch irren, schließlich war die Erinnerung an Gerüche die flüchtigste von allen. In Gedanken versunken, machte er sich auf den Rückweg zu Sophie, die auf der anderen Seite des Flusses wartete.

23.

Paris, 1916

Voll neuer Energie wendet Fritz sich in Richtung des fünften Arrondissements. Allmählich füllen sich die Straßen und Plätze. Er überquert den Pont du Carrousel, geblendet von der Seine, die ihm wie eine silberne Feuersbrunst erscheint. Sein Hotel liegt in der Rue du Dragon, der Drachenstraße. Der Name klingt verheißungsvoll und abenteuerlich. Am Quai Voltaire schlendert er etwas langsamer, um die Bücherkisten und Stände der *bouquinistes* zu betrachten. Einige sind geöffnet und werden nun von den Frauen bewacht, deren Ehemänner fort sind. Kaum jemand schenkt allerdings in diesen Tagen den Damen und ihren alten Büchern einen Blick, nur Fritz steckt verstohlen seine Nase in eine Kiste und atmet den herben Duft der gedruckten Schrift ein, der ihn immer an seine Mutter denken lässt. Ein Stück weiter vorn kündigt ein Plakat im Schaufenster einer *Épicerie* eine größere Warenlieferung an, dort bildet sich bereits eine Menschenansammlung. Unberührt vom Lauf der Dinge knistern die porösen Seiten in den Kisten.

Über den Boulevard Saint-Germain gelangt Fritz schließlich zur Adresse seines Hotels. Däumlingshafte Schornsteine verteilen sich wie Vogelschwärme über die Dächer und blicken in die kleine Straße hinab. Fritz sieht sich um. Er hatte sich eine Art Zaubergasse vorgestellt, vielleicht mit den märchenblauen Trambahnen und zwitschernden Briefkästen, von denen Kandinsky immer erzählte, doch die Drachenstraße ist ein eher unspektakulärer Verbindungsstrich zwischen den großen Boulevards. Sein Hotel aber sieht hübsch wie aus einem Kinderbuch aus, mit Gardinen, die im appetitlichen Gelb von Butterblumen leuchten. Man tritt durch eine einfache Ladentür ein, an der eine Türglocke angebracht ist, deren Klingeln hell durch den Dämmerzustand des Empfangs tönt. Eine kleine Sitzgruppe, dazu ein paar Tischchen mit Stühlen und ein Tresen, hinter dem sich Postfächer und schnörkelige Haken für die Zimmerschlüssel befinden, formieren einen Raum, der Fritz an ein himbeerrotes *macaron* denken lässt.

»*Bonjour, Monsieur*, Sie wünschen?«

Fritz zuckt zusammen. Erst jetzt bemerkt er die alte Dame, deren lila schimmerndes Haar sich chamäleonartig in das bonbonfarbene Interieur einfügt. Sie betrachtet ihn gütig und mit zusammengekniffenen Augen. Wahrscheinlich ist sie kurzsichtig. »*Bonjour.*« Fritz tritt an den Tresen heran, plötzlich unsicher, was genau er nun sagen soll. Die alte Dame sieht ihn erwartungsvoll an, als Fritz ein eisiges Gefühl packt. Er hat seinen neuen Namen vergessen. Der Schweizer Name, wie lautet er bloß?

»Monsieur Steiner, nehme ich an?«, fragt da sein Gegenüber freundlich.

Fritz atmet erleichtert aus. Carl Steiner heißt er, natürlich. Er lächelt so ungezwungen wie möglich. »*Exactement*. Das bin ich.«

Sie lächelt beflissen und dreht sich zu den Haken, an denen die Schlüssel unter ihren dazugehörigen Nummern baumeln. Erst jetzt fällt Fritz auf, dass kein einziger Schlüssel fehlt. Sie nimmt denjenigen, der unter einer großen Acht hängt, und reicht ihn an Fritz weiter. Er liegt schwer in der Hand.

Fritz deutet eine Verbeugung an. »*Merci, Madame.*«

Sie strahlt. »Mein Name ist Madame Bernard, ich bin die Inhaberin dieses Hotels. Hier ist außerdem bereits, *un moment*, etwas angekommen …« Wieder dreht sie sich um, dieses Mal zu den Postfächern, die ebenfalls alle leer sind, bis auf eines, dort wartet ein dicker Umschlag. Diesen nimmt Madame Bernard und reicht ihn Fritz. »Für Sie, Monsieur Steiner.«

Geistesgegenwärtig macht Fritz eine Geste, die impliziert, dass er bereits mit dem Brief gerechnet hat, und nimmt diesen entgegen.

Daraufhin weist sie auf eine Tür, die zum Aufzug führen soll. Sein Zimmer sei direkt unterm Dach, erklärt sie und fügt fast etwas beschämt hinzu, dass das tatsächlich am sichersten sei. Bei Bombenalarm rate sie ihm, unter dem kleinen, aber robusten Tisch Schutz zu suchen.

Die letzten Sätze erscheinen Fritz inmitten dieser bonbonhaften Szenerie surreal, aber er nickt höflich und bedankt sich für die sachdienlichen Hinweise.

Ein knatternder Kasten mit Metallgitter trägt ihn langsam bis nach oben in den sechsten Stock, der nach der hierarchischen Ordnung Haussmann'scher Wohnhäuser für gewöhnlich das Reich der Dienerschaft ist. Oder eben die Welt der weniger zahlungskräftigen Hotelgäste. Fritz findet die Tür zu seinem Zimmer und dreht gespannt den Schlüssel.

Der Raum unter den Dachschrägen ist hell und von der Sonne gewärmt. Ein einfaches schmales Bett, dessen Laken frisch gewaschen sind. Eine verblasste Blumentapete an den Wänden, am Fenster ebenfalls butterblumige Gardinen, außen klappern weiß gestrichene Fensterläden. Neben einem zierlichen Waschtisch und einer wackligen Kommode steht wie der breitschultrige große Bruder ein etwas größerer Schreibtisch. Vermutlich das bewusste Möbelstück, unter dem er Schutz suchen kann, sollte ein deutscher Zeppelin am Himmel auftauchen. Er blickt hinaus. Die zerzausten Wolken auf hellblauem Grund wirken ebenfalls wie frisch gewaschen. Er atmet tief aus. Hier oben in dieser Dachkammer – oder *Drachenkammer*, wie er sie bereits für sich getauft hat – kann er einen Moment lang die Anspannung abfallen lassen.

Er zieht seine Jacke aus und knöpft sein Hemd ein Stück auf, bevor er den Brief öffnet, der ihm unten übergeben wurde. Er geht davon aus, Instruktionen zu finden, vielleicht sogar bereits die wichtige Nachricht, vermutlich chiffriert, die er überbringen soll. Zu seiner Überraschung findet er nichts außer mehreren Franc-Münzen, jede einzeln und fein säuberlich in dünnes Papier eingewickelt, sodass man den Inhalt des Umschlags von außen nicht ertasten kann. Die Summe ist nicht unerheblich. Er dreht und wendet das leere Kuvert, studiert jeden Schnipsel und bewegt schließlich sogar alles über der Flamme einer kleinen Kerze, die auf dem Tisch bereitsteht. Nichts, kein Wort, nicht mal in Geheimtinte geschrieben. Verwundert schüttelt er den Kopf.

Zumindest, denkt er schließlich, löst das mein dringlichstes Problem: Er hat furchtbaren Hunger und Durst und verfügt nun über die Mittel, dem Abhilfe zu schaffen. Auch ein günstiger, aber sauberer Anzug wäre eine gute Idee. Entschlossen knöpft er das Hemd wieder zu und schlüpft in seine Jacke. Die Hand schon auf der Klinke, verharrt er noch einen Moment an der Tür und fasst sein kleines Zimmer ins Auge. Es ist ihm bereits ein vertrauter Ort geworden, den er mit einem Gefühl leichten Widerstrebens verlässt.

Kurz darauf steht Fritz wieder unten auf der Straße und sieht sich unschlüssig um. Er weiß nicht, welches Verhalten nun von ihm erwartet wird. Muss er sich nicht hier bereithalten, bis ihn jemand aufsucht, um ihm die Anweisungen für seine Mission zu übergeben? Vielleicht, ein Schauer läuft ihm über den Rücken, wird er bereits beobachtet, ob er sich auch richtig verhält. Aber was ist in diesem Fall richtig? Noch einmal blickt er sich um, verstohlen. Er wird wohl etwas essen dürfen, entscheidet er dann. Am besten entfernt er sich einfach nicht zu weit vom Hotel. Er muss unwillkürlich grinsen. Zu seinem Glück liegt das Café de Flore direkt um die Ecke. Dorthin schlendert er, vorbei an Schaufenstern, in denen zwischen Hüten, Handschuhen und adretten Kleidern nun auch Gasmasken und kleine Lampen zur Notbeleuchtung feilgeboten werden. Mehrmals wird er von einer weiß gewandeten Schwester des *Croix Rouge* angesprochen und um eine Spende gebeten. Er senkt den Kopf, während er so unauffällig wie möglich zu erkennen versucht, ob ihn jemand beschattet. Er denkt an seinen Vater, der ihn, als er ein Junge war, in die Kunst, jemanden unbemerkt zu verfolgen, eingeweiht hat. Damals war es ein Spiel: Während sie zur Oper spazierten, lief sein Vater voran und Fritz im Verborgenen hinterher, ließ sich zurückfallen, versteckte sich in Hauseingängen. Sein Vater rauchte währenddessen in aller Ruhe eine Zigarre und flanierte an den Schaufenstern vorbei, scheinbar in seiner Gedankenwelt verloren. Wenn sie allerdings am Ende wieder zueinanderfanden, konnte er in der Regel ganz genau sagen, wo Fritz sich überall versteckt hatte. Erst mit den Jahren lernte Fritz, in der Menge zu verschwinden. Zu beobachten, ohne hinzusehen. Doch wie man umgekehrt einen unbekannten Verfolger entlarven kann, das hat Fritz nicht gelernt.

Dafür spürt er bereits nach wenigen Schritten, dass er überall angesehen wird, nicht nur von einer einzelnen Person, sondern von allen. Er begreift, dass er der einzige junge Mann ist, der weder in Uniform noch offensichtlich kriegsversehrt ist. So manches junge Mädchen lächelt ihm freundlich zu, wie es der Polizist auf der Brücke vorhergesagt hat, doch die meisten betrachten ihn voller Misstrauen: Ist er ein Feigling, der irgendwie dem Kriegsdienst entgangen ist? Oder gar ein Deserteur? Fritz zieht den Kopf noch mehr ein und beeilt sich, ins Café de Flore zu kommen, wo immer noch die Frau hinter der großen Kasse sitzt und über die Geschicke ihrer von Mokkaduft durchzogenen Welt wacht. Trotz des schönen Wetters setzt Fritz sich in den Innenraum, ans äußerste, hinter einem Zeitungsständer verborgene Ende der Bank, die sich die Wand entlangzieht wie ein Tausendfüßer mit hölzernen Beinen und durchgesessenem Rücken. Obwohl er solchen Hunger hat, bestellt Fritz nur eine einfache Omelette von der recht übersichtlichen Karte, dazu einen *café* und eine Karaffe Wasser. Nachdem er hastig getrunken und gegessen hat, zahlt er bei der Kassenfrau, die streng sein Geld abzählt. Dann kehrt er zurück ins Hotel. Als die Türklingel seine Gegenwart ankündigt, erscheint Madame Bernard aus einem Hinterzimmer und bezieht Stellung hinter ihrem Rezeptionstresen.

»Brauchen Sie noch etwas, Monsieur Steiner?« Sie reicht ihm seinen schweren Zimmerschlüssel.

»Ich hätte nur gern gewusst, ob eine Nachricht für mich eingetroffen ist.« Fritz hat mit einem Blick bereits festgestellt, dass sein Postfach leer ist, dennoch möchte er ganz sicher sein.

Madame Bernard wendet sich um und untersucht mit größter Ernsthaftigkeit sein Fach, bevor sie sich wieder zu ihm dreht. »Bedaure, Monsieur, es ist nichts angekommen.«

»Nun gut.« Fritz räuspert sich und überlegt einen Moment. Dann reicht er seinen Schlüssel zurück. »Ich muss noch etwas besorgen. *Au revoir*.«

Er dreht eine weitere Runde und kauft zwei frische Hemden und einen Anzug. Eine Stunde später spricht er wieder bei Madame Bernard vor, um in Erfahrung zu bringen, ob mittlerweile jemand eine Nachricht für ihn hinterlassen hat. Das hat niemand getan, aber dafür versorgt Madame ihn mit dem mütterlichen Rat, nicht mehr zu lange auszugehen. Bei Einbruch der Dunkelheit müsse er wieder im Hotel sein, der Sperrstunde wegen.

»Und vergessen Sie nicht: Sobald es draußen dunkel ist, darf kein Licht mehr gemacht werden.«

Fritz nimmt das alles zur Kenntnis und begibt sich schließlich wieder nach oben in sein Zimmer. Wartet unruhig, bis es dunkel wird, die ganze Zeit in der Erwartung, ein leises Klopfen an der Tür zu vernehmen. Doch er hört nichts. Dann legt er sich schlafen. Bestimmt, denkt er, wird morgen jemand kommen.

Aber da irrt er sich.

24.

Paris, 1896

Ein sonnendurchwirkter Teppich aus grünen Tupfern lag ausgebreitet vor ihnen. Baumkronen entfalteten sich über ihren Köpfen zu hohen Zelten, aus deren Innern weiße Sonnenschirme leuchteten. Die Pariser hatten ihre elegantesten Sonntagskleider angetan und sich in den Bois de Boulogne begeben. Hier vollzog sich das wöchentliche Schauspiel, in dem jeder zugleich Zuschauer und Akteur war. Kleine Grüppchen hatten sich auf den Bänken postiert, die entlang der Wege des riesenhaften Parks aufgestellt waren. Aufrecht sitzende Damen drapierten ihre Röcke zu bauschigen Glocken, die sacht im Wind klangen. Sie hielten anmutig ihre *ombrelles*, die sich überall wie die übergroßen Pilze eines magischen Walds verteilten. Auf den Wiesen und in den Wäldchen schimmerten helle Picknickdecken, die Inhalte der prall gefüllten Körbe hatte man auf ihnen ausgebreitet: Baguettes, Pasteten, Obst, Brathühner und Flaschen voller Wein. Die Pfade und Gassen zwischen den Sitzenden waren in ständiger Bewegung, denn Reiter und Kutschen zogen hier entlang; es herrschte fast so ein reger Betrieb wie auf den großen Boulevards. Diese Ausfahrten ins Grüne waren ein beliebtes Vergnügen der Pariser Oberschicht, und es wurden keine Mühen gescheut, um dabei besonders viel Aufsehen zu erregen. So wurde der sportliche Einspänner eines stadtbekannten Herrn, der die *Mesdemoiselles* auf den Bänken durch ein goldenes Lorgnon betrachtete, von einem Kamel gezogen. Und kurz darauf folgte ein geöffneter Landauer mit mehreren kichernden Mädchen in Matrosenkleidchen, vor den man einen Strauß gespannt hatte. Der massige Vogel mit dem dünnen Hals stieß ein bösartiges Schnarren aus, als er an den Gryszinskis vorbeitrampelte. Diese hatten eine freie Bank ergattert und hielten seit nunmehr zwei Stunden Ausschau nach den Baranoffs.

»Incroyable!« Sophie lachte hell auf, während Gryszinski empfindlich zusammenzuckte und reflexartig das am Morgen erstandene Baguette in Sicherheit brachte, indem er das Brot aus ihrem Korb riss und es wie eine Keule über den Kopf schwang.

»Denk nicht einmal daran«, knurrte Gryszinski die fremde Kreatur an, welche daraufhin beleidigt das nicht eben hübsche Köpfchen abwandte.

»Ach, Willi, was für eine Vorführung, und du als Herkules mit der frisch gebackenen Keule mittendrin.« Sophie wischte sich eine Lachträne aus dem Gesicht.

Gryszinski musste grinsen. »Ha, nicht so spöttisch, schließlich habe ich eben bei meinem Leben deinen Proviant beschützt, und dieser Vogel hat ziemlich feindselig gewirkt.«

»Und die kleinen Mädchen mit den Korkenzieherlöckchen erst. Die haben die Szene erst richtig bedrohlich gemacht.« Sophie konnte nicht mehr an sich halten und lachte schallend, was ihr nicht wenige despektierliche Blicke von den Nachbarbänken einbrachte. Doch ihr Lachen war so ansteckend, dass beide Gryszinskis eine ganze Weile lang ziemlich aufgelöst vor sich hin kicherten.

»Das ist jedenfalls mal eine heitere Ermittlung.« Gryszinski rang nach Fassung. »Auch wenn das Ganze auf einen Außenstehenden wohl keinen sehr seriösen Eindruck machen würde.«

»Alles nur raffinierte Tarnung.« Sie lächelte und strich sich übers Haar, das etwas in Unordnung geraten war. »Es ist jedenfalls schön, hier mit dir auf einer Bank in Paris zu sitzen.«

Er drückte ihre Hand. »Und dabei nach internationalen Betrügern und mutmaßlichen Mördern Ausschau zu halten?«

»Nach denen und gern noch nach weiteren Kutschen, die von exotischen Tieren gezogen werden. Vielleicht Elefanten oder gleich ein paar Raubkatzen?«

»Ich denke, in dieser Stadt ist nichts unmöglich«, erklärte Gryszinski und steckte das Baguette zurück in den Korb. Demnächst würden sie ihren Beobachtungsposten auf eine Picknickdecke verlagern, so hoffte er, während er sich umblickte. Im Schatten tanzender Blätter spielten ein paar Kinder Verstecken. Ein kleiner Junge kauerte hinter einem sonnenwarmen Baumstamm und kreischte aufgeregt, als seine Spielkameraden ihn entdeckten. Er sah Sophie an, die seinem Blick gefolgt war. »Es wäre schön, noch einmal, ganz ohne kriminalistische Verpflichtungen, hierherzureisen«, sagte er. »Und dann müssen wir unbedingt auch Fritzi mitnehmen.«

Sophie nickte. »Das wäre wunderbar. Er fehlt mir sehr.« Sie seufzte. »Bevor wir Eltern wurden, war mir gar nicht klar, wie sehr sich das Bewusstsein verändert, wenn man ein Kind hat. Egal, wie sehr ich gerade mit etwas anderem beschäftigt bin oder ganz in einem Moment aufgehe – wenn der Kleine nicht bei mir ist, zieht er mir immer ein wenig am Herzen.«

»Ich weiß, was du meinst. Ich empfinde es ebenso.« Gryszinski räusperte sich etwas verlegen und sah wieder auf die spielenden Kinder.

Sie aber drückte seine Hand noch fester und wandte sich ihm ganz zu. »Willi, ich wollte schon vor unserer Abreise etwas mit dir besprechen, aber es war nie der rechte Augenblick da …«

»Ja?«

Sie atmete tief durch. »Ich bin vor einigen Wochen noch einmal bei einem Spezialisten gewesen, um ihn zu konsultieren, du weißt schon, weswegen.«

Er nickte nur angespannt. Fritzis Geburt war sehr schwer gewesen, Sophies Ärzte hatten sich danach skeptisch geäußert, ob eine weitere Schwangerschaft überhaupt möglich sein würde. Ein Thema, über das sie selten sprachen. Es markierte vielmehr einen ständigen Schwebezustand, eine Unklarheit, die sie beide nicht aufzulösen vermochten.

»Nun, es hat sich leider bewahrheitet …« Sie suchte nach den richtigen Worten, dann brach es aus ihr heraus. »Ach, Willi, es steht nun fest, wir werden keine weiteren Kinder haben. Wo noch etwas Hoffnung bestand, ist nun wohl jede Möglichkeit endgültig ausgeschlossen. Es tut mir sehr leid.«

Er horchte in sich hinein. Mehrere unterschiedliche Bilder ihrer Zukunft verdichteten sich zu einem endgültigen Szenario. Es war der unwirkliche Verlust eines Lebens, das, wenn überhaupt, nur als abstrakte Idee existiert hatte. War er enttäuscht? Weniger, als er gedacht hätte. Tatsächlich fühlte er sich fast erleichtert, weil nun diese eine Frage, die immer wieder einmal durch ihre Gespräche gegeistert war, ohne zu einer Antwort zu finden, einfach entschieden war. Zudem war diese Entscheidung ohne ihr Zutun gefallen, und es spielte letztendlich keine Rolle, ob sie in der Frage ihrer weiteren Familienplanung unterschiedlicher Meinung waren oder nicht. Manchmal ist ein Urteil, von einer äußeren Kraft gefällt, auch dankbar, um weitere Konflikte zu vermeiden.

Er legte einen Arm um sie. »Dir braucht nichts leidzutun«, sagte er entschlossen. »Wir haben ein gesundes, glückliches Kind und führen ein gutes Leben. Es fehlt uns an nichts.«

»Wirklich?«, fragte sie erleichtert.

»Wirklich.« Er schob sie ein Stück weg, um sie anzusehen. »Wir können aber noch …?«

Sie lachte und gab ihm einen schnellen Kuss. Die Zuschauer auf den anderen Bänken hatten sich sowieso schon naserümpfend abgewandt. »Ja, wir können noch.«

»Gut.« Er pfiff auf die Konventionen und gab ihr einen weiteren Kuss.

Sie ließen die Situation noch ein wenig nachwirken. Dann wollte Gryszinski eben wieder den gut gefüllten Picknickkorb ins Spiel bringen, als Sophie plötzlich einen Laut der Überraschung ausstieß. »Sieh mal«, flüsterte sie. »Sind sie das nicht?«

Gryszinski blickte zurück auf den Weg, auf dem die Reiter und Droschken entlangzogen. Zunächst nahm er nur ein Gewimmel aus flirrenden Lichtern, Farben und Gesten wahr. Dann hörte er mit einem Mal ein ihm bereits bekanntes tiefes Summen, das sich über diesen vielstimmigen Pariser Bienenstock legte und alles auf eine Kutsche zu konzentrieren schien, in der offenbar die Königin des wimmelnden Schwarms thronte.

Nataliya Baranoff legte ihren Kopf in den Nacken und lachte lauthals, wobei ihr lockendes Summen in etwas Heiseres umschlug, das eher nach jahrelangen Aufenthalten in russischen Schenken klang. Sie entblößte dabei ihren Hals, den ihre schweren Locken umspielten, gleichzeitig hatte ihr ganzer Ausdruck etwas Lauerndes, Beobachtendes. Als wäre die Darbietung ihrer nackten Kehle eine fatale Falle. Neben ihr saß Sergeij in einer Pose weltmännischer Entspannung. Er lächelte amüsiert über die augenscheinlich geistreiche Bemerkung, die der Herr gemacht hatte, der dem russischen Paar gegenübersaß und den Gryszinski automatisch als den gut betuchten Besitzer der eleganten Droschke einordnete, in der sie durch den Park kutschierten.

»Tatsächlich. Sie sind es«, flüsterte er.

Ohne zu auffällig hinzustarren, beobachtete er, wie die Kutsche mit den Baranoffs langsam an ihnen vorbeizog, und ging im Kopf die Möglichkeiten durch. Wenige Meter weiter hielt zu ihrem Glück das Gefährt an. Der Kutscher sprang ab, half den Baranoffs und ihrem unbekannten Begleiter aus dem Fond und holte dann einen großen Korb samt Decken hervor. Offenbar rüstete man sich für ein Picknick.

»Vorzüglich«, murmelte Gryszinski. Dann, an Sophie gewandt: »Komm. Wir schlagen unser Lager in ihrer Nähe auf. So können wir sie am diskretesten im Blick behalten.«

Kurz darauf hatten Gryszinskis sich in eine einigermaßen bequeme Seitenlage auf ihrer Decke gebracht, zwei Gläser Wein eingeschenkt, etwas Pâté von der Gänseleber aus knisterndem Papier befreit, untermalt von dem wohligen Geräusch der knirschenden Kruste des Baguettes, das sie in Stücke brachen. Sophie fegte die Krümel von dem hellen Laken und schielte immer wieder zu den Baranoffs hinüber, deren Gabelfrühstück eher einem Gelage glich. Dem Bekannten des Duos lag offenbar viel daran, die Russen wie Zaren zu bewirten, und präsentierte neben Champagner und mehreren Hummern noch einen ganzen Eimer Austern sowie eine gebratene Ente, die dem charakteristischen muffigen Duft nach zu urteilen mit Trüffeln gefüllt war.

»Sieh nicht so oft hin«, mahnte Gryszinski leise, der ganz in dem Genuss seiner Pastete aufging.

Sie schüttelte mild den Kopf. »Wie kannst du nur so völlig ungerührt essen? Ich selbst bin viel zu nervös und aufgeregt.«

Er nahm in aller Ruhe einen weiteren Bissen von dem vorzüglichen Baguette, bevor er antwortete. »Zunächst einmal hatte ich wirklich Hunger.« Gryszinski las die letzten Krümel der Pastete mit dem Finger auf, was ihm einen missbilligenden Blick seiner Frau eintrug. »Vor allen Dingen aber ist das die wichtigste Regel beim Beschatten: Bleib ganz bei dir. Werd eben nicht zum passiven Schatten der Person, die du verfolgst, denn die wird spüren, dass du deine gesamte Aufmerksamkeit auf sie richtest. Beschäftige dich lieber mit dem, was du eben gerade tun wolltest. Das Zielobjekt darf nur gerade so viel Beachtung bekommen, dass du es nicht völlig aus den Augen verlierst. Die einzig kniffligen Momente sind diejenigen, in denen sich eine Veränderung der Situation vollzieht. In unserem Fall wird das sein, wenn sie wieder aufbrechen. Deshalb sitzen wir genau hier, mit Blick auf ihre Droschke. Sobald sie gehen wollen, wird zunächst einmal der Kutscher ihre Siebensachen verstauen, die Polster im Fond richten, möglicherweise das Verdeck schließen müssen. Sobald also der Kutscher dahinten in unser Blickfeld gerät, gehen wir los. Bei dem Verkehr hier können sie nur in eine mögliche Richtung fahren, und es geht langsam voran. Mit etwas Glück verlassen wir kurz vor ihnen den Park und erwischen sofort eine Mietdroschke, mit der wir ihnen dann folgen werden, um endlich zu erfahren, wo sie abgestiegen sind.«

Sophie hatte ihm erstaunt zugehört. »Ich hatte keine Ahnung, dass du so gerissen bist, Willi!« Ihre Augen leuchteten.

Gryszinski lachte. »Nun, es freut mich, dass dir dieser Charakterzug offenbar zusagt.« Er hob feierlich sein Glas. »Und nun solltest du mit einem kräftigen Schluck deinen Wein leeren.«

»Wieso das?«

»Weil der Kutscher gerade ihren Picknickkorb im Wagen verstaut.« Gelassen trank Gryszinski aus und packte entspannt, aber doch rasch, ihre eigenen Habseligkeiten zusammen. Dann reichte er Sophie, die schon wieder etwas fahrig wirkte, seinen Arm. »Gehen wir, Mienchen. Die Verfolgung wird hiermit aufgenommen.«

So spazierten sie voraus wie die harmlosesten Flaneure, während die beiden international gesuchten Betrüger noch damit beschäftigt waren, den Staub von ihren zweifellos wieder nur geliehenen Kleidern zu klopfen.

25.

Paris, 1916

In seinen ersten Pariser Tagen verhält sich Fritz alias Carl Steiner wie ein Gefangener, dem nur ein wenig Freigang gewährt wird. Nach einer unruhigen Nachtruhe – unruhig nicht nur, weil jeden Augenblick Sirenen durch die Dunkelheit heulen können, sondern hauptsächlich der bangen Erwartung wegen: Wird heute jemand kommen? – steht Fritz also zerschlagen auf, wäscht und kleidet sich an, dabei beständig nach Geräuschen im Hausflur lauschend. Er nimmt sein *petit déjeuner* in dem bonbonfarbenen Interieur Madame Bernards ein, bevor er sich zum ersten Mal erkundigt, ob Nachrichten für ihn eingetroffen sind. Nichts.

Danach streift er ein wenig umher, ohne sich zu weit vom Hotel zu entfernen. Er läuft gemächlich und lässt sich immer wieder auf einer Bank nieder, damit etwaige Mittelsmänner unauffällig Kontakt zu ihm aufnehmen können. Doch wieder geschieht nichts. Ab dem dritten Tag nach seiner Ankunft beobachtet er täglich den Eingang seines Hotels von einem dunklen Hauseingang aus, bis es Zeit für sein hastig eingenommenes Mittagessen ist. Aber niemand betritt das kleine Hotel. Madame Bernard und er sind offenbar die einzigen Personen, die sich dort aufhalten.

Die Nachmittage vergehen ähnlich ereignislos. Er liegt entweder angezogen auf seinem Bett und starrt an die Decke oder sitzt auf einer Bank in Blickweite des Hotels. Jederzeit bereit für die Kontaktaufnahme, die doch eigentlich sofort stattfinden müsste. Mit jedem Tag fühlt Fritz sich etwas betäubter. Wie bewusstlos läuft er durch die wenigen Straßen, die seinen Radius in dieser riesigen Stadt ausmachen. Aus Furcht, dass jemand ihn als Spion enttarnen könnte, hält er Abstand zu anderen Menschen, lässt sich kaum auf eine Plauderei im Café ein. Er wünschte, er könnte seinen Eltern eine Nachricht zukommen lassen, doch jegliche Korrespondenz mit dem feindlichen deutschen Kaiserreich ist unmöglich. So verdrängt er jeden verzweifelten Gedanken an sie, die sich bestimmt um ihn sorgen, und verkriecht sich immer tiefer in das fensterlose Haus seiner Einsamkeit.

Nach einer Woche betritt eine dritte Person das Hotel. Es ist, ernüchternd banal, der Briefträger, der einen Umschlag ohne Absender für Carl Steiner bringt. Darin findet Fritz wieder die sorgfältig verpackten Franc-Münzen, doch keine Nachricht.

In diesem Moment wird ihm klar, dass man ihn warten lassen wird. Warum, das weiß er nicht. Aber er beschließt, sein gesamtes Verhalten zu verändern. Ganz einfach, um nicht zu verzweifeln. Von nun an sitzt er stundenlang im Café de Flore, demonstrativ eine Ausgabe der *Neuen Zürcher Zeitung* vor sich ausgebreitet, in einer Art stillem Einvernehmen mit der Kassenfrau, die ihm beim Bezahlen ein seltenes schiefes Lächeln schenkt. Nach seinen Cafébesuchen unternimmt Fritz ausgedehnte Spaziergänge, deren einziger Sinn darin besteht, etwaige Beobachter zu täuschen. Denn es ist sicher nicht weit hergeholt, dass so mancher sich wundern könnte, warum ein gesunder junger Mann den ganzen Tag im Kaffeehaus herumsitzt, und schnell zu dem Schluss kommen würde, dass er ein Spitzel sei. Deshalb verschwindet Fritz nun immer für einen halben Tag aus dieser kleinen Welt der Drachenstraße, damit man annehmen muss, dass er auf Auslandsreise ist und hier beruflichen Verpflichtungen nachgeht. Um völlig sicherzugehen, dass ihm keiner auf die Schliche kommt, flaniert er nicht einfach in Ruhe über die Boulevards, nein, er nimmt jeden Tag eine andere Route, läuft im Zickzack, versteckt sich in fremden Treppenhäusern und in Parkanlagen.

Nach einer weiteren Woche und mit einem dritten Geldumschlag in der Tasche geht Fritz noch einen Schritt weiter. Er wird zu einem aktiven Spion ohne offizielles Zielobjekt. Er schleicht herum, beobachtet wahllos Häuser und deren Bewohner, verbirgt sich, folgt zufällig gewählten Passanten. Er hat sich einen kleinen Notizblock angeschafft, so einen, wie ihn auch sein Vater verwendet, und notiert sich dort sinnlos Uhrzeiten und Ortsangaben:

Herr von etwa vierzig Jahren, gestutzter Bart und Brille, verlässt um drei Uhr am Nachmittag das kleine Bistro in der Rue La Fayette, Ecke Rue Taitbout und wendet sich gen Boulevard Haussmann. Daraufhin Besuch der Galeries Lafayette, wo er ein Paar Handschuhe sowie vier handgenähte Sockenhalter erwirbt.

Dame, etwa dreißig, verlässt den derzeit zum Lazarett umfunktionierten Grand Palais, *wo sie wahrscheinlich ehrenamtlichen Dienst bei den Verwundeten tut, läuft zügig über die Place de la Concorde bis zur Rue Mont-Thabor, wo sie in einem Stadtpalais verschwindet. Der Name an der Tür besagt, dass hier eine Familie mit Namen Arnault lebt. Sie kommt nicht wieder heraus, also handelt es sich bei der Dame vermutlich um Madame Arnault selbst.*

Fritz sammelt immer mehr solcher Informationen, bis sein Notizblock kein freies Blatt mehr hat. Da kauft er sich einen zweiten.

Eines Tages ist er so versunken in die Observation eines Kriegsversehrten, der humpelnd und in hasserfüllte Selbstgespräche verstrickt die Champs Élysées herunterläuft, dabei zwanghaft jeden einzelnen der Laternenpfähle berührend, die wie unbewegte Palastwachen ihren Platz behaupten, dass Fritz die Zeit vergisst. Plötzlich fällt eine flammendrote Abenddämmerung über die Parks und Boulevards. Unmöglich für Fritz, noch zum Hotel und seiner Drachenkammer zu gelangen, bevor es dunkel wird. Doch wo soll er sonst die Nacht verbringen? Die Menge auf den Straßen gerät in Bewegung, jeder hastet zu seiner Wohnung. Er schiebt sich an den letzten Verspäteten vorbei, während sich die Trottoirs rasch leeren. Auf dem Pont du Carrousel versinkt das letzte Sonnenlicht hinter dem steinernen Horizont der Stadt. Die Brücke unter Fritzens Füßen verschwindet vor seinen Augen, darunter die Seine, deren Wasser sich pechschwarz verfärbt. Der Mond steht halb voll am Himmel und spendet einen geisterhaften Schein, in dem er gerade noch seine blasse Hand erkennen kann. Langsam dreht er sich zum Louvre zurück, der wie eine Festung hinter der Brücke steht. Er kann nur noch die Umrisse erkennen, das Gebäude klafft wie ein riesiges Loch in der Dunkelheit. Vorsichtig, die Hand am Geländer der Brücke, läuft er weiter in die Richtung seines Hotels. Aus den Häusern dringen vereinzelt Stimmen, doch die Fenster sind verrammelt, die Lampen gelöscht, Straßen und Bürgersteige menschenverlassen. Fritz ist allein mit Paris.

Er muss vorsichtig sein. Sollte eine der Patrouillen, die hier nachts die Straßen kontrollieren, ihn aufgreifen und seine gefälschten Papiere genauer untersuchen, könnte es sehr gefährlich für ihn werden. Doch er kann sich der stillen Leere der Straßen nicht entziehen, eine kindliche Abenteuerlust ergreift ihn. Obwohl es noch so unvernünftig ist, schleicht er bis zum Boulevard Saint-Germain, der sich durch mehrere Arrondissements zieht und tagsüber fast überquillt von Straßencafés, Pferdebussen und Droschken.

Er stellt sich mitten auf eine der breiten Kreuzungen. Die langen Sichtachsen, die breiten Trottoirs und die hohen Stadthäuser mit ihren grauen Dächern – nichts davon kann er sehen, nur Konturen und schwarze Flächen, riesig wie schlafende Ungeheuer. Es ist seltsam erregend zu wissen, dass sich hinter den Wänden der Häuser Tausende lebendige Menschen befinden, atmen, schlafen, warten. Er geht zu einem Gebäude hinüber und legt seine Hand auf dessen Mauern. Fast erwartet er, einen Pulsschlag zu fühlen, aber er spürt nur kühlen Stein. Die anderen sind für die Nacht eingesperrt im Innern der Stadt. Und er ist hier draußen. Es ist so, als wäre Paris nur für ihn da.

Etwa eine Stunde lang spaziert Fritz so durch die verlassenen Straßen. Er wird immer übermütiger und tanzt über einen breiten Boulevard, auf dem normalerweise der Verkehr tobt. Er nimmt sich einen der Stühle, die vor einem Straßencafé an der Wand aufgereiht sind, stellt diesen mitten auf eine Kreuzung, nimmt Platz und starrt in die schwarzen Straßenschluchten. Einmal hört er eine Patrouille und versteckt sich. Das ist nicht schwer in der verdunkelten Stadt. Trotzdem pocht sein Herz laut, er ist hellwach und könnte platzen vor Euphorie.

Schließlich steht er wieder vor seinem Hotel, die Eingangstür ist nicht abgesperrt. Hinter der Rezeption wartet Madame Bernard. Ihre kleine Ecke ist von einer winzigen Kerze erleuchtet, der Rest des pastellfarbenen Raums liegt im Schatten.

»Monsieur Steiner! *Mon dieu*, da sind Sie ja endlich! Ich habe mir schreckliche Sorgen gemacht.«

Schuldbewusst tritt er an den Tresen. Sie wirkt völlig aufgelöst. »Verzeihen Sie, Madame, dass Sie sich meinetwegen so ängstigen mussten«, sagt Fritz ernsthaft, während er realisiert, dass sie in etwa so alt wie seine Mutter sein muss.

»Ich war spazieren und habe die Zeit vergessen. Als es dann dunkel wurde, habe ich mich verlaufen.«

»Sie armer Junge! Nun gehen Sie aber rasch zu Bett und geben Sie in Zukunft mehr acht.«

Sie reicht ihm seinen Zimmerschlüssel, während er sich ein Grinsen verkneifen muss. Er hat genau gesehen, dass sie den Impuls unterdrücken musste, ihre Hand zu heben, um seine Wange zu tätscheln. Er wünscht ihr eine gute Nacht und wendet sich zur Tür, die zum Aufzug führt. Als er noch einmal zurückschaut, bemerkt er eine Bewegung, die ihn stutzen lässt. Sie zieht ein kleines Büchlein aus einem verborgenen Fach unter dem Tresen und notiert etwas, nachdem sie einen raschen Blick auf die Uhr geworfen hat, die neben den Postfächern an der Wand hängt. Das Ziffernblatt schimmert schwach im Schein der Kerze. Bevor Madame Bernard mitbekommen kann, dass er die kurze Szene gesehen hat, wendet er sich wieder ab. Unwillkürlich fragt er sich, ob sie eben aufgeschrieben hat, wann er zurückgekehrt ist. Aber warum? Er beschließt, sie von nun an genauer zu beobachten. Und beim nächsten Mal – denn schon jetzt besteht kein Zweifel mehr, dass es ein nächstes Mal geben wird – sich heimlich fortzuschleichen, sobald es dunkel geworden ist.

26.

Paris, 1896

Es stellte sich heraus, dass die Baranoffs tatsächlich in dem feudalen Hôtel de Lazun abgestiegen waren, das die Gryszinskis bereits zwei Tage zuvor einige Stunden lang observiert hatten.

»Das zeigt einmal mehr, welch langen Atem die kriminalistische Arbeit erfordert«, stellte Gryszinski fest, während er und Sophie durch das schmale Fenster ihrer Mietdroschke spähten. Das russische Paar verabschiedete sich eben wortreich von ihrem Bekannten, während bereits ein buckelnder Page herbeieilte, um Nataliya aus der Kutsche zu helfen.

»Und vermutlich bräuchte es einfach viel mehr Personal als nur uns zwei«, fügte Sophie hinzu.

»Das ist wohl wahr.« Gryszinski ignorierte nicht zum ersten Mal die freche Geschmeidigkeit, mit der seine Gemahlin sich zum vollwertigen Mitglied seiner Ermittlertruppe machte. »In München hätte ich natürlich eine ganze Brigade an jungen Gendarmen abkommandiert, um nahtlos die besten Hotels der Stadt zu überwachen. Dann hätten wir sie wohl schon früher gefunden. Andererseits, Mienchen, so geht es ja auch.«

Er lachte zufrieden. Ihre kleine Verfolgungsjagd vom Bois de Boulogne bis hin zur Place Vendôme war glänzend verlaufen, sogar Sophie hatte die Nerven behalten, das musste er ihr wirklich zugestehen. Aber noch wussten sie nicht alles. Gryszinski zog sein Portemonnaie, zahlte rasch, dann stiegen sie aus. Er hielt einen Moment inne, um das Bild des prachtvollen Platzes in sich aufzunehmen. Dieser wirkte wie eine Lichtung zwischen all den dicht stehenden Häusern, ein riesenhafter, leerer Raum. Seine quadratische Fläche war rundum von *Hôtels particuliers* mit bodentiefen Fenstern und flatternden Markisen eingeschlossen. In der Mitte des Platzes ragte eine Siegessäule in brachialer Größe zum Himmel empor, gegossen aus den feindlichen Kanonen, die Napoleon in der Schlacht von Austerlitz erbeutet hatte. Der tiefblaue Himmel hing wie eine Kuppel über dem Platz und seinem steinernen Wall aus Häusern. Gryszinski reichte Sophie einen Arm, und sie gingen auf das Grand Hotel zu. Die goldenen Details der schmiedeeisernen Balkongitter blitzten in der Sonne.

»Wie gehen wir jetzt vor?«, fragte Sophie leise, als sie die große Empfangshalle betraten.

»Zunächst müssen wir ihre Zimmernummer herausfinden«, raunte Gryszinski. »Sieh mal, da vorn stehen sie.«

Tatsächlich hatten sich die Baranoffs soeben am Rezeptionstresen postiert. Er sprach mit dem Concierge, während sie sich dem Raum zugewandt hatte, als wolle sie jeden Moment etwas verkünden oder eine Arie anstimmen. Sie hatte die eine Hand in die Hüfte gestemmt, die andere ruhte auf dem Tresen. An ihren Fingern steckten unübersehbar Juwelen, deren Größe man fast als vulgär bezeichnen musste.

Die Gryszinskis näherten sich dem Gespann langsam, wobei Wilhelm sich vor allem auf Sergeij konzentrierte, der sich Zimmerschlüssel und Nachrichten aushändigen ließ. Drittes Fach von rechts, zweite Reihe oben, merkte Gryszinski sich, auf die Entfernung konnte er die kleinen Nummern am Regal nicht entziffern. Die Baranoffs bedankten sich mit einem huldvollen Nicken und verließen den Empfang, um zu den

Aufzügen zu gehen. Gryszinski spürte, wie Sophie sich verkrampfte, vermutlich, weil sie sich nicht im Klaren war, was sie nun tun sollten. Betont ruhig drückte er ihre Hand und sprach den Concierge an, während er seinen Blick mit demonstrativem Desinteresse über die Postfächer gleiten ließ.

»Verzeihen Sie, gibt es hier die Möglichkeit, ein Telegramm zu verschicken?« Gryszinski triumphierte innerlich. Zimmernummer achtzehn.

Der Concierge zeigte höflich auf einen weiteren Tresen am Ende der Lobby. »Selbstverständlich, Monsieur, dort hinten.«

Gryszinskis wandten sich ab.

»Und jetzt?« Sophie blickte nervös zu den Baranoffs hinüber, die im Aufzug verschwanden.

»Jetzt schicke ich unserem Kontakt bei der Deutschen Botschaft eine Nachricht und ersuche um ein Treffen, und zwar noch heute.«

Die Verabredungen waren schnell getroffen. Während Sophie, offenbar mächtig inspiriert von ihrer Verfolgungsaktion, mit ihren Manuskriptseiten und der Etagere voller angeknabberter Macarons im Hotel zurückblieb, wartete Gryszinski im Jardin du Luxembourg auf Julius Dornbacher. Die Parkanlage war ein weiterer beliebter Treffpunkt der Pariser, wirkte aber viel intimer als das Schaulaufen im Bois de Boulogne, was vielleicht auch an den simplen Holzstühlen lag, die um das große Bassin im Zentrum des Parks herumstanden, als hätte eine heitere Hochzeitsgesellschaft die Stühle einer einfachen Wirtschaft kurzerhand nach draußen getragen. Diese Stühle waren aus rohem Holz gefertigt, hatten steife Lehnen und waren mit einfacher geflochtener Binse bespannt, an der man sich leicht ein kleines Loch in seine Kleidung riss. Und doch saß jeder auf diesen Stühlen, vom Kindermädchen bis zur Bankiersgattin und ihrem fein ausstaffierten Liebhaber.

Gryszinski hatte sich zwei dieser wackligen demokratischen Sitzgelegenheiten geschnappt und sie im Schatten eines Baumes platziert. Hier saß er, den einen Arm auf den noch freien Stuhl gelegt, was die Sache deutlich bequemer machte, und beobachtete die Menschen um sich herum, die in gelöster Stimmung miteinander plauderten. Zu ihren Füßen buddelten Kinder in dem hellen Staub, der den Boden bedeckte und die sandigen Farben der Wohnhäuser aufnahm, die hinter den Bäumen schimmerten. Erhob sich eine Gruppe, um den Park zu verlassen, kamen sogleich neue Spaziergänger herbei, griffen sich umstandslos ein paar der frei gewordenen Stühle und ordneten sie neu an, als würde hier eine Variante der Reise nach Jerusalem gespielt werden, die vor allen Dingen auf dem Prinzip der heiteren Gelassenheit beruhte.

»Verzeihen Sie, ist dieser Stuhl noch frei?«

Gryszinski blickte auf. Vor ihm stand Dornbacher von der Deutschen Botschaft und sah sich um. Sein ganzer Ausdruck hatte etwas betont Konspiratives. Ansonsten war er ausgesprochen elegant gekleidet, wie bei ihrem letzten Treffen im Café de la Paix. Absurderweise hatte er auch wieder den schmalen Gedichtband von Heine dabei. Vielleicht gehörte dieser zu Dornbachers üblicher Ausstattung, wenn er in einer verdeckten Ermittlung unterwegs war.

»Aber natürlich, setzen Sie sich doch.« Gryszinski nahm seinen Arm von der Lehne und rückte dem Diplomaten den Stuhl ein wenig entgegen. Der tat wie geheißen, und so saßen sie beieinander, als hätte der bloße Zufall sie zusammengeführt und nicht die Verstrickungen dieser undurchsichtigen Geschichte.

»Sie wollten mich sprechen, Major?« Dornbacher blickte, während er redete, im Park umher.

»Ganz recht. Es ist mir gelungen, die Baranoffs ausfindig zu machen. Sie sind im Lazun abgestiegen, Zimmernummer achtzehn, um genau zu sein. Ich muss also ein weiteres Mal um Amtshilfe ersuchen, um die beiden festnehmen zu können. Wir sollten so schnell wie möglich …«

»Warten Sie einen Moment.«

»Pardon?« Gryszinski rutschte auf seinem Stuhl in eine andere Position und sah Dornbacher an. Der deutsche Diplomat trug einen akkurat getrimmten Knebelbart, der starr vor Wachs war. Mit dem Bart erinnerte seine Erscheinung ein wenig an einen verwegenen Husaren, doch aus der Nähe konnte Gryszinski deutlich die abgeklärten Gesichtszüge des kalt rechnenden Bürokraten ausmachen. Bereits in diesem Moment ahnte er, dass es jetzt gleich zu weiteren Komplikationen kommen würde.

»Major, hören Sie. Seine Exzellenz der Botschafter und ich haben bereits vor einigen Tagen ein längeres Gespräch geführt, um für den Fall, dass Sie die beiden Russen aufspüren, gewappnet zu sein. Wir hatten dabei vollstes Vertrauen in Ihre Fähigkeiten. Unsere positive Einschätzung war genau richtig, wie sich nun zeigt.«

»Ähem, ja, danke.«

Dornbacher nickte freundlich. Er drehte seinen Heine-Band zwischen den Händen, während er weiterredete. »Wir wissen, dass Sie den Auftrag haben, die Baranoffs festzunehmen und zurück nach München zu bringen. Nun ist es so …« Dornbacher hielt kurz inne und schien zu überlegen, wie er sein Anliegen am besten formulieren sollte.

»Sprechen Sie ruhig geradeheraus.« Ein kleines Mädchen warf mit einem Schäufelchen etwas Staub in ihre Richtung. Gryszinski lächelte es freundlich an.

»*Bon*. Folgendes: Die Baranoffs hatten ja Kontakt zu mir aufgenommen, um uns gewisse Pläne zu verkaufen. Sie haben mir drei Bögen aus einem größeren Konvolut überlassen, damit wir diese von unabhängiger Seite überprüfen lassen können.«

»Ja, das ist wohl ihr übliches Vorgehen.«

»Nun, wir waren ja bereits durch Ihren Polizeidirektor informiert, dass diese beiden Individuen nicht vertrauenswürdig sind. Dennoch haben wir die Papiere prüfen lassen. Schließlich stammen die Pläne von einem seriösen Erfinder. Die Baranoffs haben sie lediglich entwendet.«

»Ja, das ist richtig. Und nun …« Gryszinski schwante bereits, worum es dem Diplomaten ging. Er seufzte innerlich.

»Wir haben die Papiere mehreren vertrauenswürdigen Experten übergeben. Sie sind sich einig, dass die Unterlagen echt sind. Mehr noch: dass die angebotene Erfindung funktionieren könnte. Um das zu überprüfen, bräuchten wir natürlich die gesamten Unterlagen, die immer noch in der Hand der Baranoffs sein müssen. Offenbar fehlt eine entscheidende Formel, um die Erfindung anwenden zu können.«

»Der preußische Gesandte in München sagte, eine Technik, die gezielte Falschinformationen in die telegraphische Kommunikation zwischen anderen Parteien einschleusen könnte, sei zu schön, um wahr zu sein.«

»Nun, der deutsche Botschafter hier in Paris möchte gern daran glauben, dass es eine solche Erfindung wirklich gibt.« Dornbacher sah Gryszinski zum ersten Mal direkt an. »Sehen Sie, es muss vielleicht nicht in den nächsten Jahren geschehen. Aber ich glaube, dass wir noch einen Krieg in Europa erleben werden. Einen Krieg, der völlig anders als alle vorherigen sein wird. All die neuen Technologien und Erfindungen, die unser Jahrhundert hervorgebracht hat, werden auch die Schlachtfelder dieser Welt revolutionieren. Und was, denken Sie, wird die mächtigste Waffe sein?«

Gryszinski, der heimliche Pazifist, hob die Schultern. »Ich weiß es nicht.«

»Aber ich! Kommunikation, Major. Telegraphie, Telephon, Funk. Eine jede militärische Operation wird nach diesen

Technologien ausgerichtet werden, die jede Bewegung, jede taktische Information sofort überallhin verbreiten kann – und von überallher gelenkt werden kann. Abhörtechniken und Chiffrierung werden deshalb immer bedeutsamer.« Dornbacher machte eine gewichtige Pause. Es erschien Gryszinski in dieser ganzen frühlingshaften Szenerie absurd, über solch düstere Zukunftsszenarien zu sprechen. Der Diplomat sprach dennoch weiter. »Wer aber in dieses ganze Netz aus Informationen gezielt und unbemerkt falsche Meldungen einschleusen könnte, der müsste doch jeden Krieg gewinnen. Deswegen, Major, brauchen wir diese Erfindung. Für die Sicherheit des Deutschen Kaiserreichs.«

Gryszinski schluckte schwer. »Und was soll ich also nun Ihrer Meinung nach tun? Wenn ich die Baranoffs festnehme, werden wir ja vermutlich auch die Pläne haben.«

Dornbacher schüttelte ungeduldig den Kopf. »Aber wenn die Festnahme aus irgendeinem Grunde scheitert, wenn die beiden zum Beispiel fliehen, dann sind die Pläne auch verloren. Oder nehmen wir an, alles klappt gut, und Sie nehmen die Baranoffs offiziell fest. Dann beschlagnahmt am Ende die französische Polizei die Papiere, und sie geraten erst recht in falsche Hände.«

»Sie meinen: in französische Hände«, merkte Gryszinski an.

Dornbacher überhörte absichtlich den ironischen Unterton und nickte nur. »Genau. Deshalb, Major, sollten diese Pläne noch vor der Festnahme in unseren Besitz geraten. Wir schlagen daher vor, dass Sie diese heimlich an sich nehmen.«

»Heimlich an mich nehmen?«, echote Gryszinski. »Sie reden davon, die Pläne zu stehlen? Wie stellen Sie sich das vor?«

»Nun, Sie könnten am wahrscheinlichsten Ort beginnen.«

»Und der wäre?«

»Das haben Sie doch schon herausbekommen. Hôtel de Lazun, Zimmernummer achtzehn.«

27.

Paris, 1916

Die verbotenen Nachtwanderungen durch die leeren Straßen von Paris werden zur Sucht. Wie ein braver Sohn kehrt Fritz zunächst immer vor Sonnenuntergang ins Hotel zurück. Seitdem er darauf achtet, hat er seine mütterliche Vermieterin schon mehrmals dabei ertappt, wie sie ganz offensichtlich sein Kommen und Gehen genauestens in ihrem Büchlein dokumentiert. Doch er spricht sie niemals darauf an. Er geht davon aus, dass sie den Auftrag hat, zu überprüfen, ob er sich auch wie ein guter Soldat an die herrschenden Regeln hält. Wahrscheinlich weiß sie gar nicht, für wen sie arbeitet. Und dass man ihn schon mit seiner Mission betrauen wird, wenn er sich nur lang genug unauffällig verhält. Also wartet er ab, bis es Nacht ist, bevor er sich wieder hinausschleicht.

Immer selbstverständlicher bewegt sich Fritz durch die Straßen, die als schwarze Korridore vor ihm liegen und oft so dunkel sind, dass er sich an den Häuserfronten entlangtasten muss. Manchmal heulen Sirenen durch die leeren Gebäudeschluchten. Dann folgen die Rufe der Hausbewohner, die in die Kellerräume hasten. Danach das zuckende Licht explodierender Brandbomben, sie fallen aus den Bäuchen der deutschen Zeppeline. Von ihrer Last befreit, gleiten die Luftschiffe zurück in die undurchdringlichen Höhen, aus denen sie kamen. Die Wolkendecke schließt sich hinter ihnen wie ein eilig geflickter Riss durch die Wirklichkeit, und es kehrt wieder Stille ein.

Fritz wird schnell klar, dass er auch in den ruhigen Nächten nicht der Einzige ist, der wach ist. Viele Häuser verbreiten die Stille der Schlafenden, doch hinter so manchen verschlossenen Türen und verrammelten Fenstern hört man leise Gespräche, klirrende Gläser, Stühle, die verrückt werden. Er geht davon aus, dass hier heimliche Zusammenkünfte stattfinden, stellt sich illegale Schenken vor, vielleicht Opiumhöhlen, in denen Kriegsversehrte ein paar Stunden lang vergessen wollen. Diese Häuser mit den murmelnden Stimmen ziehen ihn an, gern würde er selbst Zutritt zu einem haben, weiß aber nicht, wie er es anstellen soll.

Eines Nachts streift er durch eine der vornehmen Straßen des ersten Arrondissements, als sich plötzlich in der ersten Etage eines finsteren Wohnhauses ein erleuchtetes Fenster öffnet. Eine kleine Hand stößt die Läden aus massivem Holz auf, und der Ausschnitt einer fremden Welt erstrahlt. Staunend erblickt Fritz ein großes Bett mit hohen, geschnitzten Pfosten aus poliertem Tropenholz. Das Möbelstück ist über und über mit seidenen Kissen und Laken bedeckt, die Stoffe mit kunstvollen Blüten bestickt. Über dem Bett hängen ein großer Fächer und ein weit geöffneter Sonnenschirm. Daneben eine Stehleuchte, über die ein rotes Tuch geworfen wurde, weshalb der gesamte Raum in rotes Licht getaucht ist. Vor einem hohen Paravent steht eine glänzend lackierte Truhe, darauf mehrere silberne Vasen. Jetzt erscheint eine Gestalt am Fenster, eine junge Frau, die einen zierlichen Käfig in der Hand hält. Darin flattert ein laut piepsender Kanarienvogel unruhig umher. Hastig öffnet sie den Käfig, um das Tier, das offenbar nur darauf gewartet hat, in die warme Nachtluft zu entlassen. Sie stellt den Käfig zu ihren Füßen ab und beeilt sich, die Fensterläden wieder zu schließen. Der kleine gelbe

Vogel ist bereits verschwunden. Als sie sich aufrichtet, fällt das Licht der roten Lampe auf ihr Gesicht, das fein und lieblich geschnitten ist, die Züge wirken asiatisch. Dann entzieht sich das Zimmer Fritzens Blicken, als würde die tintenschwarze Fassade des Hauses ihre hellen Augen wieder schließen. Er bleibt noch eine Weile dort unten stehen. Sein Herz klopft so heftig, dass die Schatten um ihn herum zu pulsieren scheinen.

Irgendwann setzt Fritz seine Runde fort, doch er ist unruhig und fürchtet, die Straße mit dem Mädchen und seinem Kanarienvogel nicht wiederzufinden. Mehrmals läuft er zurück zu ihrem Haus, versucht, sich die nächstgelegene Kreuzung einzuprägen. Nachdem er so einige Male auf und ab gewandert ist, beschließt er, sich auf den Rückweg zu seinem Zimmer zu machen, auf diese Weise ist es am wahrscheinlichsten, sich die Route zu ihr merken zu können. Mittlerweile weiß er, dass die Stadt tagsüber völlig anders aussieht. Nachts ist ihm oft nur ungefähr klar, wo er sich gerade befindet. Lediglich die Straßen um seine Drachengasse herum fühlen sich so vertraut an, dass er auch heute mühelos in sein Hotel findet.

Er ist immer noch aufgewühlt, als er die Tür zu seiner Dachkammer leise öffnet. Seine Schuhe hat er schon unten am Eingang ausgezogen und in die Hand genommen, um sich so lautlos wie möglich durch die Räume zu bewegen. Er stellt die Schuhe neben dem Eingang zu seinem Zimmer ab, zieht die Tür hinter sich zu und kontrolliert gewissenhaft, ob die Fensterläden auch gut verschlossen sind. Erst dann entzündet er eine kleine Öllampe. Ihr schwacher Schein erleuchtet einen Teil des Raums. Müde setzt sich Fritz auf sein Bett und sieht umher. Zunächst nimmt er seine Umgebung gar nicht richtig wahr, doch dann stutzt er. Er hat die wenigen Kleidungsstücke, die er von dem Geld aus den Umschlägen erstanden hat, sorgfältig in die wacklige Kommode geräumt. Sein Rasiermesser, die Seife, der Kamm, die Zahnbürste und das Zahnpulver, ein kleiner Spiegel und seine Pomade wiederum liegen penibel arrangiert auf dem Toilettentisch. Und dort stimmt jetzt etwas nicht. Fritz runzelt die Stirn, steht auf und tritt näher heran.

Die Erkenntnis trifft ihn eiskalt: Seine Sachen wurden von fremder Hand neu angeordnet. Alles, was links der Waschschüssel lag, wurde nach rechts geräumt und umgekehrt. Außerdem hat jemand den Spiegel umgedreht, er liegt jetzt mit der reflektierenden Seite nach unten. Fritz spürt, wie ihm der Schweiß ausbricht, während er mit einem Satz zur Kommode springt und die Schubladen aufzieht. Tatsächlich wurde seine Wäsche vom obersten ins unterste Fach geräumt. Ganz oben liegt nur noch sein falscher Reisepass, den er zwischen den Socken deponiert hatte, für den unwahrscheinlichen Fall, dass ihn jemand überfallen und ihm seine anderen Ausweispapiere abnehmen würde. Jetzt wird ihm klar, wie dumm es von ihm war, ein derart heikles Dokument hierzulassen, er wird sich gleich morgen früh um ein Schließfach am Bahnhof bemühen. Mit brennendem Gesicht betrachtet er den gefälschten Pass, der so exponiert vor ihm liegt wie eine Mahnung. Wer war in seinem Zimmer, und was will diese Person ihm sagen?

Seine Hände kribbeln und fühlen sich taub an, als er so systematisch wie möglich seine Kammer durchsucht. Eingehend betrachtet er auch die Tür, die Klinke, das Schloss, an dem er aber nicht einmal einen Kratzer entdecken kann. Er hält die kleine Ölleuchte überallhin, in der Hoffnung, irgendeine verräterische Spur zu entdecken, aber da ist nichts. Die ganze Zeit denkt er dabei mit einem Gefühl bedrückenden Heimwehs an seinen Vater. Fritz wünschte, er wäre jetzt hier, würde seinen Tatortkoffer aufklappen und mit der tröstlichen Professionalität seiner kriminalistischen Instrumentarien alles begutachten. Vielleicht einen fremden Fingerabdruck sichern. Doch was würde der ihm nutzen? Wieder stellt er sich vor den Toilettentisch und betrachtet die Gegenstände und die Position, in die man sie gerückt hat. Soll diese ihm eine Botschaft übermitteln? Er zieht seinen Notizblock hervor, den er in seiner Jackentasche hatte, und beginnt, da ihm nichts anderes einfällt, eine Lageskizze der Dinge zu erstellen. Danach protokolliert er alles in jenem nüchternen Polizeiton, den er aus den müden Akten des Fouqué-Falls kennt.

Es muss schon fast wieder Morgen sein, als er sich endlich ins Bett legt. Seine Augen brennen vor Müdigkeit, doch er braucht lange, um in den Schlaf zu finden. Immer wieder denkt er an das Mädchen mit dem Kanarienvogel. Und er stellt sich bang die Frage, ob heute Nacht endlich jemand hier in seinem Zimmer war, um Kontakt zu ihm aufzunehmen – und er, Friedrich von Gryszinski, einfach zu unwissend ist, um die Botschaft, seine Mission, zu entschlüsseln.

28.

Paris, 1896

Verstimmt lehnte Gryszinski an der hohen Glastür zum schmalen Balkon, der wie ein wackliger Stehplatz in den oberen Rängen eines Theaters über der Place Vendôme schwebte. Düster blickte er hinaus, während Sophie, offenbar in absolut gegenteiliger Stimmung, im hinteren Teil des Raums fröhlich summend ihre Toilettenartikel auf dem Frisiertisch ihrer neuen Unterkunft anordnete. Diese war weitaus luxuriöser als ihr bisheriges Hotel; um näher bei den Baranoffs zu sein, hatten sie sich ebenfalls im Hôtel de Lazun eingemietet. Mit einem Schaudern dachte Gryszinski einmal mehr an ihre Spesenrechnung und die Tatsache, dass er diese in naher Zukunft Welser würde präsentieren müssen. Doch das war nicht der Grund für seinen Ärger. Es gab Aspekte seiner Arbeit im Dienste der Polizei, die ihm von Anfang an missfallen hatten. Und mittlerweile, in seiner Rolle als allseits anerkannter königlicher Sonderermittler, fand er sogar, dass diese speziellen Aufgaben unter seiner Würde waren. Ganz offiziell und mit unbestrittener Autorität einen Tatort betreten, im Hintergrund diverse Mitarbeiter, die auf seine Befehle warteten, das war seine Rolle. Mit dem Tatortkoffer in der Hand die Leiche und ihren Fundort inspizieren und dabei brillante Schlussfolgerungen aus den Spuren ziehen, das wurde einem Major Wilhelm von Gryszinski gerecht. Aber doch nicht – ganz gewiss nicht! –, sich wie ein Dieb in eine Hotelsuite zu schleichen, um dubiose Dokumente zu entwenden. Er schüttelte sich. Das waren Spitzeldienste der niedersten Art. Gryszinski seufzte laut.

»Was ist denn, mein Lieber?« Sophie, die mittlerweile vor dem Schminktisch saß und ihre Locken zurechtzupfte, ließ die Hände sinken und betrachtete ihn im Spiegel.

»Ach, es ist nichts, schon gut«, antwortete Gryszinski etwas mürrisch. »Mir ist nur einfach wirklich nicht danach, gleich in das Zimmer unserer Russen einzubrechen.«

Sophie lächelte mitfühlend. »Das verstehe ich, Willi. Aber, Liebster, ich bin mir sicher, dass das für dich gar keine große Sache ist.«

»Hm.« Wieder sah er aus dem Fenster. Er musste an Welsers unselige Worte denken, mit denen diese Geschichte begonnen hatte. *Das ist sicherlich keine große Sache, Gryszinski.* Leise schüttelte er den Kopf. Mit plötzlicher Wehmut dachte er an das Café Luitpold und die Prinzregententorte und den Cognac in den schweren Kristallgläsern. Er dachte auch an Fritzi und das vertrauensvolle Gewicht der kleinen Hand in der seinen, wenn sie gemeinsam den Flur hinunterliefen, um Frau Brunner und ihre dampfenden Töpfe aufzusuchen. Sophies Teewagen im Salon, der fast zusammenbrach unter den Bücherstapeln. Das alles fehlte ihm. Sogar die Teufelsfahrten in seiner Dienstdroschke fehlten ihm und die anderen Kutscher, die laut fluchend zur Seite fuhren. Die Bratensemmeln auf dem Victualienmarkt, Grabow und die Wurmbrand und tatsächlich, so musste er mit Erstaunen feststellen, München fehlte ihm. Was vermutlich auch daran lag, so kehrte er an den trübsinnigen Anfang seiner Überlegungen zurück, dass er dort ein anerkannter Kriminalist war, während er sich in Paris unter dem schäbigen Deckmantel halbseidener Semiprofessionalität bewegen musste.

»So, mein Mienchen, wir fangen jetzt an.« Irgendwie zog Gryszinski sich aus seinem Stimmungstief. Zumindest ging es bei den Dokumenten, die er gleich suchen musste, um Pläne von internationaler Bedeutung. Und tief in ihm drin, in einer Ecke seines Bewusstseins, die er noch nicht ganz erschlossen hatte, war er doch froh, dass *er* derjenige war, der diese Pläne sichern sollte. Und somit auch derjenige – aber so weit wagte er noch nicht zu denken –, der entscheiden würde, was mit diesen Papieren und der darin enthaltenen machtvollen Erfindung zu tun sei.

»Da sind sie.« Sophie blickte über den Rand ihres Champagnerglases.

Sie hatten sich einen kleinen Tisch in der Ecke der weitläufigen Empfangshalle ausgesucht. Hohe Fenster, blanke Böden, an den Türen höfliche Portiers, überall große Kübel mit Palmen – eine Lobby, wie sie mehr oder weniger in jedem europäischen Grand Hotel zu finden war. Europa, so erschien es Gryszinski, war eine Flucht aus lauten Boulevards und kühlen Marmorhallen, in denen die immer gleiche Gesellschaft Reisender versammelt war, die sich durch nie enden wollende Drehtüren in die Räume ihrer Sehnsüchte wirbelten.

»Nun denn.« Gryszinski erhob sich nicht gleich, sondern blickte seiner Frau noch einmal eindringlich in die Augen. »Du wartest hier und tust nichts auf eigene Faust. Bitte versprich es mir!« Sie lächelte milde und tätschelte beruhigend seinen Arm. Er schüttelte grinsend den Kopf. »Na gut, jetzt mal im Ernst, du hältst hier die Stellung. Und in welchem einzigen Fall verlässt du doch deinen Platz?«

»Sollte ich sehen, dass die Baranoffs noch einmal umkehren, also vielleicht etwas in ihrem Zimmer vergessen haben, bitte ich an der Rezeption darum, ihren Anschluss anzurufen.«

Er nickte. »Auf dieses Zeichen hin verlasse ich dann schnellstens den Raum und hoffe einfach, dass sie mich nicht sehen.«

Die Baranoffs gaben ihre Schlüssel an der Rezeption ab. Dann liefen sie quer durch die Halle zum Tresen in der Ecke, an dem man Telegramme aufgeben konnte. Offenbar wollten sie ein paar Nachrichten verschicken, bevor sie das Hotel verlassen würden. Die Gelegenheit war günstig. Gryszinski drückte noch einmal Sophies Hand, dann machte er sich auf den Weg in den ersten Stock, wo die Suite mit der Nummer achtzehn lag.

Er hatte seinen Quistiti dabei, eine dünne Zange, die Einbrecher verwendeten, um Schlösser zu knacken. Sein Exemplar hatte er einst im Rahmen einer Verhaftung an sich genommen. Die Tür war schnell geöffnet. Leise schlüpfte er hinein und zog sie hinter sich zu. Er sah sich um. Licht brauchte er keines zu machen. Die opulent drapierten Vorhänge vor den bodentiefen Fenstern waren noch nicht zugezogen, und rötliches Abendlicht fiel ins Zimmer, durchmischt mit dem Schein der Straßenlaternen, die den riesigen Platz draußen erstrahlen ließen. Die Suite war mindestens so luxuriös eingerichtet wie die im Münchner Vier Jahreszeiten, in der die Russen unter pekuniär so zweifelhaften Umständen logiert hatten. Man konnte wohl davon ausgehen, dass auch hier in nicht allzu ferner Zukunft ein Pariser Hotelier mit aschfahlem Gesicht die Nachricht vom sang- und klanglosen Abgang seiner angeblich zaristischen Gäste entgegennehmen würde.

Gryszinski schüttelte den Gedanken ab und machte sich an die Arbeit. Zunächst durchsuchte er systematisch einen wuchtigen neobarocken Sekretär, der allerdings lediglich unbeschriebenes Briefpapier mit dem Emblem des Hotels enthielt. Als Nächstes nahm er sich die Schränke vor, tastete Kleider ab, griff in alle Taschen hinein, öffnete Hutschachteln und endlose Kartons, die offenbar aus den Galeries Lafayette geliefert worden waren. Die dicken Lagen Seidenpapier, in die noch ungetragene Wäsche und Hemden eingeschlagen waren, knisterten laut. Er hielt kurz inne und horchte. Auf dem Korridor vorm Zimmer war alles ruhig, die meisten Gäste saßen vermutlich unten bei einem *apéritif* zusammen, waren bereits unterwegs in die Oper oder ließen sich durch den dichten Verkehr der Pferdekutschen ins Restaurant fahren. Um kein Aufsehen zu erregen, hatte Gryszinski seine weitere nötige Ausrüstung in den Jacken seines Anzugs verborgen. Nun zog er die entsprechenden Instrumente hervor: eine Lupe und mehrere hauchdünne Nadeln, etwa so lang wie Stricknadeln. Mit diesen stach er jetzt vorsichtig in die Deckel der wenigen vorhandenen Bücher, fuhr in die Ritzen der Möbel, führte die dünnste Nadel sogar in eine schadhafte Naht der Seidentapete ein. Doch nirgends sagte ihm ein spürbarer Widerstand, dass hier etwas verborgen war. Er seufzte. Es war eh unwahrscheinlich, dass die Baranoffs die Papiere einzeln zusammengerollt und in Stuhlbeine gesteckt oder ein Blatt unter die Tapete geschoben hatten – andererseits hatte er genau das alles schon erlebt und wollte keine Gelegenheit auslassen. Genau aus diesem Grunde nahm er nun noch die anstrengende Arbeit auf sich, den gesamten Fußboden mit der Lupe zu untersuchen, um nach verräterischen Holzkörnchen zu suchen, die darauf hingewiesen hätten, dass hier etwas aufgebohrt worden war. In München verwendeten sie dafür Mikroskope, aber ein solches hätte er schlecht unauffällig hierherbringen können.

Als Letztes klopfte er Wände, Böden und Möbel ab und lauschte auf jenes dumpfe Geräusch, das auf geheime Hohlräume hinweisen würde. Während er sich so leise trommelnd durchs Zimmer bewegte, spürte er, wie er immer unruhiger wurde. Das aufmerksame Gehorche machte ihn übersensibel für jedwedes Geräusch, und so fuhr er jedes Mal empfindlich zusammen, sobald auch nur der kleinste Laut von außen hereindrang.

Und dann klopfte es plötzlich laut und deutlich an der Tür. Gryszinski, der gerade fertig geworden und bereits überzeugt war, hier nicht fündig zu werden, erstarrte mitten in der Bewegung. Fieberhaft sah er sich um und hechtete dann kurzentschlossen zum nächsten Fenster, um sich hinter einem der schweren Vorhänge zu verbergen. Es klopfte noch einmal.

»Monsieur Baranoff?«, erklang es von draußen. »Ein Telegramm für Sie!«

Kurze Stille, in der Gryszinski überdeutlich seinen gefährlich erhöhten Puls wahrnahm. Dann ein feines, schleifendes Geräusch. Er lugte vorsichtig aus seinem Versteck heraus. Jemand hatte einen Umschlag unter der Tür durchgeschoben. Schritte entfernten sich wieder.

Gryszinski atmete durch und wickelte sich aus der Gardine. Dabei stieß sein Fuß gegen etwas Hartes. Verwundert blickte er hinunter und bemerkte einen bis dahin unsichtbaren kleinen Papierkorb, der zuvor in den Falten der Draperien verschwunden war. Stirnrunzelnd hob er das Behältnis hoch und studierte den Inhalt. Ein paar zerrissene Briefe, einige aussortierte kleine blaue Telegramme, die man hier *Bleu* nannte. Eine einzelne verwelkte Blume – Gryszinski stellte sich vor, dass Nataliya diese in einem Park gepflückt und sich ins Haar gesteckt hatte. Er hob die Blüte sachte hoch und schob einige der zerknüllten Papiere zur Seite, um darunterzusehen. Zu seiner Verwunderung entdeckte er eine schmale Mappe, wie man sie verwendet, um Papiere darin aufzubewahren. Die Mappe wirkte elegant und recht neu, es war also seltsam, dass man sie fortgeworfen hatte. Er nahm sie in die Hand. Sie war aus stabilem Karton gefertigt und mit edlem Leinen bezogen. Auf dem oberen Deckel waren mit feinem Pinsel verschnörkelte Initialen aufgemalt worden: *H.F.*

Es dauerte ein paar Sekunden, bis Gryszinski begriff. Ein Laut der Überraschung entfuhr ihm. Stand *H.F.* etwa für Henri Fouqué? Hastig klappte er die Mappe auf, und tatsächlich war auf der Innenseite der Name des Franzosen notiert, dazu seine Adresse in Berlin.

Noch während er zu verstehen versuchte, was das zu bedeuten hatte, zuckte Gryszinski erschrocken zusammen. Es war erneut jemand an der Tür, aber dieses Mal wurde ein Schlüssel ins Schloss gesteckt und gedreht. Mit einem Satz war er bei den Vorhängen und verschwand wieder hinter dem dicken Stoff. Das warme, nach Staub und Lavendelsäckchen riechende Versteck ließ ihn an seine Kindheit und seine eigenen Schlupfwinkel denken, in denen er mit pochendem Herzen Schutz vor der Welt gefunden hatte. Er presste die Dokumentenmappe an sich. Durch eine kleine Lücke zwischen zwei Gardinen konnte er einen Ausschnitt des Zimmers sehen.

Die Tür öffnete sich, und Sergeij Baranoff erschien. Gryszinski fluchte innerlich. Wieso hatte Sophie nicht das Zeichen gegeben? Sergeij bückte sich und hob den Umschlag auf, den der Portier unter der Tür durchgeschoben hatte. Er sah sich kurz um. Alles wirkte unberührt, Gryszinski hatte keine Spuren seiner Suchaktion hinterlassen. Offenbar hatte der Russe etwas vergessen und entdeckte es nun auf der Lehne eines Stuhls am Schreibtisch. Dort hing ein Einstecktuch, das ihm wohl besser gefiel als dasjenige, das er bereits trug. Sergeij tauschte die Tücher aus, dabei glitt sein Blick gleichgültig über den Sekretär. Gryszinski folgte seinem Blick und hielt unwillkürlich die Luft an. Er hatte seine Lupe auf dem Tisch liegen gelassen. Der Schweiß brach ihm aus. Was, wenn der fremde Gegenstand das Misstrauen des

Russen so stark erregen würde, dass er sich genauer in seinem Zimmer umsehen würde?

Doch Gryszinski hatte Glück, denn jetzt fiel Sergeij offenbar der Umschlag wieder ein, den er noch in der Hand hielt. Er riss ihn auf und las das darin enthaltene *Bleu*, dessen Inhalt ihm wohl nicht besonders zusagte, jedenfalls verdrehte er die Augen, schimpfte leise auf Russisch vor sich hin und wandte sich wieder der Tür zu. Wenige Sekunden später hatte er die Suite verlassen.

Gryszinski stieß die angehaltene Luft aus, wischte sich mit dem Jackenärmel den Schweiß von der Stirn und trat aus dem Schutz des Vorhangs hervor. Er wollte nur noch raus aus diesem Zimmer. Doch Fouqués Mappe würde er mitnehmen, sie war ein handfestes Beweisstück für die Verbindung zwischen dem Diplomaten und den Baranoffs. Außerdem hatten sie die Mappe bereits in den Papierkorb geworfen und würden diese nicht vermissen. Einen Moment lang erwog er, den gesamten Inhalt des Papierkorbs mitzunehmen, damit die Russen sich später nicht wundern würden, warum das Reinigungspersonal diesen nicht komplett geleert hatte. Doch er verwarf den Gedanken gleich wieder, da er nicht wusste, wie er die ganzen zusammengeknüllten und zerrissenen Papiere ungesehen hinausbringen sollte. Stattdessen drapierte er den Abfall derart, dass man nur noch die oberste Schicht sehen konnte, und zählte einfach auf die Zerstreutheit, mit der Sergeij eben Gryszinskis Lupe übersehen hatte, die er nun einsteckte. Er legte sein Ohr an die Tür und lauschte angestrengt nach Geräuschen im Flur. Nichts. So schnell und geschmeidig er konnte, schlüpfte Gryszinski hinaus.

Er hatte gerade die Tür geschlossen und zwei Schritte weg vom Zimmer gemacht, da bog Sergeij schon wieder um die Ecke und lief direkt auf ihn zu. Gryszinski blieb wie angewurzelt stehen. Der Russe aber hielt immer noch das

Telegramm in Händen und hatte seinen Blick daraufgeheftet, weshalb er gar nicht sah, dass er direkt auf den preußischen Major zusteuerte. Letzterer konnte nur noch einen Laut der Warnung ausstoßen, da rannte der angebliche Erbe der Romanows schon in ihn hinein. Sie kollidierten mit einer derartigen Wucht, dass beide Männer zu Boden fielen.

»Merde!«, entfuhr es Baranoff recht unvornehm. »Monsieur, es tut mir furchtbar leid, sind Sie verletzt?«

Gryszinski schüttelte den Kopf, während ihm ein Stöhnen entfuhr. Die Mappe, die unter seinem Hemd verborgen war, hatte sich bei dem Sturz unangenehm in seine Seite gebohrt. Das verräterische Beweisstück schien auf seiner Haut zu brennen. Er rappelte sich mühsam hoch. »Nicht doch, es ist nichts geschehen.« Er streckte die Hand aus und half dem anderen auf die Beine. »Sie haben sich hoffentlich ebenfalls nichts getan?«

Sergeij hatte ohne zu zögern seine Hand ergriffen und diese kräftig gedrückt, während Gryszinski ihn hochgezogen hatte. »Alles in bester Ordnung.« Der Russe lächelte herzlich und sah seinem Gegenüber direkt in die Augen. Er senkte erst den Blick, nachdem Gryszinski sein Lächeln erwidert hatte und damit anzeigte, keinen weiteren Groll ob des eben geschehenen Missgeschicks zu hegen. Diese Rückversicherung bedeutete Sergeij offenbar einiges, wie Gryszinski still für sich vermerkte. Ein Mann, dem das Wohlgefallen anderer wichtig war. »Darf ich mich Ihnen vorstellen?«, fragte der Russe nun, die Stimme vibrierend in einem gewissen weltmännischen Timbre. »Mein Name ist Sergeij Baranoff. Meine Gemahlin und ich sind derzeit auf Reisen, und da durfte natürlich das wunderschöne Paris nicht fehlen. Ich vermute, Sie sind ebenfalls Gast hier im Hotel?«

»So ist es.« Gryszinski nickte und entschied im selben Augenblick, in seinen eigenen Aussagen so nah wie möglich an der Wahrheit zu bleiben. »Major Wilhelm Freiherr von Gryszinski. Angenehm.«

Sie reichten einander die Hände.

»Reisen Sie aus beruflichen Gründen, Herr Major?«

»Nein, ebenfalls privat«, erwiderte Gryszinski. »Meine Gattin ist Schriftstellerin und wollte gern einige Kontakte zu französischen Literaten knüpfen. Außerdem finden wir Paris im Frühling herrlich.«

»C'est fascinant!«, rief Baranoff aus. »Ein deutscher Baron und eine Dichterin! Was für ein interessantes Paar. Würden Sie mir die Ehre erweisen und mich auf ein Glas Champagner in die Hotelbar begleiten? Auch als Wiedergutmachung für den Unfall.« Er lachte.

Gryszinski frohlockte innerlich über diese Gelegenheit, auch wenn er es etwas skurril fand, dass Baranoff ihn offenbar direkt in seine Sammlung ungewöhnlicher Kontakte aufnehmen wollte, wie das seltene Exemplar irgendeiner abwegigen Spezies. »Mit dem größten Vergnügen. Meine Gemahlin wartet bereits unten auf mich und gesellt sich bestimmt gern zu uns.«

»Hervorragend! Nataliya ist ebenfalls in der Lobby, das fügt sich doch perfekt zusammen.«

Sie bestiegen gemeinsam den Aufzug und fuhren die eine Etage hinunter in die große Halle. Gryszinski sah sich suchend um. Sophie saß nicht mehr an dem Tisch in der Ecke, an dem er sie zurückgelassen hatte. Dann entdeckte er sie – und wer neben ihr saß. Ungläubig starrte er zu ihr hinüber. In diesem Moment blickte sie auf und sah ihn. Als sie erfasste, in wessen Begleitung ihr Mann unterwegs war, fuhr kurze Verwirrung über ihr Gesicht. Doch beide fingen sich sofort wieder, und die Herren näherten sich Sophies Tisch. Dort saß sie, als wären sie die besten Freundinnen, gemeinsam mit Nataliya. Die Russin lachte gerade laut. Vor ihnen stand eine bereits gut geleerte Flasche Champagner.

An diesem Abend begann die höchst seltsame Bekanntschaft zwischen den Gryszinskis und den Baranoffs.

29.

Paris, 1916

Nachdem sich Fritz noch lange im Bett gewälzt hat, die Gedanken ruhelos bei den Spuren, die der Unbekannte ihm in seinem Zimmer hinterlassen hat – beredte Spuren, deren Bedeutung er dennoch nicht begreift –, fällt er endlich in einen narkotischen Schlaf. Er wacht erst wieder auf, als die Sonne so hoch steht, dass ihr üppiges Licht die gesamte Dachkammer ausfüllt wie ein bis zum Rand vollgelaufenes Aquarium. Sobald ihm die Ereignisse der letzten Nacht bewusst geworden sind, springt er auf, wäscht und kleidet sich hastig an wie jemand, der zur unbestimmten Stunde Besuch erwartet und diesem keinesfalls im Morgenmantel öffnen will. Er bemüht sich, seine Pomade, die Zahnbürste, die Seife und alle anderen Gegenstände wieder genau so zurückzulegen, wie er sie wenige Stunden zuvor vorgefunden hat.

Als er fertig ist, stellt er sich an sein kleines Fenster und denkt über diese merkwürdige erste Kontaktaufnahme nach. Denn so weit scheint ihm die Angelegenheit klar zu sein: Jemand, den der deutsche Geheimdienst geschickt hat, war hier in seiner Drachenkammer. Ein Schauder läuft ihm über den Rücken, als er daran denkt, dass der Unbekannte die Wäsche berührt hat, die jetzt auf seiner Haut liegt. Mehrere Dinge versteht Fritz allerdings ganz und gar nicht. Wusste diese Person, dieser etwaige andere Spitzel, dass er nicht da war?

Beobachtet ihn also doch jemand und weiß von seinen nächtlichen Streifzügen? Unterschätzt er möglicherweise Madame Bernard, hat sie sein Treiben längst bemerkt und darüber Bericht erstattet? Oder ist die unbekannte Person von seiner Abwesenheit überrascht worden und hat seine Dinge neu angeordnet, um ihm eine Nachricht zu hinterlassen? Aber warum dann kein Zettel, keine Notiz, vielleicht eine chiffrierte Nachricht, irgendwo deponiert, wo man sie nicht sofort sieht? Oder vielleicht, denkt Fritz plötzlich erregt, sollen die umgeräumten Dinge mich nur darauf aufmerksam machen, dass hier irgendwo eine schriftliche Nachricht für mich hinterlassen wurde?

Nachdem er diesen Gedanken gefasst hat, durchsucht er sein gesamtes Zimmer mit all der Akribie, die sein Vater ihn einst gelehrt hat. Doch vergeblich, nirgends wurde etwas versteckt. Nichts wurde hinzugefügt, nichts weggenommen, nur neu angeordnet. Fritz schüttelt den Kopf. Dann steckt er seinen Notizblock mit den Lageskizzen seiner Toilettenartikel ein und begibt sich ins Café de Flore, um bei einem *café au lait* und etwas Gebäck weiter nachzudenken.

Unten an der Rezeption klingelt er nach Madame Bernard, um seinen Schlüssel abzugeben. Ein sinnloses Ritual; da er der einzige Gast des Hotels ist, wäre es natürlich sinnvoller, wenn er den Schlüssel einfach behalten würde. Doch wie immer taucht sie sofort aus dem Hinterzimmer auf und nimmt den Schlüssel freundlich entgegen.

»Merci, Madame.« Fritz wendet sich schon zum Gehen, folgt dann aber einer spontanen Eingebung und erklärt: »Ich gehe ein wenig ins Café de Flore.« Er beobachtet sie genau. Hat man sie auf ihn angesetzt? Und begreift sie, dass er ihr diese Information gibt, damit sie den unbekannten Kontakt unterrichten kann, wo er Fritz finden wird? Er sucht nach einem winzigen Nicken, einer kleinen Geste des Verstehens.

Doch sie lächelt so wie immer, warm und gleichzeitig unverbindlich. »Dann wünsche ich viel Vergnügen, Monsieur. *À plus tard.*«

Unter den Augen der Kassenfrau, die ihm heute melancholisch verhangen erscheinen, beißt Fritz in ein warmes Croissant. Die knusprige Hülle krümelt auf seine Unterlagen, wie hauchdünner Putz, der von einer alten Mauer gebröckelt ist. Er fegt die Krümel weg, doch sie haben bereits winzige Fettflecken auf den Seiten hinterlassen. Eine nächste Schicht unnützer Spuren. Resigniert schüttelt er den Kopf und legt den Notizblock zur Seite. Seine Gedanken wandern zurück zu dem Mädchen, das er gestern am Fenster sah. Das Bild von dem kleinen Kanarienvogel, der in die Finsternis fliegt, dahinter ihr feines Gesicht im Schein der roten Lampe; es hat sich in seiner Erinnerung festgesetzt, und nun ruft er es immer wieder ab. Ihm ist klar, dass er nichts über dieses Mädchen weiß. Etwas unangenehm berührt, streifen seine Gedanken zudem die Tatsache, dass ihr asiatisches Aussehen, ihr exotisches Schlafzimmer und nicht zuletzt die rote Lampe irgendwelche dunklen kolonialen Phantasien heraufbeschwören, die er eigentlich als anstößig empfindet. Und dann ist da ja auch noch Ella aus München. Und doch – abrupt rückt er seinen Stuhl zurück. Das laute Geräusch schreckt die Kassendame aus ihren Tagträumen. Fritz bezahlt rasch, wie immer lächeln sie einander verschwörerisch zu. Dann macht er sich auf, um das Haus des Mädchens mit dem Vogel wiederzufinden.

Eine Weile wandert er im ersten Arrondissement herum. Es ist mittlerweile sommerlich heiß. Die sandfarbenen Fassaden scheinen sich mit der Hitze vollzusaugen, die staubigen Boulevards bieten keinerlei Schatten. Fritz läuft einige Kreuzungen ab, bleibt stehen, blickt die langen, von

Häusern eingeschlossenen Fluchten hinunter. Die Trottoirs sind voller Menschen, die alle geschäftig ihrer Wege gehen, auf den Straßen drängen sich Taxis und private Automobile. Allmählich verliert er die Hoffnung, die richtige Straße in diesem taghellen Ameisenhaufen zu finden. Doch dann biegt er in eine vornehme, etwas ruhiger gelegene Allee ein. Er sieht sich um und entdeckt einen leeren Vogelbauer, der im ersten Stock eines Wohnhauses an einem Haken hängt, direkt neben einem Fenster an der Außenmauer. Dieses Fenster ist halb geöffnet. Auf den Glasscheiben liegt der gleißende Widerschein der Sonne, sodass der Raum dahinter nicht zu erkennen ist. Da nimmt Fritz eine kleine Bewegung wahr und entdeckt den Kanarienvogel, der auf die blendende Aureole zufliegt, bis er seinen Käfig erreicht hat. Durch ein Türchen flattert er ins Innere und nimmt auf einer zierlichen Schaukel Platz, die zwischen den Gitterstäben baumelt. Laut piepsend kündigt er seine Rückkehr an. Kurz darauf werden die Fenster ganz geöffnet, und das Mädchen erscheint. Vorsichtig nimmt es den Käfig vom Haken, dabei redet es zärtlich auf das Vögelchen ein. Dann verschwinden beide hinter einem Vorhang, der sich leicht in der Luft wiegt.

Fritz steht noch eine Weile unten und hofft, dass die Fremde noch einmal ans Fenster kommt, doch sie zeigt sich nicht mehr. Schließlich überquert er die schmale Straße und postiert sich direkt unter ihrem Fenster. Einfach nur, um zu sehen, was sie täglich sieht, wenn sie hinausblickt: einen kleinen Balkon mit schmiedeeisernem Gitter am gegenüberliegenden Haus, daneben eine üppige grüne Baumkrone, die hinter einer hohen Gartenmauer emporwächst. Er stellt sich vor, wie die erste Morgensonne ihren Ausblick mit goldenem Licht übergießt, und hofft, dass der Nachbar mit dem Balkon diesen noch mit hübschen Blumen bepflanzt, das würde ihr sicher gefallen. Aber vermutlich hat in Kriegstagen keiner die

Muße für eine dekorative Balkonbegrünung, denkt er plötzlich finster und wendet den Blick ab. Es ist bereits Nachmittag, und er beschließt, zurück in sein Viertel zu gehen, auch um zu sehen, ob mittlerweile vielleicht doch eine Nachricht für ihn gekommen ist oder ihn sogar jemand erwartet.

Im Hotel ist nichts für ihn hinterlegt, und es war auch niemand dort. Nach kurzem Überlegen informiert Fritz ein zweites Mal die sphinxhaft lächelnde Madame Bernard darüber, dass er sich ins Café de Flore begeben wird.

Einen Stapel unberührter Zeitungen vor sich, sitzt er kurz darauf in seiner Lieblingsecke und denkt wieder an das fremde Mädchen. Es ist keine vierundzwanzig Stunden her, dass er sie das erste Mal gesehen hat, aber er spinnt bereits Sehnsüchte und drängende Fragen um ihre Existenz, die nichts mehr mit dem realen Fluss der Zeit zu tun haben.

»Veuillez me pardonner, Monsieur«, erklingt plötzlich eine Stimme neben ihm.

Er fährt zusammen und blickt auf.

Direkt vor ihm steht ein junger Mann in seinem Alter, auch von Statur und Haarfarbe her ist er Fritz auffällig ähnlich. Der Unbekannte kommt ihm zudem entfernt bekannt vor, wie Fritz beunruhigt bemerkt – würde ihn hier jemand erkennen, käme es einer Katastrophe gleich.

»Haben Sie zufälligerweise auch die *Gaulois* in Ihrem Stapel?« Der Mann deutet freundlich lächelnd auf die Zeitungen, die Fritz auf seinem Tischchen gehortet hat.

»Ach, entschuldigen Sie, natürlich.« Fritz entspannt sich etwas. Offenbar handelt es sich doch um keinen entfernten Bekannten, sondern lediglich um einen weiteren Cafébesucher, der sich die Zeit vertreiben will. Er zieht die gewünschte Zeitung aus dem Stapel und überreicht sie dem Fremden. *»Et voilà.«*

»Merci beaucoup.« Der Mann rollt die Zeitung locker zusammen und dreht sie zwischen seinen Händen. Er bleibt

vor Fritz stehen, wie jemand, der gern ein wenig plaudern würde. »Schweizer?«, fragt er denn auch mit einem Blick auf die *Neue Zürcher Zeitung*, die Fritz auch heute als Requisit seiner falschen Identität vor sich platziert hat.

»Ja, ganz recht.« Fritz nickt freundlich.

»Ich kenne Basel und Zürich recht gut. Zwei wunderhübsche Städte, vor allen Dingen zu dieser Jahreszeit.« Der Mann lächelt wieder. Er hat eine angenehme Art, unaufgeregt und selbstsicher.

Spontan hält Fritz ihm seine Rechte hin. »Carl Steiner. Angenehm.«

Strahlend schlägt der andere ein. »Freut mich sehr, Sie kennenzulernen. Mein Name ist Jules Bassanet.«

30.

Paris, 1896

Es war erstaunlich, wie gut sie einander verstanden. Sergeij war zwar für Gryszinskis Geschmack ein wenig zu sehr auf seine Außenwirkung bedacht, aber auch ausgesucht höflich. Er hörte aufmerksam zu und stellte interessierte Fragen. Damit trieb er das Gespräch mühelos voran, und jeder am Tisch fühlte sich gehört und wertgeschätzt. Die wirkliche Überraschung aber war Nataliya. So, wie Gryszinski sie bisher aus der Ferne erlebt hatte, war er eigentlich davon überzeugt gewesen, dass sie eine unerträglich exzentrische Selbstdarstellerin sein müsste, die überall nur nach ihrem Vorteil heischen würde. Dieser erste Eindruck war zwar nicht ganz falsch – sie war laut, über und über mit ihrem ergaunerten Schmuck behängt und bewegte sich oft an der Grenze zum Ordinären –, doch sie war auch von einer entwaffnenden Herzlichkeit und konnte sich auf eine Art für etwas begeistern, die ihm ganz und gar ungekünstelt erschien. So waren auch die beiden Frauen in Kontakt gekommen. Während Gryszinski die Suite durchsuchte, hatte Sophie sich wieder hinter ihren Notizen verschanzt, was Nataliyas Interesse geweckt hatte. Unumwunden war die Russin an Sophies Tisch getreten, um neugierig zu fragen, was sie denn da schreiben würde. Keine Minute später hatte Nataliya sich bereits dazugesetzt und eine Flasche Champagner geordert, um die Kunst zu begießen. An diesem ersten Abend im Lazun bestürmte sie dann Sophie mit solch einer Bewunderung – für ihre elegante Garderobe, ihre Belesenheit und vor allen Dingen die Tatsache, dass Sophie Schriftstellerin war –, dass sie alle vier irgendwann lachen mussten. Es war kein Lachen, mit dem man eine unangenehme Situation überspielt, sondern im Gegenteil ein Ausdruck gegenseitiger Sympathie und des Umstands, dass man die Gesellschaft der jeweils anderen genoss.

»*Chérie*, ich kann mir kaum vorstellen, wie man ein ganzes Buch schreiben kann«, rief Nataliya mit ihrer dunklen, tiefen Stimme aus. Diese Stimme wirkte heiser und wenig anmutig, doch man hörte ihr dennoch gern zu, mit demselben lustvollen Schaudern, das einen erfasst, wenn eine rostige Schubkarre durch ein wild blühendes Blumenbeet geschoben wird. »Wie viel Phantasie und auch Disziplin man dafür braucht. Das könnte ich nicht. Ich bin einfach viel zu faul.« Sie lachte laut, während Sergeij allen Champagner nachgoss.

Sophie lächelte fein. »Ach, ich weiß nicht, ob es nur Disziplin ist. Ich schreibe einfach furchtbar gern. Und dieses Buch, das jetzt bald erscheint, wollte ich unbedingt schreiben. Ich wollte es um jeden Preis schaffen.«

Gryszinski betrachtete Sophie aufmerksam. Sie hatte das Buch ohne sein Wissen verfasst, was im letzten Jahr zu einigen Spannungen geführt hatte. Unter anderem, weil er verletzt gewesen war, dass sie etwas vor ihm verborgen hatte, was ihr so immens wichtig gewesen war. Sie hatten sich wieder versöhnt, aber über diese Phase der Arbeit an ihrem ersten Buch wenig gesprochen. Er fand es interessant, wie offen sie jetzt darüber redete. Fast wirkte sie erleichtert, als könne sie in dieser Runde Dinge formulieren, die sie bislang für sich behalten hatte.

»Nun, eine große Leistung. Ich gratuliere Ihnen, *mon cœur*.« Nataliya prostete Sophie zu. »Es ist herrlich, solch tiefe Leidenschaft für etwas zu empfinden.«

»Vielleicht das Wichtigste im Leben, um glücklich zu sein«, pflichtete Sergeij ihr bei.

»Und welche Leidenschaften haben Sie beide?«, fragte Gryszinski und staunte insgeheim über sich selbst, dass er diesen Fremden solch eine intime Frage stellte. Es war der nächste kleine Moment, in dem er bemerkte, wie sich professionelle Ermittlung und aufrechtes Interesse vermischten.

Die Baranoffs lächelten und warfen einander einen Blick voller Zuneigung zu.

»Nataliya ist meine Leidenschaft«, antwortete Sergeij prompt und brachte mit dieser charmanten Unverfrorenheit die anderen zum Lachen.

»*Merci*, mein Liebster«, gab Nataliya zurück. »Und dazu kommt noch meine Leidenschaft für das Leben selbst: das Lieben, der Genuss. Ich hasse mit Leidenschaft alles, was mich einengt und begrenzt. Und ich liebe mit Leidenschaft alles Neue und Unbekannte. Ich will immer weiter reisen, tanzen, probieren.«

Wieder erhoben sie ihre Gläser. Und Gryszinski fragte sich bei aller Sympathie im Stillen, wie weit diese beiden Menschen wohl gehen würden, um ihre Leidenschaften nicht aufgeben zu müssen.

Am nächsten Morgen war Gryszinski schon früh wach, obwohl, oder vielleicht gerade weil, er immer noch leicht beschwipst vom Champagner war, zumindest ließ sein übermäßig laut klopfendes Herz auf diese Möglichkeit schließen. Er lag in ihrem ausladenden Bett, Sophie tief atmend neben sich, und dachte darüber nach, wie er nun vorgehen sollte. Er fühlte eine ihm völlig neue Ambivalenz: Nicht nur wusste er mit Sicherheit, dass die Baranoffs Betrüger waren, er traute ihnen auch absolut zu, Mörder zu sein. Und gleichzeitig fand er Nataliya und Sergeij so anziehend, fühlte sich in ihrer

Anwesenheit so gelöst wie in der Gesellschaft langjähriger Freunde.

Er schlüpfte aus dem Bett, wusch und kleidete sich an. Als er fertig war, schlief Sophie immer noch. Leise suchte er nach Zettel und Stift, um ihr eine Nachricht zu hinterlassen; er wolle ein wenig spazieren gehen, um auch seine Gedanken in Gang zu bringen.

Es war sieben Uhr morgens, luzide Aquarelltöne lagen über den grauen Dächern von Paris. Zunächst flanierte Gryszinski ohne besonderes Ziel in Richtung Louvre, bis ihm eine Idee kam, eine Inspiration, die ihm sein knurrender Magen eingab: Er würde zu den Markthallen gehen, die er bisher trotz seiner ausgeprägten Passion für Märkte noch gar nicht besucht hatte.

Eine knappe halbe Stunde später sah er sie, *Les Halles*. Es waren zehn Pavillons, erbaut auf eisernen Streben, die riesige Platten aus schwebendem, flirrendem Glas hielten. Die Hallen glichen gigantischen Urzeitwesen, deren Skelette von einer transparenten Haut umhüllt waren, die in der aufsteigenden Sonne verführerisch glitzerte. Die Fußwege um die Hallen herum waren bereits bedeckt von den Waren der Obst- und Gemüsehändler. Türme aus Artischocken, Endivien, Karotten, Kohlköpfen, Bohnen und Salaten ragten zu beiden Seiten der Straßen empor. Zwischen ihren zarten und feurigen Farben ratterten immer noch weitere Fuhrwerke entlang, die noch mehr Ernte von den Feldern in die Stadt brachten. Gryszinski erreichte eine Straße, in der Kräuter verkauft wurden. Lavendel, Thymian, Lorbeer und Salbei dufteten nach warmer Erde, die sich mit dem ersten Regen vollsog. Er atmete tief ein. Seine Sinne waren derart in Beschlag genommen, dass es ihm schwerfiel, sich auf seine Gedanken zu den Baranoffs, zu Fouqué und dem ermordeten Erfinder zu konzentrieren.

Nachdem ihn der Fund der Dokumentenmappe des Franzosen im Papierkorb der Baranoffs zunächst regelrecht elektrisiert hatte, sah er die Angelegenheit heute etwas nüchterner. Er wusste ja bereits, dass die Russen den Teil der Pläne, der sich in Fouqués Besitz befunden hatte, aus seiner Suite in München gestohlen hatten. Es war naheliegend, dass genau diese Papiere sich in der besagten Mappe befunden hatten. Einzig der Zeitpunkt, zu dem sie die Mappe weggeworfen hatten, nämlich erst hier in Paris, wunderte ihn. Anstelle der Baranoffs hätte er die Mappe erst gar nicht genommen, sondern nur die Pläne darin. Doch hätte er die Mappe ebenfalls entwendet, wäre diese bei der ersten Gelegenheit in der Isar gelandet. Letztendlich aber brachte sein Fund ihn nicht wirklich weiter, und es blieben eben die drei Fragen: Wo war Fouqué? Wo waren die Pläne? Wer hatte Hummert erschlagen?

Während seine Gedanken nun doch in ihm arbeiteten, betrat Gryszinski den ersten Pavillon, es war die Halle für lebendes Geflügel. Ein ohrenbetäubender Krach krächzender, gackernder und singender Vogelstimmen empfing ihn. Stände mit Käfigen und kleinen Gehegen erfüllten den gesamten Raum. Es war eine eigene lärmende Stadt unter einer himmelhohen Glasglocke. Gryszinski schwindelte es. Schon die Passagen, diese lang gestreckten Zimmerboulevards, hatten ihn in Erstaunen versetzt, nun kamen noch die Hallenstädte dazu. Wie unermesslich groß war nur dieses Paris, dass es einer Matroschka gleich lauter weitere Städte in seinem Leib trug? Mit eingezogenem Kopf lief Gryszinski durch die Gänge, begleitet vom Geschrei des Federviehs, das wild und irrsinnig war, als würde man durch eine Nervenheilanstalt mit lauter abstrus aussehenden Patienten hasten.

Seine Überlegungen kreisten wieder um den Erfinder mit dem eingeschlagenen Schädel, während er durch die Kaldaunenhalle und anschließend den Pavillon für Fleisch stromerte.

Tiefrote Innereien und hell schimmernde Pansen, angeordnet wie wunderliche Korallen, wechselten in ein Szenario brachialer Herrlichkeit: Keulen, ganze Hammel, metergroße Teile von Ochsen und halbe Schweine baumelten von den Fleischerhaken. Ein ganzer Wald aus sacht wogenden Körpern, der sich da unterm glasgrauen Himmel auftat und den Gryszinski staunend durchschritt. Er blieb immer wieder verwundert stehen, was ihm einige Knuffe und Rempler eintrug, denn die meisten, die sich durch *Les Halles* bewegten, hatten keine Zeit zu verschwenden.

Gryszinski lief immer weiter, durch die Halle für Butter und Käse, in der die Luft von einer fettigen Würze durchdrungen war, bewunderte die Kreaturen der Tiefe in der Seefischhalle und erfreute sich schließlich an der frischen Pracht von Blüten und Blättern im Pavillon der Blumen. Völlig überreizt von all den Eindrücken, verließ er die letzte Halle und fand sich auf einer kleinen Straße wieder, die von Ständen gesäumt war, an denen Kaffee und Suppe verkauft wurden. Er ging an einer streng riechenden Kohlsuppe vorbei, die in Tassen gereicht wurde, dazu dünne Brotscheiben, und entschied sich für eine wohlduftende Bouillon, in der sich der Geschmack und die Farben all der hier aufgeschichteten Gemüseberge zu konzentrieren schienen. Beseelt löffelte er die heiße Brühe, die dafür sorgte, dass er noch den letzten Alkohol ausschwitzte, während eine geistige Klarheit aus seinem wohlgefüllten Magen nach oben stieg.

Das Dringlichste, so wurde ihm dank der Suppenapotheose klar, war die Beschaffung der geheimen Pläne, bevor diese in falsche Hände gerieten. Dann musste er einfach, wenn denn noch eine Chance bestand, Fouqué finden. In beiden Fällen waren die Baranoffs der entscheidende Ausgangspunkt. Das bedeutete schlicht und ergreifend, dass Sophie und er nun die Freundschaft zu ihnen weiter vertiefen mussten, koste es, was es wolle. Gryszinski rümpfte kurz die Nase über sich selbst. Das war wirklich ein feiner Spitzeldienst – sich mit jemandem anzufreunden, um ihn anschließend zu diffamieren. Aber, so beruhigte er sich selbst, die Baranoffs boten sich selbst überall als Spitzel an und würden vermutlich vor einer vergleichbaren Aktion nicht zurückschrecken, so herzlich und amüsant sie auch waren. Er fing den letzten Tropfen Bouillon mit dem Löffel auf und gab die Tasse zurück. Dann machte er sich auf den Weg ins Lazun.

Dieses Mal hatte Sophie eine Nachricht für ihn hinterlassen. Bereits an der Rezeption überreicht man ihm eine Notiz von ihr, in der stand, dass sie sich mit den Baranoffs ins Café de Flore begeben hätte. Gryszinski nahm eine Droschke. Es war mittlerweile früher Nachmittag, das Künstlercafé war gut gefüllt. Besonders beliebt waren die eng gestellten Tischchen auf dem Trottoir unter der Schatten spendenden Markise. Man hörte Nataliya bereits von der gegenüberliegenden Straßenseite aus, wo Gryszinski der Kutsche entstieg. Er verstand ihre Worte nicht, aber ging davon aus, dass sie einen Toast auf das Leben und die Leidenschaft ausbrachte.

Sophie und die Baranoffs saßen lachend an einem kleinen Tisch in der ersten Reihe des Cafés. Vor ihnen stand schon wieder eine Flasche Champagner, außerdem eine Platte mit Austern. Gryszinski vermutete, dass die Russen hier im größeren Stil anschreiben lassen konnten, vermutlich hatte Sergeij der gestrengen Kassenfrau sein falsches Romanow-Wappen gezeigt.

Nataliya entdeckte ihn als Erste. »Ah, *majorette*!«, rief sie spontan aus und lächelte frech.

Gryszinski, den sicherlich noch nie jemand als »Majorchen« bezeichnet hatte, musste lachen. Er fand ihre charmante Respektlosigkeit recht erfrischend. Sergeij zog ihm einen freien Stuhl heran und sprach ein paar überschwängliche Willkommensworte. Einzig Sophie wirkte irgendwie bedrückt. Sie lachte zwar ebenfalls über den kecken Spitznamen, doch Gryszinski entdeckte sofort eine Nuance an ihr, die man vermutlich nur sah, wenn man miteinander verheiratet war. Er setzte sich und drückte unterm Tisch ihre Hand, woraufhin sie ihm ein zerknirschtes Lächeln schenkte.

»Ist etwas nicht in Ordnung?«, raunte er ihr zu.

Sie schüttelte nur schnell den Kopf. »Später«, flüsterte sie.

Die nächste Stunde ging in angenehmen Gesprächen dahin. Kunst, Literatur, Politik, Reisen, Mode – es gab kein Thema, zu dem die Baranoffs nicht etwas beizusteuern hatten. Dabei bedienten sie sich ausdrücklich nicht der preußischen Methode des Konversierens, die hauptsächlich im Zitieren und Verbreiten von Allgemeinplätzen bestand, nein, sie füllten vielmehr alles mit persönlichen Erlebnissen und Anekdoten aus. Politik? Oh, sie waren kürzlich zum *dîner* bei einem hochrangigen Beamten des Außenministeriums geladen, der im Casino immer dieselbe Hose trägt, weil er denkt, dass sie ihm Glück bringt. Mode? *Chérie*, stellen Sie sich vor, meine Pariser Schneiderin hat mir ein neuartiges Korsett angepasst, *Sans-Ventre* nannte sie es. Es gibt der Silhouette eine ganz neue Form, und sie sagt, das ist die Zukunft der *couture*. Nur leider kann man irgendwann nicht mehr atmen, wenn man es trägt, sieht aber dafür eben atemberaubend aus, das würde Ihrem *majorette* bestimmt auch gefallen. Und in dieser Art ging es weiter, lustig und persönlich. Dabei erwähnten ihre neuen russischen Freunde natürlich nicht, dass sie die Schneiderin niemals bezahlen würden und dem Politiker mit der Glückshose vermutlich ihre Dienste als Spione angeboten hatten.

Irgendwann entschuldigten Sergeij und Nataliya sich für einen Moment, da sie an einem der benachbarten Tische irgendeine ihrer gesellschaftlichen Eroberungen entdeckt hatten und diese kurz begrüßen gehen wollten.

»Also, was ist passiert?«, fragte Gryszinski sofort leise und betrachtete Sophie besorgt.

Sie starrte auf ihr Glas, das sie in ihrer Hand herumschob. Dann blickte sie zu den Baranoffs herüber, doch die waren in eine weitere fröhliche Plauderei verwickelt und nahmen keine Notiz von ihrem Zwiegespräch. »Willi, ich fürchte, mir ist ein Fauxpas unterlaufen. Ein ziemlich schlimmer.« Sie sah ihn unglücklich an.

»Es wird schon so schlimm nicht sein. Erzähl!«

Sie atmete tief durch. »Nataliya und ich haben uns schon am Vormittag getroffen, wir waren in einem Café und dann in den Galeries Lafayette.«

»Gut. Und weiter?«

»Bevor wir ins Kaufhaus gegangen sind, sagte sie, dass sie noch schnell zur Post müsse, um ein Paket aufzugeben. Ich habe mich ein wenig gewundert, dass sie das nicht im Hotel erledigt hat, aber sie sagte, es wäre eine vertrauliche Botschaft und ihr wichtig, sich persönlich darum zu kümmern.«

»Aha.« Gryszinski sah sie etwas ratlos an. »Und dann?«

»Dann … sind wir zum Postamt. Das Paket hatte die Form einer dicken Dokumentenmappe, Willi.«

»Du meinst …« Jetzt ahnte er es. Das war nicht gut.

»Ich konnte noch sehen, an wen die Sendung adressiert war: Postlagernd an ein anonymes nummeriertes Schließfach. In …«

»Wo, Mienchen?« Seine Stimme klang rau.

»In St. Petersburg. Erst als sie das Paket an den Beamten übergab und er es abstempelte, begriff ich, worum es sich dabei handeln müsse. Oh, Willi, ich fühle mich so dumm!« Der letzte Satz war etwas zu laut gewesen, sie senkte wieder ihre Stimme. »Das *können* ja nur die geheimen Pläne gewesen sein, oder was meinst du?«

Er nickte düster und seufzte. »Ja, das werden sie gewesen sein. Aber wieso habe ich sie nicht in ihrem Hotelzimmer gefunden?«

Sie schüttelte ratlos den Kopf. »Vermutlich hatten sie die Papiere hier auch in einem Schließfach aufbewahrt.«

Er fuhr sich übers Gesicht.

»Es tut mir so leid«, flüsterte sie. »Ich hätte es irgendwie verhindern müssen.«

Gryszinski strich ihr tröstend über die Hand. »Unsinn. Was hättest du denn tun sollen? Ihr das Paket entreißen und wegrennen?«

»Nun ja, das wäre doch eine Möglichkeit gewesen.« Sie musste lächeln, doch dann wurde sie wieder ernst. »Jetzt sind die Pläne außerhalb unserer Reichweite. Was machen wir jetzt?«

Gryszinski blickte zu den Baranoffs hinüber. Sie verabschiedeten sich gerade von ihrem Bekannten. »Ich weiß es nicht«, murmelte er, während die beiden sich ihnen wieder näherten. »Jetzt müssen wir vielleicht einfach abwarten, was weiter geschieht.«

31.

Paris, 1916

Wieder steht Fritz in der verdunkelten Straße im ersten Arrondissement und wartet darauf, dass ein bestimmtes Fenster sich öffnet. Heute Nacht zeigt sich der Mond in seiner vollen Form, und Fritz erkennt nicht nur die Umrisse des Hauses, sondern auch die Stuckarbeiten an der Fassade und sogar den Haken, an dem manchmal der Vogelkäfig hängt. Seine Gedanken rasen immer noch. Als sich der junge Mann im Café vorhin als der echte Jules Bassanet vorgestellt hat, als die Person, deren Identität er gestohlen hatte und unter deren Namen er nach Paris gereist ist, glaubte Fritz einen Moment lang, ohnmächtig zu werden.

»Freut mich ebenfalls«, hat er stattdessen gesagt und unauffällig Halt an der Tischplatte gesucht.

Arglos lächelte Bassanet. Sie wechselten ein paar freundliche Sätze, und kurz darauf hat sich der junge Journalist an Fritzens Tisch gesetzt. Wie schnell man doch eine nette Bekanntschaft machen kann. Selbst mit einer Person, von der man insgeheim angenommen hat, dass sie zu Tode gekommen ist, und zwar einfach nur, weil sie einem zufällig ähnlich sieht und man so unbehelligt die Fronten wechseln konnte. Fritz schüttelt immer noch ungläubig den Kopf. Auch wenn er natürlich erleichtert ist, dass niemand seinetwegen Bassanet ermordet hat, ist dieses ganze Zusammentreffen doch mehr als bizarr gewesen. Da saßen sie dann zusammen, die beiden hochgewachsenen Blondschöpfe, und kamen immer intensiver ins Gespräch.

Schließlich hat Bassanet ihm eine abenteuerliche Geschichte erzählt: wie er zur Front gereist ist, um eine hoffnungsfrohe patriotische Reportage über die französische Armee zu verfassen. Um dann direkt nach seiner Ankunft hinterrücks von einem Unbekannten niedergeschlagen zu werden. Als er wieder aufwachte, waren seine Hände und Füße gefesselt, und er musste zu seinem Grauen feststellen, dass er mitten auf dem Schlachtfeld lag, in einem tiefen Krater, den die feindliche Artillerie in den Boden gerissen hatte. Doch offenbar ist das Glück verzweifelt entschlossen, Bassanet treu zu bleiben, weshalb es ihm zu Hilfe eilte. Es kam in der unerwarteten Gestalt eines deutschen Gasangriffs. Als die weißen Nebel sich über das Terrain legten, sprang plötzlich eine weitere Person zu ihm in den Trichter. Ein unglaublicher Zufall wollte es, dass es sich dabei um einen alten Jugendfreund Bassanets handelte. Dieser Kamerad hatte wohl noch eine Gasmaske finden können, die er nun abwechselnd sich selbst und Bassanet anlegte, während er dessen Fesseln löste. Dann retteten sie sich, unsichtbar im Gas, auf eine kleine Anhöhe. Nachdem alles überstanden war, musste Bassanet allerdings feststellen, dass seine Papiere gestohlen waren. Und sein Freund erzählte ihm die noch absurdere Geschichte eines Doppelgängers, der sich als Jules Bassanet ausgegeben hatte, kurz bevor der Gasangriff losging.

»Das Ganze war mysteriös, und ich konnte nicht herausfinden, wer dieser andere war«, hat Bassanet erklärt, während Fritz ihm mit laut klopfendem Herzen zuhörte. »Doch zu meinem Glück konnte mein Freund für mich bürgen, so durfte ich relativ schnell wieder nach Paris zurückkehren.«

Fritz zuckt zusammen. Oben im ersten Stock öffnet sich

nun das erhoffte Fenster. Rotes Licht sickert in das blasse Blau des Mondes. Das Mädchen erscheint, den Vogelkäfig in der Hand, und öffnet das Türchen. Sofort flattert der kleine gelbe Vogel in die Nacht. Schnell zieht sich das Mädchen wieder in sein Zimmer zurück, will schon die Fensterläden schließen, da verharrt es auf einmal in der Bewegung. Fritz, der still und bewegungslos die Szene beobachtet hat, spürt plötzlich ihren Blick auf seiner Gestalt. Er wagt es nicht, sich zu rühren, ist nicht sicher, ob sie ihn wirklich sieht oder einfach nur in die Schatten starrt.

»Bonsoir!«, ruft sie da leise in seine Richtung. Und dann: »Warten Sie dort!« Hastig zieht sie die Läden zu, die Straße fällt in ihr Schwarzblau zurück.

Fritz ist wie erstarrt. Selbst wenn er fortlaufen wollte, er könnte es nicht, denn seine Füße scheinen am Boden zu kleben. Die Haustür gegenüber öffnet sich leise. Das Mädchen erscheint, zieht die Tür geräuschlos hinter sich zu und huscht über die Straße zu ihm hinüber. Er hat gedacht, sie sei klein und zierlich, doch als sie sich ihm nähert, sieht er, dass sie groß ist, schlank, aber nicht zerbrechlich. Sie wirkt stark, wie eine Kriegerin.

»Bonsoir«, sagt sie noch einmal, als sie vor ihm steht.

Fritz schluckt. *»Bonsoir«*, wiederholt er heiser.

»Sie waren schon einmal hier.« Keine Frage, sondern eine Feststellung. Sie betrachtet ihn neugierig. Ihr Französisch klingt wie das einer Pariserin, sie spricht lediglich einige Vokale kürzer, was ihren Sätzen eine unbekannte Melodie verleiht.

»Ähem, ja, das ist richtig.« Verlegen sieht Fritz auf seine Hände, während er sich stumm fragt, was aus seinem Gryszinski'schen Witz geworden ist, mit dem er zum Beispiel Ella aus München mühelos erobern konnte. Doch dieses Mädchen wirkt so selbstbewusst, so unbeeindruckt, dass sein gesamtes kommunikatives System zusammenbricht und nur noch reine Nervosität zurückbleibt.

»Warum kommen Sie immer wieder her?«

»Es ist … Ihr Kanarienvogel«, erklärt er kläglich. »Mir gefällt, wie Sie ihn freilassen.«

»Ach so. Mein Vogel gefällt Ihnen.« Sie lächelt.

Aus reiner Selbstachtung und dem Wunsch, nicht wie ein Schwachkopf dazustehen, fasst sich Fritz ein Herz und stößt feurig hervor: »Und Sie gefallen mir auch.« Er blickt zu Boden. Jetzt fühlt er sich doch wie ein Schwachkopf.

»Oh«, sagt sie.

Er sieht sie an und stellt zu seiner unaussprechlichen Freude fest, dass sie verlegen wirkt. Möglicherweise wird sie sogar rot, doch das lässt sich in der Dunkelheit nicht sicher ermitteln.

»Wie heißen Sie denn eigentlich?« Die Freude über das Kompliment schwingt in ihrer Stimme nach.

Ja, wie heißt er? Es wäre so schön, seinen echten Namen aus ihrem Mund zu hören, doch Fritz beherrscht sich. »Ich heiße Carl. Carl Steiner.«

»Carl?« Sie lächelt wieder. »Ich bin Mimi.«

Er grinst schief. »Und Ihr Vogel, wie heißt der?«

Sie muss lachen. »Ich nenne ihn Caruso, weil er so schön singt.« Dann: »Sie sind nicht von hier, oder?«

»Nein, das stimmt, ich bin Schweizer und beruflich in Paris. Und was ist mit Ihnen?«

»Mein Vater ist gebürtiger Pariser, doch er hat lange in Hanoi gelebt. Er hat die dortige Niederlassung der Banque de l'Indochine geleitet. Meine Mutter war Vietnamesin, ich bin dort geboren. Nach ihrem Tod wollte *Papa* unbedingt zurück nach Paris, deshalb sind wir kürzlich hergezogen.« Die letzten Worte klangen traurig.

»Und das, obwohl Krieg ist«, fügt er hinzu.

Sie nickt. »Genau, obwohl Krieg ist.«

Einen Moment lang schweigen sie einvernehmlich. Ein Geräusch dringt aus ihrem Haus, dann ist wieder alles still. Doch sie ist unruhig geworden. »Ich muss wieder hineingehen.«

»Ja, natürlich.« Fritz überlegt nur eine Sekunde. »Darf ich Sie wiedersehen?«

»Ja«, antwortet sie schlicht. »Kommen Sie übermorgen am Nachmittag her, um drei Uhr. Da ist mein Vater nicht da. Warten Sie genau hier. Um drei.«

Damit dreht sie sich weg, überquert lautlos die kleine Straße und ist kurz darauf wieder im Haus verschwunden, als wäre sie nie da gewesen. Fritz glaubt, ein leises Flattern zu hören. Caruso fliegt ganz in der Nähe durch die Nacht.

Wie in einem Wachtraum findet Fritz seinen Weg zurück ins Hotel und legt sich schlafen, auch wenn er kaum zur Ruhe kommt. Schon jetzt verflucht er die nächsten anderthalb Tage, die, so denkt er, in zäher Langsamkeit, gepaart mit einer quälenden Rastlosigkeit, vergehen werden.

Er ahnt noch nicht, welch kolossaler Irrtum das ist.

Die ersten Stunden des nächsten Tages folgen seinen üblichen Routinen, bis Fritz ins Café de Flore geht und dort schon wieder auf Jules Bassanet trifft. Der Reporter sitzt trotz des sonnigen Wetters an einem Ecktisch im Innenraum und kritzelt mit ungeduldiger Hand und ohne Pause in ein Notizbuch, was Fritz an seine Mutter denken lässt, die mit einer ähnlichen hingebungsvollen Brutalität jedwedes geduldige Papier traktiert. Noch hat Bassanet ihn nicht gesehen, Fritz könnte ihm unauffällig aus dem Weg gehen. Doch obwohl es ein Risiko ist, mag er diesen jungen Reporter, und die trübsinnige Aussicht, weitere Stunden mit einsamen und sehnsüchtigen Gedanken an Mimi zu verbringen, lässt Fritz an seinen Tisch treten.

»*Bonjour*. Störe ich Sie bei der Arbeit?«

Bassanet blickt auf und lächelt herzlich. »Monsieur Steiner! Ach, ich schreibe nur ein paar Gedanken nieder, und einer Pause bin ich nie abgeneigt. Setzen Sie sich doch bitte zu mir.« Noch während er spricht, schreibt er gleichzeitig einen Satz fertig und zieht irgendwie einen Stuhl heran.

Fritz nimmt dankbar Platz und bestellt nach kurzem Nachdenken für sich und Bassanet jeweils ein Bockbier. Das Getränk versetzt sie schnell in eine gelöste Stimmung. Bald plaudern sie angeregt über Zürich, Carl Steiners Geburtsstadt, die Bassanet so charmant findet. Fritz stellt bald fest, dass sein Gesprächspartner sich dort genauso schlecht auskennt wie er selbst, weshalb es ihm nicht schwerfällt, die Unterhaltung mit einigen lustigen Schweizer Anekdoten zu befeuern, die Bassanet sowieso nicht überprüfen kann. Sie reden nicht über den Krieg, als hätten sie sich vorher geeinigt, heute nur amüsante Themen zu berühren. Sie sind einfach Anfang zwanzig und müssen gerade in keinem Graben liegen, während die Leichen der Kameraden von oben herunterfallen. Ganz im Gegenteil, sie sitzen im Kaffeehaus und reden und lachen, wie man es tut, wenn das ganze herrliche Leben noch ein fließendes Konzept ist, das in goldenen Wellen das Ich umschwappt. So entsteht bald ein Gefühl freundlicher Vertrautheit, das auch Fritz warm umfängt, obwohl er doch die ganze Zeit vorgibt, ein anderer zu sein. In diesem Moment erscheint es ihm, als könne er alles sein, Fritz oder Carl, alles ist möglich.

»Carl, ich würde dir gern etwas zeigen. Noch heute Abend«, erklärt Bassanet nach vielen Stunden. Die Sonne steht schon tief. »Aber du musst Stillschweigen bewahren.«

»Versprochen! Was ist es denn?«, fragt Fritz neugierig.

»Ein Ort, den man nachts aufsuchen kann. Allerdings widersetzt man sich damit der Sperrstunde.«

»Dazu wäre ich bereit.« Fritz lächelt fein. »Nur meine neugierige Vermieterin, die müssten wir austricksen.« Er zieht seine Uhr. »Wie wäre es, wenn du hier kurz auf mich wartest? Ich bin in zwanzig Minuten zurück.«

Bassanet nickt. »Gut, das würde noch passen. Ich warte.«

Eilig läuft Fritz zu seinem Hotel und klingelt nach Madame Bernard, mit der er seine übliche Scharade aufführt. Er nimmt seinen Schlüssel, wünscht eine gute Nacht und fährt hoch in sein Zimmer. Oben wird ihm klar, dass er sich noch nie in der Helligkeit hinausgeschlichen hat. Um die scheppernden Geräusche des Fahrstuhls zu umgehen, schleicht er also die sechs Treppen zu Fuß hinunter und späht in den Empfangsraum. Madame scheint wieder in ihre Privatgemächer verschwunden zu sein. Schnell und auf Socken schleicht er zum Ausgang, blockiert mit gekonntem Griff die kleine Schelle am Eingang und schließt die Tür so leise es geht hinter sich. Unter den verwunderten Blicken einiger Passanten zieht er, glücklich entwischt, seine Schuhe wieder an und kehrt zurück zum Café de Flore. Bassanet erwartet ihn bereits an der Straßenecke.

»Na, dann los«, sagt er nur.

Während wieder die abendliche Rastlosigkeit einsetzt, alles sich beeilt, in die Häuser zu kommen, schlendern die beiden jungen Männer mit einem verwegenen Grinsen im Gesicht durch die Straßen. Auf einem der großen Boulevards bleibt Bassanet plötzlich stehen.

»Da sind wir.«

»Wo ist es denn?« Fritz sieht sich erstaunt um. Sie stehen vor einem der unscheinbaren Eingänge, die in eine der längst vergessenen Passagen führt. Die große, schwere Tür scheint fest verschlossen.

»Un moment«, murmelt Bassanet, tritt an die Tür heran und klopft. Dreimal kurz hintereinander, viermal mit

längeren Abständen. Ein Klopfzeichen. Jemand öffnet von innen. »Schnell, komm mit.«

Sie schlüpfen durch den offenen Türspalt. Die überdachte Ladenstraße liegt im rosafarbenen Schimmer der Abendsonne, deren Licht durch eine gläserne Kuppel fällt, die sich wie ein zweiter Himmel über die Passage spannt. Das Glas wurde schon sehr lang nicht mehr geputzt, und auf der Oberseite haben sich trockene Blätter gesammelt, sodass der gesamte lange Gang wie die Reflexion in einem blinden Spiegel wirkt. Fritz sieht sich um. Ein paar Männer huschen aus einem der Ladenlokale, vor die Schaufenster wurden Bretter genagelt. Er und Bassanet laufen tiefer in die Passage hinein, bis die kleine Straße einen Knick macht und sich zu einem Rondell öffnet. Ungläubig bleibt Fritz stehen und stößt einen überraschten Laut aus. Direkt vor ihnen steht ein riesiger Elefant.

»Was ... Wieso?« Fritz sieht genauer hin und muss lachen. Das riesenhafte Tier ist nicht echt, sondern eine Attrappe. Jetzt sieht er auch die Öffnung, die in einem der säulenartigen Beine des Tiers wie eine Wunde klafft. Im Dunkel des Körpers erahnt er die Umrisse einer Wendeltreppe. Auf dem Rücken des Elefanten sitzt eine Art kleiner Pavillon. Eine Erinnerung regt sich in ihm, eine Anekdote, die sein Vater ihm erzählt hat. »Ist das etwa der Elefant aus dem ehemaligen Garten des Moulin Rouge?«

Bassanet nickt anerkennend. »Du kennst dich aus! Nur noch wenige wissen von ihm. Und noch weniger Menschen wissen, dass es ihn immer noch gibt und er hier steht.« Er sieht Fritz an und grinst wieder. »Wollen wir?«

Langsam schieben sie sich die enge Wendeltreppe hinauf und halten sich dabei mit den Händen an den Innenwänden des Elefantenbeins fest. Schließlich öffnet sich der steile Aufgang, und sie gelangen in den Bauch der Kreatur. Fritz denkt wieder an die Geschichte von Pinocchio, der im Innern eines Riesenhais endlich seinen Vater wiederfindet. Einen Moment lang glaubt er, seinen eigenen Vater zu sehen, in den orientalischen roten Morgenmantel gehüllt und eine persische Opiumpfeife paffend. Aus der Pfeife wabert eine glitzernde Rauchwolke, auf der Gryszinski gemütlich sitzend im Raum schwebt. Fritz kneift die Augen zusammen, bis die Vision verschwunden ist. Die Luft im Elefantenbauch ist heiß und von verschiedenen Dämpfen durchzogen, die einem die Sinne benebeln. Überall blinken kleine Öllampen wie Glühwürmchen. Auf Diwanen und Sesseln sitzen mehrere Männer im Halbdunkel der Bauchhöhle, vor sich zierliche Tische, auf denen Absinth-Brunnen aus Kristallglas stehen.

Die beiden jungen Männer lassen sich auf einem Diwan nieder und versinken sofort in einem Ozean aus Kissen, mit brüchiger Seide bezogen. Bassanet nickt ein paar Herren zu, ansonsten bleibt jeder für sich. Die anderen Besucher sind entweder deutlich älter oder Invaliden mit Augenklappen und fehlenden Armen; melancholische Piraten, die mit leerem Blick auf die grüne Flüssigkeit in ihren Gläsern starren. Ein uralter Kellner bringt den giftgrünen Absinth, schenkt ihnen ein und platziert Löffel und Würfelzucker auf den Rändern ihrer Gläser. Sie drehen die Hähne ihrer Absinth-Fontäne auf und sehen zu, wie das Wasser langsam durch den Zucker tropft und Nebel in den Alkohol fällt, der allmählich milchig wird.

Der französische Reporter erhebt feierlich sein Glas: »Grüne Fee, *bienvenue*!«

Wieder denkt Fritz an seinen Vater, der Absinth niemals besonders mochte. Ihm geht es nicht anders, aber er möchte seinen neuen Freund nicht beleidigen, deshalb nippt er ein wenig, während Bassanet ziemlich bald einen Nachschlag ordert. Und dann noch einen. So entgleiten Gespräch und Kompagnon bald in einen Zustand traumreicher Schläfrigkeit, während Fritz, obwohl auch ihm etwas schwummrig ist, weiterhin voller Neugierde seine Umgebung beobachtet.

Viel geschieht zunächst nicht. Die anderen Gäste des Elefantenbauchs dämmern allmählich weg, liegen mit dem Kopf auf dem Tisch oder fallen einfach zur Seite auf die Diwane, die jeden tröstlich und weich auffangen. Im Hintergrund des Raums erkennt Fritz eine Stiege, die zu einer Öffnung in der Decke führt. Vermutlich befindet sich dort der Pavillon, der als Sattel auf dem Rücken des grauen Riesen sitzt. Auch dort tut sich lange Zeit nichts, bis plötzlich zwei Hosenbeine und schließlich eine ganze Gestalt sichtbar werden, die wie ein Schlafwandler die Leiter heruntergleitet. Fritz, der schon fast eingeschlafen war, setzt sich auf und betrachtet den Mann, der nun in leichter Schräglage durch den Raum läuft und einen Sessel in einer dunklen Ecke ansteuert, nicht weit von ihrem eigenen Platz entfernt. Der Unbekannte lässt sich mit einem Ausdruck unaussprechlicher Müdigkeit auf den Sitz fallen und bleibt dann aufrecht sitzen, die Augen halb geschlossen.

Fritz starrt den Mann an. Er spürt, wie seine Fingerspitzen zu kribbeln anfangen und eine unerträgliche Ruhelosigkeit in seinen gesamten Körper injiziert wird. Niemals zuvor ist er dem Fremden begegnet, doch seine Photographie hat er unzählige Male betrachtet. Und auch wenn die Zeit es nicht gut mit ihm gemeint hat, der Mann aufgedunsen ist und einen Ausdruck deutlicher Verbitterung trägt, so ist ein Irrtum doch ausgeschlossen.

Dort, in einer Ecke im Innern des Elefantenbauches, sitzt Henri Fouqué.

Der Mann, den sein Vater seit zwanzig Jahren sucht.

Während Fritzens Gedanken rasen, kippt Fouqués Kopf plötzlich nach vorn, und sein ganzer Oberkörper sackt zusammen, als hätte ihn in diesem Moment der Schlag getroffen. Ein lautstarkes Schnarchen kurz darauf beruhigt Fritz in dieser Hinsicht. Kerzengerade aufgerichtet thront er zwischen den Kissen und belauert den Franzosen, bereit, auf jede noch so kleine Bewegung zu reagieren.

Stunden vergehen, vielleicht sind es auch nur Minuten. Irgendwann schüttelt Fouqué sich, zieht stirnrunzelnd seine Taschenuhr. Dann erhebt er sich und geht auf steifen Beinen zum Ausgang. Fritz sieht zu Bassanet. Der schläft friedlich zusammengerollt zwischen den muffigen Kissen. Kurzentschlossen steht Fritz auf und folgt Fouqué, der bereits im Bein des Elefanten verschwindet. Wie blind tastet sich Fritz die dunkle Wendeltreppe hinunter und steht kurz darauf wieder in der Passage. Durch die schmutzige Kuppel fällt graues Licht. Der neue Tag ist angebrochen. Fouqué befindet sich bereits auf halbem Weg zu der schweren Tür, die nun verlassen vor ihnen liegt. Sie ist von innen mit einem Riegel verschlossen, den Fouqué rasch aufschiebt, bevor er ins Freie verschwindet. Fritz wartet kurz, dann tritt er ebenfalls auf den Boulevard hinaus. Als hätte Pinocchios Riesenhai ihn nach tagelangem Tauchgang ans Ufer gespuckt, fallen die Eindrücke eines hellen, geschäftigen Morgens über ihn her. Geblendet und verwirrt dreht Fritz den Kopf in alle Richtungen. Dann entdeckt er Fouqué, der eben an der nächsten Kreuzung in eine Seitenstraße einbiegt. Schnell überquert Fritz die Straße. Der Franzose läuft langsam, aber entschlossen. Offenbar hat er ein klares Ziel. Er bleibt nur einmal kurz stehen, um sich eine Zigarre anzuzünden, die er dann im Gehen raucht wie ein gemütlicher Flaneur.

Endlich gelangen sie in eine kleine Straße, die laut Straßenschild Rue Visconti heißt. Obwohl sie nur wenige Minuten vom Café de Flore entfernt sein können, ist Fritz die enge Straße noch nie aufgefallen, sie wirkt ähnlich vergessen wie die Passage mit dem Elefanten. Fouqué tritt in einen der Hauseingänge ein. Leise schleicht Fritz hinterher und sieht sich verstohlen um. Eine Concierge ist nirgends zu sehen, auch sonst ist die Straße menschenleer. Er blickt auf die Messingschilder, die neben den Klingeln angebracht sind. Auf einem angelaufenen Schildchen steht tatsächlich *Fouqué*. Die Tür ist unverschlossen. Fritz betritt ein düsteres Treppenhaus. Über ihm hört er Fouqués schwere Schritte auf den Stufen. So leise wie möglich geht er hinterher.

Im zweiten Stock verstummen die Schritte. Fritz steht ein halbes Stockwerk darunter und lugt vorsichtig übers Treppengeländer. Fouqué, der an diesem Morgen vermutlich sowieso nicht imstande ist, ein Schlüsselloch zu treffen, klingelt ungeduldig.

»Anne, ich bin es!«, ruft er und verlegt sich mit einem unwirschen Laut aufs Anklopfen. »Ich finde meinen Schlüssel nicht.«

Als er den Namen hört, erinnert sich Fritz, dass sein Vater damals Fouqués Schwester Anne besucht hatte. Das muss sie sein.

Kurz darauf öffnet eine unscheinbare Frau im Morgenmantel die Tür. Mit zusammengekniffenen Lippen tritt sie wortlos zur Seite und lässt Fouqué eintreten. Bevor dieser die Tür hinter sich zuschlägt, sieht Fritz gerade noch die ehemals prachtvollen Tapeten, auf denen lauter ausgeblichene Rechtecke von all den Gemälden zeugen, die hier einst hingen und nun verschwunden sind.

»Eins hat mich immer wieder beschäftigt«, hatte sein Vater regelmäßig an ihren Abenden mit den müden Mappen gesagt. »Anne Fouqué war eine alleinstehende Frau, die vermutlich keinen Liebhaber hatte. Auch sonst schienen keine Männer in ihrem Haushalt zu leben. Und dennoch roch es in ihrer Wohnung nach Zigarren.«

32.

Paris, 1896

Später am Abend nahmen die Gryszinskis und die Baranoffs eine Droschke mit einer gelben Laterne und fuhren ins neunte Arrondissement, um ein neues Restaurant zu besuchen, von dem Sergeij gehört hatte. Es lag unweit der Grands Boulevards und entpuppte sich als eine Art Bahnhofshalle, die im Stile des *Art Nouveau* mit viel Messing, dunklem Holz und Spiegeln eingerichtet war. Hohe Pfeiler stützten die stuckverzierten Plafonds, von denen golden glänzende Lüster mit milchig weißen Leuchtkugeln hingen. Den Hauptraum krönte eine gläserne Decke. An den Wänden waren überall Kästchen mit kleinen Schubladen angebracht, aus denen sich neu angekommene Gäste Besteck nahmen, das offenbar ihr eigenes war. Diese Gäste waren nicht alle elegant gekleidet, sondern sahen oftmals wie Arbeiter aus. Die Gerichte waren einfach und günstig.

»Eine demokratische Küche«, erklärte Gryszinski zufrieden. »Das erinnert mich an die bayerischen Wirtshäuser, wo die feinsten Damen zusammen mit den Bauern ihre Mass trinken.«

»Wirklich eine schöne Idee.« Nataliya sah sich strahlend in der glänzenden Halle um.

Ein Kellner in langer weißer Schürze und schwarzer Weste trat an ihren Platz und nahm ihre Bestellungen auf. Er notierte die Preise direkt auf das papierne Tischtuch und verschwand eilig wieder. Gryszinski fragte sich, ob die Baranoffs wohl auch hier anschreiben lassen würden.

»*Mon dieu*, Paris wird mir fehlen«, seufzte Nataliya und schloss mit einer Handbewegung die gesamte Szenerie ein.

Eine große Uhr war an einem überdimensionierten Spiegel angebracht, wie die Bahnhofsuhr in einer Wartehalle, die zur Abfahrt mahnt, unendlich reflektiert in den deckenhohen Spiegeln, mit denen die Wände gesäumt waren.

»Wieso? Werden Sie bald abreisen, meine Liebe?«, fragte Sophie. Gryszinski nahm einen nervösen Unterton in der Stimme seiner Frau wahr. Sie konnte sich offenbar nicht verzeihen, dass die Russin vor ihren Augen die gesuchten Pläne verschickt hatte.

»Sosehr wir es bedauern.« Sergeij nahm Nataliyas Hand. »Dringende Geschäfte machen es erforderlich, dass wir nach St. Petersburg reisen.«

Sophie trat Gryszinski unterm Tisch auf den Fuß. Nur mühsam konnte er einen reflexhaften Aufschrei verhindern.

»Tatsächlich? Wie schade«, sagte er stattdessen. »Und wann werden Sie aufbrechen?«

»Ach, mein Herz«, stieß Nataliya mit ihrer tiefen, gurrenden Stimme aus und drückte nun mit einem Ausdruck unendlicher Traurigkeit Sophies Hand. »Es ist furchtbar, aber wir werden bereits morgen abreisen. Mit dem neuen Nord-Express! Das wird sicherlich eine angenehme Reise, aber Sie werden uns sehr fehlen.«

Gryszinskis Fuß bekam den nächsten Tritt ab. Ganz und gar unnötig, denn er hatte seine Entscheidung bereits gefällt.

»Also das nenne ich nun aber einen ungeheuerlichen und sehr erfreulichen Zufall!«, rief er aus und legte in seine Stimme allen Enthusiasmus, zu dem er fähig war.

»Wie meinen?« Sergeij blinzelte irritiert.

»Nun, wir hatten ebenfalls geplant, mit dem Nord-Express gen St. Petersburg zu reisen. Tatsächlich wollten wir nächste Woche aufbrechen.« Er wandte sich an Sophie. »Was meinst du, Liebste, wollen wir unsere Pläne ein wenig ändern und ebenfalls morgen den Zug besteigen? Sicherlich kann das Hotel unsere Plätze noch umbuchen.«

Begeistert und ein wenig atemlos stimmte Sophie zu. Auch die Baranoffs schienen hocherfreut zu sein. Der Major war nicht sicher, ob die Russen einfach gute Schauspieler waren oder ob sie die Gryszinskis wirklich als ihre neuen besten Freunde betrachteten, mit denen sie gern eine luxuriöse Zugreise ins Russische Kaiserreich unternehmen wollten, deren Kosten wohl leider astronomisch ausfallen würden. Er tendierte immer mehr dazu, an Letzteres zu glauben.

Und so verließen Sophie und Wilhelm von Gryszinski Paris, die leuchtende Hauptstadt der Welt. Wehmütig dachten sie an ihr kleines München und vor allem an Fritzi, von dem sie sich nun noch weiter entfernten. Doch sie waren schon so weit gereist, dass eine Umkehr unmöglich war.

33.

Paris, 1916

Nach ein paar Stunden Schlaf spaziert Fritz über die Boulevards, um sich die Zeit zu vertreiben, bis es endlich drei Uhr ist und er Mimi treffen darf. Während er umherwandert, denkt er über Fouqué nach, dessen plötzliches Erscheinen letzte Nacht ihm immer noch unglaublich erscheint. Soll er heimlich vor dessen Hauseingang warten und beobachten, wo der Franzose hingeht?

Im Faubourg Saint-Germain taucht ständig der Eiffelturm zwischen den Häusern auf, lugt um die Ecken, reckt seine Spitze über die grauen Dächer, als würde er Fritz beschatten. Jules hat ihm erzählt, dass das französische Militär den Turm in Beschlag genommen hat und von dort oben die verschlüsselten Funksprüche der Deutschen abfängt. Seither kommt ihm der Turm bedrohlich vor, allwissend, argwöhnisch und konspirativ.

Endlich ist es drei. Schon seit einer halben Stunde umrundet Fritz die Kreuzung, von der Mimis Straße abgeht. Wie von ihr gewünscht, bezieht er beim dritten Schlag der Uhr seinen Posten auf der gegenüberliegenden Straßenseite. Carusos Käfig hängt an seinem Haken neben dem halb geöffneten Fenster. Der Vogel sitzt auf einer kleinen Schaukel und piepst fröhlich. Fritz denkt an Kandinskys singende kanariengelbe Briefkästen. Ihm ist plötzlich schlecht vor Aufregung. Da öffnet sich die Haustür.

»Kommen Sie herein, schnell!«, ruft eine Stimme. Fritzens Herz hüpft, als er Mimis kurze Vokale erkennt.

Ein kühles Treppenhaus umfängt ihn. Es riecht schwach nach Lavendel und erhitzter Butter. Suchend blickt er sich um, da steht sie auf einmal vor ihm. Ihre warme, aber trockene Hand greift nach seiner. Mimi zieht ihn eine Treppe hoch hinter sich her. An der Wohnungstür, die nur angelehnt ist, legt sie einen Finger an die Lippen.

»Die Köchin ist noch da«, flüstert sie. »Aber sie müsste gleich durch den Hinterausgang gehen.«

Angestrengt lauschen sie beide, wobei Fritz nur sein Blut hört, das wahnwitzig schnell seinen Körper durchrauscht. Schließlich wird irgendwo in der Wohnung eine Tür zugezogen.

Mimi lächelt. »Jetzt sind wir allein.«

Sie sagt es leichtfertig, doch Fritz meint ein Zittern in ihrer Stimme zu hören. Ihm ist selbst nicht wohl dabei, als sie einen hohen Korridor durchschreiten, dessen Wände mit seidenen Tapeten bedeckt sind. Ein junges Mädchen, das ganz allein einen nahezu fremden jungen Mann empfängt, damit kann sie sich furchtbar kompromittieren.

»Mimi.« Vorsichtig hält er sie am Arm fest. »Sollten wir nicht lieber ein wenig spazieren gehen?«

Endlich bleibt sie stehen und dreht sich zu ihm um. Sollte sie eben noch nervös gewesen sein, so merkt man ihr jetzt nichts mehr davon an. »Nein, ich möchte es so«, gibt sie schlicht zurück.

Damit wendet sie sich wieder ab und geht weiter voran. Nach kurzem Zögern folgt er ihr durch die Räume des hochherrschaftlichen *appartements*, das in jeder Ecke vom Fernweh seiner Bewohner zeugt. Westliche Möbel vereinen sich mit fernöstlichen Stücken. In einer haushohen, schwarz lackierten Vitrine schimmern unzählige silberne Vasen. Ein anderer Raum ist belagert von Orchideen, die so schön sind, dass sie ihm künstlich erscheinen. Sie stehen überall: auf Tischen, Fensterbänken, Kommoden und Kaminsimsen. Fritz ist überwältigt und auf diffuse Art verlegen ob der feurigen, prachtvollen Farben, die in Klecksen, Streifen und Tupfern die Blüten bedecken. Sie sind wie Hüte und Röcke geformt. In lockenden Formationen hängen sie an den langen Stielen und blicken ihm herausfordernd hinterher.

Schließlich öffnet Mimi die Tür zu ihrem Zimmer. Fritz kann Caruso vorm Fenster zwitschern hören. Die Vorhänge bewegen sich sachte im Wind und verbergen die Außenwelt vor ihren Blicken. Er fühlt sich wie in einer roten Schachtel, deren Innenwände mit Seide gepolstert sind. Ein Schmuckkästchen, fest verschlossen, und Mimi ist die anmutige Figur, die sich zu einer mechanischen Melodie dreht, sobald das Kästchen geöffnet wird. Er schüttelt sich. Was für seltsame Gedanken scheinen dieser Umgebung zu entspringen, die ihm irgendwie unnatürlich vorkommt, wie eine Inszenierung.

»Was ist?« Sie betrachtet ihn aufmerksam.

»Ich weiß auch nicht«, sagt er langsam. »Vielleicht kommt es mir einfach nur so unwirklich vor, dass wir jetzt hier sind.«

Sie nickt. »Das verstehe ich, mir geht es ebenso. Mein ganzes bisheriges Leben in Paris erscheint mir unwirklich.« Sie setzt sich auf einen kleinen Sessel und zeigt auf das passende Gegenstück zu ihrer Linken. Während er Platz nimmt, erklärt sie: »Aber es ist schön, dass du mich hier besuchst.«

Die vertrauliche Anrede entgeht ihm nicht. Er sieht sie an, und eine Flut der Möglichkeiten bestürmt ihn. Zudem hat er plötzlich das deutliche Gefühl, sie bereits wirklich zu kennen, als sei Mimi ein gefälliges Spiegelbild seiner selbst. Ein heißes Glücksgefühl durchströmt ihn, als er kurz die Augen schließt und sich in diesen Kokon herrlichster Selbsttäuschung sinken lässt. Wieder spürt er ihre Hand in seiner. Diesmal zieht er einfach ein bisschen, bis sie lachend aufsteht und sich neben ihn auf seinen kleinen Sessel zwängt.

»Und jetzt?« Sie lächelt. »*Mon* Carl.«

Sobald sein falscher Name so zärtlich aus ihrem Mund erklingt, brechen bei Fritz alle Dämme. Er ist ja nicht er selbst, und paradoxerweise kann er dadurch noch viel mehr er selbst sein – frei von Konventionen, Bedenken, Zaudern, diesen Wackersteinen, die dank seiner Herkunft normalerweise als Hindernisse auf seinem Weg zu dem liegen würden, was er als Nächstes tut.

Er streicht über Mimis Wange, greift dann in ihr Haar, es fühlt sich kühl und schwer an. Dann küsst er sie, selbst ganz fassungslos, dass er über solche Dreistigkeit verfügt. Momente später erwidert sie seinen Kuss. Er fährt mit der Hand tiefer, zieht sie eng an sich. Mit der anderen Hand umfasst er ihren Hals, er drückt sogar ein wenig zu, was sie mit einem heftigen Atmen quittiert. Überwältigt umschlingt er sie, streichelt ihr Haar, ihren Nacken.

»Oh Liebster«, murmelt sie.

Das missfällt ihm. Es klingt wie aus einem abgedroschenen Roman. Auf einmal kommt ihm die ganze Situation wieder unnatürlich vor. Während er sie weiter liebkost, durchfährt es ihn eiskalt: Was, wenn sie auf ihn angesetzt wurde? Ihn, den feindlichen Spitzel, zurückbespitzeln soll? Warum sonst sollte ein Mädchen aus gutem Hause ihn hier einfach so allein empfangen? Alles in ihm erlischt. Er rückt von ihr ab.

»Was ist denn?«, fragt sie erschrocken.

Durchdringend starrt er ihr in die Augen, bis sie verwirrt zu Boden blickt. Das scheint ihm Beweis genug. »Wer bist du wirklich?«, stößt Fritz hervor. Sein Gesicht fühlt sich heiß vor Demütigung an.

»Wieso? Ich … bin Mimi.«

»Wer hat dich geschickt?«

»Niemand! Liebster, was soll …« Ihr flehender Ausdruck schlägt plötzlich ins Misstrauische um. »Was soll das? Wer bist *du* denn?«

Wütend und gleichzeitig verzweifelt blickt Fritz sie an. Dann springt er auf und flieht. Sprintet durch den irrsinnig langen Korridor. Ein letzter Blick auf die ordinären Orchideen, dann ist er draußen und rennt. Er spürt die argwöhnischen Blicke des riesigen Turms im Rücken.

Fritz kehrt in sein Hotel zurück, obwohl er nicht mehr sicher ist, inwieweit er Madame Bernard trauen kann. Oben in seiner Drachenkammer kriecht er in sein Bett und zieht sich die Decke über den Kopf. Er sehnt sich nach seiner Mutter, die ihm nun zärtlich das Haar zerzausen würde, mit der ihr eigenen milden Ironie, die alles relativiert. Irgendwann besinnt er sich. Egal, was jetzt noch geschieht, zumindest kann er etwas Wichtiges für seinen Vater tun.

Stunden später sitzt Fritz wieder im Bauch des Elefanten. Er ist Fouqué hierher gefolgt, nachdem er eine Weile vor dem Haus in der Rue Visconti gewartet hat. Offenbar wohnt Fouqué wirklich bei seiner Schwester, hat sich dort wahrscheinlich auch schon versteckt, als sein Vater vor zwanzig Jahren bei ihr vorgesprochen hat. Madame Bernard hat Fritz bereits am Nachmittag erklärt, dass er heute bei einem Kollegen nächtigen werde. Es war ihr deutlich anzusehen, dass sie ihm nicht glaubte, aber das ist ihm mittlerweile egal. Nun sind sie wieder hier in dieser obskuren Schenke, in der Fouqué wohl Stammgast ist. Fritz beobachtet den Franzosen, der seinen Absinth-Brunnen heute in hoher Frequenz zum Einsatz bringt. Eine gewisse Schieflage des einstigen Diplomaten sagt ihm, dass er, sofern er Fouqué an diesem Abend noch ansprechen will, dieses bald tun sollte. Denn dafür hat Fritz sich entschieden. Kein stummes Beobachten mehr, er will konkrete Antworten haben.

»Bonsoir, Monsieur Fouqué.« Fritz hat sich direkt vor das kleine Tischchen gestellt, an dem Fouqué mehr hängt als sitzt. Er mustert den Franzosen streng.

Der blinzelt verwirrt. »*Bonsoir.* Kennen wir uns?« Fouqués Stimme klingt klarer und fester als gedacht.

»Nicht direkt. Darf ich mich setzen?«

»Na gut«, gibt Fouqué zögerlich zurück, während Fritz bereits einen Stuhl herangezogen hat und sich ihm gegenüber postiert.

Einen Moment lang schweigen sie einander an, dann ergreift Fritz das Wort. »Vor zwanzig Jahren waren Sie in München und sind dort spurlos verschwunden. Mein Vater war der zuständige Ermittler der Königlichen Polizeidirektion und hat jahrelang nach Ihnen gesucht.«

»Dann sind Sie also Deutscher.« Fouqué sieht ihn verschlagen an.

Fritz kann sehen, wie es in dem Mann arbeitet, wie er mitleidslos berechnet, welchen Vorteil er aus der Tatsache schlagen könnte, dass sein Gegenüber etwas zu verbergen hat. Der ehemalige Diplomat hat nichts mehr von seiner früheren eleganten Erscheinung. Er ist eine verkrachte Existenz, dessen Gesicht von Trunksucht und Groll gezeichnet ist, aber offenbar weiß er zu überleben. Doch auch Fritz hat mittlerweile gelernt, wie man sich selbst behauptet. »Und Sie haben Ihre glänzende Position über Nacht weggeworfen und verstecken sich seit zwei Jahrzehnten bei Ihrer Schwester. Vermutlich haben Sie schlimmere Geheimnisse als lediglich einen falschen Pass«, gibt er kühl zurück.

Wieder blinzelt Fouqué. Dann nimmt er mit einer Geste der Resignation einen tiefen Schluck Absinth. »Was wollen Sie also?«

»Ich will wissen, was damals passiert ist.«

Seufzend schraubt Fouqué am Hahn seiner Absinth-Fontäne herum und lässt weitere Tropfen in sein Getränk rieseln. »Ich hatte ziemliche Scherereien. Da musste ich untertauchen.«

»Scherereien mit dem Erfinder Alfons Hummert?« Fritz denkt an den blutigen Fingerabdruck in Hummerts Haus und sieht ihn gespannt an, doch Fouqué schüttelt unwirsch den Kopf.

»Nein, nicht so.« Er schüttelt noch einmal den Kopf, als wolle er das Thema schnellstmöglich in eine andere Richtung wenden. »Aber Hummert war nervös und sehr verärgert, weil diese verdammten Russen seine Pläne aus meinem Hotelzimmer geklaut hatten.«

»Die Baranoffs.« Fritz spürt, wie sein Herz heftig pocht.

»Ja, genau die. Diese verdammten Betrüger. Vor allem die Frau war eine durchtriebene Schlange. Sie haben mich ausspioniert und beklaut. Und als sie begriffen haben, dass meine Pläne nicht vollständig waren, sind sie wohl auch noch bei Hummert eingestiegen. Bis heute weiß ich nicht, ob sie die kompletten Unterlagen bekommen haben. Und ob Hummerts Erfindung nun eigentlich funktioniert oder nicht.«

Fritz wundert sich. Er ist bisher davon ausgegangen, dass dieser Punkt klar wäre. »Aber wenn sie funktionieren würde«, sagt er stirnrunzelnd, »wäre sie doch schon längst eingesetzt worden.«

Plötzlich wirkt Fouqué sturzbetrunken. Er sackt in sich zusammen und presst die Hände aufs Gesicht. So verharrt er eine Weile, bis Fritz schon glaubt, dass er eingeschlafen sei. Doch dann zieht der Franzose seine Hände wieder weg und starrt ihn an, so durchdringend, dass Fritz plötzlich fürchtet, der andere könne ihm Gewalt antun. Fouqué setzt sich wieder auf. Düster hebt er einen Finger. »Woher wissen Sie, dass sie nicht eingesetzt wird?«

»Ich dachte ...«

»Nein!« Fouqué deutet mit dem Finger auf ihn. »Seit dieser verdammten Zeit in München beobachte ich das Weltgeschehen und frage mich, ob Hummerts Erfindung realisiert worden ist. Und noch etwas: Ich habe sie Jahre später wieder gesehen.«

»Wen? Nataliya Baranoff?«

»Genau die. 1905 war ich einige Wochen lang in Berlin. Da habe ich sie gesehen, aufgedonnert und unverschämt wie eh und je. Saß im Hotel Bristol mit einem damals noch unbekannten Studenten, der aber immer schon große Pläne hatte.«

»Und wer war das?«

Ein nahezu diabolisches Grinsen fährt über Fouqués unansehnliches Gesicht. »Dragutin Dimitrijević, der Begründer der *Schwarzen Hand*.«

»Die Terrororganisation?«, ruft Fritz erschrocken aus. »Die für das Attentat von Sarajevo verantwortlich ist?«

»Genau die. Der wir also genau genommen diesen ganzen herrlichen Krieg verdanken, in dem wir uns wunderbarerweise immer noch befinden«, erklärt Fouqué sarkastisch. »Man weiß es ja nicht. Aber Dimitrijević wäre wirklich die letzte Person, die über eine derart machtvolle Waffe verfügen sollte. Wenn sie denn wirklich funktioniert. Was ich persönlich übrigens glaube.« Fritz reibt sich übers Gesicht, versucht Klarheit zu bewahren. Doch Fouqué ist noch nicht fertig. Er findet wohl Gefallen an dieser Offenbarung, hier im schummrigen Dunst der Elefantenhöhle. »Wissen Sie, warum ich das glaube?«, fragt er.

»Warum?«

»Letztes Jahr. Der Untergang der *Lusitania*.«

»Was ist damit?«

»Nun, die Deutschen haben diesen britischen Luxusdampfer einfach versenkt, nicht wahr. Mehr als tausend Menschen sind jämmerlich ertrunken, hauptsächlich Zivilisten.«

»Ja, ich weiß«, gibt Fritz zurück. »Doch mehrere hochrangige deutsche Generäle haben ausgesagt, aus sicherer Quelle zu wissen, dass das Schiff mit montierten Kanonen ausgestattet und deshalb als Kriegsschiff anzusehen war.«

»Zwölf montierte Kanonen, um genau zu sein.« Fouqué lehnt sich selbstzufrieden zurück. Er macht eine ausladende Handbewegung, die den gesamten Raum umschließt. »Wissen Sie, Nacht für Nacht kommen alle möglichen Leute hierher, um zu vergessen. Meistens bleibt man für sich, aber manchmal kommt man doch ins Gespräch. Und wenn man erst einmal angefangen hat, bringt die grüne Fee einen dazu, immer weiterzureden.« Er dreht sein Glas in der Hand und nimmt einen weiteren tiefen Schluck. »Auf diesem Wege habe ich einiges erfahren. Auf dem deutschen U-Boot, das die *Lusitania* versenkt hat, schwört man, dass in dem verschlüsselten Funkspruch, der vom Festland abgesetzt wurde, von zwölf Geschützen die Rede war. Auf diese Nachricht hin wurde der Befehl zum Schuss gegeben. Doch der betreffende Funker, von dem die Botschaft stammte, schwört genauso zweifelsfrei, dass er nicht den Code für *zwölf*, sondern für *null* gemorst hat.« Der Franzose lehnt sich zurück und betrachtet Fritz, der ihm mit einem steigenden Gefühl der Panik lauscht. Langsam, als würde er seine Beute nicht verscheuchen wollen, bewegt Fouqué seinen Oberkörper wieder vor. Er stiert Fritz unverwandt an, bevor er ausspricht, was Fritz bereits befürchtet hat: »Nun muss man sich wohl fragen, ob dieser sehr entscheidende Funkspruch, dieser eine ganz entscheidende Code, der für eine einzige, aber doch so lebenswichtige Zahl steht, möglicherweise manipuliert wurde. Von einer geheimen Technik, die falsche Meldungen erzeugt. Zum Beispiel so eine, die mehr als tausend Menschen das Leben kostet.«

Fritz atmet tief durch. Wenn das alles wirklich stimmt, wird sein Vater sich niemals verzeihen, dass er die Pläne damals nicht an sich hat bringen können. Er denkt an den Beginn seiner Mission, wieso er hier in Paris gelandet ist und wie merkwürdig es ist, dass sich die verschiedenen Geschichten hier, im Bauch der Kreatur, miteinander verspinnen. Vielleicht fragt er deswegen: »Erinnern Sie sich eigentlich noch an General Bocksnick? Das heißt, damals war er noch Major.«

Es ist schwer, jede Gesichtsregung in dem schummrigen Licht der Öllämpchen wahrzunehmen, aber Fritz meint, dass der Blick des Franzosen einen Moment lang flackert, bevor er wieder einen neutralen Ausdruck annimmt.

»Wer?«, fragt Fouqué.

»Der deutsche Major, den das Auswärtige Amt Ihnen aus Berlin mitgeschickt hatte, als Begleitung.«

»Ach, der.« Fouqué schnaubt. »Als Begleitung, so sagte man, aber der sollte mich ganz klar im Auge behalten.« Er kichert, was recht deplatziert wirkt. »Dem bin ich einige Male entwischt, bevor ich ein paar amüsantere Festivitäten aufgesucht habe als die ewigen Diplomatenempfänge, die ich damals ständig über mich ergehen lassen musste.«

Fritz betrachtet den Franzosen forschend. Der wirkt nach dem kurzen Moment der Irritation wieder recht gleichmütig und winkt dem uralten Kellner, dessen ganze Gestalt selbst an einen müden Elefanten erinnert, nach einer weiteren Karaffe Absinth. Als diese serviert wird, schenkt Fouqué sich großzügig ein und sieht mit zunehmend glasigem Blick zu, wie das Wasser durch den Zucker in die grüne Flüssigkeit tropft. Fritz bietet er nichts an. Sobald er mit der Mischung zufrieden ist, nimmt Fouqué seufzend das Glas in die Hand und schüttet mit einer Geste der Selbstverachtung den gesamten Inhalt in sich hinein, wie Gift. Fritz keucht erschrocken auf.

»Und nun wird geschlafen«, murmelt Fouqué, bevor er zur Seite fällt und augenblicklich das Bewusstsein verliert.

Irgendwann läutet der Kellner ein Glöckchen und gibt damit das Zeichen, dass der Tag anbricht und die Sperrstunde damit beendet ist. Fritz, der wach auf einem Diwan gelegen und den schnarchenden Fouqué beobachtet hat, rappelt sich auf und geht. Die Straßen sind noch leer, die Stadt blaugrau, als hätte man ihr die Farben entzogen. Unendlich müde und deprimiert läuft er zu seinem Hotel. Von Madame Bernard ist nichts zu sehen, also nimmt sich Fritz selbst seinen Schlüssel vom Haken. Er macht sich nicht mehr die Mühe, geräuschlos durchs Haus zu schleichen, sondern besteigt den laut rumpelnden Aufzug in sein Zimmer unterm Dach. Als er die Tür zu seiner Kammer aufstößt, erstarrt er.

Auf seinem Bett sitzt ein fremder Mann.

»Friedrich von Gryszinski«, empfängt der Mann ihn spöttisch. »Schön, dass Sie es einrichten konnten.« Er trägt einen Sommermantel und hat seinen Hut aufgelassen, wie jemand, der so schnell wie möglich wieder verschwinden will. »Ich warte schon die ganze Nacht auf Sie«, fügt der Fremde verärgert hinzu. Er sächselt stark. Seine Kleidung ist allerdings elegant wie die eines Pariser Geschäftsmanns.

»Das tut mir leid.« Fritz schließt die Tür hinter sich und tritt einen kleinen Schritt näher. »Ich warte allerdings schon seit Wochen auf Sie«, wagt er hinzuzufügen.

Der andere schüttelt nur den Kopf. »Das kann passieren, Berufsrisiko. Die Zeit für Ihre Mission war noch nicht reif. Aber jetzt ist es so weit.«

Der Mann zieht einen versiegelten Umschlag aus der Innentasche seines dünnen Mantels und reicht ihn an Fritz weiter. Ein Umschlag aus dickem Papier, das Wachs leuchtend rot, der Abdruck darin stammt von einem Siegel mit kyrillischen Zeichen, die Fritz nichts sagen.

»Hören Sie mir jetzt genau zu.« Der Mann steht auf und hebt wie zur Warnung die Hand. »Sie werden diesen Brief mit Ihrem Leben beschützen. Unter keinen Umständen, *niemals*, werden Sie diesen Brief öffnen. Sie reisen noch heute ab, um ihn zu überbringen. Am Bestimmungsort werden Sie genauestens meinen Anweisungen folgen, die ich Ihnen gleich geben werde.«

Fritz nickt, während die Fragen durch seinen Kopf wirbeln. Er stellt nur die wichtigste: »Wohin soll ich den Brief bringen?«

Der Mann neigt den Kopf zur Seite und betrachtet Fritz genau, offenbar gespannt auf dessen Reaktion. »Sie reisen heute in jene Stadt, in der es derzeit vor feindlichen Spionen nur so wimmelt, so sagt man. Sie, Leutnant Gryszinski, reisen nach St. Petersburg.« Er lacht leise, als Fritz erblasst. »Oder nach Petrograd, wie sie es heute nennen.«

Dritter Teil: Übergänge

34.

Zwischen Paris und Lüttich, 1896

Gryszinski hatte es sich in einem Sessel im Stile Chesterfields gemütlich gemacht und sinnierte nicht allzu ernst über die Themen Reisen und Komfort. Dabei nippte er an einem Tee, der einen angenehm rauchigen Duft verströmte. Sein Sessel war mit cognacbraunem Leder bezogen, das wiederum noch neu und herb roch – der Nord-Express hatte seine Jungfernfahrt erst wenige Wochen zuvor erlebt, und es würde wohl noch die sich wohlig einschmiegenden Körper einiger Reisender brauchen, um dem Sessel eine ordentliche Patina zu verleihen. Je bequemer und salonartiger man saß, so konstatierte Gryszinski, desto weniger bemerkte man, mit welch immenser Geschwindigkeit der Körper durch den Raum reiste. Er blickte hinaus, wo die gesamte Landschaft in Bewegung geraten war. Sie flog vorbei, faltete sich zusammen und ruckelte heftig, doch er war in seine behagliche Wolke aus Tee, Kissen und wohlriechendem Leder eingemummelt. Zudem hatte man den Gepäckwagen mit Bedacht zwischen Lokomotive und Salonwagen platziert, um den Krach des dampfschnaubenden Eisenkolosses da vorne so weit wie möglich zu minimieren. Dieser Gepäckwagen war zum Bersten mit Koffern und Schachteln vollgestopft, dazu kamen einige Zwinger, in denen die wertvollen Rassehunde einer mitreisenden Herzogin ausharrten, bestens versorgt und bewacht von einem ihrer Kammerdiener.

Mit einem Glücksseufzer zog der Major eine Zigarre hervor. Sofort war der Oberkellner zur Stelle, ein gut aussehender junger Mann namens Pierre, der ihm ein schlankes Zigarrenmesser reichte und schon die Streichhölzer parat hielt.

»*Merci*, Pierre«, sagte Gryszinski, sobald die zeremonielle Entzündung der Zigarre vollbracht war.

»Sehr gern geschehen, Herr Major«, gab Pierre auf Deutsch zurück.

Gryszinski betrachtete ihn erstaunt. Er hatte den Kellner zuvor bereits fließend Französisch und Englisch sprechen hören. »Sie sprechen auch Deutsch?«

Pierre lächelte. »Das ist Grundbedingung der CIWL-Gesellschaft, um als Oberkellner in ihrem Speisewagen arbeiten zu dürfen.«

»Und wo sind Sie geboren?«, fragte Gryszinski interessiert weiter.

»Ich bin Belgier, Monsieur.« Der Kellner zwinkerte verschmitzt. »Eine weitere Dienstvorschrift für den Nord-Express, der ja hauptsächlich durch belgisches und preußisches Gebiet fährt: Das Personal des Speisewagens muss belgisch sein, die Mitarbeiter der Schlafwagen dagegen deutsch.« Angemessen hochmütig fügte er hinzu: »Die deutschen Kondukteure übrigens müssen neben ihrer Muttersprache nur noch fließend Französisch, aber dafür lediglich ein wenig Englisch sprechen können.«

»Ach was! Und der Zugführer und der Heizer?«

»Deutsche. Meines Wissens ohne weitere besondere Sprachkenntnisse.« Der schicke Oberkellner, der sich vermutlich, wäre er in andere Verhältnisse hineingeboren worden, auch gut auf diplomatischem Parkett gemacht hätte, rümpfte eine Sekunde lang die Nase. Vermutlich rangierte jenes Personal, das keinen Kontakt zu den vornehmen Gästen pflegte, in der Hierarchie der Zugbediensteten ziemlich weit unten. Vielleicht war es ihm auch einfach ein wenig unbehaglich unter so vielen Deutschen, die seine belgische Speisewagen-Insel umzingelten.

Gryszinski ließ sich noch tiefer in seinen Sessel fallen. Das versprach ja alles recht unterhaltsam zu werden. Pierre eilte weiter zu einem nächsten Gast, während der Major sich den Speisewagen genauer besah. Zu dieser Uhrzeit – es war früher Nachmittag, sie hatten Paris vor etwa einer Stunde verlassen – waren die Tische für den Nachmittagstee eingedeckt. Zuckerdosen und Kannen aus schwerem Silber standen fest auf den schmalen Tischen aus Mahagoni, das auf Hochglanz poliert war. Aus der unsichtbaren Küche wehte ein Duft nach Frischgebackenem. Gryszinski hatte bereits in Erfahrung gebracht, dass die gesamten Mahlzeiten auf einem kohlegefeuerten Herd zubereitet wurden, weshalb die Bordküche rauchte und zischte wie eine zweite Lok. Die Ledersessel waren so um die Tische gruppiert, dass man entweder zu zweit oder zu viert in dem fahrenden Salon speisen konnte. Eine reich mit floralen Malereien verzierte Decke krönte den lang gezogenen Raum, der in dem ständig wechselnden Einfall des Sonnenlichts golden flirrte. Ihre elegante Kapsel atmete eine Stille und Intimität, die sich beruhigend mit dem gleichmäßigen Rhythmus der fahrenden Eisenbahn verband. Dabei wimmelte es in diesem Zug vor Personal. Wenn Gryszinski richtig gezählt hatte, so betreuten acht Kondukteure die vier Schlafwagen. Sie waren, soweit er das überblickte, für alle persönlichen Belange der Reisenden zuständig und standen permanent auf Abruf. Dazu kamen der wortgewandte Pierre und noch ein zweiter Kellner, der von Ersterem ständig herumgescheucht wurde. Küchenpersonal, Zugführer, Heizer, und beim Einsteigen in Paris hatte er auch noch mindestens zwei Gepäckwagendiener gesehen. Doch wie es sich für das Personal eines luxuriösen Etablissements gehörte, blieb es weitgehend unsichtbar und sprang nur wie ein geschmeidiger Schachtelteufel aus dem Nichts, sobald man läutete oder einfach die Hand hob.

Gryszinski nippte wieder an seinem Tee, der auch lauwarm noch exquisit schmeckte. Sophie hatte sich in ihr gemeinsames Abteil zurückgezogen, das ihrem eleganten Zimmer im Lazun nicht unähnlich war, um sich ein wenig frisch zu machen. Auch Nataliya war nicht zu sehen. Dafür saß Sergeij am anderen Ende des Wagens im Gespräch mit einem englischen Lord. Dieser hatte doch tatsächlich, als sei er der exzentrische Protagonist eines ästhetizistischen Romans, eine Schildkröte auf dem Schoß, deren Panzer vergoldet und mit Edelsteinen bestückt war. Gryszinski hatte mitbekommen, wie der zuständige Kondukteur sehr höflich, aber dennoch mit sorgenvoll verzogenem Gesicht auf den Engländer eingeredet hatte. Vermutlich – und völlig zu Recht – fürchtete er Schwierigkeiten beim Zoll an den verschiedenen Grenzübergängen, die sie würden passieren müssen. Doch der Lord hatte nur ungeduldig abgewunken. Auch wenn es vielleicht nicht ganz seinem Status als Vertreter einer Staatsmacht angemessen war, so freute Gryszinski sich doch schon insgeheim auf das Gesicht der belgischen Zollbeamten.

Wieder blickte er aus dem Fenster. Dass sie nun gen St. Petersburg reisen würden, hatte er Welser noch telegraphiert, begleitet von der kryptisch verkürzten Information, dass er die *pläne dort sichern* könne. Doch sie waren zu eilig aufgebrochen, um eine Antwort abwarten zu können. Der Nord-Express fuhr nur einmal in der Woche, daher war es aus Gryszinskis Sicht unumgänglich gewesen, diese einmalige Gelegenheit, weiter an den Baranoffs dranzubleiben, beherzt zu ergreifen.

Er war so entschlossen gewesen, dass sogar eine Nachricht Eberles, die ihn erreicht hatte, als ihre Koffer bereits auf dem Weg zum Bahnhof waren und sie nur noch auf ihre Droschke warteten, ihn höchstens kurz hatte zögern lassen. Sein Wachtmeister hatte ihn über eine weitere Spur im Mordfall Hummert in Kenntnis gesetzt, die in eine gänzlich andere Richtung führte. Offenbar hatte der Erfinder ein Verhältnis mit einem Frauenzimmer unterhalten, mit dem er in üblen Streit geraten war. Laut Eberle befanden sich am Tatort einige Indizien, die auf die Anwesenheit besagter Dame hinwiesen, außerdem hatte die Verdächtige am Tag vor dem Mord wohl noch im Hofbräuhaus einen ganzen Tisch damit unterhalten, unflätige und aggressive Äußerungen zur Person Hummerts zum Besten zu geben.

Gryszinski seufzte. Aus der Ferne ließen sich diese Dinge natürlich schwer beurteilen. Er war nicht sicher, ob er noch die richtige Spur verfolgte. Oder ob die Dinge ihm durch seine lange Abwesenheit entglitten und er sich hier, während er immer weiter Richtung Osten raste, in dieser Ermittlung verlor.

Nun nickte Sergeij dem Engländer und seiner veredelten Schildkröte herzlich zu, erhob sich und lief langsam zu Gryszinski herüber, während er die Arme leicht ausstreckte und sich hin und wieder an den Lehnen der Sessel festhielt, um die Schwankungen des Zuges auszubalancieren.

»Mein Freund«, sagte der Russe überschwänglich, als er bei Gryszinski angelangt war. »Du siehst so philosophisch aus. Darf ich dir dennoch Gesellschaft leisten?«

Der Major lachte und wies dabei einladend auf den Sessel ihm gegenüber. »Philosophisch wäre wirklich zu hoch gegriffen. Ich lasse eher meine Gedanken schweifen, so zufällig und rasch, wie unser rollender Salon hier sich voranbewegt. Wie wäre es mit einem Tee?«

»Gerne, gerne.« Sergeij setzte sich schwungvoll. Gryszinski fiel auf, dass der Russe auch in der sitzenden Position in Bewegung blieb. Seine Füße wippten auf und ab, er saß gerade aufgerichtet, als würde er zum Sprung ansetzen, und ließ die Blicke schweifen. Dabei wirkte er nicht nervös, eher wie ein aufgeregtes Kind, das alles aufsaugen und nichts verpassen will. »Ich liebe es zu reisen«, erklärte er unvermittelt. »Und so schön Europa auch ist, mein Herz ist erst richtig voll, wenn ich in Russland bin.«

Gryszinski lächelte. »Ich bin sehr gespannt auf St. Petersburg. Wir waren noch nie dort.«

»Oh, mein Freund, eine wunderschöne, stolze Stadt! Du wirst sehen. Und es wird uns eine Ehre sein, euch alles zu zeigen.« Sergeij beugte sich über den Tisch und legte Gryszinski einen kurzen Moment lang die Hand fest auf seinen Arm. »Wir beide verstehen es zu leben, oder? Immer Neues sehen, erleben.« Er ließ sich nun zurückfallen und blickte aufgekratzt hinaus, bevor er nach dem dreisprachigen Pierre winkte und Champagner orderte. Tatsächlich standen sieben verschiedene Sorten zur Auswahl.

»Ja, zweifellos«, stimmte Gryszinski zu. Er war sich mittlerweile sicher, dass die Baranoffs ihn für einen adeligen Privatier hielten, der auf Kosten seiner Familie umherreiste und sich die Exzentrik einer dichtenden Ehefrau leistete. Er würde nichts tun, um dieses Missverständnis auszuräumen, denn der vermeintliche gemeinsam gepflegte Lebensstil sorgte für jene Vertrautheit, die vermutlich noch hilfreich sein würde.

»Wir kommen genau im richtigen Augenblick, wie es scheint.« Nataliya, dicht gefolgt von Sophie, trat an ihren Tisch und deutete vergnügt auf den Champagner.

»Setzt euch, setzt euch.« Sergeij sprang strahlend und etwas fahrig auf, um gleich wieder Platz zu nehmen.

Die Damen ließen sich ebenfalls nieder, beide in raschelnden Kleidern und nach eben aufgetragenem Parfum duftend.

»Ach, wie herrlich«, rief Nataliya aus und betrachtete das geschliffene Kristallglas, in dem ihr Champagner perlte. Der Zug fuhr eine Kurve, und das plötzlich direkt einfallende Sonnenlicht füllte den Speisewagen mit einem szintillierenden Lichtschwall. Sie erhob ihr Glas. »Lasst uns anstoßen.« Ihre tiefe Stimme vibrierte nur eine Nuance höher als das stampfende Timbre der Eisenbahn.

Sie prosteten einander zu, während das Kristall klirrte. Beide Russen wirkten fast fiebrig vor Erwartungsfreude. Gryszinski fragte sich, ob es etwas jenseits der Freude heimzukehren gab, was diese Euphorie hervorrief. Möglicherweise war bereits ein großes Geschäft im Gange, gab es bereits ein konkretes Angebot für die Geheimpläne, die in einem Postfach in St. Petersburg auf die Baranoffs warteten. Der Gedanke, dass sich Hummerts Erfindung bald in russischer Hand befinden könnte, beunruhigte ihn sehr. Pierre trug warmes Gebäck auf, dazu einige *Horsd'œuvre*, kleine kunstvolle Pasteten und etwas kalten Braten. Man sah den Speisen an, dass sie erst vor Minuten zubereitet, aufgeschnitten und angeordnet worden waren, alles war frisch und appetitlich. Fröhlich plaudernd und mit glühenden Wangen fingen sie an zu essen.

Der Zug glitt immer weiter durch das heiße, üppig blühende Sommerland, pausenlos und unaufhaltsam. Bald würden sie die belgische Grenze passieren. Vielleicht lag es auch am Champagner, aber Gryszinski spürte, wie etwas von dem nervösen Hochgefühl der Russen auf ihn übersprang.

35.

Zwischen Paris und Genf, 1916

»Und los geht es, hoch damit!«

»Zu Befehl!«

»Passen Sie auf den Sarg auf, dass der dort nicht hängen bleibt, *attention*!«

»Ja, Monsieur.«

»Gut. Tragen Sie alle nötigen Papiere bei sich, auch den Passierschein?«

»Alles dabei.«

»Nun denn. *Bon voyage*.«

Der Bestatter, ein hochgewachsener Herr im dezent dunklen Anzug, nickt ein letztes Mal und verschwindet dann in seinem Haus am Boulevard Saint-Germain. Die beiden Schweizer Feldwebel stehen auf einer Leiter und binden den Sarg auf dem Dach des Sanitätsautomobils fest. Ihr Major besieht sich die Sache von unten und lässt ab und an einen unwirschen Kommentar fallen.

Etwas abseits steht Fritz von Gryszinski alias Carl Steiner, Mitarbeiter des Politischen Departements in Bern, und umklammert seinen kleinen Koffer mit seinen Habseligkeiten. Seinen gefälschten Pass und den Passierschein hat er in die Innentasche seiner Anzugjacke gesteckt, die viel zu warm für das Sommerwetter ist. Er spürt, wie ihm der Schweiß den Rücken herabrinnt. Doch er wird dieses Kleidungsstück genauso wenig ablegen, wie er seinen Koffer aus den Augen lassen wird, denn in diesem befindet sich der versiegelte Brief. Um ihn zu verbergen, hat Fritz, der seit über vierundzwanzig Stunden nicht geschlafen hat, noch an diesem Morgen das Innenfutter des oberen Kofferdeckels mit seinem Rasiermesser aufgeschlitzt, den Brief darin verborgen und das Ganze mit Leim wieder verschlossen. Zu guter Letzt folgte das winzige Schlüsselbuch seines Vaters. Es steckt in einem Hohlraum in der Sohle eines seiner Schuhe.

»Fertig, Kommandant.« Die Feldwebel klappen die Leiter zusammen und salutieren.

Der Major setzt sich in Bewegung und wirft Fritz dabei einen auffordernden Blick zu. »Kommen Sie bitte.«

Fritz nickt. Der Kommandant nimmt vorn auf dem Beifahrersitz Platz, während sich einer der beiden kaum zwanzigjährigen Feldwebel hinters Steuer klemmt. Fritz und der andere junge Unteroffizier klettern in den Laderaum, in dem für gewöhnlich Verletzte und medizinische Ausrüstung transportiert werden. Zwei schmale Bänke säumen die Seiten, dort setzen die beiden Männer sich. Der Wagen wurde vom Roten Kreuz beschlagnahmt, um einen Schweizer Diplomaten zu überführen, das ist der Tote auf dem Dach, dessen seiner Wichtigkeit angemessener wuchtiger Sarg nicht in den Laderaum passt. Für gewöhnlich werden Särge entweder von pferdegezogenen Leichenwagen oder in Straßenbahnen und Zügen befördert, doch dieser hier muss dringend nach Genf, und es geht heute kein Zug. Für eine Kutsche ist die Fahrt zu lang, also hat irgendjemand in der Schweizer Botschaft das Automobil organisiert. Und noch jemand anderes, der Fritz unbekannt ist, hat dafür gesorgt, dass Herr Steiner aus Bern die Überführung begleiten soll.

So rumpelt Fritz aus Paris, eine Leiche überm Kopf, eine geheime Botschaft in der Tasche. Er ist froh, endlich von hier wegzukommen. Nicht mal zwei Tage früher wäre ihm das Herz schwer geworden bei dem Gedanken, Mimi verlassen zu müssen. Doch jetzt denkt er mit Scham und Wut an ihr Treffen, während er durch die schmale Sichtöffnung des Wagens ihr Viertel an sich vorbeiziehen sieht. Kaum erwarten kann er es, die Grenzen der Stadt hinter sich zu lassen. In seinem Kopf, der vor Müdigkeit immer schwerer wird, haben nur noch zwei Dinge Platz: die Mission, die ihm Bocksnick aufgetragen hat und für deren Erfüllung er nach Petrograd gelangen muss. Und der alte Fall Fouqué, den er – das wünscht er sich zutiefst – in der russischen Metropole für seinen Vater zu einem Ende bringen kann, indem er herausfindet, was aus den geheimen Plänen geworden ist. Dafür wird er Nataliya Baranoff finden müssen. Ihm wird kalt. Vor Müdigkeit, aber auch von dem Gefühl, wiederholt am klaffenden Abgrund zwischen den Zeiten zu stehen. Nun wird er einen riesengroßen Schritt über diesen Schlund der Vergangenheit tun. Erschöpft schließt Fritz die Augen und nickt ein, seinen kleinen Koffer fest an sich gedrückt.

36.

Kurz hinter Lüttich, 1896

Das verheißungsvolle Klappern von Besteck auf Tellern – ein universelles Geräusch des Wohlbefindens, wie ruhiges Meeresrauschen, der tiefe Atem schlafender Kinder oder das Rascheln von Baumkronen – füllte den Speisewagen, unterlegt vom ewigen Rollen der Räder auf den Schienen. Die beiden Kellner hatten dunkelblaue Fracks und blütenweiße Handschuhe angelegt. Sie erinnerten an Chirurgen, die sich eben der komplizierten Operation hingaben, mehrere gebratene Wolfsbarsche zu filetieren. Die Tiere wurden im Ganzen auf großen Platten aufgetragen, dasselbe galt für den folgenden Fleischgang, bei dem als Prunkstück ein riesiger Braten präsentiert wurde, von dem der dreisprachige Pierre mit großem Getue einzelne saftige Scheiben abtrennte.

Zufrieden betrachtete Gryszinski seinen gut gefüllten Teller. Wie es nicht anders zu erwarten gewesen war, hatten sie an der Grenze für einige Zeit ausharren müssen, da die belgischen Zollbeamten beim Anblick der vergoldeten Schildkröte doch etwas überfordert reagiert hatten. Zunächst hatten sie nur den goldenen Panzer mit den Edelsteinen gesehen, die in der Abendsonne funkelten. Da hatten sie schon gestaunt. Doch dann war plötzlich ein kleiner verschrumpelter Kopf aus dieser verschwenderischen Schatulle herausgefahren, dazu die schuppigen Füße einer Kreatur, die aussah, als ob sie tausend Jahre alt wäre. Sehr, sehr langsam und völlig unberührt war dieses bizarre Wesen dann durch den Gang des Speisewagens gekrochen, während eine hitzige Debatte darüber entbrannte, ob und wie man die lebendige Schatzkiste verzollen könne. Letztendlich redeten zwei Kondukteure so lang auf die Beamten ein, bis man sich auf eine horrende Zollgebühr geeinigt hatte, die der Lord ohne mit der Wimper zu zucken beglich. Danach hatte sich der Zug wieder in Bewegung gesetzt, kurz darauf war der Gong erklungen, der zum Abendessen rief. Und die gesamte Reisegesellschaft, eine juwelenbehängte Schicksalsgemeinschaft für die nächsten drei Tage, hatte sich leicht schwankend zum *dîner* in den Speisewagen begeben, während die Kondukteure schon parat standen, um in den Abteilen die Betten herzurichten. Gryszinskis und die Baranoffs hatten sich natürlich zusammengesetzt.

»Prost, meine Freunde!«, rief Sergeij heute wohl schon zum zehnten Mal. Er sagte es immer in einem angenehm akzentuierten Deutsch, um den neuen Freunden einen Gefallen zu tun. Nataliya warf ihm einen innigen Blick zu. Gryszinski hatte heute bereits mehrere dieser Blicke bemerkt. Sie wirkten, oberflächlich betrachtet, zugewandt und liebevoll. Doch Gryszinski hatte noch eine andere Komponente darin ausgemacht. Und das war etwas Verschwörerisches, eine Komplizenschaft, als hätten die beiden einen geheimen Plan gefasst und würden sich nun immer wieder verstohlen ansehen, um sich zu versichern, dass der jeweils andere noch an dieser verabredeten Sache dranblieb.

Er sollte bald erfahren, was diese Sache war.

Auf die Suppe und weitere *Horsd'œuvre*, die kunstvoll zerlegten Fische, das Fleisch und Gemüse folgten ein süßes Dessert nebst einer üppigen Käseplatte, zu der ihre gesellige Runde sich eine Flasche alten Cognacs kommen ließ. Sergeij hatte diesen geordert, was die Vermutung nahelegte, dass entweder seine serbische Gräfin wieder einmal Geld gesendet oder aber der Pariser Gönner aus dem Bois de Boulogne ihnen ein pekuniäres Abschiedsgeschenk gemacht hatte. Solange die Russen nicht planten, kurz vor St. Petersburg aus dem fahrenden Zug zu springen und sie mit der Rechnung hängen zu lassen, war Gryszinski alles recht. Er hatte einen Zustand totaler Erfüllung erreicht – wortwörtlich zu verstehen – und fügte gedanklich seinen Überlegungen zum Thema Reisen und Komfort die These hinzu, dass schwelgerischer Luxus die Mühen einer langen Reise zwar minimierte, die permanente Bewegung aber gleichzeitig dem Komfort etwas Entscheidendes hinzufügte. Ähnlich wie seine Theorie vom Phönix, der sich als zündende Idee aus dem vollen Bauch erhob, sorgte das monotone Rattern des Zugs dafür, dass sein völlig bewegungsloser und zusehends schwerer werdender Körper zum Haus eines immer beweglicheren Geistes wurde. Oder so ähnlich.

»Willi?« Sophie blickte ihn erwartungsvoll an.

Gryszinski kämpfte sich aus dem Nebel seiner cognacgetränkten Ideen. »Pardon, ich war eben gedanklich wohl etwas abwesend. Wie lautete die Frage?«

Nataliya lachte gurrend. »Ah, *majorette*, keine Frage. Wir wollten euch ein Angebot unterbreiten.«

»Aha. Ich höre.« Gryszinski setzte sich gerade auf. Er ahnte, dass sich nun klären würde, was die Baranoffs schon den ganzen Abend über ausheckten.

»Nun, liebe Freunde.« Sergeij beugte sich vor und senkte seine Stimme. »Nataliya und ich sind glücklich, begeistert, dass wir euch kennengelernt haben. Heute Morgen, als wir noch in Paris waren, haben wir länger über euch gesprochen. Über euch und uns, unsere … Ähnlichkeiten.«

»Wir alle sind Reisende, leidenschaftliche Reisende«, hakte Nataliya ein. »Leben in Grand Hotels. Und treffen viele Menschen. Interessante, einflussreiche Menschen.«

Es entstand eine kurze bedeutungsschwere Pause. Gryszinski ahnte, worauf das hinauslaufen sollte, doch er beschränkte sich zunächst darauf, ermutigend zu lächeln. Ein kurzer Seitenblick auf Sophie zeigte ihm, dass sie es genauso hielt.

Sergeij ergriff wieder das Wort. »Nataliya und ich sind nun schon eine ganze Weile auf Reisen. Und wir haben festgestellt, dass wir durch unsere Beweglichkeit und, nun, unsere Fähigkeit, schnell ins Gespräch zu kommen, einen Zugang zu etwas haben, wonach heutzutage viele Leute verlangen.«

»Wofür viele Leute zu zahlen bereit sind«, fügte Nataliya etwas derb hinzu, woraufhin Sergeij ihr eine Hand auf den Arm legte, um sie etwas zu bremsen.

Denn hier, das war überdeutlich, hatten sie den entscheidenden Moment dieses Gesprächs erreicht. Wieder schwiegen sie und nahmen die Geräusche des Zugs und der Lok wahr, das Rattern, Stampfen und Schnauben. Ihre Gestalten, umtanzt von den Lichtpunkten der kleinen Lampen, die an der verzierten Decke hingen, spiegelten sich in den Fenstern des Speisewagens. Alle vier strahlten Erwartung aus.

Gryszinski beschloss, ihnen einen Schritt entgegenzukommen. »Ich nehme an, ihr habt Zugang zu ... Informationen?«

»Genau das ist es, mein Freund!« Sergeij stieß ein erleichtertes Lachen aus und lehnte sich zurück.

»Informationen. Gerüchte. Geheimnisse. Wer möchte nicht die Geheimnisse seines Feindes erfahren?«, fragte Nataliya mit dunkler Stimme.

Sophie nickte bekräftigend. »Natürlich. Wohl jeder würde einiges dafür geben.«

»Correctement.« Sergeij beugte sich wieder vor und sah Gryszinski und Sophie fast beschwörend an. »Und wir verraten euch jetzt unser Geheimnis. Wir handeln mit Informationen. Fragen ganz gezielt bestimmte Persönlichkeiten, aus

politischen Kreisen, ihr versteht, ob sie nicht etwas erfahren möchten. Und dann sehen wir zu, wie wir die entsprechenden Informationen bekommen können.«

Gryszinski tat alles, um nicht in irgendeiner Form wertend zu klingen. Er lächelte, als hätten die Baranoffs ihm eben berichtet, dass sie besonders gern ins Varieté gingen. »Sophie und ich hatten uns bereits so etwas gedacht. Warum auch nicht?« Er nahm einen Schluck von seinem teuren Cognac. Welche geheime Information diesen wohl finanziert hatte?

»Und diese Leute aus politischen Kreisen«, tastete Sophie sich zögerlich voran, »was für ... also ... Landsleute sind das in der Regel?«

»Ach, *mon cœur*, da sind wir ganz offen«, gab Nataliya großartig zurück. »Wir denken in diesem Punkt nicht in engen Bahnen, schließlich sind wir selbst überall auf der Welt zu Hause.«

»Natürlich.« Beide Gryszinskis nickten, als ob sie an diesem recht großzügigen Kosmopolitismus nichts auszusetzen hätten.

»Nun zu unserem Angebot, meine Freunde.« Sergeij schenkte allen Cognac nach, der Gryszinski allmählich leichte Magenschmerzen bescherte. »Ich sage es geradeheraus.«

»Bitte.«

»Wir möchten euch anbieten, in unser Geschäft einzusteigen. Zu zweit bringen wir einiges in Erfahrung. Aber zu viert könnten wir ein internationales Netzwerk bilden. Wir können uns an Diplomaten, Politiker, Oligarchen oder einflussreiche Adelige wenden. Preußen, Franzosen, Russen, was ihr wollt. Alle sind interessant für uns. Machtvolle, verkäufliche Informationen.«

Nataliya betrachtete die Gryszinskis gespannt. »Was meint ihr?«

In dieser Nacht lagen Sophie und Wilhelm lange wach. Sie waren sich zwar einig, dass das Verhältnis zwischen ihnen und den Baranoffs, trotz eines aufrichtigen Gefühls der Sympathie, eben doch ein Spiel war, eine Maskerade, die sie aufführten, um gewisse Dinge herauszufinden. Und doch fühlte sich dieser Abend wie ein Wendepunkt an.

»Das alles erinnert mich irgendwie ans letzte Jahr«, sagte Sophie. »Als deine Eltern uns vor die Wahl stellten: Künstlerexistenz und soziale Ächtung innerhalb ihrer gesellschaftlichen Kreise oder mein Buch unter einem geheimen Pseudonym herausbringen, unser Leben genauso weiterführen wie bisher und dafür das zweifelhafte Privileg genießen, weiterhin zu langweiligen Landpartien bedeutender preußischer Familien geladen zu sein.«

»Weiterentwicklung oder Stillstand, Wagnis oder Konvention.« Gryszinski lachte auf. »Natürlich entschieden wir uns für die skandalöse Bohème.«

Sie lachte auch. Es klang zärtlich.

Er sah sich in ihrem Schlafabteil um, das im Halbdunkel einer kleinen Leseleuchte und des hin und wieder hereinhuschenden Mondlichts lag. Für die Nacht war ihr elegantes Sofa in zwei Schlafkojen verwandelt worden, die obere erreichte man über eine kunstvoll geschnitzte Leiter. Obwohl es recht eng war, hatten sie sich zu zweit auf das obere Bett gequetscht und lagen nun dicht umschlungen wie in einem schützenden Alkoven. Wie überall im Zug waren die Wände mit seltenen und besonders wertvollen Hölzern verkleidet, Rosenholz, Palisander, Ebenholz und Mahagoni, die sich zu kunstvollen ornamentalen Intarsien zusammenfügten. Jenseits des Bettes standen zwei zierliche Sessel, dazwischen ein kleiner Tisch. Die Sessel waren mit Samt bezogen, auf dem die Abdrücke ihrer bewundernd streichenden Hände zu sehen waren. Das Abteil hatte etwas von einer Schatzkammer, auf die sie unverhofft im Bauch dieses Feuer speienden Geschöpfs gestoßen waren, das immer weiter durch die Nacht hetzte.

Bislang hatte Sophie auf seiner Brust gelegen und er in das Gewirr ihrer Locken gesprochen. Nun rückte er ein wenig tiefer und blickte sie ernst an. »Das hier ist aber doch etwas anderes.«

Sie nickte. »Ja, sicherlich.«

»Was die Baranoffs betreiben, geht bis hin zu Hochverrat. Wenn der Preis stimmt, würden sie jedes Geheimnis ihres Vaterlands verkaufen, egal an wen.«

Sophie strich ihm vorsichtig übers Haar. »Das ist mir bewusst. Ich wollte auch nicht ausdrücken, dass es hier um eine echte Wahl geht. Natürlich werden wir das Angebot der beiden nicht ernsthaft erwägen. Außer vielleicht zur Tarnung, um noch mehr herauszufinden?«

Er seufzte. »Ja, darüber müssen wir wohl tatsächlich nachdenken. Und zwar jetzt. Morgen früh werden wir ihnen eine Antwort geben müssen.«

Sie drückte seine Hand und drehte sich so, dass sie an die elegant gewölbte Decke blicken konnte. Ein kleiner Kristallüster zitterte leise im Takt der fahrenden Eisenbahn. »Aber es bringt doch etwas zum Klingen, nicht wahr? Stell dir vor, wir beide als internationale Spione, in den großen Hotels der Metropolen dieser Welt.«

»Ja, und später degradiert und entehrt unter den Augen der gesamten preußischen Armee, samt anschließender Einzelhaft auf irgendeiner gottverlassenen Insel mitten im Atlantik wie dieser klägliche Dreyfus«, fügte Gryszinski trocken hinzu.

»Und unser kleiner Fritzi«, sagte Sophie plötzlich mit schwerer Stimme. »Was würde dann aus ihm werden?« Sie schmiegte sich an ihn. »Er fehlt mir so.«

Er zog sie noch enger an sich und nahm eine ihrer Locken sachte in eine Hand. Dann zwirbelte er die lange Haarsträhne zwischen seinen Fingern. Dieses kleine eheliche Ritual hatten sie schon lange nicht mehr gepflegt. »Sobald ich die Pläne sicherstellen kann, reisen wir zurück nach München«, erklärte er entschieden. »Na ja, und die Baranoffs des Mordes überführt habe. Das alles wird in Russland deutlich schwieriger werden, schließlich geht es um russische Staatsbürger.«

Sie nickte nachdenklich. »Wie gehen wir also vor?«

»Zunächst spielen wir ihr Spiel mit. Und lassen uns anwerben.« Gryszinski schwieg einen Moment. »Weißt du, das ist ja nicht mein erstes Mal als Spion, auch wenn es bisher immer eher unfreiwillig war. Vielleicht haben sie das gespürt, dass da eine gewisse Anlage in mir vorhanden ist. Dabei hasse ich das ganze Spionieren. Und jetzt? Schon wieder Spion.«

»Doppelspione«, fügte sie ein wenig abenteuerlustig hinzu.

»Herrje, das ist wahr.« Er klang eindeutig verdrießlich. »Das sind wir jetzt. Doppelagenten, unterwegs mit zwei halbseidenen russischen Spitzeln. Bleibt nur zu hoffen, dass diese ganze Geschichte nicht im totalen Chaos enden wird.«

»Ach, Willi. Wir beide wissen, dass es genau so enden wird.«

37.

Genf, 1916

Fritz erreicht Genf nach einer strapaziösen Fahrt, unterbrochen von einer kurzen Nachtruhe in einem namenlosen Gasthaus, am nächsten Vormittag. Die gepflegte sommerliche Stadt an dem frischen blauen See erscheint ihm auf den ersten Blick, als wäre sie aus der vom Krieg so grausam verwüsteten Welt gefallen. Während sie durch die Straßen fahren, verschiebt sich dieses Bild ein wenig. Die neutrale Schweiz, umzingelt von Kriegsmächten, hat für den äußersten Notfall die allgemeine Mobilmachung angeordnet, und so ist die Stadt gefüllt mit jungen Männern in der Uniform der Schweizer Armee. Sie fahren an mehreren Soldatenstuben vorbei, in denen die jungen Soldaten palavernd beisammensitzen, ein frisches Gipfeli und eine Tasse Kaffee vor sich. Alkohol ist in den Stuben verboten, die ersonnen wurden, um den untätigen Milizsoldaten die Zeit zu vertreiben. Ein Land im Wartezustand.

Trotzdem läuft Fritz, nachdem er sich von seinen Reisegefährten verabschiedet hat, aufatmend umher. Kein Bombenalarm, keine Sperrstunde, keine Listen an den Amtsgebäuden mit den Namen gefallener Soldaten, keine zitternden Finger, die über diese Listen streichen, erschrocken verharrend bei dem einen Namen, der doch niemals dort geschrieben sein sollte.

Eine knappe Stunde lang steht Fritz an der Promenade, blickt über den Genfersee und erwägt ernsthaft, einfach hierzubleiben. Er würde nicht schreiend wegrennen, während die Artilleriegeschütze über seinem Kopf explodieren, nein, er wäre ein stiller Deserteur, der lautlos in Bewegungslosigkeit verschwindet. Niemand weiß zu diesem Zeitpunkt, wo genau er jetzt ist. Er hat falsche Papiere und etwas Geld, er könnte einfach nach einem kleinen Zimmer zur Untermiete suchen und abwarten, bis dieser irrsinnige Krieg vorbei ist, wie jemand, der sich bei einem heftigen Gewitter in einem Hauseingang unterstellt. Ein paar beruhigende Minuten lang schiebt er diesen ganzen irrsinnigen Plan, als Spion nach Russland zu reisen, von sich. Fritz ist sicher, dass sein Vater niemals von ihm verlangen würde, sich derart in Gefahr zu begeben, um seinen alten Fall zu lösen. Im Gegenteil: Sein Vater hätte Verständnis für seinen Zwiespalt, würde ihn nicht verurteilen oder gar verstoßen, wenn er jetzt einfach untertauchen würde. Er weiß, dass seine Eltern auch viel getan haben, was gegen die Konventionen ihrer Welt verstieß. Und doch ist es natürlich ein Unterschied, ob man sich in die Gesellschaft leicht frivoler Künstler begibt oder seinem Vaterland untreu wird und desertiert. Unwillkürlich schüttelt Fritz den Kopf. Nein, diesen Makel würde er niemals wieder loswerden. Er schließt unglücklich die Augen, mummelt sich ein letztes Mal in die weiche Decke der Behaglichkeit ein, die ihn hier umgibt. Noch immer hat er zwei Missionen zu erfüllen: Er muss den geheimen Brief überbringen und die gefährlichen Pläne finden. Langsam wendet er sich vom See ab, auf dessen Oberfläche das beschauliche Glitzern des Friedens liegt, und marschiert in Richtung Bahnhof.

Sein Zug geht am Nachmittag. Lange Dächer schwingen sich auf schlanken, gusseisernen Pfeilern zwischen den Gleisen der Gare de Cornavin durch die Luft. Ganz am Ende eines

Bahnsteigs setzt sich Fritz im Schatten eines dieser Dächer auf eine Bank, einen Zettel auf den Knien, und grübelt. Er will es wagen und seinem Vater ein verschlüsseltes Telegramm senden. Da es Privatleuten verboten ist, chiffrierte Nachrichten zu verschicken, muss der Text völlig unbedenklich formuliert sein, und dabei hilft ihm das komplizierte Gryszinski'sche Verschlüsselungssystem. Mit gerunzelter Stirn tüftelt er Wörter aus, verwirft diese wieder, blättert verstohlen durch die hauchdünnen Seiten des kleinen Schlüsselbuchs. Endlich hat er es geschafft. Er sieht auf die große Bahnhofsuhr. Er hat noch Zeit. Beim nächstgelegenen Telegraphenamt gibt er das Telegramm auf, die Antwort soll ans Amt beim Wiener Hauptbahnhof gesendet werden. Etwas an der Art, wie Fouqué reagiert hat, als er Bocksnick erwähnte, beschäftigt Fritz immer noch.

Und so lautet der wahre Text, den er an seinen Vater in München telegraphiert, getarnt unter Floskeln zum schönen Wetter am Genfersee, die dem kompliziertesten Codierungssystem unterliegen: *Von Bocksnick auf Mission geschickt. Vertrauenswürdig?*

38.

Kurz vor Berlin, 1896

Es fühlte sich seltsam an, wieder im Deutschen Kaiserreich zu sein. Oder genauer: Deutschland nur kurz auf der Durchreise zu streifen, um dann gleich wieder in Russland zu verschwinden. Es war kein gutes Gefühl, es wirkte verstohlen, als wären Gryszinskis am liebsten gar nicht hier. Und in gewisser Weise stimmte es auch. Sie hatten immer noch nichts vorzuweisen, womit man guten Gewissens nach München hätte zurückkehren können.

»Warum seufzt du denn so schwer?« Sophie, die ihrem Mann direkt gegenübersaß, betrachtete ihn forschend.

Sie hatten sich bereits im Morgengrauen in den Speisewagen begeben, obwohl sie beide kaum geschlafen hatten. Eine Weile hatten sie auf die Baranoffs gewartet, dabei eine Tasse Mokka getrunken und verstohlen die juwelenbesetzte Schildkröte beobachtet, die am Vorabend den deutschen Zoll passiert und sich heute müde auf dem Schoß ihres Besitzers in ihrem Panzer verschanzt hatte. Schließlich hatten die Gryszinskis ihr Frühstück geordert, da die Russen immer noch auf sich warten ließen. Mittlerweile ging es auf acht Uhr zu, und sie würden bald Berlin erreichen.

Gryszinski lächelte etwas schwermütig. »Ich habe nur eben gedacht, dass wir, wenn wir jetzt gleich einfach aussteigen und einen anderen Zug nehmen würden, heute Abend wieder zu Hause wären.«

»Ständig diese Entscheidungen an den Weggabelungen.« Ihr Gesicht verzog sich einen Augenblick lang. »Heute Abend schon könnten wir Fritzi im Arm halten.«

»Mienchen …« Er griff nach ihrer Hand. »Ich muss weiterfahren, das weißt du. Aber du könntest durchaus auch allein nach München zurückkehren. Ich würde es verstehen, und uns würde schon eine Ausrede für die Russen einfallen.«

»Nein, Willi«, sagte sie entschieden. »Ich bleibe bei dir. Und ich denke nicht, dass sie irgendeine Ausrede akzeptieren würden, jetzt, wo sie uns so vieles offenbart haben.«

Er nickte knapp. Leider hatte sie recht.

»Ah, *majorette*! Und Sophie, *mon cœur*!« Nataliyas tiefe Stimme erschien zuerst wie eine akustische Schimäre an ihrem Tisch. Danach erst trat die Russin selbst heran, wie immer in ein eng geschnürtes Kleid mit zahllosen wellenartigen Raffungen gewandet. »*Mon dieu*, was haben wir gut geschlafen.« Sie legte den Kopf in den Nacken und lachte schallend.

Ihre gesamte Art erschien Gryszinski plötzlich gekünstelt. War sie vielleicht sogar nervös? Nun kam auch Sergeij dazu, und sie setzten sich auf die freien Plätze neben den Gryszinskis.

»Nun, liebe Freunde, ich hoffe, ihr habt ebenfalls gut geruht?« Sergeij sprach mit derselben fieberhaften Aufgeräumtheit, die er bereits gestern an den Tag gelegt hatte. Unwillkürlich fragte sich Gryszinski, ob der Russe Kokain konsumierte, von dem man allgemein munkelte, dass es nicht nur gegen Kopfschmerzen helfe.

»Ja, vielen Dank«, antwortete Sophie liebenswürdig, auch wenn ihr müdes Gesicht etwas anderes erzählte.

Der Russe winkte fröhlich nach dem Oberkellner, während Nataliya ihm einen ungeduldigen Seitenblick zuwarf, den Gryszinski sofort bemerkte. Die beiden waren sich wohl uneins, wie diplomatisch sie jetzt vorgehen sollten. Offenbar wollte er zunächst eine gewisse Ruhe verbreiten, während sie, da war Gryszinski sicher, den direkten Angriff bevorzugte und am liebsten sofort Gewissheit haben wollte. In der nächsten Sekunde bestätigte sich seine Theorie.

Nataliya beugte sich vor, sie wirkte verschwörerisch, fast ein wenig verschlagen, und fragte mit brutaler Direktheit: »Also, habt ihr über unser Angebot nachgedacht?«

Sergeij murmelte etwas Unwilliges auf Russisch, aber er betrachtete die Gryszinskis nun ebenfalls gespannt.

Gryszinski spürte Sophies Bein, das sich gegen seins drückte, wie eine ermutigende Energiezufuhr. Er beugte sich vor und lächelte mit der größten Aufrichtigkeit, die er aufbringen konnte. »Ja. Wir schließen uns euch an.«

»Bravo!«, rief Nataliya aus, während Sergeij in kindlicher Freude lachte.

»Ein neues Kapitel«, merkte Sophie an, und Gryszinski fragte sich unwillkürlich, ob diese Episode ihrer ehelichen kriminalistischen Anstrengungen eines Tages Eingang in ihr literarisches Werk finden würde. In gewisser Weise beneidete er sie: Während es für ihn um Erfolg oder Fehlschlag ging, konnte sie jedwede Erfahrung immer noch als interessante Recherche verbuchen. Letztendlich konnte sie sich immer auf ihre Rolle als Beobachterin berufen, während das in seinem Fall nur einen Teil seiner Arbeit ausmachte. Sie war die Vase, die still blickend auf dem Kaminsims thronte und einen Strauß verzweigter und poetisch wogender Blumen präsentierte. Er dagegen war jener unglückliche Gärtner, der vor einer weiten Wiese voller heimtückisch wuchernder Brombeerranken stand und nun fluchend und schwitzend herausfinden musste, wo die Wurzel des dornigen Dickichts saß, und man erwartete von ihm, dass er bei dieser Aufgabe nicht scheitern würde. Das alles machte sie freier, sich Situationen zu öffnen, selbst wenn diese derart wild wie die derzeitige war.

»Wie werden wir also vorgehen?«, fragte Gryszinski laut.

»Ein Mann der Taten, *ça me plaît bien.*« Sergeij lehnte sich zurück und betrachtete seinen neuen preußischen Kompagnon wohlwollend. »Nun, in St. Petersburg werden wir euch mit einigen guten Freunden bekannt machen. Und dann beginnen wir damit, Beziehungen zu knüpfen. Ihr werdet die elegantesten Etablissements der Stadt kennenlernen, denn dort verkehren die Leute, auf die es uns ankommt.«

»Nun, das klingt nach einem angenehmen Plan.« Gryszinski blickte auf seine Hände. Die Ausführungen des Russen erschienen ihm doch sehr vage. Er hoffte auf einen konkreten Anhaltspunkt, zumindest eine Andeutung, ob ein Verkauf der Geheimpläne bereits in Vorbereitung war. »Habt ihr darüber hinaus noch andere ... Dinge geplant? Vielleicht irgendetwas auf euren bisherigen Reisen in Erfahrung gebracht, was uns gleich nutzen könnte, wenn wir in Russland ankommen?«, fragte er daher.

»Was sollte das sein?«, gab Nataliya zurück. Ihre tiefe Stimme klang plötzlich schneidend.

Gryszinski bemühte sich um einen abwiegelnden Tonfall. »Nun, vielleicht bringt ihr eine nützliche Information aus Europa mit, die uns direkt ... Türen öffnen könnte?«

»Nein, mein Freund, nichts dergleichen.«

Auch Sergeij wirkte mit einem Mal reserviert, sogar misstrauisch. Gryszinski begriff, dass er sich auf verbotenes Terrain begeben hatte. Offenbar wollten die Baranoffs ihr Geheimnis der gestohlenen Pläne nicht mit ihnen teilen.

»Ach, das war nur ein Gedankenspiel«, warf Sophie möglichst harmlos ein, und er beeilte sich, etwas Zustimmendes zu murmeln.

Kurz darauf fuhren sie in den Schlesischen Bahnhof im Berliner Osten ein. Sie stiegen kurz aus und vertraten sich auf nunmehr deutschem Boden ein wenig die Füße. Die Eindrücke bestürmten Gryszinski, dessen Gedanken eigentlich mit den Baranoffs beschäftigt waren, wie flüchtige Blitze: die rabiaten Kofferdiener, das nach den Tagen in Paris ungewohnt harte Zischen der deutschen Sprache, dazu noch das meckernde Berlinerisch, die plumpen Anzüge, die flinken Lieferanten mit Kisten voller buntem Obst und Gemüse, welche in die Bordküche verladen wurden. Die blitzenden Pickelhauben, deren Spitzen die Sommerluft in blaue Schnipsel schnitten.

Das Signal zum Weiterfahren ertönte, und sie stiegen wieder ein. Der schnaufende Zug schloss seine Türen und entzog sie der Welt wie eine Taucherglocke. Zischend und tutend setzte sich der Koloss in Bewegung, sobald sie alle in ihrem rasenden Salon Platz genommen hatten. Auf dem Bahnhof waren stapelweise Tageszeitungen angeliefert worden, die nun ordentlich gefaltet im Salonwagen bereitlagen. Gryszinski nahm sich eine Ausgabe der *Allgemeinen Zeitung* und setzte sich wieder zu den anderen. Stillschweigend hatten alle vier beschlossen, den kleinen Missklang von vorhin zu ignorieren, weshalb sie einander betont zugewandt die Zuckerdose zuschoben, als frischer Kaffee vor ihnen stand.

Gryszinski entfaltete seine Zeitung und studierte die Überschriften der verschiedenen Artikel. Plötzlich erstarrte er. Eine Meldung trug den Titel: *Verhaftung im Falle des Mordes an dem Münchner Erfinder Alfons Hummert.* Der Text dazu war nicht allzu lang. Er überflog ihn hastig, während er sich gleichzeitig darum bemühte, sich nichts anmerken zu lassen. Offenbar hatten sie doch tatsächlich jene zornige Frau festgenommen, mit der Hummert ein Verhältnis gehabt hatte.

»Stimmt etwas nicht, *majorette*?«

Gryszinski zuckte zusammen und blickte auf. Nataliya, die ihm direkt gegenübersaß, hatte das Kinn in die Hand gestützt und beobachtete ihn.

»Ach, es ist nichts weiter«, gab er betont gleichgültig zurück, wobei er sie nun seinerseits scharf beobachtete. »Kurz bevor wir nach Paris gereist sind, wurde in München ein stadtbekannter Erfinder erschlagen. Offenbar haben sie jetzt die Schuldige verhaftet.«

»*Incroyable*, ich wusste gar nicht, dass es in dem kleinen reizenden München auch Mordgeschichten gibt!« Nataliya beugte sich vor und spielte mit einer ihrer langen Ketten, als würde sie ein interessantes Theaterstück betrachten. Man musste ihre Kaltblütigkeit wirklich bewundern. »Wie aufregend«, setzte sie hinterher. »Und wer hat den armen Erfinder auf dem Gewissen?«

»Wohl ein Frauenzimmer, mit dem er ein Verhältnis hatte.«

»Ach ja, am Ende sind es doch immer wieder die Frauen.« Sergeij lachte laut. Ihm gelang es nicht ganz so gut, die Fassade der Unwissenheit zu wahren, aber doch gut genug, um nicht sicher sein zu können, ob seine gemütliche Jovialität nun gespielt war oder nicht.

»Ja, wir Frauen sind zu allem fähig«, scherzte Sophie.

Sergeij lachte noch lauter. »Da werde ich dir nicht widersprechen. Aber Spaß beiseite, der arme Kerl! Von seiner Geliebten mit einem Telephon erschlagen zu werden, das ist doch ein schreckliches Schicksal.« Er verzog kurz das Gesicht, um sofort – allmählich geriet es zur Karikatur – nach Champagner zu klingeln. Man müsse auf das Leben trinken.

Gryszinski lehnte sich mehr als zufrieden zurück. Jetzt hatte er sie.

39.

Wien, 1916

Die Zugfahrt von Genf nach Wien, die schon zu Friedenszeiten volle vierundzwanzig Stunden in Anspruch genommen hätte, hat schließlich mehr als dreißig Stunden gedauert – sie wurden ständig wegen der nie abreißenden Truppentransporte umgeleitet. Während sich die Dampflok, die mindestens genauso erschöpft klang, wie Fritz sich fühlte, schnaufend über den Arlberg kämpfte, hat Fritz seine Stirn an die kalte Fensterscheibe seines Abteils gepresst, immer wieder vom Wachzustand in den Schlaf gleitend. Die Kontrollen am Grenzübergang von der Schweiz nach Österreich haben ihn nervös gemacht und lassen ihn voller Furcht auf die nächste Route durch die Balkanländer blicken, denn dort werden die Beamten sicher nicht nur seine gefälschten Reisedokumente penibel untersuchen, sondern ihn auch einer Leibesvisitation unterziehen. Doch zumindest Wien hat er schon einmal erreicht und sein Ziel wieder klar und frei von Wankelmut im Blick.

Am Morgen verlässt er das schäbige Hotel am westlichen Wiener Bahnhof; es war das einzige, das ihm noch um Mitternacht ein Zimmer vermietet hat. Ziellos streift er durch ein Wien, das immer noch prachtvoll und charmant wirkt mit seinen historistischen Straßenzügen an der Ringstraße, den glänzenden Kuchenvitrinen in den Kaffeehäusern und seinen würfelförmigen Pflastersteinen. Und doch sieht man die Spuren des Kriegs auch hier überall: die jungen Invaliden, die geschäftigen Krankenschwestern, die in die Hilfslazarette eilen, die wütenden Frauen vor den Geschäften, die hier warten, um die wenigen Milch- und Fettkarten einzulösen. Fritz verfügt über ein paar Reisemarken für Lebensmittel, damit beschafft er sich ein frühes Mittagessen im berühmten Café Central, das ihn mit seinen Säulen, den ausliegenden Tageszeitungen und schweren Lüstern an das Café Luitpold in München erinnert. Auch hier sitzen noch vereinzelte Kaffeehausliteraten bei einer bescheidenen Tasse Kaffee an ihren mit Manuskriptseiten übersäten Tischen. Doch sie wirken melancholisch, von den Ereignissen der Gegenwart überrollt wie die menschlichen Relikte einer sorgloseren Zeit.

Nach dem Essen nimmt Fritz eine Droschke zum Nordbahnhof. Der Balkanzug fährt erst am Abend, aber er will vorher beim nächstgelegenen Amt nachfragen, ob ein Telegramm für ihn eingetroffen ist. Tatsächlich hält er kurz darauf eine Nachricht seines Vaters in Händen.

Der erste Satz enthält die aufrichtige, unverschlüsselte Freude der Eltern darüber, dass es ihrem einzigen Sohn gut geht: *Glücklich von dir zu hören.* Der zweite Satz dagegen ist eine chiffrierte Botschaft, getarnt als fröhliche Banalität: *Frau Brunners Bratäpfel warten.* Fritz nickt vor sich hin. Er versteckt sich in einem verlassenen Hauseingang, um das winzige Schlüsselbuch aus dem Versteck in seinem Schuh zu befreien. Er steckt es in seine Jackentasche.

Kurz darauf erreicht er die Empfangshalle des Nordbahnhofs, ein prachtvoller Bau im maurischen Stil, wie es sich für einen der bedeutendsten Bahnhöfe Europas geziemt. Fritz fühlt sich in ein arabisches Märchen versetzt, als er die Halle betritt. Orientalische Ornamente zieren die Säulen und Kuppeln, die sich in unendlichen Bögen über zahllose

Treppenaufgänge spannen. Alles ist voller Menschen. Soldaten und zivile Reisende hetzen zu den Zügen, die bereits zischend und pfeifend auf den Gleisen warten. Durch eine halb offene Tür sieht Fritz in einen Wartesalon für besonders hochgestellte Reisende, in dem samtbezogene Sofas unter herrlichen Wandgemälden stehen.

Eine Weile lässt sich Fritz von seinem eigenen Staunen durch die Hallen treiben. Es ist die passende Einleitung für seine Reise mit dem Balkanzug, der geschaffen wurde, um anstelle des seit Kriegsbeginn eingestellten Orient-Expresses Berlin und Konstantinopel miteinander zu verbinden. Auch das Gegenstück zum Orient-Express, der Nord-Express, mit dem einst seine Eltern gereist sind, fährt nicht mehr, doch manchmal hängen die mit Teakholz verkleideten Waggons der CIWL-Gesellschaft auch am Balkanzug. Diese Zugfahrt der Eltern hat sich für Fritz zu einer märchenhaften Episode verdichtet. In seinen kindlichen Phantasien reisten Sophie und Willi – sie in ihrem bunten Tuch, er in seinem roten exotischen Morgenmantel – in Kandinskys blauem Zug, durch den eine glitzernde Märchenluft strich, während sie beim ruhigen Klang einer Flöte in einem goldenen Speisewagen dinierten und durch entrückte Zauberlandschaften glitten. Dass er selbst nun gleich einen ähnlichen Zug besteigen soll, erfüllt Fritz mit stolzer Ehrfurcht.

Doch vorher muss er wissen, was sein Vater ihm geschrieben hat, muss erfahren, ob er Bocksnick für vertrauenswürdig hält. Wieder sucht er sich eine Bank in einem etwas ruhigeren Winkel einer Abfahrtshalle. Im Schutz einer weit entfalteten Tageszeitung beginnt er, das komplizierte Dechiffrierungssystem auf den zweiten Satz des Telegramms anzuwenden, blättert in dem Büchlein durch Tabellen und Codereihen. Nach etwa zwei Stunden hat er es. Der Satz über die Brunner und ihre Bratäpfel ist auf ein einziges Wort geschrumpft. Ein niederschmetterndes, ein unerhörtes Wort: *Himmelfahrtskommando.*

Ein lautes Stampfen kündigt ihn an. Der Zug fährt ein, seine schweren Waggons sind grün lackiert, darauf prangt in gelben Lettern das bang erwartete Wort *Balkanzug.* Ohne zurückzublicken, steigt Fritz ein. Die Nachricht seines Vaters ist ihm eine Warnung, mehr nicht. Zu tief hat er sich bereits ins Innere dieser Geschichte bewegt. Die Türen werden mit einem heftigen Ruck geschlossen. Wieder das Zischen der Lok, als würde die Luft aus den Abteilen gesogen werden, bevor der Zug in ungewissen Tiefen versinkt.

40.

Zwischen Wirballen und St. Petersburg, 1896

Pünktlich zum *dîner* erreichten sie das Russische Kaiserreich. Zwischen dem deutschen Eydtkuhnen und dem russischen Bahnhof Wirballen hatten die mürrische goldene Schildkröte und ihr spleeniger Besitzer ihre härteste Bewährungsprobe bestehen müssen, denn die russischen Zollbeamten hatten sich weder durch Humor noch Kompromissbereitschaft ausgezeichnet. Tatsächlich war es Nataliya gewesen, die das veredelte Reptil vor dem Einfuhrverbot bewahrt hatte. In ihrem tief summenden Russisch hatte sie ihre gesamte Macht der Bienenkönigin auf die Beamten wirken lassen, und man fand zu einer Einigung, die den Lord wiederholt teuer zu stehen kam. In Wirballen hatten sie den Zug gewechselt, da in diesem fremdartigen Russland sogar die Gleise in einem anderen Abstand zueinander lagen als im Rest der Welt. Als sie ausgestiegen waren, hatte ein Pulk bärtiger Russen, bekleidet mit Stiefeln und weißen Schürzen, den Zug gestürmt und sich das Gepäck gegriffen. Schweigend waren die Reisenden inmitten dieser wilden Kofferträger zum anderen Bahnsteig gelaufen. Personal und Dekor ihres Zugs blieben glücklicherweise gleich, und so setzte man sich, sobald der Speisegong ertönte, im vertrauten Ambiente zueinander.

Seitdem Sergeij sich verplappert und das Telephon als Mordwaffe an Hummert benannt hatte, war Gryszinski in

Hochstimmung. Auch wenn Sophie, als sie kurz unter vier Augen hatten sprechen können, seine Euphorie ein wenig gedämpft hatte.

»Vielleicht hat er ja doch etwas über den Mord in der Zeitung gelesen, und die Sache mit dem Telephon wurde an anderer Stelle erwähnt«, hatte sie zu bedenken gegeben.

Gryszinski hatte entschieden abgewunken. »Nein, Mienchen. Eberle und Voglmaier sind vielleicht noch nicht die gewieftesten Kriminalisten, aber sie sind instruiert, kein Täterwissen an die Presse herauszugeben. Außerdem hat Nataliya so getan, als ob sie zum ersten Mal von dem Mord hören würde. Das würde zu deiner Theorie auch nicht passen.«

»Aber vielleicht ist nur Sergeij in den Mord verwickelt, und Nataliya weiß gar nichts davon.«

Fast verzweifelt hatte Sophie ihn bei diesem letzten Satz angesehen. Gryszinski sah ein, dass die Freundschaft zwischen den beiden Frauen allmählich tiefer ging, als es gut sein konnte. Während Sophie offenbar immer noch fasziniert von Nataliya war, sah er die Baranoffs zunehmend in einem nüchternen Licht: Sie waren eben keine international gefragten professionellen Spione. Sie waren Amateure, halbseidene Existenzen, Betrüger und Spitzel, wie man sie in diesen Tagen allgemeiner politischer Feindseligkeiten überall antraf. Denn die Versuchung, aus jedweder geheimen Information Geld zu machen, war groß, und die Gelegenheiten dazu waren reichlich. Für Gryszinski jedenfalls war der Plan nun klarer denn je zuvor. Sie würden die Baranoffs wie zwei Schatten durch St. Petersburg begleiten, bis er endlich an die Pläne herankam. Danach würde er stehenden Fußes in der deutschen Botschaft vorstellig werden und um Amtshilfe ersuchen, um die beiden Russen festzunehmen und zurück nach München zu überführen.

Die *Horsd'œuvre* wurden aufgetragen. Unter anderem gab es Kaviar, Bliny und saure Sahne, was von Sergeij mit überlauter Begeisterung kommentiert wurde. Seit dem kurzen Gespräch über den Münchner Mord bemühten die beiden Russen sich nach Kräften, so zu tun, als ob nichts gewesen wäre, zumindest deutete Gryszinski ihre noch lautere und exzessivere Fröhlichkeit so. Es konnte allerdings auch daran liegen, dass Nataliya und Sergeij schon seit Stunden ernsthaft besoffen waren. Auch jetzt tranken sie unkontrolliert weiter, während der Speisewagen im gelben Licht einer unendlich wirkenden Dämmerung leuchtete.

»In St. Petersburg sind jetzt die weißen Nächte«, erklärte Nataliya unvermittelt. »Hier wird es noch Nacht, aber dort kaum noch. Keiner geht schlafen. Ein ewiger Sonnenuntergang, alles feiert ohne Pause.« Energisch nahm sie einen Schluck Wodka. Sie und Sergeij kippten ihn trotz ihrer Trunkenheit nicht auf einmal, sondern nahmen stetige kleine Schlückchen zu dem reichen Essen. Sie waren mittlerweile bei einer Fleischplatte angelangt. Die gebratenen Körperteile verschiedener Tiere lagen inniglich verschlungen auf einem Bett aus geschnitztem Gemüse. Die niemals abreißenden, wie Feuer den Rachen hinuntertröpfelnden Infusionen sorgten für einen gleichmäßigen Rausch, der nicht etwa mit einer plötzlichen Übelkeit endete, auch Gryszinski und Sophie hielten sich jetzt daran.

Und so geriet diese letzte Nacht im Nord-Express zu einem Gelage, das bis zum nächsten Morgen andauerte. Erst als sie gegen sieben Uhr den Bahnhof von Korsowka erreichten, gingen sie zu Bett. Den dreisprachigen Pierre überließen sie seinen Vorbereitungen fürs Frühstück. Er hatte den letzten Teil der Nacht im Stehen vor sich hin gedämmert, diskret an eine Wand gelehnt, im Rhythmus des fahrenden Zugs schwankend wie ein übernächtigtes Schilfrohr.

41.

Von Wien nach Konstantinopel, 1916

Begeistert blickt Fritz im Speisewagen umher, der genauso wie der fahrende Salon seiner Kindheitsphantasien aussieht. Kronleuchter hängen von der Decke, mit floralen Malereien ausgeschmückt. Gemälde und goldumrandete Spiegel zieren die Wände. Die kleinen Kristalle an den Lüstern zittern und werfen atemlos winzige Lichtpünktchen umher. An den mit dicken Tüchern bedeckten Tischen sitzt eine internationale Gesellschaft. Staatsmänner, Geschäftsleute, Damen mit Perlenketten und sehr viele Offiziere, keine uniformierte Schulter ohne glänzende Epaulette. Zwischen den gedeckten Farben preußischer Anzüge leuchten die roten Fes der Osmanen. Ein livrierter Oberkellner serviert den ersten Gang, dekantiert Weinflaschen. Man spürt eine Geschäftigkeit, eine aufgeräumte Jovialität an den vollbesetzten Tafeln, und tatsächlich ist dieser Balkanzug, der vor einem halben Jahr seine Jungfernfahrt mit Prominenz und Presse an Bord antrat, genau das: die stahlgewordene Behauptung, dass die Mittelmächte den Krieg bereits gewonnen haben. Seht her, schnauft der Zug triumphierend, wir verbinden hier mitten im tobenden Weltkrieg mit Pomp und Luxus Berlin und Konstantinopel, damit ist der Beweis erbracht, dass der Sieg unser ist! Fritz bemerkt, wie ihn diese Selbstgewissheit ansteckt, ihn beruhigt und ihm die Angst vor seiner Aufgabe nimmt. Bis

Konstantinopel ist er dem Feindesland fern. Auch wenn er nach wie vor mit seinen falschen Papieren reist, um seine Tarnung nicht zu gefährden, entspannt er sich doch merklich.

Und immer weiter stampft der Zug und flutet die Gedanken. Fritz, der einen kleinen Tisch ganz in der Ecke ergattert hat, isst mit Bedacht den ersten Gang, eine duftende Bouillon, auf deren dampfender Oberfläche eine seidige Fettschicht treibt, wie er sie das letzte Mal zu Friedenszeiten in seinem Elternhaus gegessen hat. In einer merkwürdig aufmüpfigen Stimmung beschließt er, seine Uhr nicht mehr aufzuziehen. Gern würde er Notizen machen, wie es nun sicherlich seine Mutter tun würde und wie er es in Paris gehalten hat, aber er will keinerlei Spuren mehr auf dieser Reise hinterlassen. Dafür saugt er alles auf, was er sieht, schmeckt und hört, das gesamte Bewusstsein im Skizzenmodus.

Dann kommt bereits der erste Grenzübergang: Ungarn. Papiere! Jawohl! Fritz zeigt seinen falschen Schweizer Pass mit Lichtbild, den von der deutschen Militärbehörde gestempelten Passierschein. Außerdem eine Bescheinigung, dass er ungezieferfrei ist, denn neuerdings gelten die Entlausungsvorschriften der Armee auch für Zivilisten. Ein fader Beigeschmack begleitet diese Kontrollen, lässt die heiteren Gespräche kurzzeitig verklingen. Der Krieg steht auf einmal wie ein unbequemer Elefant im Raum. Während der peniblen Leibesvisitation des Tischnachbarn blickt man höflich zur Seite. Den Koffer mit dem geheimen Brief hat Fritz zuvor in sein Schlafwagenabteil gebracht. Er atmet innerlich auf, als der Grenzbeamte ihm mit einem Nicken seine Papiere zurückgibt und sich dem nächsten Tisch zuwendet. Die Fahrt und das *dîner* gehen weiter.

Kurz nach Mitternacht haben sie Budapest hinter sich gelassen. Der Zug rattert durch die ewigen schwarzen Steppen der Puszta. Die meisten Gäste haben sich in ihre Abteile zurückgezogen, in denen schon längst die Betten bereitet wurden. Hinter den Fenstern zieht eine lichtlose Traumlandschaft vorbei. Fritz hat zwischendurch kontrolliert, ob sein Koffer noch im Gepäcknetz liegt, und ihn nach kurzem Überlegen unter die Matratze seiner Schlafkoje geschoben. Er hat das obere Bett. Unten schnarcht bereits ein freundlicher, aber scheuer österreichischer Zivilist.

Seine Faszination für den märchenhaften Speisewagen zieht Fritz wieder zurück an seinen kleinen Tisch, wo er sich ein letztes Glas Wein einschenken lässt. Einige Gäste sitzen noch beisammen und palavern – ein Vierertisch mit deutschen und türkischen Offizieren, die offenbar trotz der sonst üblichen Distanziertheit zwischen den formal Verbündeten hier gute Bekanntschaft geschlossen haben. Am Nebentisch führt ein Paar, vielleicht sind es Ungarn, ein intensives und wohl trauriges Gespräch. Flüchtig denkt Fritz an Mimi, aber es versetzt ihm sofort einen Stich der Scham. Lieber beobachtet er weiter die anderen Reisenden und ihre Spiegelbilder in den schwarzen Fensterscheiben, die nur teilweise mit Gardinen verhangen sind.

Plötzlich bemerkt er einen Mann, etwa dreißig Jahre älter als er selbst und mit einem dunklen Anzug bekleidet. Der Unbekannte sitzt ebenfalls allein an einem Tisch für zwei, zwischen ihm und Fritz steht der Tisch mit dem unglücklichen Paar, weshalb Fritz ihn nicht gleich bemerkt hat. Erst jetzt, als die beiden die Köpfe noch enger zusammenstecken, kann Fritz ihn deutlich sehen. Auch er hat ein Glas Wein vor sich, es wirkt unberührt. Zunächst streift sein Blick die Erscheinung des Fremden nur, doch dann zuckt Fritz unwillkürlich zusammen. Der andere mustert ihn unverhohlen, starrt ihn an. Das ungarische Paar setzt sich wieder gerade auf und entzieht Fritz den unangenehmen Blicken. Wenige Minuten später geht er mit pochendem Herzen schlafen.

Um kurz nach sechs versammelt sich die Reisegesellschaft bereits wieder im Speisewagen, sie erreichen den Übergang ins besetzte Serbien. Das Morgenlicht flutet den Waggon, Kaffeekannen gluckern, und die Gabeln klirren auf den Vorlegeplatten, als sie durch einen langen, stählernen Käfig fahren, der die glitzernde Save überspannt. Vor zwei Jahren haben die Serben die Eisenbahnbrücke gesprengt, um die Besetzung Belgrads zu verhindern, was vergeblich war; ein Jahr später haben die Deutschen sie innerhalb einer Woche wieder aufgebaut, ein behelfsmäßiges Monstrum aus x-förmigen Streben, in dem sich die Sonnenstrahlen wie Feuer brechen. Kurz darauf halten sie in Belgrad.

Erneute Grenzkontrollen, dieses Mal noch schärfer und misstrauischer im Ton, denn es ist bekannt, dass viele feindliche Agenten auf dieser Strecke reisen. Auch wenn Fritz nicht für die Gegenseite auf Mission ist, rast doch sein Puls, als sein gefälschter Pass kontrolliert wird. Der zuständige Beamte mustert das Dokument mit unverhohlener Skepsis, ruft nach einem Kollegen und bespricht sich flüsternd mit ihm. Plötzlich bemerkt Fritz wieder den Fremden von letzter Nacht. Er sitzt auf demselben Platz wie gestern und beobachtet finster die Szene, die sich zwischen Fritz und den Kontrolleuren abspielt. Erst jetzt fällt Fritz auf, wie ausnehmend elegant der Anzug des Mannes ist, vermutlich stammt er aus dem Hause eines teuren Herrenschneiders. Der Stil lässt an einen weltmännischen Diplomaten denken. Fritzens Nervosität steigt. Hat der Fremde ihn im Verdacht, ein Spitzel zu sein, und die Beamten auf ihn angesetzt? In dem Moment bekommt er seine Papiere zurück, die Männer drehen ihm den Rücken zu, als sei nichts geschehen.

Fritz lässt sich zurück in seinen Sessel fallen, die Fahrt geht weiter im angenehmen Takt harmloser Bequemlichkeiten. Nach dem Essen wechselt er vom Speisewagen in den Salon, ein weiterer Waggon mit floralen Malereien an der gewölbten Decke und Gemälden an den Wänden. Die Sessel sind noch ausladender, die Tische niedriger. Auf ihnen stapeln sich Zeitungen aus den Ländern der Mittelmächte, die Fritz schon lange nicht mehr in Händen hielt. Die nächsten paar Stunden versinkt er in jenem aus Druckerschwärze und papiernen Seiten heraufbeschworenen Weltbild, das im diametralen Gegensatz zu dem Universum steht, das sich ihm bei seinen Zeitungslektüren im Café de Flore präsentiert hat. Zwischendurch blickt er verwirrt aus dem Fenster. Die Welt ist noch da draußen, aber sie rast mit einer eigentümlich ruckelnden Bewegung an ihm vorbei. Sie fahren nun durch das ländliche Serbien, an Feldern vorbei, auf denen sich Bauern hoch aufrichten, sobald sie den imperialistischen Zug hören, um selbigem feindselige Blicke zuzuwerfen.

Der Gong ruft zum Mittagessen. Kurzer Zwischenstopp in Niš. Der türkische Offizier vom Vierertisch berichtet seinen deutschen Kollegen, dass in der Stadt ein Turm steht, vor hundert Jahren von den Osmanen errichtet, aus den Schädeln serbischer Rebellen, die im ersten serbischen Aufstand gefallen sind. Sein preußischer Tischnachbar lauscht dieser Geschichte mit einem gutmütigen Lächeln, während er nach einem zierlichen Salzfässchen greift und sein Essen nachwürzt. Fritz betrachtet ein identisches Fässchen, das auf seinem Tisch vor ihm steht. Der ganze Zug ist vollgestopft mit solch freundlichen Sachen, überall Zuckerdosen, Samoware, Karaffen, Bilder, Kristallgläser. Sie sind die nagelneuen Kopien der Dinge, die jeder glückliche Bewohner eines behaglichen Heims sein Eigen nennt. Plötzlich begreift er, wie sehr es ihm fehlt, diese Zeugen der Häuslichkeit um sich zu versammeln. Am meisten vermisst er jene, die bereits die Spuren eines langen Zusammenlebens tragen: den Teetisch seiner Mutter samt den Schrammen, die von den zahllosen Zusammenbrüchen des Möbels herrühren, wenn mal wieder zu viele Bücher auf ihm abgeladen wurden. Seinen Stoffelefanten mit den Preiselbeerflecken. Die tausendfach geschrubbten Töpfe der Brunner. Den durchgesessenen Diwan seiner Eltern. Sein geliebtes Münchner Fahrrad mit dem leicht verbeulten Lenker.

Den Fremden sieht er nicht in diesen herrlich verbummelten Stunden im Salonwagen. Erst beim *dîner* nimmt er wieder Platz an dem Tischchen hinter dem ungarischen Paar, das sich offenbar wieder versöhnt hat, zwischen den Gängen bemerkt Fritz verstohlen umschlungene Hände unter einer Serviette. Als Fritz den Mann wiedersieht, spürt er, wie das Blut in seinen Ohren rauscht, doch er lässt sich nichts anmerken. Das gesamte Abendessen über fängt er immer wieder Blicke auf, die der andere ihm über die Köpfe der Ungarn hinweg zuwirft.

Sie erreichen das verbündete Bulgarien. Die mächtigen goldenen Kuppeln der Alexander-Newski-Kathedrale glimmen am Abendhimmel von Sofia. Zeitgleich wird üppiger Käse serviert, der vermutlich noch aus den gut gehüteten Kellern irgendwelcher serbischer Bauernhöfe stammt. Der Zug rattert weiter durch die Nacht, der Großteil der Reisenden zieht sich in die Schlafabteile zurück, auch das ungarische Paar hat es eilig zu verschwinden. Wieder sitzen Fritz und der lauernd blickende Herr einander gegenüber. Als Fritz gerade entschieden hat, sich ruhig zu erheben und lässig nickend ebenfalls den Speisewagen zu verlassen, steht der Fremde seinerseits auf und schlendert zu seinem Tisch hinüber. Er zeigt auf den leeren Platz an Fritzens Tisch.

»Guten Abend. Dürfte ich mich wohl zu Ihnen setzen?« Er ist Deutscher, vielleicht eher aus dem Norden, denkt Fritz, obwohl er ein gewähltes Hochdeutsch spricht. Sein Tonfall verrät, dass er keinen Widerspruch gewohnt ist.

Fritz, den die plötzliche Veränderung der Situation überfordert, nickt bloß.

Der Mann setzt sich und betrachtet ihn einige weitere Momente mit diesem forschenden Blick. Dann beugt er sich vor und flüstert: »Gryszinski?«

Erschrocken starrt Fritz ihn an. »Sie irren sich«, stößt er hervor. »Mein Name ist Carl Steiner.«

»Ich verstehe schon.« Der Unbekannte nickt und winkt dem Oberkellner. »Zwei Cognac, bitte.«

Stumm warten die beiden Männer, bis der gewünschte Cognac serviert wurde. Die Offiziere vom Vierertisch tauschen alte Armeegeschichten aus, ihre Gespräche sind laut und fröhlich, niemand achtet auf ihren kleinen Tisch in der Ecke. Der Zug fährt eine weite Kurve, unwillkürlich lehnen sich alle in die entgegensetzte Richtung. Es sieht komisch aus, doch Fritz fühlt sich wie vor den Kopf geschlagen.

Der Mann legt seine Hände flach vor sich auf die Tischplatte und scheint kurz zu überlegen. Wieder beugt er sich vor. »Mein Name ist Ferdinand von Keffenbrinck. Ich kenne Ihren Vater, das heißt, nicht sehr gut, aber ich bin ihm hin und wieder begegnet in den letzten zwanzig Jahren … Ihre Patentante ist eine liebe Freundin.« Er lächelt fast versonnen. »Ich kenne die Gräfin noch aus alten Wiener Tagen, dort bin ich schon lange bei der Deutschen Botschaft tätig. Als ich sie einmal in München besuchte, lernte ich Ihre Eltern kennen. Wir gingen in die Oper, vorher sprach ich mit Ihrem Vater über einen Fall, der ihn damals sehr beschäftigte. Es ging um irgendwelche russischen Betrüger.«

Immer verwunderter lauscht Fritz. »Und woher wollen Sie wissen, dass diese Gräfin meine Patentante ist? Und dieser Herr, von dem Sie sprechen, mein Vater?« Die letzten Worte klingen gepresst. Fritz bemerkt entgeistert, dass ihm Tränen in die Augen schießen.

Keffenbrinck sieht ihn an. »Mein Junge«, sagt er und klingt aufrichtig gütig. »Sie sehen Ihrem Vater so unglaublich ähnlich. Als ich Sie gestern Abend zum ersten Mal gesehen habe, war ich richtiggehend entsetzt. Ich dachte, Ihr Vater wäre durch die Zeit gereist.«

Fritz schluckt. »Ein Zufall.«

»Na gut.« Keffenbrinck nickt verständnisvoll. »Sie dürfen offenbar nichts preisgeben. Ich will Sie nicht länger behelligen. Doch Ihre Patentante würde mir niemals verzeihen, wenn Ihnen etwas zustößt, obwohl ich hätte helfen können. Deswegen nur so viel: Sie können mir vertrauen. Ich schwöre auf die verrückten Hüte der Gräfin von Wurmbrand.«

Obwohl er es sich zu verkneifen versucht, muss Fritz beim Gedanken an die Hutkollektion seiner Tante Wurmbrand grinsen.

Keffenbrinck lacht leise. »Wir verstehen uns. Sie werden in Konstantinopel bleiben?«

»Nur auf der Durchreise.«

»Gut.« Ein weiterer nachdenklicher Blick folgt. »Ich werde mich eine Weile dort aufhalten und wohne im Pera Palas. Sollten Sie irgendwelche Schwierigkeiten haben, bitte zögern Sie nicht, mich dort aufzusuchen. Den alten Freund Ihrer Familie.«

Fritz spürt schon wieder, wie seine Augen feucht werden. Verlegen blickt er auf sein Glas. »Danke«, sagt er nur leise.

Keffenbrinck leert seinen Cognac und steht auf. »Gute Nacht.« Beim Vorbeigehen drückt er kurz Fritzens Schulter.

Der Zug rast weiter durch die Dunkelheit. Mitten in der Nacht hält er in Philippopel, von Fritz unbemerkt, der zum ersten Mal seit Wochen in einen tiefen, traumlosen Schlaf gesunken ist.

Als er sich am nächsten Morgen ausgeruht und frisch rasiert zum Frühstück begibt, haben sie bereits die Türkei erreicht. Die himmelhohen Minarette von Adrianopel ziehen an ihnen vorbei. Dieser dritte Tag seiner Balkanreise ist der ruhigste.

Ein Durchatmen, bevor es an die wirkliche Schwierigkeit geht: wieder zurück ins feindliche Gebiet zu gelangen, nach Russland. Fritz hat noch keine Ahnung, wie er das anstellen soll. Keffenbrinck spricht ihn nicht mehr an. Er nickt ihm lediglich noch einmal kurz zu, als sie einander im Salonwagen begegnen. Hier sitzt Fritz diesen ganzen friedlichen Tag über, trinkt würzigen Mokka, der seinen tiefen Duft im gesamten Waggon verströmt, und blickt durch das Fenster in sich selbst hinein, während jenseits seiner Gedanken eine spätsommerliche Landschaft wie ein rasch wechselndes Bühnenbild vorbeigetragen wird.

Der Gong zum Essen, die Salzfässchen, die Gemälde, die glänzenden Holzvertäfelungen und die Tische mit der vorbeifliegenden Landschaft hinterm Fenster sind ihm am Ende dieses Tages so lieb geworden, dass er sich kaum trennen mag, als sie am Abend endlich in einem lärmerfüllten, unüberschaubaren Konstantinopel ankommen. Er nimmt seinen kleinen Koffer, der Brief liegt wie Blei in seinem Versteck im Futteral. Ein letzter Blick in den Speisewagen, dann verlässt Fritz seinen blauen Märchenzug.

Vierter Teil: Getrennte Wege

42.

St. Petersburg, 1896

Sobald sie in der Hauptstadt des Russischen Kaiserreichs ankamen, befiel Gryszinski das eigentümliche Gefühl, aus seiner bisherigen Welt verschwunden zu sein. Als seien sie jetzt endgültig außer Reichweite von allem und jedem, der sie mit ihrem Zuhause verband. Befremdet sah er sich an diesem unbekannten Bahnhof um, wo sie von laut rufenden Großmütterchen empfangen wurden, die getrockneten Fisch und Bier verkauften. Im Hintergrund erhoben sich die bunten Zwiebeltürme der Auferstehungskirche wie ein unwirkliches Mosaik in der flirrenden Sommerluft.

Der Eindruck der Selbstauflösung verstärkte sich, als ihre Droschke vor dem Grand Hotel Europe am Newski Prospekt hielt – Petersburgs prachtvollster Boulevard – und sie kurz darauf in der Empfangshalle standen. Die anonyme Eleganz, die auch diese Lobby beherrschte, sorgte paradoxerweise dafür, dass man sich als Reisender sofort angenommen fühlte, und auch Gryszinski war bereit, sich in diesen Ort zu versenken, der alles, was sie tun und erfahren würden, für sich behalten würde. Auf den zweiten Blick konstatierte er, dass die dargebotene Einrichtung nicht mit dem erlesenen Luxus der Pariser Grand Hotels mithalten konnte – dafür gebe es, flüsterte Nataliya ihm zu, einen richtigen Garten auf dem Dach, mit zauberhaften kleinen Pavillons. Die Baranoffs schritten sofort zur Rezeption und verhandelten im hitzigen Russisch die Preise für ihre Zimmer. Das sei hier so üblich, erklärte Sergeij den erstaunten Gryszinskis, selbst die Töchter des Zaren würden nicht die gelisteten Zimmerpreise zahlen, sondern einen besseren Kurs verlangen. Gryszinski fiel auf, dass Sergeij hier nicht sein Briefpapier mit dem Romanow-Wappen ins Spiel brachte. Vermutlich war es selbst ihm zu dreist, diesen Trick direkt unter der Nase der besagten Herrscherfamilie anzuwenden.

Ihre komfortablen Suiten lagen direkt beieinander. Die beiden Paare trennten sich lediglich für eine halbe Stunde, um sich einzurichten. Vorher rief Nataliya ihnen noch die dringende Warnung zu, auf keinen Fall das Wasser aus dem Hahn zu trinken, sondern nur das in den bereitgestellten Flaschen anzurühren.

Wenig später kutschierten sie durch das sommerliche Petersburg. Die Straßen waren voller Pferdefuhrwerke. Hufe schlugen hart auf die Pflastersteine, ein Schnauben und Wiehern füllte die Luft. Entlang des Newski Prospekts warteten die Mietdroschken in der heißen Sonne. Kräftige Gäule zogen die zweistöckigen Omnibusse, an deren Rückseiten zierliche geschwungene Treppen aufs Oberdeck führten. Dazwischen auffällig viele offene Einspänner, in denen höchstens zwei Personen Platz fanden und streng blickende Herren mit geschniegelten Spitzbärten die Zügel hielten. Es gab keine Bäume, die ganze Stadt schien aus Stein zu bestehen. Die Häuser waren rot gestrichen in allen möglichen Schattierungen, dazwischen hin und wieder Adelshäuser aus kunstvoll gedrechseltem Holz. In den Ecken der Arkaden standen mannshohe Ikonen mit ständig brennenden Lämpchen.

»Ist es nicht wunderbar?«, fragte Nataliya und drückte glücklich seufzend Sophies Arm.

Gryszinski nickte. Die meisten Gebäude waren von oben bis unten mit Ladenschildern zugehängt. An jeder Ecke standen Zeitungsjungen mit einem reichen Angebot an Gazetten, sie standen stumm und unbewegt da wie Laternenpfähle, ein flüchtiger Eindruck, der ihm doch nicht mehr aus dem Kopf ging. In ihrem Hotel hatte er einen kurzen Blick in den behaglichen Leseraum werfen können, in dem eine große Auswahl an ausländischen Zeitungen bereitlag. Als er eine entfaltet hatte, waren ihm sofort die dunklen Blöcke ins Auge gesprungen, wo ein eifriger Zensor jedes russlandkritische Wort sorgsam geschwärzt hatte.

»Wir fahren als Erstes ins Literaturcafé«, erklärte Sergeij. »Dort verkehrt unsere *Intelligenzija*. Vielleicht eine gute Gelegenheit für euch, um erste Kontakte zu knüpfen.«

Gryszinski registrierte, dass Sergeijs Tonfall sich geändert hatte. Er klang geschäftsmäßiger, weniger charmant und herzlich. Vermutlich waren er und Sophie von der umschwärmten Neueroberung nun zu Mitarbeitern herabgestuft worden, die man etwas nüchterner behandelte. Ihre Droschke hielt an. Sie waren nicht weit gefahren. Auch das Kaffeehaus lag am Newski Prospekt, direkt neben einer flachen Brücke, die sich über den bräunlichen Fluss erstreckte. Drinnen umfingen sie Wände und Draperien in einem dumpfen Rot, auf den Tischen dampften trotz der Hitze die Samoware, weshalb die Fenster weit offen standen, sodass sich die Fransen der Lampenschirme in der warmen Luft bewegten. Die anwesenden Damen trugen Kleider mit voluminösen Puffärmeln, sie ließen den plüschigen Raum heiter wirken, als schwebten Luftballons zwischen den Gästen. Sergeij dirigierte sie zu einem Tisch in der Mitte des Raumes, wo Nataliya und ihr Rock am besten zur Geltung kamen, Letzterer floss wie ein gefältelter Wasserfall von ihren Hüften herab.

»Dieses Café ist voller dunkler Geschichten«, raunte Nataliya, nachdem sie einen letzten prüfenden Blick auf ihr Salongewässer geworfen hatte. »Puschkin trank hier seinen letzten Tee, bevor er sich tödlich duellierte.«

»Oh«, machte Sophie bewundernd. Gryszinski sah ihr an, dass sie im Geiste bereits Puschkins Schriften aufschlug, um sie allesamt noch mal zu lesen.

»Auch Tschaikowski soll hier etwas getrunken haben, unmittelbar vor seinem plötzlichen Tod vor drei Jahren«, setzte Sergeij noch eins drauf. »Man munkelt: Arsen. Zusammen mit einem Glas Wasser, das er hier bestellt hat. Wassilij dahinten ...«, er zeigte vage auf einen Kellner, der mit düsterem Gesichtsausdruck seine Blicke über die Tische wandern ließ, »... schwört, dem Maestro dieses Glas serviert zu haben.«

Nataliya stieß einen erregten Laut aus, der wie das Brummen einer wütenden Biene klang. »Ha! Er hat hier ein Glas Wasser getrunken, das nicht abgekocht war, und ist elendig an der Cholera gestorben.« Sie starrte die Gryszinskis bedeutungsvoll an, wie um ihre Warnung von vorhin zu verstärken. Der Major beschloss in diesem Moment, jeden Abend ein großes Glas Wodka zu trinken, zum Zwecke der inneren Desinfizierung. Passenderweise wurde in diesem Moment neben dem Tee auch eine Karaffe mit der heilenden Spirituose serviert.

»Nun, stoßen wir doch auf das Leben an«, sagte Sergeij natürlich sofort, es klang mittlerweile mechanisch.

Sie nippten ein wenig lustlos, ihnen allen saß noch die letzte ausschweifende Nacht im Nord-Express in den Knochen. Dafür tat der warme Tee, der nach süßer Marmelade duftete, umso besser. Dazu gab es weißen Honigkuchen. Nach ein paar belanglosen Plaudereien erhob sich Nataliya plötzlich, wobei ihr Kleid laut raschelte. »Meine Freunde, ich muss mich für ein paar Stunden entschuldigen. Zum Abendessen werde ich zurück sein.«

»Stimmt etwas nicht?«, fragte Sophie besorgt. »Brauchst du Begleitung?«

»Wie lieb von dir, aber keine Sorge.« Nataliya beugte sich vor und streichelte Sophies Wange, eine Liebkosung, die Gryszinski in ihrer Distanzlosigkeit unangenehm aufstieß. »Ich habe hier in Petersburg eine alte Tante, der es nicht gut geht, die möchte ich gern vor dem *dîner* noch besuchen.«

Gryszinski dachte schnell nach. Sophie und er hatten vereinbart, die Baranoffs keinen Moment aus den Augen zu lassen. Doch er konnte nun weder Sophie bitten, Nataliya zu beschatten, noch war es möglich, dass sie hier allein mit Sergeij sitzen blieb. Ersteres war zu gefährlich, Letzteres ziemte sich einfach nicht, egal, wie weit weg sie von zu Hause waren. Sein Gefühl sagte ihm, dass es nun wichtiger sei, an der Russin dranzubleiben. Daher erhob er sich sehr bestimmt.

»Ich bin nach der langen Reise doch ein wenig erschöpft.« Er blickte Sophie an. »Ich denke, wir entschuldigen uns ebenfalls bis zum Abendessen und ziehen uns ins Hotel zurück. Was meinst du, meine Liebe?«

Sophie stimmte sofort zu und sprang ebenfalls auf. Nur Sergeij blieb sitzen, er wirkte etwas irritiert, aber nickte. »Nun, ich werde noch ein wenig hier verweilen. Bis später dann.«

Vor dem Kaffeehaus winkte Gryszinski nach einer Mietdroschke, während Nataliya sich bereits in Bewegung setzte. Es war offensichtlich, dass sie so schnell wie möglich wegwollte.

»Können wir dich ein Stück mitnehmen?«, fragte Sophie.

»Oh, vielen Dank, *mon cœur*, aber es ist nicht weit«, rief Nataliya hastig über ihre Schulter und lief eilig weiter. *»À bientôt!«*

Verschwörerisch nickten die Gryszinskis einander zu. Sie stieg in die Kutsche Richtung Hotel, er zog den Hut tiefer ins Gesicht und folgte der Russin.

Jemandem unbemerkt zu folgen, ist eine Kunst. Noch viel schwieriger verhält es sich, wenn der Verfolgte den Beschatter gut kennt. Doch Gryszinski hatte das Glück auf seiner Seite. Nataliya sah sich kein einziges Mal um. Als würde sie durch einen unsichtbaren Tunnel wandeln, der ihr die Sicht auf alles um sie herum nahm, rannte sie beinahe die ewig lange Einkaufsstraße entlang. Auch Gryszinski betrat diesen imaginären Tunnel, heftete seinen Blick an ihren Hinterkopf und sah weder die Taubenschwärme, die wie eine kreischende Wolke aus dem Innenhof eines riesenhaften Kaufhauses stoben, noch bemerkte er die zahlreichen steinernen Figuren, die wie die Bewohner ihrer eigenen vertikalen Stadt stolz zwischen den Schilderwäldern an den Hausfassaden hingen.

Endlich blieb Nataliya stehen. Sie war vor einem offiziell aussehenden großen Bau angekommen und schien sich einen Moment lang zu orientieren. Gryszinski konnte die großen kyrillischen Buchstaben über dem Portal nicht entziffern, aber er begriff schnell, dass sie sich vor einem Amtsgebäude der *Potschta Rossii*, der Russischen Post, befanden. Im nächsten Moment ging sie hinein. Nach kurzem Überlegen lief er bis zum Eingang, dessen Türen weit offen standen, sodass geschäftige Petersburger ungehindert rein- und rauseilen konnten. Er erhaschte einen Blick auf reihenweise Schließfächer, ein verschwiegenes Archiv geheimer Briefe. Das reichte ihm. Er wartete in gebührendem Abstand, bis Nataliya wieder erschien. Wie er es sich gedacht hatte, trug sie nun ein Paket unterm Arm. Sie lief genauso zielgerichtet und blind für ihre Umwelt weiter wie zuvor. Wieder folgte er ihr.

Endlich endete der Newski Prospekt. Die Kaffeehäuser, die farbenfrohen Auslagen der Buchgeschäfte und Floristen sowie die glänzenden Schaufenster der Modehäuser wichen einem monumentalen klassizistischen Gebäudekomplex, dessen Ende Gryszinski nur erahnen konnte. Er hatte genügend Abbildungen in Reisejournalen gesehen, um zu wissen, dass dies die Eremitage war. Ein Gefühl der Ehrfurcht befiel ihn, als ihm klar wurde, wie viele weltberühmte Kunstwerke hinter dieser Fassade mit ihren Pilastern und Ziergiebeln warteten. Nataliya indes überquerte ungerührt eine Brücke, die über die Newa führte. Der breite Fluss war voller Dampfboote, vollgepackt mit Reisenden, die aufgeregt in ihren roten Baedekern blätterten. Gryszinski schob sich durch das Gedränge auf der Brücke, ein babylonisches Wirrwarr aus Sprachen umspülte kurz seine Wahrnehmung, dann kam er auf der anderen Seite an und entdeckte Nataliya, die jetzt auf der Uferstraße entlang der Newa weiterging.

Kaum hatten sie die Eremitage und ihr nächstes Umfeld hinter sich gelassen, hörte er wieder nur noch das ihm völlig unverständliche Russisch, hin und wieder einmal einen Fetzen Französisch. Die Gegend erinnerte ihn seltsamerweise stark an Amsterdam mit seinen Grachten und den dicht beieinanderstehenden Stadthäusern. Die kleineren Straßen, die vom Ufer wegführten, waren mit einer geometrischen Präzision gezogen und derart parallel zueinander angeordnet, wie er es wiederum aus Berlin kannte. Er bemerkte, dass er versuchte, diesem fremden Petersburg Herr zu werden, indem er es in seine Bestandteile zerlegte und in seinen inneren Setzkasten ihm bekannter Städte einordnete. Aber so ganz wollte es ihm nicht gelingen.

Plötzlich bog Nataliya, die weit vor ihm lief, in eine der Seitenstraßen ein. Gryszinski beschleunigte seinen Schritt, um sie nicht zu verlieren. Als er die Ecke erreichte, an der sie verschwunden war, sah er eben noch, wie sie die Tür eines kleinen Hauses aufschloss. Es stand nur wenige Meter von der Uferstraße entfernt, vermutlich hatte man von innen noch einen halben Blick auf den Fluss. Etwas heruntergekommen und deutlich kleiner als die umstehenden Wohnhäuser wirkte es wie ein lästiges Waisenkind, das sie zwischen sich eingeklemmt hielten. Es war in einem schmutzigen Gelb gestrichen und setzte sich so noch mehr von seiner Umgebung ab, die auch hier zwischen Rostrot und Altrosa changierte. Sehr vorsichtig näherte sich Gryszinski dem Haus. Auf keinen Fall sollte Nataliya ihn durchs Fenster sehen. Soweit er es erkennen konnte, stand kein Name an der Tür, an der nur ein verbeulter Klopfer in der Form einer Löwenklaue angebracht war. Er zog sich bis zur Uferstraße zurück und wartete. Keine zehn Minuten später erschien sie wieder, schloss sorgfältig die Tür ab und kam auf ihn zu. Hastig entfernte er sich und überquerte die Straße in der Hoffnung, hinter dem zunehmenden Gewimmel der Kutschen nicht weiter aufzufallen. Es schien zu glücken. Nataliya wandte sich in die Richtung, aus der sie gekommen waren, vermutlich kehrte sie ins Hotel zurück. Gryszinski beschloss, noch einen genaueren Blick auf das gelbe Häuschen zu werfen.

Die Fenster waren von innen verhangen und verschlossen. Auch sonst wies nichts darauf hin, dass sich noch jemand dort drinnen aufhielt. Er bemühte sich, so selbstverständlich wie möglich vor die Eingangstür zu treten. Sie war völlig verstaubt, nur um die Türklinke herum sah man die frischen Handabdrücke Nataliyas. Rasch zog er seinen Quistiti hervor und hantierte damit am Schloss herum, weiterhin bemüht, so unauffällig und arglos wie jemand zu wirken, der sich mit seinem eigenen Schlüssel Zutritt verschafft. Mit einem leisen Klicken öffnete sich die Tür. Schnell trat er ein.

Drinnen hing der charakteristische Geruch eines Hauses in der Luft, das man lange allein gelassen hatte. Er warf einen kurzen Blick in das Zimmer, das linker Hand vom kleinen

Eingangsbereich abging. Es schien der Salon zu sein. Er war mit zwei Fauteuils und einem Sofa möbliert, die wirkten, als würden sie aus einem Theaterfundus stammen und nun die Kulisse für eine Szene im Boudoir eines französischen Schlosses bilden. An den Wänden hingen mehrere Photographien und zwei Plakate, die auf Kyrillisch wohl Bühnenstücke bewarben. Auf allen war Nataliya zu sehen, jedes Mal anders kostümiert und immer in einer dramatischen Pose. Ihre glanzvolle Zeit als Petersburger Schauspielerin war in diesem muffigen Zimmer noch lebendig. Dies hier war eindeutig Nataliyas Haus. Vielleicht war der Besuch der alten Tante nur eine halbe Lüge gewesen, und sie hatte diesen Ort tatsächlich von einer solchen geerbt. Die Einrichtung der restlichen Zimmer wies darauf hin, diese war altmodisch und karg. Der einzige Schmuck waren weitere Photographien Nataliyas in noch mehr Theaterrollen. Sie hingen überall, als würde die Bewohnerin eine permanente Erinnerung daran brauchen, wer sie war – oder wer sie wieder sein wollte.

Gryszinski zog seine Uhr. Mittlerweile war es früher Abend. Wenn er sich nicht verdächtig machen und pünktlich zum Abendessen erscheinen wollte, musste er schnell handeln. Wieder klopfte er Wände und Böden ab, suchte vor allen Dingen nach deutlichen Spuren im Staub, der auch hier drinnen die Möbel überzog. Er nahm Rahmen von den Wänden auf der Suche nach einem versteckten Tresor, drückte Kissen zusammen, öffnete Schränke. Nach einer Stunde musste er sich verzweifelt eingestehen, dass Nataliya offenbar einen sehr gut verborgenen Winkel in diesem Haus hatte. In dem befanden sich wohl die Pläne, die er so dringend in seinen Besitz bringen wollte. Fluchend konsultierte er wieder seine Uhr. Er konnte nicht länger suchen. Mit einem ärgerlichen Brummen klopfte er seinen Anzug ab, der deutlich verschmutzt war.

»Also gut«, murmelte er halb zum vernachlässigten Häuschen und halb zu sich selbst, während er die Eingangstür hinter sich zuzog. »Komme ich eben später noch einmal wieder.«

Dieses Mal nahm er eine Droschke zum Hotel. In der Lobby sah er sich verstohlen um, ob nicht etwa die Baranoffs irgendwo zu sehen waren, aber nichts. Als er zu den Aufzügen ging, rempelte ein Mann ihn an, der sehr eilig in die entgegengesetzte Richtung lief. Gryszinski, in seinen eigenen Gedanken verloren, zuckte erschrocken zusammen und drehte sich zu dem anderen um.

»Pardon«, machte der ruppig und lief schon weiter, ihm den Rücken zugewandt. Der Fremde trug einen Hut und einen dunklen Anzug, wie tausend andere Männer.

Missbilligend schüttelte Gryszinski den Kopf, dann öffnete sich mit einem leisen Klingeln die Tür zum Fahrstuhl.

Noch Jahre später sollte er über die sekundenkurze Begegnung nachdenken.

In diesem Moment allerdings wollte er so schnell wie möglich in ihr Zimmer kommen. Es gelang ihm, ohne jemanden dabei zu treffen. In ihrer Suite erwartete Sophie ihn bereits unruhig.

»Ein Glück, ich habe mir schon Sorgen gemacht! Und wir müssen gleich losgehen.« Sie betrachtete kurz seinen derangierten Anzug, dann öffnete sie schnell den Schrank, um frische Kleidung für ihn hervorzuziehen, während Gryszinski bereits die staubigen Sachen abstreifte. »Du erzählst es mir nachher«, stellte sie nur fest.

Später sollte sich Gryszinski öfter selbst fragen, ob die Baranoffs an diesem Abend anders gewirkt hatten. Ob sich in irgendeinem Detail, einer Geste oder einem dahingesprochenen Satz das angekündigt hatte, was kurz darauf folgen würde. Doch wie er seine Erinnerungen auch drehte und wendete, ihm fiel nichts Derartiges ein. Tatsächlich verdichtete sich der erste Teil dieses Abends immer mehr zu solch von Sorglosigkeit und Wärme durchwirkten Stunden, wie sie nur in Sommernächten erlebbar sind.

Sie speisten auf dem Dachgarten des Hotel Europe unter einem Abendhimmel, der nicht dunkel wurde. Zwischen Palmen und blühenden Rosen saß man im Schatten eines sich über das ganze Dach erstreckenden Laubenganges. An den äußersten Ecken dieses Gartens standen einige grün bewachsene Pavillons, und in einem solchen hatten die beiden Paare Platz genommen. Unter ihnen offenbarte sich das gesamte Petersburg mit seinen glitzernden Wasserläufen. Kellner in weißen Anzügen liefen geschäftig zwischen den Tischen umher. Über allem hing ein Himmel, dessen höchster Punkt in einem glasklaren Hellblau strahlte, während das restliche Firmament scheinbar in Flammen stand. Ein ewiges gelbes Licht legte sich auf ihre Gesichter und Gemüter, die eigentlich längst abendliche Dunkelheit erwarteten und nun in solch einem Übermaß an Licht badeten, dass jede Schläfrigkeit in schwindelige Euphorie umschlug.

Gryszinski betrachtete Sergeij. Er war wieder charmant und fröhlich wie zu Anfang ihrer Bekanntschaft, gleichzeitig wirkte er selbstsicherer, weniger auf die Anerkennung anderer brennend. Heute trug er einen enger geschnittenen Anzug als üblich, was seinen Körper konturierter und kräftiger wirken ließ. Sein dunkles Haar hatte er mit viel Pomade aus dem Gesicht gekämmt, an seiner Hand funkelte ein Siegelring. Ein Mann, der das Beste aus seinem Äußeren machte, genauso wie Nataliya, deren lockige, summende und vielfach drapierte Erscheinung auf rätselhafte Weise verführerisch war.

»Mein Freund, du wirkst heute Abend wieder einmal sehr philosophisch«, erklärte Sergeij zwinkernd.

Gryszinski lachte. »Ich bin nur damit beschäftigt, all die neuen Eindrücke in mich aufzunehmen.«

»Das kann ich mir vorstellen.« Sergeij lächelte voller Wärme. »Für Nataliya und mich ist das alles hier vertraut, aber ihr beide müsst euch sehr fremd fühlen.«

»Das stimmt.« Der Major war selbst erstaunt, wie sehr die Worte des Russen ihn bewegten.

»Wir sind doch einfach sehr weit weg von zu Hause«, fügte Sophie hinzu, woraufhin Nataliya ihr zärtlich einen Arm über die Schultern legte.

»Ein paar Abende im Literaturcafé, und ihr werdet euch wie in der Heimat fühlen«, erklärte Sergeij aufgeräumt. »Sophie, du solltest deine Notizbücher nehmen und dich dort auch zum Schreiben niederlassen. Für ein kleines Trinkgeld zeigt dir der Kellner Wassilij, an welchen Tischen Puschkin und Dostojewski am liebsten gesessen haben.«

In dieser Art unterhielten sie sich das gesamte Abendessen über, angeregt, sich lachend einander ins Wort fallend. Die unsinkbare Sonne tauchte sie die ganze Zeit über in ihr unwirkliches Licht. Irgendwann kamen sie auf ein Gedicht Puschkins, das Sergeij frei zitierte, während Sophie den Wortlaut anders in Erinnerung hatte. Sie stritten scherzhaft ein wenig über die Zeilen des russischen Dichters und schlossen am Ende sogar eine Wette darüber ab, wer Puschkin korrekt zitierte. Gryszinski setzte in dieser Sache eindeutig auf seine Frau.

»Ich habe einen Gedichtband von Puschkin in unserem Zimmer«, erklärte Sergeij heiter. »Ich werde ihn holen gehen, dann können wir die Sache direkt an Ort und Stelle klären.«

»So sei es«, gab Sophie übermütig zurück. »Und denk dran: Wettschulden sind Ehrenschulden.«

Sergeij verbeugte sich scherzhaft. »Selbstverständlich, Verehrteste.«

Er erhob sich und verließ den Dachgarten. Die drei Verbliebenen plauderten eine Weile weiter, dann beschlossen sie, noch heute Abend das Literaturcafé aufzusuchen. Keiner von ihnen war müde.

»Wo Sergeij nur bleibt?«, fragte Nataliya. »Er ist doch bestimmt schon eine Viertelstunde fort, wenn nicht länger. Ich werde ihn holen, dann können wir fahren.« Die Russin ging ebenfalls.

»Eigentlich würde ich mich gern rasch frischmachen.« Sophie stand auf. »Lass uns auch schnell auf unser Zimmer gehen.«

»Gut.« Gryszinski nickte.

Gemeinsam liefen sie zwischen Palmen und schwer duftenden Rosenblüten in Richtung des Ausgangs. Sie nahmen die Treppe in den ersten Stock, wo sich ihre Zimmer befanden. Als sie die Tür zum Korridor aufstießen, hörten sie, wie eine Frau einen schrillen Schrei ausstieß.

Sophie packte Gryszinski am Arm. »Was war das?« Entgeistert starrte sie ihn an.

Plötzlich hallte der ganze Flur von spitzen Schreien wider, dann folgte ein lautes Wehklagen, wild ausgestoßene russische Satzfetzen.

»Ist das Nataliya?«, fragte Sophie erschrocken.

Sie warteten nicht länger ab, sondern stürmten zur Suite der Baranoffs, deren Tür weit offen stand. Gryszinski erreichte den Raum als Erster. Auf der Schwelle blieb er ruckartig stehen.

Im grellen Licht der Mitternachtssonne bot sich ihm ein schreckliches Bild. Das Zimmer war völlig verwüstet. Die Schränke aufgerissen, Schubladen zu Boden geworfen und ausgeleert. Jemand hatte die Federbetten und Kissen aufgeschlitzt, das gesamte Bett war von den herausquellenden Daunen bedeckt. Sessel und ein mit Blumen bestickter Paravent waren umgestürzt.

Inmitten dieser Zerstörung lag Sergeij Baranoff. Sein Anzug war zerfetzt, und Blut quoll aus seinen unzähligen Verletzungen. Eine rote Lache hatte sich bereits um seinen Körper herum gebildet. Nataliya saß, selbst voller Blut, inmitten dieser Pfütze und hielt ihren Geliebten im Arm. Sie schrie immer noch. Ihre tiefe Stimme überschlug sich und erfüllte den gesamten Raum, sodass man keinen klaren Gedanken fassen konnte. Erst jetzt sah Gryszinski, dass auch die Tapeten und Bilder an den Wänden voller Blut waren. Das wilde Licht strömte weiter durch die Fenster und leuchtete alles erbarmungslos aus. Hinter sich hörte er nun auch Sophie voller Horror aufschreien. Schnell riss er sie an sich und drückte ihr Gesicht an seine Brust, damit sie nicht sehen musste, was sich ihm bereits eingebrannt hatte.

Und die ganze Zeit konnte er nur, absolut unpassend, an einen einzigen Satz denken: Das ist sicherlich keine große Sache, Gryszinski.

43.

Konstantinopel, 1916

»Ich hätte Sie nicht so bald erwartet, aber ich freue mich, Sie zu sehen. Kommen Sie doch herein.« Keffenbrinck öffnet einladend die Tür zu seinem geräumigen Zimmer.

Etwas verlegen tritt Fritz ein und blickt sich unauffällig um. Durch die halb geöffnete Tür im hinteren Teil des Raums sieht er eine luxuriöse Badewanne aus Marmor. Schon das Atrium des Pera Palas – ein hoher Lichtschacht unter mehreren Kuppeln, prunkvoll wie der Palast eines Sultans, dazu ein Hauch American Bar – hat ihn wie eine orientalische Phantasmagorie bestürmt. Unten an der Bar steht eine verschworene Gemeinschaft westlicher Reporter und osmanischer Offiziere zusammen. Das ganze Hotel ist ein wahr gewordener westlicher Sehnsuchtsort, den Fritz auf den Straßen Konstantinopels allerdings so nicht finden konnte. Dafür ist es laut, riesenhaft und verwirrend gewesen, mit den Moscheen, die sich vor ihm auftürmten, dazwischen weite Plätze mit Mokka trinkenden Männern, dann plötzlich Enge und brüllende Lautstärke auf den Basaren, bis sich auf einmal unerwartet ein Schlund auftat und er über das dunkel strömende Wasser des Bosporus blickte.

Sechs Stunden auf den Straßen dieser Stadt haben gereicht, um Fritz klarzumachen, dass er völlig verloren ist, wenn er nicht die Hilfe einer halbwegs vertrauenswürdigen Person annimmt. Er hat sich noch nicht einmal ein Hotel gesucht, sondern lediglich seinen Koffer in einem Schließfach am Bahnhof deponiert, bevor er wie ein Schlafwandler durch die Straßen gelaufen ist. Und aus all diesen Gründen steht er nun vor dieser Tür.

»Vielen Dank, Herr von Keffenbrinck«, sagt er etwas förmlich und setzt sich auf den mit rotem Samt bezogenen Sessel, auf den Keffenbrinck zeigt. Der nimmt daraufhin Fritz gegenüber Platz.

»Möchten Sie etwas trinken, Friedrich?«

Fritz zuckt zusammen, als er seinen echten Namen hört. »Verzeihen Sie, aber dürfte ich Sie bitten …«

Keffenbrinck winkt ab. »Keine Sorge, hier kann man uns nicht belauschen.« Er lacht gemütlich. »Es mag ein Tick sein, aber nach so vielen Jahren als Diplomat untersuche ich jedes Hotelzimmer, in dem ich nächtige, als Erstes auf Schwachstellen, auf Möglichkeiten, mich auszuspionieren, aber hier gibt es keine. Glauben Sie einem alten Hasen.«

»Gut.« Fritz lächelt. »Entschuldigen Sie jedenfalls, dass ich Sie gleich hier an Ihrem ersten Abend in Konstantinopel so überfalle.«

»Ach, lassen wir das. Tatsächlich ist es doch immer schön, in der Fremde ein bekanntes Gesicht zu sehen.« Keffenbrinck lächelt zurück. »Trinken Sie doch einen Raki mit mir, er ist vorzüglich.«

Sie trinken von dem nach würzigem Anis duftenden Schnaps. Fritz spürt, wie die Flüssigkeit heiß durch seinen Hals rinnt, und nimmt sofort einen weiteren Schluck. So ermutigt, wagt er einen ersten Vorstoß. »Ich bin heute Abend hier, weil ich Hilfe brauche. Genauer gesagt brauche ich einen Verbündeten, der mich unterstützt in dem, was ich … zu tun habe.«

Keffenbrinck hat aufmerksam die Fingerspitzen seiner Hände aneinandergelegt und nickt nur. »Ich höre.«

»Ganz genau darf ich Ihnen nicht sagen, was meine Aufgabe ist.«

»Selbstverständlich.« Der alte Diplomat grinst. Fritz merkt, dass Keffenbrinck ihm sympathisch ist. »Berichten Sie einfach nur so viel, wie Sie wollen. Und so viel, wie ich wissen muss, um Ihnen helfen zu können.«

»Nun denn.« Fritz nimmt einen weiteren Schluck vom feurigen Raki. »Im Auftrage, nun, unseres … Vaterlands muss ich jemandem etwas zukommen lassen. So schnell wie möglich. Und zwar in Petrograd.«

Einen kurzen Moment lang weiten sich Keffenbrincks Augen entsetzt. Doch als er spricht, ist er schon wieder die Ruhe selbst. »Sie wollen also nach Russland.«

»Ja.« Fritz lacht etwas gequält. »Das heißt: Ich muss.«

»So. Dann denken wir mal nach.« Keffenbrinck setzt sich gerade auf, als würde er sich für etwas bereit machen. »Sie haben einen Schweizer Pass?«

»Genau.«

»Tja, bis vor wenigen Wochen hätten Sie damit einigermaßen gefahrlos durch Rumänien fahren und über die dortige Grenze einreisen können. Aber nun hat sich Rumänien ja auf die Seite der Entente gestellt, und damit hat sich die Ostfront auf sehr ungünstige Weise verlängert.« Keffenbrinck verzieht den Mund. »Schwierig. Woran haben Sie denn gedacht?«

»Nun, nach Abwägung aller Möglichkeiten …« Fritz sieht zu Boden, plötzlich unsicher, ob der Ältere ihn gleich auslachen, ihn für verrückt erklären wird.

»Nur immer raus damit, Junge!«

»Also gut.« Fritz strafft die Schultern. »Da der Landweg offenbar keinen Übergang mehr möglich macht, müsste man wohl den Seeweg nehmen.«

»Und über das Schwarze Meer fahren?«

»Ja, das ist richtig.« Gespannt wartet Fritz auf die Reaktion des Diplomaten.

Keffenbrinck schweigt nachdenklich. Zu Fritzens Überraschung nickt er dann. »Sie haben recht. Es ist Ihre einzige Möglichkeit. Aber es ist eine wahnwitzige Entfernung durch teilweise feindliches Gewässer, das ist Ihnen klar?«

»Und dennoch muss es einfach gelingen.«

Der letzte trotzige Satz hängt einen Moment lang im Raum.

Mit einer plötzlichen tatkräftigen Bewegung schlägt Keffenbrinck mit der Faust auf das Teetischchen neben ihm, sodass die Kristallkaraffen klirren. »Mut haben Sie, junger Gryszinski! Nun denn. Lassen Sie mich einen Anruf machen.« Tatsächlich springt er direkt auf und schreitet zum Telephon, das abwartend in einer Ecke des Raums auf einer eleganten Konsole steht. Er lässt sich mit einer Person verbinden, deren Name Fritz nichts sagt, wechselt ein paar Worte, legt auf und wendet sich wieder an Fritz. »Ein langjähriger Kontakt, sehr vertrauenswürdig. Er und ich werden uns mit ein paar Leuten treffen. Keine Sorge, alles so diskret wie möglich. Geben Sie mir ein paar Stunden. Warten Sie hier oder, wenn Ihnen das lieber ist, unten an der Bar, bis ich zurückkomme.«

Und so verbringt Fritz einige nächtliche Stunden an der Orient-Express-Bar – das Pera Palas gehört der CIWL und wurde ursprünglich für die vornehmen europäischen Reisenden der Orientroute gebaut. Noch einmal glaubt er sich in den Salonwagen seines Märchenzugs versetzt. Um ihn herum drängen sich Offiziere, Journalisten und Politiker. Vermutlich könnte man, wenn man sich nur ein wenig schlau anstellte, hier schnell ins Gespräch kommen und Kontakte knüpfen. Doch Fritz spürt eine lähmende Müdigkeit in sich aufsteigen. Er ist so weit gekommen, jetzt will er nur noch die entscheidende letzte Etappe meistern und seine Aufgabe erfüllen. Alles hängt nun daran, ob Keffenbrinck, den das Schicksal ihm gebracht hat, ihm helfen kann. Was danach ist, wie er eigentlich wieder zurückkehren wird, diese Frage wagt er sich nicht zu stellen.

Endlich taucht Keffenbrinck in Sichtweite der Bar auf, es ist lange nach Mitternacht. Er macht ein minimales Zeichen mit dem Finger, das besagt: oben! Schon ist er wieder verschwunden. Ruhig trinkt Fritz aus, schlendert dann zum Fahrstuhl und klopft kurz darauf zum zweiten Mal an die Zimmertür des Diplomaten. Keffenbrinck öffnet sofort und winkt ihn hinein. Obwohl es mittlerweile drei Uhr morgens ist, wirkt er energiegeladen und konzentriert.

»Wir haben nicht viel Zeit«, sagt er sofort. »Wir haben etwas organisiert, und mit einer Portion Glück werden Sie Ihr Ziel erreichen.«

Fritz schluckt. »Gut.« Er atmet tief durch. »Danke.«

»Danken Sie mir, wenn Sie es tatsächlich bis Petrograd geschafft haben. Und danach wieder wohlbehalten zurückgekehrt sind.« Keffenbrinck reicht ihm einen Umschlag. »Dort sind ein paar Banknoten drin. Rubel. Viel bekommen Sie nicht dafür, aber ich gehe davon aus, dass Ihr Kontakt in Petrograd Ihnen mehr zukommen lassen wird. Aber so sind Sie ein wenig autonomer.«

Fritz steckt das Geld ein und lächelt etwas schräg. »Sollte ich jemals Tante Wurmbrand wiedersehen, werde ich nur in den höchsten Tönen von Ihnen sprechen.«

»Das ist der größte Dank.« Keffenbrinck lacht. Dann: »Und jetzt müssen wir gehen, Ihren Koffer holen. Und dann weiter.«

Keine Stunde später steht Fritz mit seinem kleinen Koffer in der Hand an einem Hafen. In der grauen Morgendämmerung türmt sich ein haushoher Schatten vor ihm auf, mit einem Schlot in der Mitte, der an ein Getreidesilo erinnert. Ein

Kriegsschiff unter türkischer Flagge. Keffenbrinck drückt ihm ein letztes Mal fest die Hand, dann eilt ein Mann in Marineuniform und Fes über die Anlegebrücke und greift Fritz am Arm. Schweigsam führt der fremde Offizier Fritz direkt hinein in den Schlund des schattenhaften Schiffs.

Die nächsten Stunden oder Tage verdichten sich zu einem Traum. Während Fritz in einem lichtlosen Raum liegt, zusammengekrümmt und zitternd vor Übelkeit, träumt er, im Bauch des Riesenhais zu schlafen. Die Kreatur taucht, schlingert, gleitet durch die Tiefen des Meeres. Zwischendurch dröhnen ferne Detonationen durch das Wasser. Bei jeder neuen Bewegung krampft sich Fritzens Magen neu zusammen, er würgt und erbricht sich, kriecht in eine andere Ecke der Bauchhöhle und bettet das Gesicht in seine zittrigen Hände. Warm und feucht ist es im Bauch des Riesenhais. Der Schweiß strömt Fritz ununterbrochen den Rücken hinunter, längst hat er jeden flüchtigen Gedanken an seinen ruinierten Anzug aufgegeben. Nur nach seinem Koffer tastet er immer wieder, legt sich auf ihn wie auf ein hartes Kissen.

Irgendwann packt ihn wieder jemand am Arm. In seinem delirierenden Zustand denkt Fritz, es sei sein Vater, der ihn endlich gefunden hat, aber es ist wieder der stumme türkische Seemann. Er führt Fritz hinaus aus dem Schiffsschlund. Sie sind irgendwo auf einem verlassenen Küstenstreifen. Es dämmert, Fritz weiß nicht, ob die Sonne unter- oder aufgeht. Ein anderer Mann packt ihn nun am Arm. Er trägt schmutzige Kleidung. Vielleicht ist er Fischer oder Schmuggler oder beides, fährt es Fritz durch den Kopf. Der Fischer murmelt einige Worte in einer ihm unverständlichen Sprache und führt ihn an Bord eines kleineren Schiffs, wo er sich zwischen einige Säcke unter Deck legen soll. Eine Flasche Wasser steht auf dem Boden, aus der Fritz gierig trinkt, bevor ihn ein weiterer Magenkrampf schüttelt. Der Mann hält einen Finger an den Mund zum Zeichen, dass er still sein muss. Eine Luke fällt zu, das graue Licht verschwindet. Fritz sinkt wieder in den Traum vom Hai und seinem Vater.

Und dann nähern sich Schritte, die Luke öffnet sich. Es ist wieder Nacht. Fritz glaubt, dass drei Tage und drei Nächte vergangen sind. Eine nach frischer Erde duftende, kühle Luft strömt zu ihm hinein. Der Fischer steht vor ihm und hält ihm einen sauberen, wenn auch hässlichen Anzug hin, den Fritz dennoch dankbar anzieht. Er greift seinen Koffer, bevor er hinausgeführt wird. Sie setzen ihn aus wie ein verwaistes Kind an einer bewaldeten Küste und machen ihm Zeichen, in welche Richtung er gehen soll.

Fritz wankt über eine schmale Straße, die durch diesen fremden Wald führt, bis der Morgen dämmert. Die Übelkeit schwindet, seine Zähne klappern vor Hunger und Erschöpfung. Er fragt sich, ob Keffenbrinck ihm wirklich geholfen oder ihn betrogen hat.

Doch dann lichtet sich der Wald, und ein winziger Bahnhof erscheint im Morgenlicht. Vorsichtig tritt Fritz näher, der Bahnsteig ist menschenleer, nur ein einziges Ortsschild ragt aus dem Boden. Er hält dem Atem an. Es ist in kyrillischer Schrift geschrieben. Eine Flagge weht im Wind, eine horizontale Trikolore in den Farben Weiß, Blau und Rot. Er weiß nicht, welches Provinzkaff das hier ist. Aber Friedrich von Gryszinski ist tatsächlich in Russland angekommen.

44.

Von St. Petersburg nach München, 1896

Nach dem Mord an Sergeij Baranoff war alles rasend schnell gegangen, und jeder Plan, den sie zuvor gefasst hatten, wurde zerschlagen. Die Gryszinskis saßen im Zug zurück nach München.

Eben noch hatten sie die schreiende Nataliya von der Leiche weggezogen. Gryszinski hatte kurz Zeit gehabt, sich einige Details einzuprägen, wie etwa den blutbesudelten spitzen Brieföffner, der neben der Leiche gelegen hatte. Dann war auch schon die russische Polizei aufgetaucht. Ohne sich auf irgendeine Widerrede einzulassen, hatten die Beamten Nataliya und die Gryszinskis auf die Wache gebracht. Dort tauchte irgendwann ein Ermittlungsrichter auf, der des Französischen mächtig war. Gryszinski bat ihn um ein Gespräch unter vier Augen, in dem er erklärte, wer er war und was er hier in St. Petersburg tat. Er drückte respektvoll seine Hoffnung aus, dass die deutschen und russischen Polizeibehörden in dieser Ermittlung kooperieren würden.

Daraufhin lachte der Ermittlungsrichter nur trocken auf. »Monsieur, bei aller Hochachtung für Ihren Rang und die Königlich Bayerische Polizeidirektion« – Letzteres hatte etwas spöttisch geklungen –, »aber hier geht es um einen Mord an einem russischen Staatsbürger, der auf russischem Boden verübt wurde. Ich wüsste nicht, welches Interesse die deutsche Polizei an der Sache haben sollte.«

»Nun, es geht um Betrügereien im großen Stil, die mehrere europäische Länder betreffen«, gab Gryszinski hitzig zurück. »Vor allen Dingen aber stehen der Ermordete und möglicherweise auch seine Geliebte unter dringendem Verdacht, in München einen deutschen Wissenschaftler umgebracht zu haben.«

»So, und welche handfesten Beweise haben Sie für diese Anschuldigung?«, fragte der Russe kaltschnäuzig.

Gryszinski räusperte sich. Ihm war bewusst, wie dünn die Indizienlage war, deshalb hatte er die Baranoffs schließlich noch nicht festgenommen. »Das Opfer hat im Beisein meiner Gattin und vor mir selbst Wissen preisgegeben, über das nur der Mörder verfügen konnte.« Die Tatsache, dass er zudem nach wie vor die Geheimpläne unbedingt an sich bringen wollte, verschwieg er natürlich, genauso wie das Verschwinden des französischen Diplomaten, das nun einmal direkt mit den Plänen zusammenhing, die er auf keinen Fall in russischen Händen wissen wollte.

Der Ermittlungsrichter ließ ein weiteres trockenes Lachen hören. »Aha. Bedaure, Monsieur, aber ich kann nichts weiter für Sie tun. Jemand wird Sie hinausbegleiten.«

Damit war die Unterredung beendet gewesen, und man hatte Gryszinski und Sophie hinauseskortiert. Von Nataliya sahen sie nichts mehr. Vor der Wache waren die Gryszinskis in eine Kutsche genötigt worden, die sie zu ihrem großen Erstaunen direkt zum Bahnhof gebracht hatte. Dort waren sie bereits von zwei Pagen des Hotel Europe erwartet worden, die ihr gesamtes Gepäck dabeihatten, offenbar schleunigst von Hotelangestellten zusammengerafft, sowie zwei Billetts für den Nachtzug nach München. Nicht der Nord-Express, aber wenigstens hatte man ihnen den Respekt gezollt, sie in der ersten Klasse unterzubringen. Wobei die Frage der Platzwahl wohl Gryszinskis geringstes Problem war.

Und nun saßen sie hier, nach der strapaziösen langen Reise und dem unrühmlichen Ende ihrer Petersburg-Episode noch immer benommen, während der Zug bereits durch Bayern ratterte. Die gesamte Fahrt über hatten sie im atemlosen Flüsterton darüber spekuliert, was eigentlich geschehen war, aber es häuften sich nur immer mehr Fragen an. Still und erschöpft blickten sie jetzt in ihrem Abteil aus dem Fenster, jeder in seinen Gedanken verloren. Plötzlich sah Gryszinski seine Frau lächeln.

Er beugte sich vor und sah Sophie an. Sie hatte feine blaue Schatten unter den Augen, ihre Haut war bleich. Aber ihr Gesicht wirkte klarer und stolzer als zu Beginn ihrer Reise. »Was ist, worüber freust du dich?«

»Fritzi«, sagte sie. »Gleich haben wir ihn wieder.«

Die einzeln verstreuten Bauernhäuser verdichteten sich allmählich zu Dörfern mit blühenden Rosenstöcken und kühlen Weihern, in denen Seerosen auf grünem Wasser schwebten. Dann zogen sich die Häuser noch enger zusammen, während sie gleichzeitig in die Höhe und Breite wuchsen: die Vorstadt. Und dann verformte sich die Umgebung noch einmal. Repräsentative Bauten erhoben sich, aus engen Straßen wurden breite Boulevards; Brücken, Kirchen und Marktplätze füllten das Bild. Sie fuhren in Münchens Hauptbahnhof ein.

Beide hatten es eilig, den Zug zu verlassen. Gryszinski hatte Frau Brunner unterwegs ein Telegramm schicken können, das sie über ihre plötzliche Rückkehr informierte, und so hofften sie auf ein kleines Empfangskomitee. Ein Kofferträger betrat ihr Abteil, Gryszinski instruierte ihn hastig, griff dann Sophies Hand, und sie betraten wieder heimatlichen Boden. Auf dem Bahnhof herrschte ein geschäftiges Gedränge.

»Siehst du jemanden?«, fragte Sophie und blickte unruhig umher.

Gryszinski schüttelte den Kopf. »Nein.«

Doch dann schallte eine Kinderstimme über den Bahnsteig: »Mama! Papa!«

Sie fuhren herum und sahen einen winkenden und kreischenden Fritzi. Sein Kindermädchen Anneliese hielt ihn auf dem Arm, ließ ihn aber jetzt hinunter, damit er zu den Eltern rennen konnte. Sophie stürmte ihm entgegen, dicht gefolgt von Gryszinski, und schloss ihren kleinen Sohn in die Arme. Völlig unvermittelt strömten ihr die Tränen übers Gesicht, und sie drückte ihn nochmals fest an sich, während sich von allen Seiten Reisende und Ankommende an ihnen vorbeischoben. Trotz der vielen Menschen erlaubte Gryszinski es sich, Fritzi übers Haar zu streichen und ihm dann einen langen Kuss auf den Kopf zu geben. Das Kind roch frisch nach Seife, darunter aber lag dieser spezifische Duft, den nur Kinder verströmen, nach Milch, Salz und Brotteig.

Sophie löste den Jungen aus ihrer Umarmung, um ihn genauer anzusehen. »Ach, mein Schatz, wie bist du groß geworden.« Ihre Stimme zitterte. »Du hast mir so gefehlt.«

Fritzi schaute ernst und wischte seiner Mutter mit den Händen die Tränen aus dem Gesicht. Dann griff er beherzt nach ihren Ohren und drückte diese, eine Geste, die er immer vollführte, wenn er müde oder traurig war. Auf dem kleinen Gesicht spiegelte sich der deutliche Zwiespalt darüber, dass er immer noch verwirrt war, weil sie ihn verlassen hatten, und er sich nun gleichzeitig über das Wiedersehen freute. Aber offenbar überwog doch das Glück, denn nun streckte er Gryszinski seine Hand entgegen, und als der Vater diese ganz fest in seine genommen hatte, fragte Fritz: »Papa, machen wir daheim eine Topfrunde?«

Natürlich machten sie die. Kaum hatten sie die Tür zu ihrer

Wohnung in der Liebigstraße geöffnet, griff sich Gryszinski seinen Sohn und stürmte mit ihm den Flur entlang zur Küche. Sophie lachte und eilte dann in den Salon, um Wiedersehen mit ihren Büchern zu feiern. In der Küche wartete Frau Brunner zwischen ihren brodelnden Töpfen und dem Ofen, aus dem eine duftende Hitze strömte und sich mit der warmen Sommerluft vereinte, die durchs Fenster hereinstrich. Wie immer verlor sie nicht viele Worte, strahlte dafür aber so sehr, dass man ihre schiefen Zähne sehen konnte. Vor allen Dingen aber hatte sie Vater und Sohn zwei Probierlöffel bereitgelegt, einen großen und einen kleinen, liebevoll auf einem Tellerchen mit Streublumen darauf angeordnet. Nachdem sie ihre Löffel in jeden Topf getaucht und sich ordentlich die Zungen verbrannt hatten, reichte die Brunner ihrem Dienstherrn feierlich die dicken Topflappen, und er stemmte die schwere Ofentür auf. Andächtig betrachteten sie die Schätze in dieser dampfenden Kammer. Ein Braten schmorte neben einem Biskuitteig in einem großen Tortenring. Außerdem zerfielen in einer Auflaufform mehrere süßlich riechende, mit Butter beträufelte Äpfel. Die Brunner hatte also mit der Produktion ihrer eingemachten Bratäpfel begonnen. Gryszinski konnte nicht widerstehen und fischte sich trotz der Hitze ein Stückchen Apfel aus dem Ofen, um sich, seine Beute kräftig pustend, auf seinen Stuhl bei den Mehlsäcken zu werfen.

Danach aßen sie gemeinsam zu Mittag. Ihre Reise verdichtete sich bereits zu einer Episode aus der Vergangenheit, so präsent war plötzlich wieder alles, was ihr Zuhause ausmachte. Froh wanderte Gryszinski in den Räumen herum und besah sich die vertrauten Dinge, die ihn teilweise in ihrer Schönheit überraschten – Gemälde, denen er vorher kaum noch Beachtung geschenkt hatte, die irgendwie intensiver leuchtenden Farben des gemusterten Diwans, die zarten chinesischen Vasen in der Vitrine im Esszimmer. Ihre

Wohnung, obwohl sie sehr großzügig war, erschien ihm kleiner im Vergleich zu all den Empfangshallen der großen Hotels, aber dafür behaglicher und wertvoll wie ein Schmuckkästchen. Als er allerdings zum zweiten Mal durch den Salon tigerte, wo Sophie mit Fritzi auf dem Diwan saß und aus einem französischen Kinderbuch vorlas, musste Gryszinski einsehen, dass er sich nun nicht länger drücken konnte. Er bat Anneliese, nach unten zu Gustav Apfelböck zu gehen, damit dieser in zehn Minuten mit der Kutsche bereitstünde. Er musste Polizeidirektor Welser aufsuchen und ihm alles berichten.

Mit einem Ruck fuhr die Kutsche an, und sie schossen durch die Ausfahrt auf die Liebigstraße hinaus. Gryszinski fluchte und hielt sich fest. Er hatte seines Kutschers eigenwilliges Verhältnis zu den Themen Geschwindigkeit und Verkehrssicherheit ganz vergessen und musste sich entsprechend erst wieder an dessen Fahrstil gewöhnen, der den denkwürdigen Effekt hatte, dass Gryszinski in jeder Kurve sein Leben an sich vorbeiziehen sah. Sie brauchten nur wenige Minuten bis zur Polizeidirektion, was dem Major gar nicht so recht war, denn er ging davon aus, dass das Gespräch mit Welser unangenehm werden würde.

Schließlich stand er im Bureau des Polizeidirektors. Dieser betrachtete seinen Sonderermittler zunächst wortlos. Dann seufzte er. »Major, Sie sehen regelrecht elend aus. So schlechte Neuigkeiten?«

»Ich fürchte, ja«, gab Gryszinski zerknirscht zurück.

Überraschend sprang Welser auf und klopfte ihm fast freundschaftlich auf die Schulter. »Kommen Sie, treten wir Ihren persönlichen Gang nach Canossa gemeinsam an und lassen uns am Ende im Luitpold nieder. Bei einem Stück Prinzregententorte hört sich jede schlechte Nachricht gleich weniger arg an.«

Gryszinski stimmte dem Vorschlag freudig verblüfft zu, und sie liefen hinüber ins Kaffeehaus, vorbei an der Feldherrnhalle und dem Odeonsplatz, auf dem ein behagliches Gewimmel an Kutschen und Spaziergängern herrschte, dazwischen fuhr leise bimmelnd die Trambahn. Alles erschien Gryszinski beschaulicher, freier. Er sog die Luft ein, die warm war, aber von einem würzigen Wind durchzogen. Im Luitpold suchten sie sich einen ruhigen Tisch in einer Ecke der Palmenhalle. Schon wurde ihnen Kaffee aus der großen gluckernden Kanne eingeschenkt, eine Kellnerin brachte Torte und Cognac. Und dann erzählte Gryszinski die ganze Geschichte.

»So«, machte Welser am Ende. Er hatte die gesamte Zeit über geduldig und konzentriert zugehört, lediglich die steile Falte zwischen seinen Augenbrauen hatte sich immer weiter vertieft. »Tja, Major. Ein riesiger Erfolg war diese kostspielige Dienstreise wohl nicht.«

»Nein.«

»Wer hat Ihrer Meinung nach diesen Baranoff umgebracht?«

Gryszinski schüttelte den Kopf. »Ich weiß es nicht. Vielleicht war er noch in andere Dinge verstrickt, von denen wir nichts wissen.«

Welser nippte nachdenklich an seinem Cognac und räusperte sich etwas ungehalten. »Es wäre wirklich von Vorteil gewesen, wenn Sie diese vermaledeiten Pläne beschafft hätten, wie Sie es ja auch in Ihrem Telegramm angekündigt hatten.«

»Ja, das war wohl voreilig. Verzeihen Sie.« Schuldbewusst blickte Gryszinski auf seinen leeren Kuchenteller.

Welser seufzte. »Auf diese Ihre Ankündigung hin, dass Sie in St. Petersburg die Pläne sichern würden, hat mich der unerbittliche Major von Bocksnick endlich einmal in Ruhe gelassen.«

»Bocksnick?«, fragte Gryszinski verwirrt. »Wieso? Was hat er mit der Sache zu tun?«

Welser schüttelte den Kopf. »Ach, Gryszinski, in Ihrer Abwesenheit hat sich hier einiges abgespielt. Unter anderem fing Bocksnick an, sich immer mehr in die Ermittlungen in der Mordsache Hummert einzumischen. Der preußische Gesandte Monts unterstützte ihn stark darin, schließlich geht es immer noch darum, dass unser französischer Diplomat Fouqué, für den Bocksnick zuständig war, hier in unserer Stadt verschwunden ist. Als dann die Täterin gefunden war, übrigens auf Bocksnicks Betreiben hin, hat er weiterhin darauf bestanden, das Haus des Ermordeten noch einmal persönlich zu durchsuchen, um Spuren zu finden, die bei der Suche nach Fouqué helfen könnten. Und auch, um noch einmal nach den Plänen zu suchen, was natürlich vergeblich war, denn offenbar sind diese ja jetzt in Russland.« Welser seufzte nochmals schwer. »Jedenfalls hat Bocksnick täglich bei mir vorgesprochen, um zu erfahren, ob ich Nachricht von Ihnen hätte. Als Sie kabelten, dass Sie die Pläne sicherstellen würden, hat er endlich das Feld geräumt. Seit gestern ist er allerdings wieder da.«

Mit wachsender Verwunderung hatte Gryszinski zugehört. Vor allem die letzte Aussage Welsers begriff er nicht. »Wieso ist er wieder da, wenn er doch nach Berlin zurückgekehrt war?«

»Ach nein, das wissen Sie ja auch noch nicht.« Welser lachte kurz auf. »Unser Major Bocksnick war nicht in Berlin, sondern wohl eher am Starnberger See.«

»Wieso ...«

»Also, passen Sie auf.« Welser lehnte sich gemütlich vor. Gryszinski ahnte, dass jetzt ein besonders brisantes Stadtgespräch folgen würde, sein Vorgesetzter hegte eine gewisse Vorliebe für derlei Themen. Er war allerdings immer noch erleichtert, dass Welser ihm offenbar nicht allzu böse war, und hörte bereitwillig zu. »Der Bocksnick, mein lieber Major, hat sich hier nicht nur in Mordermittlungen eingemischt, er hat außerdem auch die Bekanntschaft einer gewissen Anna Brandl gemacht, die Tochter des sagenhaft reichen Fabrikanten Brandl. Der macht in Reinzuchthefe, Sie wissen schon, für die Bierbrauerei.«

Unwillkürlich musste Gryszinski auflachen.

Welser ließ sich nicht beirren, sondern erzählte weiter: »Es heißt, der Major Bocksnick und das Fräulein Brandl wären einander im Hause des preußischen Gesandten begegnet, und es wäre gleich um ihn geschehen gewesen. Jedenfalls war er mehrmals zu Gast bei Brandls, die auch ein Haus am Starnberger See haben, wo sie immer zur Sommerfrische hinfahren. Offenbar sind die beiden inoffiziell bereits verlobt, und als Bocksnick wohl beruhigt war zu hören, dass die geheimen Pläne in Sicherheit sind, hat er sich direkt auf den Weg an den See gemacht, um in der Nähe seiner Verlobten zu sein. Er hat aber darauf bestanden, über Ihre Aktivitäten auf dem Laufenden gehalten zu werden. Seit gestern Abend ist er wieder in der Stadt. Ich vermute, er will sich mit Ihnen gleich besprechen.«

»Ich verstehe.« Gryszinski ahnte, dass Welser einfach froh über seine Rückkehr war, weil er ihm den unsympathischen Bocksnick vom Leib halten sollte. Etwas anderes musste allerdings auch noch besprochen werden. »Die Täterin, von der Sie sprachen, die angeblich Mörderin Hummerts …«

»Was ist mit ihr?«

»Ich würde sie gern befragen. Es ist aus meiner Sicht nicht ausgemacht, dass sie es wirklich war.«

Welser breitete die Arme aus. »Mein lieber Major, das ist natürlich Ihr gutes Recht als leitender Ermittler. So wie mir der Fall präsentiert wurde, scheint ihre Schuld aber bewiesen zu sein. Aber bitte, befragen Sie die Dame.« Er beugte sich wieder vor und sah Gryszinski intensiv an. »Aber vor allen Dingen, Gryszinski, reden Sie mit Bocksnick und machen Sie ihm klar, dass er hier nichts mehr zu tun hat. Er wird Fouqué nicht mehr finden, und die Pläne sind nun außerhalb unserer Reichweite. Er sollte also Ruhe geben und mit seiner Fabrikantentochter zurück nach Berlin gehen.«

Gryszinski erhob sich bereits. »Ich kümmere mich jetzt gleich darum.«

45.

Petrograd, 1916

Als der Zug endlich in den Petrograder Bahnhof einfährt, kann Fritz es kaum fassen. Er starrt durch die schmutzige Scheibe. Die Häuser sind gelblich grau, die Straßen scheinen unter einer dicken Schicht Staub zu liegen. Und doch: Er ist hier. Mit einem Teil des Geldes, das Keffenbrinck ihm zugesteckt hat, konnte er an dem kleinen Bahnhof an der Küste eine Fahrkarte kaufen. Auch wenn der einzige Schaffner, den er finden konnte, erst so tat, als ob er Fritz nicht verstehen würde, und danach voller Argwohn seine gefälschten Papiere untersuchte. Doch schließlich bestieg Fritz den ersten von vielen schmutzigen, kaputten Zügen, die an Bahnhöfen mit für ihn unentzifferbaren Ortsschildern hielten, manchmal stundenlang irgendwo auf den Gleisen ausharrten, während die Sonne auf die stählernen Gestelle der Waggons brannte. Auf der gesamten Zugreise traf er nur auf eine Person, die außer Russisch noch Französisch sprach, einen kriegsversehrten Maler, dessen Hände übersät waren mit schweren Brandwunden und der ihn aus rot geränderten Augen ansah.

»Ich reise nach Petersburg, weil es dort geschehen wird, Monsieur«, erklärte er, als sie wieder einmal stundenlang in einer öden Landschaft warteten. Er sagte »Petersburg«, nicht »Petrograd«, die plötzliche Umbenennung durch den Zar stößt innerhalb der *Intelligenzija* auf Empörung. »Entweder die notwendige Revolution oder der totale Zusammenbruch. In Petersburg wird es seinen Anfang nehmen.«

Mit schweren Beinen erhebt sich Fritz und steigt aus. Am Bahnhof bestürmen ihn mehrere alte Frauen, die ihm getrockneten Fisch verkaufen wollen. Der intensive salzige Geruch lässt wieder Übelkeit in ihm aufsteigen. Schnell geht er weiter und tritt kurz darauf auf einen breiten Boulevard, nach den Erzählungen seiner Eltern wohl der Newski Prospekt, auch wenn die prächtige Straße trostlos wirkt. Es stinkt nach Pferdekot, die Ladeneingänge sind verschmutzt. Doch die übergroßen Ikonen mit den Lichtern stehen immer noch in den Ecken der Arkaden. Eine still lächelnde Muttergottes leuchtet ihm bedeutungsvoll entgegen.

Er gerät in eine Menschenmenge, die geschlossen in eine Richtung strebt, und lässt sich mitziehen. Die Leute um ihn herum starren stumm geradeaus, manche bekreuzigen sich oder wischen sich Tränen aus den Augen. Fritz geht weiter mit. Immer mehr Menschen drängen von allen Seiten auf die Straße und schließen sich ihrem Strom an, es müssen Tausende sein. Am Wegesrand erscheint eine Kathedrale. Zwei geschwungene Säulengänge öffnen sich den Kommenden wie Arme. Ein Moment der Panik ergreift Fritz, als er spürt, wie sich alles aneinanderdrückt, einen Augenblick lang berühren seine Füße nicht den Boden, sein Körper wird einfach mitgetragen, hinein in ein gigantisches Kirchenschiff. Sie verteilen sich in der Halle. Riesige Säulen aus Granit tragen ein graues Tonnengewölbe, dazwischen glitzert überall Gold. Weiter hinten eine Kuppel, durch die himmlisches Licht fällt. Es wird gestoßen und geschoben, die Kirche ist hoffnungslos überfüllt, Fritz kann kaum atmen. Plötzlich geht ein Raunen durch die Menge, das zu einem Donnern anschwillt, die Menschen heben ihre Gesichter zur Decke, sie sprechen und bitten inbrünstig, viele brechen in Tränen aus, klagen laut.

Fritz begreift, dass das Volk betet, es betet für die im Krieg Getöteten, für die lebenslang Versehrten, für ihr Land, bedroht von Bomben, feindlichen Soldaten und Hunger. Eine heiße Träne läuft über Fritzens Wange, er tupft sie nicht weg, jeder hier lässt seine Tränen nun offen laufen, sogar die gröbsten Männer. Er kennt die russischen Worte der Gebete nicht, doch er ist zutiefst ergriffen und denkt an seine eigene Familie, während er nun ebenfalls zur Kuppel blickt, die Hände faltet und ein Gebet murmelt, ganz leise nur, damit niemand seine deutschen Worte hört. Eine alte Frau greift nach seiner Hand und drückt sie, ihre Haut ist trocken und voller Schwielen, er erwidert den Druck. Fast schämt er sich, doch er fühlt sich hier als Teil einer Gemeinschaft, die zusammenrückt im Angesicht des elenden Kriegs. Auch wenn er sich mitten unter Feinden befindet, die ihren Gott darum bitten, dass sein Vaterland fallen möge.

Nach dem Volksgebet schiebt sich alles wieder hinaus auf den Newski Prospekt. Fritz biegt in eine Nebenstraße ein und lehnt sich irgendwo erschöpft an eine Hauswand. Wie soll es nun weitergehen? Er nimmt seine letzten Kräfte zusammen und sucht sich ein kleines Hotel, in dem er auf Französisch um den Preis feilscht. Man führt ihn in ein großes, hässlich eingerichtetes Zimmer, das zumindest sauber ist. Fritz schiebt seinen kleinen Koffer unters Bett. Er überlegt eine Weile. Auf einem Tisch liegt etwas Briefpapier bereit. Den geheimen Brief steckt er in eines der Hotelkuverts und lässt dieses offen auf dem Tisch liegen. Sollte jemand sein Zimmer durchsuchen, wird er den Brief gerade dort am wenigsten vermuten, so hofft er.

Der Kontakt in Paris hat ihm eine kleine Straße unweit der Eremitage genannt, in der sich ein geheimer Briefkasten befinden soll, der jeden Abend von einem Mittelsmann geleert wird. Fritz soll unter keinen Umständen den Brief dort hineinwerfen, sondern sich dem Mann zu erkennen geben und ihm die Nachricht direkt aushändigen. Seit der Warnung seines Vaters denkt Fritz darüber nach, ob das nicht ein merkwürdiger Befehl ist. Schließlich sollten doch so wenig Spitzel wie möglich einander begegnen, damit man im Ernstfall niemanden verraten kann. Dank Keffenbrincks Hilfe ist er nicht darauf angewiesen, sofort von jemand anderem Geld zu erhalten. Er beschließt, den geheimen Briefkasten zunächst einmal zu beobachten und herauszufinden, mit wem genau er es zu tun hat.

Es dauert einige Stunden, bis er den beschriebenen Ort gefunden hat. Eine kleine Gasse mit einem einzelnen alten Baum, von dem aus man die Ecke eines Kaffeehauses sieht. Dem Baum gegenüber stehen zwei kleinere Häuser, eines rot, das andere gelb gestrichen. Zwischen den Häusern befindet sich ein schmaler Durchgang, an dessen Ende ein verrostetes Ofenrohr steht, als hätte man es dort vergessen. Das ist der geheime Briefkasten des Deutschen Kaiserreichs. Fritz konsultiert seine Uhr, die er wie durch ein Wunder nicht verloren und mittlerweile wieder aufgezogen hat. Es ist jetzt zwei Uhr am Nachmittag. Es hieß, der Mittelsmann würde immer irgendwann zwischen acht und zehn Uhr abends kommen. Irgendwann davor muss demnach noch jemand anderes kommen und etwas einwerfen. Da Fritz mittlerweile zittrig vor Hunger ist, beschließt er, das Café an der Ecke aufzusuchen. Dort setzt er sich an den Tisch am äußersten Rand der fast leeren Terrasse und stellt froh fest, dass er von hier aus die beiden kleinen Häuser sehen kann. Als der Kellner kommt, um seine Bestellung aufzunehmen, wird ihm kurz heiß. Er hatte gedacht, dass hier jeder Französisch sprechen würde, hat aber bereits den Eindruck, dass dem nicht so ist. Ihm ist außerdem klar, dass man jedem jungen männlichem Ausländer, selbst wenn er angeblich der neutralen Schweiz entstammt, mit größtem Misstrauen begegnen wird, gerade hier in der Stadt der Spione. Es ist also wohl das Beste, so wenig wie möglich zu sprechen. Der Kellner sieht ihn fragend an.

»Borschtsch«, murmelt Fritz und ahnt bereits, dass die rote Kohlsuppe seine Standardbestellung hier in Petrograd sein wird.

Der erdige, leicht süßlich schmeckende Eintopf tut Fritz besser als gedacht. Der feine Dampf der Brühe steigt ihm ins Gesicht und beruhigt ihn. Er muss an die Fleischbrühen denken, die Frau Brunner stets in einem großen, schweren Topf brodeln ließ, bis alle Küchenfenster beschlagen waren und nichts mehr von draußen in ihre heimelige Welt dringen konnte. Wird es jemals wieder so sein? Fritz starrt in die enge Straße mit den zwei Häuschen. Zu seinem großen Erstaunen muss er feststellen, dass die Blätter des Baums sich bunt verfärben. Er kann es sich kaum erklären, aber es muss wohl Herbst geworden sein, während er im Verborgenen gelebt hat.

Als er das letzte Schlückchen aus seiner Suppenschüssel erwischt hat, läuft eine ältere Frau an ihm vorbei und biegt in die kleine Straße ein. Zunächst schenkt er ihr nicht allzu viel Beachtung, doch dann verschwindet sie in dem Durchgang zwischen dem gelben und dem roten Haus. Er blickt auf seine Uhr. Dreißig Sekunden später erscheint sie wieder. Wäre sie nun die Bewohnerin eines der Häuschen, würde sie wohl die Tür zu einem der beiden aufschließen, aber das tut sie nicht. Ohne sich umzusehen, läuft sie eilig den Weg zurück, den sie eben gekommen ist. Fritz überlegt nicht lange und folgt ihr.

Sie läuft sehr schnell, Fritz hat Mühe, sie nicht zu verlieren, während er gleichzeitig achtgeben muss, dass sie ihn nicht bemerkt. Schnell erreichen sie das Ufer der Newa und die Eremitage, doch die Frau schreitet rasch aus und führt Fritz zu einem kleineren Fluss, offenbar ein Nebenarm der Newa, an dessen Ufer prachtvolle Villen stehen. Als sie einen lang gezogenen Bau mit rundbogigen Fenstern und lauter krummen Schornsteinen erreichen, biegt sie schnell ab und verschwindet in einem unauffälligen Seiteneingang des Gebäudes. Fritz nimmt auf einer Bank am Flussufer Platz und wartet. Nach einer Weile taucht sie wieder auf, dieses Mal in Gesellschaft weiterer Frauen, alle in Schürzen gekleidet und mit Eimern und Besen in den Händen. Das Putzpersonal. Die Frauen verschwinden wieder, in ständiger Hast, um so unsichtbar wie möglich die Räume der Privilegierteren herzurichten. Fritz überlegt. Männer in gepflegten Anzügen gehen in dem Haus ein und aus, einige vornehme Kutschen und Automobile warten davor. Er erhebt sich von seiner Bank und schlendert in die Nähe des Eingangs, neben dem ein großes Schild angebracht ist. Die kyrillische Schrift kann er nicht entziffern, doch erkennt er den Doppeladler des russischen Staatswappens. Offenbar eine russische Regierungseinrichtung.

Er fasst sich ein Herz und spricht einen Herrn auf Französisch an, der eben das Gebäude verlässt: »*Pardon, Monsieur*, welches Gebäude ist das hier?«

Der andere mustert ihn und beschließt offenbar, dass er es mit einem harmlosen Franzosen zu tun hat, weshalb er ihm antwortet, dass es sich um das russische Innenministerium handle. Dann nickt er knapp und entfernt sich rasch.

Fritz wendet sich ebenfalls ab und spaziert zurück zur Eremitage und dann weiter zu der kleinen Straße mit den Häuschen. Er überlegt. Von seinem Patenonkel Schlupp, der für die preußische Gesandtschaft arbeitet, weiß er, dass die Franzosen damals im Fall Dreyfus die belastenden Dokumente von einer Putzfrau erhalten haben, die in der deutschen Botschaft in Paris regelmäßig zerrissene Depeschen und Briefe aus dem Papierkorb fischte und an den französischen Geheimdienst lieferte, wo alles wieder zusammengesetzt wurde. Vermutlich geschieht hier etwas Ähnliches. Sein Mittelsmann wird ein deutscher Agent sein, der den russischen Feind direkt hier in Petrograd ausspioniert. Ein Schauder läuft Fritz über den Rücken, als er sich klarmacht, wie riskant das ist. Vor allem hier in der russischen Hauptstadt, wo alles Deutsche mittlerweile verhasst ist und jeder mit einem deutsch klingenden Namen unter Verdacht steht ein feindlicher Spion zu sein.

Wieder bezieht er Stellung auf der Terrasse des kleinen Kaffeehauses. Dieses Mal muss er länger warten. Es dämmert bereits, als er eine Gestalt entdeckt, die in dem Durchgang verschwindet. Fritz springt auf. Seine bescheidene Zeche für eine Tasse Tee – vorhin hat er einfach entschlossen auf den heißen Samowar gezeigt – hat er bereits beglichen, so kann er schnell die Terrasse verlassen. Von der Straßenecke aus beobachtet er die Lücke zwischen den Häuschen. Kurz darauf erscheint wieder jemand. Auf der schlecht beleuchteten Straße erkennt er lediglich eine männliche Gestalt mit Hut und Mantel. Der Mann steuert auf ihn zu. Fritz weicht betont lässig einige Schritte zurück, um ihn vorbeizulassen. Einen kurzen Blick kann er auf das Gesicht seines Kontaktmanns werfen. Dieser scheint um die fünfzig Jahre alt zu sein, gefällige Gesichtszüge, dichter Schnurrbart. Fritz gibt sich nicht zu erkennen, sondern folgt dem Mann. Kurz darauf laufen sie wieder über den Newski Prospekt, der immer noch voller Droschken und Tramways ist. Einige zweifelhafte Gestalten streichen um die Läden herum, vermutlich wird zu Kriegszeiten viel gestohlen. Plötzlich läuft der Mann schneller und sieht über seine Schulter. Fritz erschrickt. Hat der andere ihn bemerkt? Jetzt beruhigt sich der Schritt des Fremden wieder, er schlendert an den Auslagen eines Antiquars vorbei. Und dann, unvermittelt, bleibt er stehen. Fritz, der ihm in Sichtweite folgt, sieht sich schnell um, ob es einen Hauseingang oder einen Arkadengang in nächster Nähe gibt, in dem er sich verstecken kann, doch da ist nichts. Er spürt, wie ihm das Blut in den Kopf steigt, es rauscht in seinen Ohren. Der Mann dreht sich langsam um und wirft ihm einen bohrenden Blick zu. Fritz stockt der Atem. In diesem Blick liegt etwas Wildes, Durchtriebenes, das ihn zutiefst erschreckt. Ohne darüber nachzudenken, zieht er sich seinen Hut tiefer ins Gesicht, dreht ab und läuft in die andere Richtung davon, als hätte er etwas Dringliches vergessen. Als er kurz darauf zurückblickt, ist der andere verschwunden.

Enttäuscht von sich selbst, eilt Fritz den Boulevard entlang, biegt wahllos in irgendeine Nebengasse ein. Sein Befehl war deutlich, er hätte dem Mann einfach nur den Umschlag aushändigen müssen, und die Sache wäre erledigt gewesen. Nun hat er weder seine Mission erfüllt, noch hat er seine kleine Aktion, die ihm doch Sicherheit bringen sollte, professionell ausgeführt. Eine Weile wandert Fritz niedergeschlagen durch die Straßen, bis ihm auffällt, wie dunkel und gefährlich dieses nächtliche Petrograd wirkt. Er beschließt, in sein Hotel zurückzukehren, nach dem er allerdings eine Weile suchen muss. Erschöpft lässt er sich dort endlich auf das harte Bett fallen und ist fast sofort eingeschlafen.

Am nächsten Morgen hat er sich so weit erholt, dass ihm nicht mehr alles hoffnungslos erscheint. Vielleicht hat der Kontaktmann ihn doch nicht gesehen. Er spaziert die Newa entlang. Ein erster Herbstwind zieht durch die Straßen und wirbelt die dicke Schmutzschicht auf, die auf den Trottoirs liegt. Gelber Staub schwebt über der Newa, lässt Straßen und Häuser im Nebel verschwinden. Auf dem Newski Prospekt findet eine Volksdemonstration statt. Die Menschen marschieren auf der Straße und singen, Droschken und Automobile haben den Boulevard geräumt. Wie gestern lässt Fritz sich mitziehen, brüllt laut »Hurrah« und marschiert im Takt der Menge bis zum Winterpalast, den er heute zum ersten Mal sieht. Eine Kutsche donnert am Rande des Platzes an den Versammelten vorbei. Aus dem Fond heraus starrt ein bärtiger Mann mit strähnigem Haar und wildem Blick. Eine Frau zeigt kreischend auf ihn. »Rasputin!«, schreit sie und fällt in Ohnmacht.

Im selben Moment geht eine Unruhe durch die Umstehenden. Soldaten des Zaren versammeln sich, schreien laute Befehle. Einige der Demonstrierenden ziehen sich zurück, anderen brüllen voller Wut. Fritz schiebt sich durch das Gedränge, um wegzukommen. Es ist vielleicht dieser von Hysterie und Wut geprägte Moment, in dem Fritz das Wesen Russlands erfasst. In Paris war die Stimmung ebenfalls bisweilen niedergeschlagen oder verzweifelt, doch alles war durchzogen von einer grundsätzlichen Hoffnung auf eine bessere Zukunft, die in einer wiederhergestellten Ordnung bestehen würde. Hier fühlt sich alles zutiefst verloren an, destruktiv; das Land ist nicht nur von außen bedroht, nein, die gesamte Ordnung wird von innen infrage gestellt. Selbst ohne all die Debatten und Kundgebungen im Wortlaut zu verstehen, ahnt Fritz mit Gewissheit, dass es hier zu einer Revolution kommen wird.

Wieder läuft er an dem staubigen Wasser entlang, erreicht den Nebenarm der Newa, an dem sich das Innenministerium befindet. Er sucht sich einen Beobachtungsposten, der weit genug weg ist, dass man ihn nicht sehen kann, und wartet. Gegen Mittag verlässt die Putzfrau vom Vortag das Gebäude durch einen Seitenausgang. Fritz nimmt die Verfolgung auf. Auch heute bemerkt sie ihn nicht, so eilig hat sie es, zu dem geheimen Briefkasten zu kommen, um dann so schnell wie möglich wieder an ihren offiziellen Arbeitsplatz zurückzukehren. Nachdem Fritz so nun zumindest die Erkenntnis gesichert hat, welche Funktion die Frau in dem ganzen Szenario einnimmt, geht er zunächst in sein Hotel zurück.

Er wird später wieder die Gasse mit dem rostigen Ofenrohr aufsuchen, um die Ankunft des Kontaktmanns abzuwarten. Und dieses Mal wird er ihm so lange folgen, bis er sicher weiß, wohin die aus dem Ministerium entwendeten Dokumente geliefert werden.

46.

München, 1896

Es kostete Gryszinski etwa zehn Minuten, um festzustellen, dass die Frau, die angeblich Alfons Hummert umgebracht hatte, unschuldig war. Bereits in dem Moment, als sie den Vernehmungsraum betrat, bemerkte er, dass sie mit ihrer einen Hand die andere krampfhaft umklammerte. Fünf weitere Minuten, in denen er einige allgemeine Fragen stellte, und er war sicher. Er entschuldigte sich und rief die Gendarmen zu sich, die mit der Bewachung der Festgenommenen betraut waren.

»Dieses Zittern der Hände, hat sie das die ganze Zeit über?«, fragte er.

»Ja, Chef.« Einer der Polizisten nickte. »Sie kann kaum den Löffel beim Essen halten.«

»Und wohl erst recht nicht ein schweres Telephon hochheben und damit jemandem den Schädel einschlagen«, brummte Gryszinski vor sich hin.

Kurz darauf lief er durch die Flure der Polizeidirektion gen Ausgang, ungläubig über diese stümperhafte Ermittlung, die hier offenbar in seiner Abwesenheit geführt worden war. Unten im Atrium sah er eine bekannte Gestalt, die ungeduldig auf und ab lief. Bei seinem Anblick blieb die Person sofort wie eingefroren stehen und starrte ihm entgegen: Major Georg von Bocksnick.

»Gryszinski!« Der rothaarige Major stieß sein wenig elegantes Schnauben aus. »Ich hörte bereits, dass Sie zurück seien.«

»Ah, Bocksnick«, gab Gryszinski etwas reserviert zurück. »Ich komme eben von der Dame, die Sie wohl des Mordes an Hummert bezichtigen, soweit ich das gehört habe.«

»Ganz recht, sie ist mit Sicherheit schuldig.«

»Sie ist mit Sicherheit *nicht* schuldig.« Gryszinski sah Bocksnick auffordernd in die Augen. »Ich habe wirklich keine Ahnung, wie Ihnen der starke Tremor der Beschuldigten entgangen sein kann.«

»Ach was, ein Tremor?« Die Äußerung schien Bocksnick nicht sonderlich aus dem Konzept zu bringen. Er betrachtete Gryszinski mit schief gelegtem Kopf, dann lächelte er plötzlich, wiederum begleitet von einem ungewollten Schnauben. »Wissen Sie was, Major, ich habe den Eindruck, dass wir irgendwo falsch abgebogen sind. Erlauben Sie mir, Sie auf ein Bier in eines der hiesigen Wirtshäuser einzuladen.«

Gryszinski war nicht wenig perplex ob dieser plötzlichen zwischenmenschlichen Kehrtwende, aber er stimmte zu, einem spontanen Gefühl folgend. »Sehr freundlich. Gehen wir doch ins Hofbräuhaus, das ist nicht weit von hier.«

Kurz darauf saßen sie in einem der riesigen Räume des Bierpalastes am Platzl, über sich das hohe Gewölbe, von dem Lüster in Form und Größe von Wagenrädern herabhingen. Da es so etwas wie ruhige Tische hier nicht gab, hatten sie sich ans Eck eines besonders eng besetzten langen Holztischs gesetzt, wo das unentwegte Palaver und die durcheinanderrufenden Stimmen einen Schutzschirm für leisere Zwiegespräche boten. Gryszinski bemerkte wie immer die bunte soziale Mischung der Gäste – auch Frauen fehlten nicht, bis hin zu vornehmen Damen, die das Kunststück vollbrachten, die schweren Masskrüge mit einiger Grazie zu stemmen.

Gryszinski kam gleich zum Wesentlichen. »Wie Polizeidirektor Welser mir berichtete, haben Sie sich sehr in den Ermittlungen in der Mordsache Hummert engagiert.«

Bocksnick schnaubte zustimmend. »Das musste ich, auch wenn es natürlich niemals in meiner Absicht lag, Ihr Terrain zu verletzen, falls Sie das verärgert haben sollte. Hummert hat nun einmal mit Fouqué über den Verkauf seiner Erfindung verhandelt, woraufhin dieser, nachdem er nachweislich am Tatort war, verschwunden ist. Und mein Arbeitgeber, das Auswärtige Amt, hat ein begründetes Interesse daran, herauszufinden, was denn nun mit unserem französischen Diplomaten geschehen ist. In Paris ist man immer noch sehr verärgert über die ganze seltsame Geschichte. Ich wollte nur helfen, weitere Spannungen zwischen Frankreich und Deutschland zu verhindern. Sie wissen, wie schwierig das Verhältnis zwischen den Ländern ist.«

Nachdenklich nahm Gryszinski einen Schluck von seinem Bier. Bocksnick hatte seine Sache ruhig und ohne die üblichen argwöhnischen Untertöne vorgetragen. Vielleicht tat er dem Preußen doch unrecht, und Bocksnick versuchte eben nur, seiner Position gerecht zu werden. Gryszinski beschloss, fürs Erste nicht weiter zu bohren. »Nun, ich kann Sie verstehen«, erklärte er deutlich freundlicher. »Vermutlich bekommen Sie viel Druck aus Berlin und auch hier aus der preußischen Gesandtschaft?«

Bocksnick hob zustimmend seinen Bierkrug. »So ist es.«

»Da sind Sie nicht zu beneiden.«

»Nein, wirklich nicht.« Bocksnick lachte. »Doch glücklicherweise gab es einiges, was meinen Aufenthalt hier doch angenehm gestaltet hat.«

Gryszinski zog die Brauen hoch. Wenn Bocksnick so indiskret war, konnte er dessen Äußerung wohl als Einladung auffassen, genauer nachzufragen. »Ja, ich habe da so etwas gehört. Man darf Ihnen wohl zu Ihrer Verlobung gratulieren?«

Tatsächlich lief Bocksnick rot an, was lustig zu seinen roten Haaren aussah. Mit fast kindlicher Freude nickte er. »Nun, morgen soll es offiziell gemacht werden, im Hause meiner zukünftigen Schwiegereltern. In ihrer Stadtvilla in Bogenhausen, um genau zu sein.«

»Ach ja, sie haben wohl auch ein Sommerhaus am Starnberger See?«

»Ähem, sehr richtig, ein wunderschönes Anwesen«, antwortete Bocksnick und bestätigte damit indirekt, dass er sich in der letzten Zeit dort aufgehalten hatte. »Jedenfalls gibt die Familie Brandl morgen uns zu Ehren einen großen Empfang mit unfassbar vielen Gästen, von denen ich so gut wie niemanden kenne.« Er grinste etwas schräg, offenbar machte der Gedanke an die Feier ihn nervös. Dann schien ihm eine Idee zu kommen. »Gryszinski! Es wäre mir das größte Vergnügen, wenn Ihre Gattin und Sie uns ebenfalls morgen Abend beehren würden. Auch meine Verlobte Anna wäre sicherlich entzückt, Ihre Bekanntschaft zu machen.«

Gryszinski schwieg einen Moment lang überrascht, doch natürlich war es unmöglich, eine solch freundliche Einladung auszuschlagen. Er deutete eine kleine Verbeugung an. »Aber selbstverständlich. Es wäre uns eine Ehre.«

Bocksnick konnte sein Schnauben nicht zurückhalten. »Famos, ganz famos!«

Nach ein paar weiteren Freundlichkeiten erhoben sie sich, denn es wurde allmählich Abend, und Bocksnick stellte plötzlich fest, dass ihm nur noch wenig Zeit blieb, um pünktlich zum *dîner* bei den Brandls zu erscheinen. Es gab eine kurze Konfusion mit den Hüten, die sie an die Garderobenhaken an einer der holzvertäfelten Wände gehängt hatten. Da sich ihre Modelle sehr ähnlich sahen, griffen sie gleichzeitig zum selben Hut, lachten etwas verlegen und bewegten sich umständlich umeinander herum, weil es sehr eng war. Aus diesem Grunde stießen sie plötzlich, als jeder einen Schritt nach vorn machte, heftig zusammen.

»Pardon«, machte Bocksnick etwas ruppig, setzte den richtigen Hut auf seinen Kopf und eilte voraus zum Ausgang.

Gryszinski starrte ihm hinterher.

Er hatte wie üblich seinen Kutscher vergessen, weshalb Gryszinski den kurzen Weg zur Polizeidirektion zurücklief. Kurz darauf rasten er und Gustav in die Liebigstraße und schnitten dabei eine der elektrischen Trambahnen, die neuerdings, so völlig ohne Zugpferde, wie bimmelnde Geisterschiffe durch die Straßen glitten.

Als er die Tür zu ihrer Wohnung aufschloss, wehte ihm der unverkennbare Duft eines Schweinekrustenbratens entgegen. Gryszinski konnte es vor sich sehen, wie die Brunner die Kruste mit siedendem Fett übergoss, woraufhin diese unter zufriedenem Gezische heiße Bläschen schlug. Neben dem vertrauten Geruch bemerkte er auch wohlbekannte Geräusche, und das waren die Stimmen ihrer Hausfreunde. Franziska von Wurmbrand deklarierte wie üblich einen Monolog, der immer gleichzeitig theatralisch und gelangweilt klang. Darunter schob sich das wohlüberlegte und kluge Murmeln seines alten Freundes Otto von Grabow. Gryszinski zog die Tür hinter sich zu. Es war schön, dass beide sofort hergekommen waren, nachdem sie von Sophies und seiner Rückkehr erfahren hatten. Er beeilte sich, in den Salon zu kommen, wo sie alle freudig aufsprangen, als er den Raum betrat. Sophie und Grabow alias Schlupp hatten auf den beiden Fauteuils unter der großen Zimmerpalme gesessen, während sich die Wurmbrand auf dem Diwan drapiert hatte, was einer gewissen bühnenartigen Wirkung nicht entbehrte.

»Mein lieber Baldur, willkommen daheim!«, rief die Wurmbrand zwinkernd. Sie und Sophie hatten mittlerweile ebenfalls die Spitznamen übernommen, die sich Gryszinski und Grabow in ihrer Jugendzeit gegeben hatten.

Sie begrüßten einander freudig. Gryszinski realisierte in diesem Augenblick, wie sehr er die Freunde vermisst hatte, und ihnen ging es offenbar ebenso. Ein warmes Gefühl stieg in ihm auf. Erst jetzt begriff er, dass die kurze, intensive Freundschaft mit den Baranoffs eine ganz andere Qualität gehabt hatte; mit den Russen war es darum gegangen, die Grenzen ihrer Identität noch weiter auszutesten. Allerdings gefiel es Gryszinski, dass Schlupp und die Wurmbrand sie schon gekannt hatten, bevor Sophie poetische Salons veranstaltet und Gryszinski seine kriminalistische Karriere gestartet hatte. Die beiden Freunde wussten, wer sie waren. Er betrachtete Sophie, die übers ganze Gesicht strahlte. Sie hatte das Beisammensein mit den Baranoffs noch mehr als er genossen, strebte sie doch zunehmend nach Veränderung, einer fortwährenden Neugestaltung ihres Lebens, das hatte das letzte Jahr ihm gezeigt. Er war sich nicht ganz sicher, wie weit sie in ihrer Maskerade als internationale Spionin noch gegangen wäre.

Aufgeregt plaudernd wanderten die vier durch den Flur ins Esszimmer. Und während sie Platz nahmen und Frau Brunner die Vorspeise auftrug, gingen Gryszinskis Gedanken noch einmal zurück zu den Baranoffs, flogen nach Paris und St. Petersburg – und kehrten dann zu diesem kurzen merkwürdigen Moment zurück, als Bocksnick ihn vorhin angerempelt hatte.

Etwas, eine neue Idee, setzte sich in Gang.

47.

Petrograd, 1916

Obwohl sich heute Abend ein leichter Nieselregen mit dem staubigen Nebel vermischt, sitzt Fritz wieder auf der Terrasse mit Blick auf die zwei Häuschen. Vor ihm steht ein Teller mit Piroggen, ein weiteres russisches Wort, das ihm eingefallen ist. Sein kleiner Geldvorrat ist fast aufgebraucht, weshalb die buttrigen Teigtaschen das Erste sind, was er heute isst. Bedächtig kostet er jeden Bissen aus.

Der Mann kommt heute früher. Während er im Durchgang verschwindet, stopft Fritz sich mit dem größten Bedauern die letzten Piroggen in den Mund und beeilt sich, alles hinunterzuschlucken. Heute bleibt er so lange auf der Terrasse sitzen, den Mantelkragen hochgeklappt und den Hut tief ins Gesicht gezogen, bis der andere wiederaufgetaucht und an ihm vorbeigegangen ist. Erst dann springt Fritz auf und folgt ihm. Wieder geht es auf den Newski Prospekt. Der Mann bleibt einige Male vor den Auslagen der Geschäfte stehen und sieht sich dabei verstohlen um. Doch Fritz ist dieses Mal vorsichtiger, er lässt sich weiter zurückfallen, geht die meiste Zeit über auf der anderen Straßenseite, duckt sich hinter Droschken weg. Nach etwa zehn Minuten vollführt der Mittelsmann eine Kehrtwende und geht den Weg, den sie eben hergelaufen sind, wieder zurück. Offenbar ist er nun überzeugt, dass niemand ihm folgt. Fritz triumphiert innerlich. Der Mann führt ihn nun ans Ufer der

Newa, den prachtvollen Teil im Umfeld der Eremitage, auch wenn der Fluss hier genauso schmutzig wirkt wie im Rest der Stadt. Plötzlich öffnet sich ein von wunderschönen Villen umgebener Platz, in dessen Zentrum ein Palast steht. Vor seinen Toren warten Lakaien in leuchtend blauen Livreen auf ihre Befehle.

Zu Fritzens großer Überraschung betritt sein Mittelsmann genau dieses Gebäude. Und verlässt es auch innerhalb der nächsten Stunde nicht wieder. Stirnrunzelnd wartet Fritz in gebührendem Abstand. Er hatte damit gerechnet, dass der Mann seine heikle Post einem weiteren Spion überbringen würde, vielleicht in einer schummrigen Schenke oder irgendeinem unauffälligen Kontor. Aber auf diesen Palast kann er sich keinen Reim machen. Nachdem er eine Weile mit sich gehadert hat, schlendert er doch so beiläufig wie möglich an das Gebäude heran. Ein großes, blank poliertes Messingschild ist neben dem Haupteingang angebracht. Er wirft nur einen kurzen Blick darauf und erbleicht. Die Gedanken rasen durch seinen Kopf, während er weitergeht, sich selbst verzweifelt ermahnend, nicht zu schnell zu laufen, bloß keine Aufmerksamkeit zu erregen.

Das Schild ist in französischer Sprache beschriftet: Der Palast ist die französische Botschaft. Der Kontaktmann, dem Fritz sich zu erkennen geben soll, ist soeben direkt in die Hochburg des Feindes spaziert, und zwar mit einer Selbstverständlichkeit, die nahelegt, dass er ein Mitarbeiter dieser Botschaft ist. Mit Dokumenten, die wenige Stunden zuvor im russischen Innenministerium gestohlen wurden, dem anderen Feind, dessen Verbündeter aber doch Frankreich ist.

Während Fritz bereits um die nächste Ecke biegt, um so schnell wie möglich außer Sichtweite des Palais zu geraten, hämmert ihm nur eine Frage durch den Kopf: *Warum?*

48.

München, 1896

Am folgenden Morgen besprach sich Gryszinski einige Stunden lang mit seinen Wachtmeistern Voglmaier und Eberle. Auch sie berichteten, dass Bocksnick die Ermittlungen vorangetrieben hätte und sich dabei mehr auf Zeugenaussagen, Befragungen und Hörensagen konzentriert hätte denn auf das Auswerten der Spuren und Indizien.

»So, wie man es eben früher gemacht hat«, stellte Eberle leicht abfällig fest.

Das Spatzl wiegelte ab. »Mei, die Spurenlage war aber halt auch sehr dünn, gell.«

Letztendlich waren wohl alle recht erleichtert gewesen, als die Geliebte des Erfinders aufgetaucht war. Diese hatte sich so bösartig und aggressiv über das Opfer geäußert, dass sie eine ideale Mörderin abgab, Tremor hin oder her. Auch wenn das natürlich immer noch nicht die politisch brisante Frage geklärt hatte, wo der französische Diplomat Fouqué abgeblieben war.

Um die Mittagszeit verließ Gryszinski das Bureau. Er brauchte jetzt wirklich eine Bratensemmel. Am Victualienmarkt bewunderte er mit einem Gefühl der Heimkehr die Auslagen in der Metzgerzeile. Ein fleischfarbenes Ballett der Schweinsfüße, dazwischen schraubten sich die Würstlketten empor; das selige Lächeln der Schweinsköpfe, das Blassrosa der schweren Rinderzungen. Das Fräulein Ganghofer begrüßte ihn überschwänglich wie den verlorenen Sohn und reichte ihm seine Semmel, die heute aufs Haus ging. Gryszinski bedankte sich und atmete einmal tief durch, bevor er sich dem Krach der Kruste hingab, der seinen Kopf füllte. Das Fett dieser melodiösen Bratenkruste schoss ihm in den Mund und bereitete ihm den nächsten kontemplativen Moment. Er war jetzt eins mit der Semmel. Er setzte sich in Bewegung, durchwanderte die schmalen Gassen zwischen den Ständen, zwischendurch nahm er immer wieder einen weiteren Bissen, eine weitere meditative Fettinfusion.

In dieser Art überdachte er den ganzen verwickelten Fall: Der Franzose Henri Fouqué, ein hochrangiger Mitarbeiter der französischen Botschaft in Berlin, kommt zu Besuch nach München. Das Auswärtige Amt in Berlin vertraut dem Franzosen nicht und lässt ihn diskret bespitzeln. Neben diplomatischen Empfängen beehrt Fouqué auch Münchens Tanzpaläste, vor allen Dingen aber trifft er sich mit dem Münchner Erfinder Alfons Hummert, der ihm die Pläne für seine neueste, hochbrisante Erfindung zum Verkauf anbietet. Eine Technik, mit der man Falschmeldungen per Funk erzeugen kann. Leider kann ein halbseidenes russisches Betrügergespann alles belauschen, was Hummert und Fouqué in dessen Suite im Vier Jahreszeiten besprechen. Die Russen klauen jene Unterlagen, die Hummert zur Prüfung im Hotel gelassen hat. Fouqué spaziert aus dem Grand Hotel und verschwindet. Seine Papiere, Kleidung und eine überaus wertvolle Uhr verbleiben im Vier Jahreszeiten. Die Baranoffs durchsuchen die Villa des Erfinders und stehlen die restlichen Pläne. Vorher oder nachher wird in ebendieser Villa der Erfinder mit einem Telephon erschlagen. Hier findet sich auch der blutige Fingerabdruck Fouqués, doch er selbst bleibt verschwunden. Die Baranoffs verlassen Hals über

Kopf München. Es stellt sich heraus, dass sie nicht nur diverse andere Grand Hotels, Juweliere und Schneider um die Rechnungen geprellt haben, sondern in allen Metropolen Europas Kontakt zu einflussreichen Persönlichkeiten aufgenommen und ihre Dienste als Spitzel angeboten haben. Als Nächstes tauchen sie wieder in Paris auf, wo sie Hummerts Pläne einem Mitarbeiter der deutschen Botschaft verkaufen wollen. Doch sie überlegen es sich anders, möglicherweise haben sie ein besseres Angebot erhalten. Die Schwester von Fouqué derweil hat auch nichts von ihrem Bruder gehört, aber berichtet von dessen leichtfertigem Lebenswandel, der sie langsam, aber sicher ruiniert. In München wird die Geliebte des Erfinders festgenommen und beschuldigt, Hummert erschlagen zu haben. Die Baranoffs reisen weiter nach St. Petersburg, die Pläne haben sie mit der Post bereits dorthin geschickt. Nataliya Baranoff lässt das Paket möglicherweise in ihrem eigenen Haus an der Newa verschwinden. Sergeij Baranoff wird kurz darauf von einem Unbekannten im Hotel Europe erstochen. Zurück in München, stellt sich heraus, dass die angebliche Mörderin Hummerts nicht schuldig sein kann.

Gryszinski war mittlerweile an der Maximiliansbrücke angelangt und starrte hinab auf die Isar, die wild und glitzernd durch ihr Flussbett stürzte. Eine Person, über die er bislang nicht so sehr nachgedacht hatte, tauchte in dieser Geschichte immer wieder am Rande auf. Wie ein lästiger Stachel im Fleisch. Oberflächlich gesehen beobachtete diese Person nur, lauschte Gesprächen, war mit verschiedenen Akteuren vernetzt, die ebenfalls auf Ergebnisse lauerten, wobei es weniger um die Morde als vielmehr um die Pläne ging. Immer wieder ging es um diese Pläne. Und diese Person, diese doppelzüngige Gestalt, erschien regelmäßig dort, wo die Pläne waren. Das war zwar noch kein Beweis, aber ein Zufall war es sicher auch nicht. Gryszinski seufzte. Es war alles ein Munkeln, Verdächtigen, ein Flüstern und Beobachten.

Da würden nur deutliche Worte helfen, und diese würde er noch heute aussprechen.

Am Abend führte Gustav Apfelböck sein unvergleichliches Bremsmanöver vor der Bogenhausener Villa des Hefefabrikanten Brandl durch. Die Gryszinskis, die sich allmählich wieder an den Fahrstil ihres Kutschers gewöhnten, hielten sich zwar rechtzeitig fest, dennoch wurde Sophie durch den Fond der Droschke geschleudert, während Gryszinski einen Hüpfer machte, der ihm den Zylinder vom Kopf fegte. Schimpfend richteten sie wieder ihre Garderobe, während Gustav seelenruhig vom Kutscherbock sprang und sich schon einmal entspannt an das Gefährt lehnte. Die nächsten Stunden würde er in genau dieser Position verharren.

Auf dem Weg zu Brandls hatte Gryszinski Sophie seine Theorie vorgestellt. Sie hatte ihn aufmerksam angesehen und dann mit Nachdruck gesagt: »Ja, so muss es gewesen sein.«

Nun stiegen sie aus und gingen langsam auf das Haus des Industriellen zu, eine imposante gründerzeitliche Villa mit lauter kleinen Balkonen, von deren steinernen Brüstungen Fackeln leuchteten. Das Gebäude war von einem herrlichen Garten umgeben, den allerdings dunkle Tannen säumten. Dadurch wurde der gesamten Szenerie eine Düsterkeit verliehen, die sich innen mit wuchtigen Holzvertäfelungen und dunklen Gobelins fortsetzte.

Gryszinski sah sich in der Empfangshalle um. Alles wirkte neu und teuer. Die protzige Kopie einer adligen Welt, zu der ein Hefefabrikant niemals vollständigen Zutritt erlangen würde. Auch wenn die Vermählung der Tochter mit einem preußischen Adeligen kein schlechter erster Schritt wäre. Und Bocksnick, so viel wurde schon im Vestibül klar, würde nach dieser Heirat ein gemachter Mann sein. Denn auch wenn man als Höhergeborener die Nase über die geschmacklosen Wandteppiche rümpfen konnte, wäre ein solcher Dünkel wohl auch immer gepaart mit einem leisen Neid auf den Reichtum, der hier so offensichtlich angehäuft worden war.

»Grüß Gott in meinem Haus! Brandl, habe die Ehre.«

Gryszinski sah den Mann an, der ihm kernig seine Hand hinhielt, offenbar der Gastgeber höchstpersönlich. Eine grobschlächtige Gestalt im maßgeschneiderten Lodenanzug. Die Augen allerdings blickten ihm klug entgegen.

»Major Wilhelm Freiherr von Gryszinski. Und dies ist meine Gemahlin Sophie.«

»Gryszinski?«, dröhnte Brandl zurück, während er dem Major die Hand zerquetschte. »Der Name kommt mir bekannt vor. Ach, jetzt hab ich's!« Brandl ließ seine Hand los und betrachtete ihn verblüfft. »Sind Sie etwa *der* Major Gryszinski, welcher letztes Jahr unseren Prinzregenten vor einem Bombenattentat gerettet hat?«

Gryszinski lächelte freundlich. »Genau der.«

Brandl ergriff nochmals seine Hand, doch dieses Mal mit einer ungewöhnlichen Zartheit. »Es ist meiner Gattin und mir eine Ehre, Sie heute Abend als Gast in unserem Haus begrüßen zu dürfen. Eine überaus große Ehre!« Er überlegte kurz, um nachzuschieben: »Hat der Schorsch Sie eingeladen?«

Erst nach ein paar Augenblicken begriff Gryszinski, dass damit Georg von Bocksnick gemeint war, und er nickte bejahend.

»Herrschaftszeiten«, gab Brandl daraufhin gemütlich zurück. »Eine solche ehrenvolle Bekanntschaft hätte ich dem Schorsch gar nicht zugetraut, gell. Da steigt mein Schwiegersohn in spe ja doch gleich in meiner Achtung.«

Die Gryszinskis betraten einen großen Saal, in dem ein Blasorchester spielte, während der alte Brandl immer noch scheppernd lachte. Sophie drückte Gryszinskis Hand und lächelte fein.

»Was ist?«, fragte er.

»Ach, Willi, eben fiel mir auf, dass wir uns fast nur noch in meiner Welt bewegen, du weißt schon, in den Künstlerkreisen und in der Gesellschaft eher unkonventioneller Bonvivants.« Sie blickte ihm fest in die Augen, während sie das sagte, und er begriff, dass sie ihm indirekt zu verstehen gab, wie nah dran sie gewesen war, sich in der Lebensweise der Baranoffs zu verlieren – und dass sie froh war, ihm nicht vollends entglitten zu sein. »Jedenfalls …«, fügte sie an, »… ist es auch schön, dass wir uns wieder einmal in deinen Sphären aufhalten. Ich hatte fast vergessen, wie viel Respekt und Anerkennung du in dieser genießt.«

Einen Moment lang sahen sie einander an und fanden dabei wieder zueinander. Dann mussten sie Platz machen, da bereits die nächsten Gäste in den Raum strömten. Sie stellten sich ein wenig an die Seite und ließen die Blicke schweifen. In einer Ecke, fast verborgen hinter voluminös drapierten Vorhängen, entdeckte Gryszinski Bocksnick. Er stand dort in Gesellschaft einer jungen Frau, ganz offenbar seiner Verlobten, die eher klein und unauffällig aussah. Doch sie strahlte den rothaarigen Preußen mit einer solchen Intensität an, dass man kaum den Blick von ihr wenden konnte. Die größte Überraschung aus Gryszinskis Sicht aber war Bocksnick selbst. Der betrachtete das Mädchen mit einem inniglichen Ausdruck, der ihn wie einen völlig anderen Mensch aussehen ließ. Verstohlen strich er ihr über die Wange, und sie griff schnell nach seiner Hand und hielt sie fest. Zwei ineinander Versenkte in ihrem eigenen Bannkreis.

Gryszinski berührte der Anblick. Das, was er gleich würde tun müssen, tat ihm um der jungen Frau willen leid. Doch es ging nicht anders. Er flüsterte Sophie etwas zu, sie nickte. Dann bahnte er sich den Weg durch die Menge, hinüber zu den beiden versteckten Verliebten. Als er nur noch wenige Meter entfernt war, löste Bocksnick den Blick von seiner Verlobten und sah Gryszinski entgegen. Seine gesamte Erscheinung verwandelte sich zurück in seine gewohnte Gestalt, und er setzte bereits sein joviales Lächeln auf. Doch dann schien Bocksnick etwas in Gryszinskis Blick zu sehen. Ein wissender Ausdruck breitete sich auf seinem Gesicht aus.

»Guten Abend.« Gryszinski war bei dem Paar angelangt. Nach einer kurzen höflichen Vorstellung wandte er sich an die junge Frau. »Fräulein Brandl, es tut mir sehr leid, Sie an diesem besonderen Abend inkommodieren zu müssen, aber ich muss den Major zu einem kurzen Gespräch unter vier Augen bitten.« Er sah jetzt Bocksnick direkt an. »Es ist wichtig.«

Bocksnick führte Gryszinski in die Bibliothek des Hausherrn. Regale voller unberührter Prachtbände, die vermutlich meterweise gekauft worden waren. Dafür einige Gewehre an der Wand, deren schimmernde Patina davon erzählte, dass sie ständig benutzt, gepflegt und von stolzen Besitzerhänden berührt wurden.

»Also, Gryszinski, was ist so wichtig?« Bocksnick hatte den wissenden Ausdruck wieder aus dem Gesicht gewischt und seine Züge dazu gebracht, glatt und abweisend zu wirken. Hochaufgerichtet stand er mitten im Raum. Er würde sich keine weitere Entgleisung gestatten.

»Sie haben Alfons Hummert, Henri Fouqué und Sergeij Baranoff ermordet«, sagte Gryszinski mit ruhiger und klarer Stimme.

Die ungeheuerliche Anschuldigung hing verwundert zwischen ihnen. Dann durchbrach Bocksnicks Schnauben die Stille. Sein Gesicht wurde tiefrot – vor Zorn, aber auch aus Scham, weil seiner Nase einmal mehr der entlarvende Laut entwichen war. Er schnaubte noch einmal. Gryszinski konnte sehen, wie sehr es Bocksnick demütigte, dass er seinem Tick so ausgeliefert war. »Sie wagen es«, zischte Bocksnick, während die Nase immer weiter schnaubte. »Und auch noch hier, an diesem Abend. Ich sollte Sie zum Duell fordern.«

Gryszinski bewahrte Ruhe. Je mehr der andere tobte, desto gelassener konnte er bleiben. »Also gestehen Sie die Morde?«

»Natürlich nicht!«, schrie Bocksnick, und seine Stimme überschlug sich. »Wieso hätte ich auch nur einen dieser Männer umbringen sollen? Erklären Sie sich gefälligst, Major!«

»Glühender Patriotismus«, antwortete Gryszinski nüchtern. »Hummert hat etwas erfunden, das jedem Nachrichtendienst eine unglaubliche Macht verleihen würde. Und er als Deutscher wollte diese machtvolle Militärtechnik den Franzosen verkaufen! Ich nehme an, Sie haben, während Sie Fouqué bespitzelten, von der Sache erfahren und wussten von dem verabredeten Treffen der beiden in Hummerts Haus. Vielleicht sind Sie nur dorthin gefahren, um das Geschäft zu unterbinden, und die Situation geriet außer Kontrolle. Oder haben Sie zunächst Hummert zur Rede gestellt, und es kam zum Streit? Wie auch immer, Sie haben den Erfinder erschlagen und auch Fouqué umgebracht und ihn dann verschwinden lassen. Doch vor allen Dingen wollten Sie die Pläne an sich bringen. Vermutlich wollten Sie damit direkt nach Berlin reisen und sie am besten dem Kaiser persönlich überreichen? Aber – die Pläne waren nicht mehr da.« Er legte eine kleine Kunstpause ein. Bocksnick starrte ihn mit wild rollenden Augen an, schwer atmend, sein Schnauben immer noch nicht kontrollierend. Dann sprach Gryszinski weiter:

»Als ständiger Zeuge meiner Ermittlungen erfuhren Sie dann, dass die Baranoffs die Pläne in ihren Besitz gebracht und damit München verlassen hatten. Permanent sprachen Sie bei Polizeidirektor Welser vor, bis ich endlich die entscheidende Information telegraphierte: dass die Pläne in St. Petersburg seien und ich sie dort sichern würde. Während Sie angeblich am Starnberger See weilten, um Ihrer Verlobten nah zu sein, reisten Sie nach St. Petersburg.«

»Lächerlich!«, stieß Bocksnick hervor. »Sie haben doch keinerlei Beweise für Ihre dreisten Vorwürfe!«

»Dort durchsuchten Sie die Suite der Baranoffs«, redete Gryszinski unbeirrt weiter. »Kurz davor stießen wir sogar noch in der Empfangshalle des Hotel Europe zusammen, doch Sie liefen schnell weiter, ohne sich umzudrehen. Während wir beim Essen saßen, drangen Sie in das Zimmer der Russen ein. Sergeij überraschte Sie, woraufhin Sie ihn mit dem Brieföffner erstachen. Sie flohen und reisten zurück nach München. Kurz vor uns trafen Sie hier wieder ein.« Bei den letzten Sätzen schien Bocksnick sich wieder gefangen zu haben, zumindest atmete er nun ruhiger. Es stimmte, Gryszinski hatte keine Beweise, nur das klare Gefühl, absolut richtigzuliegen. Verdachtsmomente und Vermutungen, die sich zu einem deutlichen Horizont verdichtet hatten. In diesem Moment setzte er auf den Effekt der dreisten Überrumpelung. Mit Sorge nahm er daher wahr, dass Bocksnick wohl seine Beherrschung zurückgewann. Um ihn weiter zu provozieren, legte Gryszinski einen drohenden Ton in seine nächsten Worte. »Gestehen Sie also, Bocksnick! Sie sind ein feiger Mörder.«

Sie starrten einander an, als plötzlich eine dritte Stimme durch die Bibliothek der ungelesenen Bücher donnerte: »Was ist hier los?«

Die beiden Männer fuhren herum.

Der alte Brandl hatte den Raum betreten. Wütend kam er auf sie zu und brüllte: »Was sagen Sie da, Major? Der Schorsch soll ein Mörder sein?«

Gryszinski atmete tief durch. »Ja. Ich fürchte, so ist es. Georg von Bocksnick hat drei Menschen getötet.«

Bocksnick schrie auf. »Lächerlich! Glauben Sie ihm kein Wort! Ich …«

Brandl machte eine herrische Bewegung mit der rechten Hand. »Ruhe!« Prüfend betrachtete er Gryszinski. »Sind Sie sich Ihrer Sache sicher, Major?«

Gryszinski nickte. »Völlig sicher.«

Der Hefefabrikant betrachtete seinen zukünftigen Schwiegersohn, der verzweifelt zurückblickte. Ganz leise sagte er: »Wenn der Major von Gryszinski sagt, dass Sie zweifelsfrei ein Mörder sind, dann sind Sie einer.«

»Aber …« Bocksnick setzte erneut an, alles abzustreiten.

»Still!« Brandl wandte sich an Gryszinski. »Ich danke Ihnen sehr für die Ehre Ihres Besuchs und auch dafür, dass Sie mir die Augen geöffnet haben, was für ein Mensch der Schorsch in Wirklichkeit ist.« Er seufzte schwer und warf Bocksnick einen verachtenden Blick zu. Dann legte er Gryszinski eine schwere Hand auf den Arm. »Bitte entschuldigen Sie uns, verehrter Major, aber ich muss mit dem ehemaligen Verlobten meiner Tochter ein ernstes Wort reden.«

49.

Petrograd, 1916

Warum?

Verstört eilt Fritz an der Newa entlang, während sich langsam die Dunkelheit des Abends über die verstaubten Straßen senkt. Ist sein Kontaktmann ein Doppelagent? Der im Auftrag Frankreichs Mitarbeiter des russischen Innenministeriums bespitzelt und zugleich Spion der Deutschen ist? Das Ganze wäre so abstrus, dass er es nicht glauben kann. Aber was dann? Ist der Mann, dem er sich zu erkennen geben und die Nachricht überbringen soll, etwa ein französischer Agent? Wieso sollte man Fritz, einen einzelnen deutschen Soldaten, quer durch Kriegsgebiete in Feindesland schicken, damit er sich dort einem weiteren Feind ausliefert? Was ergäbe das für einen Sinn? Er schüttelt unwillkürlich den Kopf. Nein, es muss eine einfachere Erklärung für das eben Gesehene geben.

Als die Uferstraße sich linker Hand einer Brücke öffnet, bleibt er stehen und sieht hoch. Er ist wieder bei der Eremitage angekommen, die sich in der Dämmerung wie eine abweisende Festung vor ihm auftürmt. Mit einem bodenlosen Gefühl der Einsamkeit blickt er über das schmutzige Wasser des Flusses. Einige verwaiste Dampfboote treiben auf dessen Oberfläche. Er denkt an seine Eltern und ihren heimischen Salon, in dem stets der Samowar dampfte. Mit dem heißen

Wasser wurde der Tee aufgegossen, der nach Kirschmarmelade duftete. In seinem Kopf hat sich dieser Tee mit dem Marmeladendampf immer mit den Erinnerungen seiner Eltern an St. Petersburg vermischt, auch wenn sie von der Stadt niemals so geschwärmt haben wie von Paris. Doch sie haben von dem üppigen Garten auf dem Dach des Hotel Europe erzählt, den Damen mit den Puffärmeln im Literaturcafé, dem Treiben auf dem Newski Prospekt. Ihn stößt dieses unverständliche, dreckige, kopflose Petrograd nur noch ab. Eine plötzliche Entschlossenheit wallt in Fritz auf: Er will diesen Ort so schnell wie möglich verlassen. Um das zu tun, muss er zunächst seine Missionen erfüllen. Und da das Schicksal – es muss wohl das Schicksal sein, kein schnöder Zufall – ihn hier an diese Brücke geführt hat, wird er nun Nataliya Baranoffs Haus suchen.

So oft ist Fritzi an den Abenden bei den müden Mappen mit dem Finger über den Stadtplan Petersburgs gefahren. Sein Vater hat ein hellrotes Kreuz an die Stelle gemalt, wo sich das kleine gelbe Haus Nataliyas befand. Mit den Linien und Markierungen dieser Karte im Kopf, setzt Fritz sich nun in Bewegung. Straßenzüge erheben sich aus der flächigen Papierwelt seiner Erinnerung. Einen Moment lang wähnt er sich in einer niederländischen Stadtansicht, Bürgerhäuser am Ufer einer Gracht. Er blickt in schmalere Seitenstraßen, die im fahlen Licht der sparsamen Straßenbeleuchtung liegen.

Und dann steht er tatsächlich vor dem Haus der Nataliya Baranoff, echter Familienname unbekannt. Es sieht genauso aus, wie sein Vater es beschrieben hat. In einem schmutzigen Gelb gestrichen, etwas schief und heruntergekommen, zwischen zwei größeren Häusern eingeklemmt. Hinter einem Fenster im Erdgeschoss leuchtet eine kleine Lampe. Ist es möglich, dass sie nach all den Jahren hier noch lebt? Langsam geht Fritz auf die Tür zu, von deren rissigem Holz die einstige Farbe längst verschwunden ist. Er klopft, erst leise, dann mit Bestimmtheit. Von innen ruft eine tiefe Frauenstimme etwas auf Russisch.

Fritz klopft wieder. Auf Französisch fragt er laut: »Wohnt hier Nataliya?«

Er kann regelrecht spüren, wie drinnen jemand den Atem anhält. Dann hört er Schritte, vernimmt eine Bewegung an der Tür, als ein Schlüssel gedreht wird. Die Tür öffnet sich einen Spalt. Er erkennt sie sofort von der alten Photographie wieder, auch wenn sie stark gealtert ist. Seltsamerweise trägt sie ein exzentrisches Gewand aus lauter miteinander verwobenen Schleiern, ähnlich dem Kostüm auf dem ihm bekannten Bild, das sie als Salome unter einem Mond aus Pappmaché zeigt.

»Je suis Nataliya«, sagt sie und mustert ihn abschätzend. Ihre Stimme klingt tief und lockend. »Und wer bist du?«

»Frédéric«, gibt Fritz spontan zurück. »Darf ich hereinkommen?«

»Bienvenue.« Mit einem Ausdruck des Spotts tritt sie zurück und weist auf den kleinen Salon, in dem, man sieht es bereits vom Eingang aus, immer noch die Photographien hängen, die ihre längst vergangenen Bühnenerfolge zeigen. Sie geht voran, berührt Fritz dann an der Schulter und drückt ihn sanft in einen Sessel, um anschließend mit einer einzigen fließenden Bewegung eine Flüssigkeit aus einer stumpfen Flasche in ein Glas zu schenken. Sie reicht ihm das Glas und hebt ihr eigenes. *»Santé!«*

Fritz riecht an dem Getränk, es ist irgendein minderer selbst gebrannter Schnaps. Aus Höflichkeit nimmt er einen kleinen Schluck. Dann erklärt er, so kühn es ihm möglich ist: »Sie verfügen über gewisse geheime Pläne. Ich möchte sie kaufen.« Er betrachtet sie gespannt. Eine bessere Idee, wie er in dieser Sache vorgehen könnte, hat er nicht.

Sie reagiert weder besonders überrascht noch ablehnend. Mild lächelnd erwidert sie seinen Blick. Dann nickt sie. »Komm mal mit.«

Er folgt ihr durch den kurzen Korridor in eine enge Küche. Auf einer kleinen Anrichte steht ein ovaler Topf aus Steingut, wie man ihn zur Lagerung von Kartoffeln oder Brot nutzt. Ohne zu zögern, öffnet sie diesen Topf und zieht einen dicken Stoß vergilbter Papiere hervor. Ungläubig verfolgt er ihre Bewegungen. Dies ist ein Versteck, wie es sich ein zehnjähriges Mädchen ausdenken würde. Seine Verwunderung steigt ins Unermessliche, als sie ihm mit einer gleichgültigen Geste die Pläne reicht.

»Hier, nimm. Mir haben sie nur Unglück gebracht.«

Zögernd greift er nach den Papieren. Kann das wahr sein? Nach zwanzig Jahren hält er sie in Händen, einfach so. »Also haben Sie sie niemals verkauft?«, fragt er.

Sie lacht bitter. »Nein. Damals haben wir gedacht, sie würden uns reich machen. Immer wieder haben wir gehofft, einen Käufer zu finden. Und viele mächtige Männer waren zunächst daran interessiert. Aber sie sind wertlos.« Sie stößt heftig mit einem Finger nach den Plänen. »Ein paar Seiten fehlen, offenbar die entscheidenden, die man braucht, um die Technik umzusetzen. Diese Seiten hat der schlaue deutsche Erfinder woanders versteckt und sein Geheimnis mit ins Grab genommen.«

»Verstehe.« Fritz spürt, wie sein Mund ganz trocken wird. Er ist zwar erleichtert, dass die Erfindung nicht bereits im Umlauf ist und den Untergang der *Lusitania* verursacht hat, aber auf diffuse Art ist er auch enttäuscht. Trotzdem stopft er nach kurzem Überlegen die Pläne in seinen Hosenbund und zieht anschließend sein Hemd darüber.

»Man sieht jetzt nichts mehr.« Amüsiert hat sie seine Bewegungen verfolgt.

Er blickt sich in der kleinen Küche um. Eine Sache muss er noch klären. »Waren die Pläne, nun ja, immer schon in diesem Topf versteckt?« Wieso, fragt er sich, hat mein Vater sie dann nicht gefunden, als er dieses Haus durchsuchte?

Sie legt den Kopf schief. »Ich habe damals deinen Vater durchs Fenster gesehen«, sagt sie schlicht, als hätte sie seine Gedanken gehört.

Ihm wird eiskalt vor Schreck.

»Deshalb habe ich die Papiere einfach unter meinem Kleid versteckt, bevor ich das Haus wieder verlassen habe, ähnlich wie du eben.«

»Was meinen Sie denn … Wieso mein Vater?« Fritz sieht zu Boden. Diese verdammte Familienähnlichkeit.

Nataliyas Gesicht wird plötzlich von einer herzlichen Wärme überzogen. Sie streichelt ihm übers Haar. »Du bist doch der Junge von Wilhelm und meiner lieben Sophie, oder nicht?«

Fritz kann nicht anders, als zu nicken.

»Du solltest gar nicht hier sein, mein Junge.« Jetzt greift sie fest nach seiner Schulter. »Es ist hier viel zu gefährlich für dich.«

»Ich weiß.« Er seufzt. »Aber ich konnte nicht anders. Darf ich Sie noch etwas fragen?«

»Bitte.«

»Woher wusste Sergeij, dass Hummert mit einem Telephon erschlagen wurde?«

»Ach, mein Sergeij.« Sie lächelt wehmütig. »Er war so leidenschaftlich. Aber auch sehr ehrgeizig und dadurch oft regelrecht tollkühn. Wir haben schnell festgestellt, dass den Unterlagen ein paar Seiten fehlen. Sie sind nämlich nummeriert. Jedenfalls ist er sofort, als wir es bemerkt hatten, zu Hummerts Haus zurückgefahren. Er hat geklingelt, aber niemand hat aufgemacht. Da hat er durchs Fenster gesehen und die Leiche mit dem Telephon entdeckt. Daraufhin sind wir endgültig aus München verschwunden.« Fritz will etwas sagen, aber sie unterbricht ihn. »Genug von den alten Geschichten! Ich meine es ernst: Wer auch immer dich geschickt hat, mit wem auch immer du dich hier einlassen willst – glaube einer alten Hochstaplerin, die es ernst mit ihren Freunden meint: Du solltest niemandem vertrauen und sofort wieder verschwinden.«

50.

München, 1896

Am nächsten Morgen erwachte Gryszinski mit dem unumstößlichen Gefühl, dass er heute diesen ganzen verwickelten Fall zu einem Ende bringen würde. *Das ist sicherlich keine große Sache, Gryszinski.* Er lachte bitter auf, als er wieder einmal an Welsers Satz denken musste. Aber heute, ja, heute würde diese Sache abgeschlossen werden, da war er sicher. Beherzt sprang er aus dem Bett, trank drei Tassen von Frau Brunners bittersüßem Mokka, und zwar im Stehen in der Küche, dann hielt ihn nichts mehr in der Wohnung.

Gustav und er schossen durch München bis in die Türkenstraße in der Maxvorstadt. Sie hielten vor der Nummer vier, einem auffälligen, rot gestreiften Backsteinbau, der an einen italienischen Palazzo erinnerte. Hier saß die preußische Gesandtschaft. Gryszinski fiel beinahe aus der Kutsche, rappelte sich im Sturz schon wieder auf und bewegte sich halb fliegend zum Haupteingang der Villa.

Drinnen verlangte er vom ersten Sekretär, dessen er ansichtig wurde, ihn zu Major Georg von Bocksnick vorzulassen, dem man hier nach seiner Kenntnis ein vorübergehendes Bureau eingerichtet hatte.

»Er ist nicht mehr hier.«

Gryszinski fuhr herum. Anton Graf von Monts persönlich stand hinter ihm und musterte ihn auf eine Art, die er nicht so recht einzuordnen vermochte. »Wieso? Wo ist er denn?«, stieß Gryszinski unwillig hervor, schließlich unterbrach ihn das hier in seinem ganzen schwungvollen Elan.

»Ich vermute …«, Monts zog demonstrativ seine Uhr, »… dass er sich gegenwärtig noch am Centralbahnhof aufhält.«

»Fährt er zurück nach Berlin?«

Monts lächelte. »Wohl eher nach Hamburg. Von dort wird er sich einschiffen, um bald seinen neuen Posten anzutreten.«

Gryszinski war verblüfft. »Einschiffen? Wohin denn?«

»Die Admiralitätsinseln.«

Zwei Minuten später jagte Gustav Apfelböck seine Kutsche zum Bahnhof. Grimmig biss der Major die Zähne zusammen. Das durfte jetzt nicht passieren, dass ein dreifacher Mörder sich einfach so in die Südsee absetzte.

Die hohen Hallen des Centralbahnhofs waren wie immer voller Menschen. Einer Eingebung folgend, eilte Gryszinski als Erstes zum Bahnhofsrestaurant. Und tatsächlich entdeckte er dort Bocksnick, der allein und offenbar in Grübeleien vertieft an einem kleinen Tisch saß und in einem Teller Suppe herumrührte.

Gryszinski baute sich direkt vor Bocksnicks Tisch auf. »Sieh an, wer sich da so plötzlich in die Südsee flüchten will.« Er sprach bewusst provozierend.

Bocksnick zuckte zusammen und blickte auf. Sobald er Gryszinski erkannte, begann er vor Zorn zu zittern, und seine Nase schnaubte unkontrolliert. Es kostete ihn sichtlich seine ganze Kraft, um seine Stimme einigermaßen ruhig zu halten. »Von plötzlich kann keine Rede sein, Major.« Bocksnick spuckte jedes Wort voller Verachtung aus. »Seit Monaten ist meine Versetzung geplant. Wir wollten nur bis nach der Hochzeit warten und dann gemeinsam reisen. Doch das …

das haben Sie ja alles verhindert. Brandl hat die Verlobung gelöst. Ich darf Anna nie wiedersehen.«

»Das haben Sie sich doch selbst zuzuschreiben«, gab Gryszinski zurück.

Drohend erhob Bocksnick sich. »Wagen Sie es ja nicht. Ich werde jetzt gehen, mein Zug fährt gleich ab. Sollte ich noch einmal etwas von Ihren haltlosen Anschuldigungen hören …«

»Sie haben die drei Männer getötet!« Gryszinski hatte nun doch die Stimme erhoben. Das Restaurant war nicht allzu gut besucht, aber diejenigen, die dort waren, drehten sich neugierig nach ihnen um.

Bocksnick trat einen Schritt auf ihn zu. Sein Blick war hasserfüllt. »Hören Sie auf und gehen Sie mir aus dem Weg!«

Gryszinski hielt ihn reflexhaft am Arm fest. »Sie werden jetzt nirgendwohin fahren, sondern mit mir in die Polizeidirektion kommen.«

Als hätte man ihm Gift injiziert, schüttelte Bocksnick sich bei der Berührung. Mit einer heftigen Bewegung schlug er Gryszinskis Hand weg und rempelte ihn an, woraufhin der Major zur Seite taumelte.

»Bleiben Sie stehen, Bocksnick!«, rief Gryszinski scharf. Innerlich war er verzweifelt, denn auch ihm war klar, dass er Bocksnick ohne Beweise nicht einfach festnehmen konnte.

Der Angesprochene drehte sich um, das verzerrte Gesicht leichenblass. »Sie … Sie!«, brüllte Bocksnick. »Sie haben mein Leben zerstört! Und das werden Sie büßen, das verspreche ich Ihnen, Gryszinski! Ich werde mich an Ihnen rächen, furchtbar rächen! Und wenn es zwanzig Jahre dauern sollte, hören Sie meine Worte, Gryszinski. Das hier werden Sie bitterlich bereuen.«

51.

Petrograd, 1916

Das Gefühl der Verlorenheit verursacht ihm Übelkeit. Mit eingezogenem Kopf läuft Fritz in die Richtung seines Hotels. Mittlerweile geht es auf Mitternacht zu, die Häuser sind dunkel. Er kommt nur langsam voran, da er immer wieder unnötige Bögen läuft, erst in die eine Richtung geht, dann umkehrt, fremde Wohnblöcke umkreist, um vermeintliche Verfolger zu verwirren. Überall vermutet er versteckte Beobachter. Sein Nacken kribbelt, als erwarte dieser jederzeit einen tödlichen Schlag von hinten. Seit Monaten nun bewegt er sich auf diese Art durch die Wirklichkeit, als losgelöstes Teilchen, das irgendwie überall hindurchschlüpft – doch am Ende, dieses Gefühl wird er nicht mehr los, wird es unbemerkt verschwinden. Unwillkürlich fasst er sich an den Bauch und fühlt die Papierseiten, die sich unter seinem Hemd verbergen. In ihrer Konkretheit haben sie etwas Tröstliches. Doch dann drängt sich schon wieder die unangenehme Erkenntnis auf: Nach all den Jahren hat wirklich er, Gryszinskis Sohn, diese machtvollen Pläne in seinen Besitz gebracht. Aber jetzt sollen sie völlig wertlos sein. Schon löst ihre Bedeutung sich wieder auf, wie sein ganzes Dasein.

Eine Stunde voller verzweifelter Gedanken später schließt Fritz die Tür zu seinem dunklen Zimmer auf. Wie immer vergewissert er sich zunächst, ob der geheime Brief noch in seinem Versteck ist. Er ist noch da. Fritz steckt ihn nicht wie sonst gleich wieder weg, sondern wiegt den Umschlag in der Hand, streicht mit den Fingern über das Siegel. Er nickt vor sich hin. Schluss mit der Ungewissheit. Er wird das Siegel brechen müssen oder den Umschlag einfach seitlich aufschlitzen, in beiden Fällen kann dann jeder sehen, dass er den Brief geöffnet hat, aber es ist ihm mittlerweile egal.

Er atmet tief ein und öffnet den Umschlag.

Darin befinden sich mehrere Dokumente. Er zieht sie heraus. Ein erstickter Schrei lässt ihn zusammenfahren. Erst nach ein paar Sekunden begreift er, dass der Laut aus seinem eigenen Körper kam. Voller Entsetzen starrt er auf das, was er nun in Händen hält. In dem Umschlag befindet sich keine geheime Nachricht, kein Brief. Sondern Ausweispapiere. *Seine* Papiere. Sein Pass und sein Soldbuch. Die ihn zweifelsfrei als deutschen Offizier identifizieren. Fassungslos starrt Fritz auf die Photographie, die ihn selbst zeigt. Darunter sein Name: Leutnant Friedrich Freiherr von Gryszinski. Es sind die Dokumente, die er Bocksnick zur Verwahrung in Verdun überlassen hat.

Schwer atmend lehnt er sich zurück und überlegt. Das Offensichtliche ist eben doch oft die Wahrheit, hat sein Vater ihm einmal gesagt. Der Mann, der jeden Tag den geheimen Briefkasten leert und dessen Inhalt dann in die französische Botschaft bringt, das ist kein deutscher Doppelagent. Sondern schlicht ein französischer Agent. Nach Bocksnicks Befehl also sollte Fritz mitten in Russland einem Franzosen persönlich jene Dokumente aushändigen, die ihn als deutschen Spion ausweisen. Es kommt einem Todesurteil gleich, das er selbst seinem Henker überreicht hätte.

»Nein«, sagt Fritz laut in den Raum hinein. Die Wände mit den schmutzigen Tapeten blicken unberührt zurück.

Er springt auf und greift seinen kleinen Koffer. Verbirgt seine deutschen Papiere in dem Geheimfach im Futteral. Wirft zwei Hemden zur Tarnung hinein, klappt das Köfferchen zu. Seine gefälschten Schweizer Papiere sind in der Innentasche seines Jacketts, sodass sie bei einer Durchsuchung sofort entdeckt werden. Die Pläne … Was soll er mit den Plänen machen? Sie bleiben dort, wo sie sind, unter seinem Hemd, entscheidet er. Sollte ihn jemand ernsthaft durchsuchen wollen, wird er rennen. Er setzt seinen Hut auf und verlässt das Hotelzimmer, ohne zurückzublicken. Läuft durch das enge Treppenhaus nach unten, an der leeren Rezeption vorbei. Tritt auf die Straße hinaus.

Und dort steht der französische Agent, dem er vorhin gefolgt ist. Steht dort und blickt ihm ruhig entgegen. Er hält eine Pistole in der Hand, die er ohne Eile auf Fritz richtet. Der Franzose tritt auf ihn zu und greift nach seinem Arm.

»*Bonsoir*. Sie kommen jetzt mit mir.«

Fünfter Teil: Endstationen

52.

München, 1896

»Es wurde wohl doch eine unerwartet große Sache, Gryszinski.« Welser seufzte und ließ nachdenklich den Cognac in seinem Glas hin und her schwappen.

Der Polizeidirektor und sein wichtigster Ermittler saßen an ihrem angestammten Tisch im Café Luitpold, wie zu Beginn der Geschichte. Wieder beschlich Gryszinski das eigentümliche Gefühl, dass die letzten Wochen gar nicht passiert wären, ihm entglitten zusehends all die Eindrücke und Details ihrer Reise. Auch die letzten Tage, in denen sie nach Bocksnicks überstürzter Abreise vergebens nach handfesten Beweisen seiner Schuld gesucht hatten, erschienen ihm bereits verschwommen. Lediglich die Müdigkeit, die sich in ihm ausgebreitet hatte, zeugte von den vergangenen Strapazen.

Welser stellte sein Glas ab und beugte sich vor. »Ich muss Ihnen nun leider sagen, Major, dass Sie die Arbeit an dem Fall – oder den Fällen – einstellen müssen.«

Gryszinski glaubte, sich verhört zu haben. »Pardon, Sie meinen doch nicht …«

Der Polizeidirektor unterbrach ihn, hob seine Hand und zählte an den Fingern ab: »Fouqué bleibt spurlos verschwunden, und es gibt weder eine Leiche noch andere Anhaltspunkte zu seinem Verbleib. Der Russe wurde in Petersburg erstochen, das ist nicht unsere Sache. Und der Hummert, nun, da werden keine neuen Spuren mehr auftauchen. Sie werden sich ab jetzt anderen Fällen zuwenden müssen.«

Und so wurden die Akten zu den Fällen Hummert, Fouqué und Baranoff geschlossen. Man sammelte alles ein, sortierte die dokumentierten Spuren, Befragungen und Hinweise in mehrere Mappen und verstaute diese irgendwo in der Schrammerstraße. Und da niemand mehr nach diesen Unterlagen fragte, packte Gryszinski eines Abends alles zusammen und nahm die Mappen mit nach Hause. In der ersten Zeit saßen die Gryszinskis oft abends auf ihrem Diwan und gingen die Akten immer wieder durch, beide von dem Verlangen getrieben, endlich den einen Beweis zu finden, der Bocksnick entlarven würde. Doch es war wie verwunschen. Als würde Hummerts Erfindung auch die Zeichen in den Mappen manipulieren, verwischen und verzerren, wollte sich niemals ein klarer Beweis aus all den Fakten herausbilden.

Die Jahre vergingen, das Jahrhundert endete und machte einer neuen Zeit Platz, gefährlicher, zwieträchtiger und weniger sorglos als die Jahre, in denen Wilhelm und Sophie jung gewesen waren. Die Papiere in den Akten knitterten, wurden dünner und blasser. Die Mappen wurden müde, aber sie warteten dennoch geduldig.

Längst hatte Fritz den Platz seiner Mutter bei den abendlichen Mappensitzungen eingenommen. Die Rätselhaftigkeit des ungelösten Falls packte auch ihn, und Vater und Sohn konnten stundenlang einander die Vernehmungsprotokolle vorlesen und die Listen mit den Indizien am Tatort zerlegen. Es waren lustvolle Sektionen bei Marmeladentee. Natürlich ahnte Gryszinski niemals, in welcher Weise sein Fritzi eines Tages in die Sache verwickelt werden würde. Sonst hätte er ihm alles erzählt. Doch das tat er nicht. All die Jahre über verschwieg er, dass er Georg von Bocksnick für den Mörder hielt, ihn vernehmen und verhaften wollte. Er verschleierte diesen Teil der Geschichte wohl, um Fritzens Gedankengänge nicht zu beeinflussen. Hauptsächlich aber tat er es aus Scham. Weil er den Hauptverdächtigen nicht hatte festhalten können, weil er ihn nicht endgültig überführt hatte.

Und so konnte Fritz niemals wissen, dass der General, mit dem er so angenehme und freundliche Stunden in Verdun verbringen sollte, der ärgste Feind seines Vaters war.

53.

Petrograd, 1916

Der Franzose schweigt, während er dicht neben Fritz durch die schlafenden Straßen läuft. Fritz spürt die Mündung der Pistole an seinem Rücken. Sie laufen zum Fluss, einem der ruhigeren Nebenarme der Newa, und er vermutet, dass sein Begleiter ihn auf einer Brücke erschießen und dann ins schmutzige Wasser stoßen will. Am Ende einer Häuserflucht kann er bereits die schwarze Oberfläche des Gewässers ausmachen, auf der sich der Schein des Mondes spiegelt.

Plötzlich kommt Bewegung in ihre Umgebung. Stimmen werden laut, Frauen in weißen Schürzen rennen umher. Sie kommen an einem Lazarett vorbei, das in einem Wohnhaus eingerichtet wurde. Die Türen des Gebäudes stehen weit offen, denn eben trifft ein Krankentransport ein. Fritz hört ein lautes Stöhnen, besänftigende Worte der Krankenschwestern, jemand murmelt im Fieberwahn. Dann ein lauter russischer Fluch: Fritz und der Franzose stehen im Weg, zwei Sanitäter wuchten eine Trage zum Eingang. Rasch springen sie zur Seite.

Eine bessere Gelegenheit wird es nicht geben, und Fritz nutzt sie. Blitzschnell rempelt er den französischen Agenten an, der vor Überraschung ins Straucheln gerät. Und dann rennt er.

Er hört den Agenten auf Französisch brüllen: »Haltet ihn! Ein deutscher Spion!«

»Espion!«, hallt es zwischen den Häuserwänden. Ein Schuss knallt.

Fritz wirft sich zur Seite, während die Kugel neben ihm einschlägt. Er rappelt sich hoch, schlägt Haken. Obwohl er abgemagert und erschöpft ist, gibt die Todesangst ihm die nötige Kraft. Den Rufen nach zu urteilen haben sich dem Franzosen nun mehrere Russen angeschlossen, vermutlich die Sanitäter. Fritz rennt und rennt, dabei die schnurgeraden Straßen verfluchend, die keine Kurven machen, hinter denen man verschwinden könnte.

Und dann steht er plötzlich wieder auf dem Newski Prospekt. Die ewigen Lichtlein lassen die sanft lächelnden Ikonen aus dem Schatten schimmern. Hier ist es auch zu dieser späten Stunde belebt. An einer Kreuzung findet immer noch eine Kundgebung statt. Fritz zieht den Hut tief ins Gesicht und stellt sich zwischen die Demonstranten, um ein wenig zu Atem zu kommen. Lang kann er hier nicht bleiben. Wenige Minuten später eilt er weiter, jetzt nur noch im Laufschritt, um nicht allzu sehr aufzufallen. Seine Verfolger hört er nicht mehr.

Direkt vorm Hotel Europe stößt er mit einer Person zusammen. Er will schnell weiterlaufen, doch da zischt plötzlich jemand erschrocken seinen Namen.

Fritz zuckt zusammen und sieht hoch. Vor ihm steht der Maler Wassily Kandinsky.

»Fritz?«, flüstert Kandinsky noch einmal und betrachtet ihn erschrocken. »Was um alles in der Welt machst du hier?« Er spricht Französisch, nicht Deutsch, die mittlerweile verbotene Sprache des Feindes.

Ungläubig starrt Fritz zurück. Er wusste, dass Kandinsky nach Russland zurückgekehrt ist, aber dass er ausgerechnet heute in Petrograd ist, und genau jetzt hier auf die Straße tritt, erscheint ihm schicksalhaft.

»Keine Zeit für Erklärungen«, flüstert Fritz. »Verstecken Sie mich! Bitte!«

In diesem Moment werden die Rufe des Franzosen und der Russen lauter. »Spion, Spion«, schreien sie. Würden sie »Mörder« schreien, Kandinsky könnte nicht erschrockener aussehen. Entsetzen macht sich auf seinem Gesicht breit, aber auch Mitleid. Er sieht Fritz eindringlich in die Augen. »Ich kann dich nicht verstecken.«

»Doch, bitte! Sie werden mich umbringen!«

Kandinsky schüttelt traurig den Kopf. Erst jetzt bemerkt Fritz, dass der Maler ein Fahrrad bei sich hat, das er mit der rechten Hand festhält. Es ist blau, wie Kandinskys Trambahn, die als Märchenluft durch Münchens Straßen zieht.

»Dann geben Sie mir das.« Fritz zeigt auf das Fahrrad.

Jetzt zögert der Maler nicht lang. Er nickt und reicht es ihm. »Viel Glück«, flüstert er, dann zieht er sich hastig zurück.

Die zornigen Rufe kommen näher, aus dem Augenwinkel meint Fritz bereits die Mündung der Pistole blitzen zu sehen.

Fritz springt auf Kandinskys blaues Fahrrad und tritt in die Pedale. Kurz darauf ist er in der Dunkelheit der Stadt verschwunden. Eine leise Flötenmelodie, unterstrichen vom tiefen Klang des Cellos, liegt wie Dunst auf den Straßen.

54.

München, 1906

An einem dieser Abende bei den müden Mappen, daran erinnerte Fritz sich später öfter, klappte er mutlos eine der Akten zu. Gedankenverloren untersuchte er mit der Lupe des Vaters seine Hand, betrachtete die zarten Linien seiner Haut, das enigmatische Gewirr der Papillarleisten auf seinen Fingerkuppen.

»Was, wenn wir den Fall niemals lösen, Papa?«, fragte Fritzi und ließ sich in die Kissen auf dem Diwan fallen.

Gryszinski lächelte fein. »Die Wahrheit kommt immer zutage. Sie ist wie ein Gas, das beständig noch oben steigt. Vielleicht wirst auch du eines Tages dafür sorgen, dass es freikommt.«

Dann lehnte er sich zurück in seiner ganzen väterlichen Schläue. Sophie, die eben im Türrahmen erschienen war, schüttelte nur milde den Kopf über seine Phrasendrescherei. Dabei sollten sich Gryszinskis gemütliche Weisheiten eines Tages als geradezu prophetisch erweisen.

55.

Parikkala, 1916

Es hat wohl drei oder vier Tage gedauert, so genau weiß Fritz es nicht mehr. Das rhythmische Treten der Pedale und die rotierenden Gedankenfetzen waren alles, was er in den letzten ungezählten Stunden wahrgenommen hat. Eine Trennung von Körper und Gedanken, sonst hätte er die Strecke nicht bewältigen können. Er hat nur angehalten, um aus fremden Brunnen zu trinken. In irgendeinem russischen Dorf war Markt, da ist er so schnell er konnte durchgerast und hat im Fahren zwei Brote von einem Stand gerissen, die waren sein Proviant.

Jetzt sitzt er auf einer Bank, ein weiterer winziger Bahnhof. Er streckt vorsichtig seine schmerzenden Beine. Kandinskys blaues Fahrrad lehnt neben ihm, mit einer Hand hält er es fest umklammert. Das Ortsschild über seinem Kopf sagt, dass er in Parikkala ist – Finnland. Er hat es geschafft. Zwar gehört Finnland zu Russland, doch das Land strebt nach Autonomie und beteiligt sich nicht am Krieg. Wenn er sich unauffällig verhält und weiter mit seinen Schweizer Papieren reist, wird ihn hoffentlich niemand behelligen. Die Luft ist kühl, aber ein warmer Sonnenschein streichelt sein Gesicht. Er schließt die Augen. Irgendwann wird ein Zug kommen. Wann, ist ihm egal, er kann warten.

»Sieh mal an. Leutnant Gryszinski. So trifft man sich wieder.«

Fritz zuckt zusammen. Das kann nicht sein. Er öffnet die Augen.

Vor ihm steht Georg von Bocksnick.

»Wie haben Sie mich gefunden?«, fragt Fritz mit rauer Stimme, nachdem er den General eine ganze Weile angestarrt hat, um schließlich doch zu akzeptieren, dass dieser hier ist.

Mit einem amüsierten Gesichtsausdruck nimmt Bocksnick neben ihm auf der Bank Platz. Sobald er sitzt, lüftet er sein Jackett, damit Fritz das Holster sehen kann, das er darunter trägt. Seelenruhig zieht Bocksnick die Pistole daraus hervor, entsichert sie und hält sie locker in der Hand. Erst dann spricht er. »Junge, ich bin schon so lange Spion, ich beherrsche meine Kniffe.«

Fritz nickt vor sich hin. »Ja, natürlich.«

»Ich bin tatsächlich etwas beeindruckt, dass Sie es bis hier geschafft haben.« Bocksnick hält die Pistole nun fester und zielt damit auf Fritz. »Aber nun geben Sie mir die Pläne.«

»Erst geben Sie mir ein paar Antworten.« Fritz spürt, wie er immer ruhiger wird.

»Ganz der Vater.« Ein kurzer Moment heftigen Zorns verzieht Bocksnicks Gesicht, doch dann blickt er Fritz wieder mit dieser Güte an, die ihre ersten Gespräche in Verdun getragen haben. »Nun, Sie sollen nicht unwissend sterben.«

Obwohl die letzten Worte ihn erschrecken, deutet Fritz eine kleine Verbeugung zum Zeichen des Danks an, eine Geste, die tief aus den Traditionen seines adeligen Elternhauses kommt.

Bocksnick antwortet mit einem gravitätischen Nicken. Sein Blick fixiert einen ungewissen Punkt in der Ferne, während er redet. »Seit etwa fünfundzwanzig Jahren bin ich nun Doppelagent. Ich habe Karriere als deutscher Offizier gemacht, aber ich arbeite für die Franzosen. Meine Mutter, die früh gestorben ist, war Französin. Ihr bin ich verpflichtet.«

Er macht eine kurze Pause und betrachtet Fritz, der seine Entgeisterung irgendwie aus dem Gesicht wischt, damit Bocksnick nicht aufhört zu erzählen. »Als Fouqué zu seiner Reise nach München aufbrach, bat mich das Deutsche Außenministerium, ihn im Auge zu behalten. Obwohl er Franzose war, mochte ich Fouqué nicht. Er verfügte über keinerlei Selbstbeherrschung. Er trank, spielte und gab sein ganzes Geld für Frauen aus, die sicherlich keine Damen waren. Eines Tages besuchte der deutsche Erfinder Alfons Hummert Fouqué in seiner Suite. Wie wir später erfuhren, konnte das russische Paar Baranoff ihr gesamtes Gespräch durch den Lüftungsschacht belauschen. Doch auch ich konnte jedes Wort hören, denn ich bewohnte das Zimmer direkt neben dem von Fouqué und verfügte schon damals über einige hochwertige Stethoskope. Ich habe Hummert damals nicht gesehen, doch seine Schilderungen der Technik reichten mir, ich wollte diese Pläne unbedingt beschaffen und persönlich nach Paris bringen. Hummert nannte seine Adresse während seiner Unterredung mit Fouqué, also fuhr ich damals wiederholt zu seinem Haus, doch ich traf ihn erst beim dritten oder vierten Mal an. Es war ein sehr ungünstiger Zeitpunkt.«

»Wieso?«, fragt Fritz gespannt, nachdem Bocksnick plötzlich in nachdenkliches Schweigen verfallen ist.

»Hummert war eben erst nach Hause gekommen«, spricht Bocksnick langsam weiter. »Und er war völlig außer sich. Kurz zuvor nämlich war jemand in sein Haus eingebrochen, hatte alles durchsucht und schließlich die Pläne gefunden und gestohlen. Die Baranoffs, wie ich später erfuhr. Nun hatte ich Hummert zuvor nicht gesehen, aber als ich sein Haus betrat, erkannten wir einander sofort.« Bocksnick seufzt. »Auch Hummert hatte schon des Öfteren für die Franzosen gearbeitet. Allerdings war er kein Doppelagent, sondern arbeitete einfach immer für den Höchstbietenden. Ein Söldner. Diese Lebensweise hatte ihn allerdings ziemlich paranoid werden lassen, da er zu keiner Seite eindeutig gehörte. Wir waren uns einst im Zusammenhang mit einer seiner anderen Erfindungen in Paris begegnet, bei einem geheimen Treffen. Als er mich nun sah, wurde er regelrecht hysterisch. Meinte, ich hätte ihm die Pläne gestohlen, um Fouqué zu übertrumpfen. Er steigerte sich völlig in die Sache hinein, drohte, obwohl das ja eine Dummheit gewesen wäre, auf der Stelle zum Preußischen Gesandten zu gehen und mich zu enttarnen. Nun ja, die Sache eskalierte, und ich zog ihm mit einem seiner Telephone eins über.«

Fritz schaudert, als er sich klarmacht, mit welch entschlossener Brutalität dieser angeblich reflexhafte Schlag ausgeführt worden sein muss. Bocksnicks Leben erscheint ihm als ein ständiges Wandeln in trüben Grauzonen, immer geht es darum, Geheimnisse zu wahren, Tarnungen nicht auffliegen zu lassen. Lügen, Täuschen, Flüstern. Und dann ein plötzlicher Einbruch von Gewalt, der auch sofort wieder vertuscht werden muss. »Und Fouqué?«, fragt er.

»Ja, Fouqué.« Bocksnick grinst höhnisch. »Dieser Unglücksrabe. Er kam genau in dem Augenblick dazu, als Hummert sich ein letztes Mal im Todeskampf aufbäumte. Auch er war sofort völlig hysterisch. Ich habe an diesem Tag Handschuhe getragen, doch er nicht. Ich nahm seine Hand, tauchte sie in die Blutlache, zerrte Fouqué hoch. Er wehrte sich, doch es gelang mir, einen seiner Finger gegen den Türrahmen zu drücken. Dann drohte ich ihm, ihn als Mörder Hummerts hinzustellen, mehr noch, ich würde behaupten, dass er ein Spion der Deutschen sei. Er wusste nichts von meiner geheimen Identität. Aber er wusste sehr wohl, was seine Landsleute mit den Spitzeln der Deutschen machten. Dreyfus war erst ein Jahr zuvor durch Paris gejagt und dann verbannt worden. Fouqué hatte schreckliche Angst. Ich befahl ihm, vollständig zu verschwinden. Das tat er. Hals über Kopf ist er davongerannt. Ist nicht mal ins Hotel zurückgekehrt, um seine Papiere und Habseligkeiten zu holen. Er ist untergetaucht und hat sich nach Paris durchgeschlagen, wo er mir immer wieder sehr gute Dienste erweist. Bis heute habe ich ihn in der Hand.« Er wirft Fritz einen verschlagenen Blick zu, und der begreift.

»Es war kein Zufall, dass ich Fouqué in Paris begegnet bin.«

Bocksnick lacht, es klingt hässlich. »Nein, sicher nicht. Er sollte dafür sorgen, dass Sie die nötige Motivation erhalten, auch wirklich nach St. Petersburg zu gehen. Er hat Ihnen seine Theorie vom Untergang der *Lusitania* erzählt? Hat behauptet, Hummerts geheime Technik wäre für diese Tragödie verantwortlich? Danach mussten sie einfach nach Russland gehen, um die Wahrheit herauszufinden, nicht wahr? Für Ihren Vater. Den schlauen Major Wilhelm Freiherr von Gryszinski.« Er starrt Fritz mit solch wildem Hass an, dass der zurückweicht.

»Ich verstehe nicht ganz … Was ist denn mit meinem Vater?«

»Ihr Vater hat mein Leben zerstört!« Bocksnick brüllt diesen einen Satz. Er hallt über den einsamen Bahnhof. »Er war der Einzige, der begriffen hatte, dass ich Hummert und Baranoff umgebracht habe. Nur darin, was Fouqué betraf, hat er sich getäuscht, und auch, was mein Motiv anbelangte. Doch wenn ich nicht fortgegangen wäre, hätte er alles herausgefunden.«

»Baranoff auch?« In Fritzens Kopf dreht sich alles. Sein Vater hat ihn nie vollends eingeweiht, warum nicht?

»Selbstverständlich. Diese dreisten Russen! Als Ihr Vater telegraphierte, dass er in St. Petersburg die Pläne sichern würde, bin ich sofort selbst dorthin gereist. Sergeij Baranoff überraschte mich, als ich seine Suite durchsuchte. Ich musste ihn erstechen. Doch danach musste ich fliehen. Erst aus Russland, dann aus Deutschland. In all den Jahren gab es keine Möglichkeit für mich, an die Pläne heranzukommen. Bis Sie mir unverhofft in Verdun über den Weg liefen. Sie haben mich zu den Plänen geführt. Mit ein wenig Starthilfe von Fouqué und Bassanet.«

Fritz reißt die Augen auf. »Jules Bassanet?«

»Glauben Sie vielleicht, das ist einfach so aus dem Nichts geschehen, dass Sie Bassanet in Paris wiederbegegnet sind, nachdem Sie es dank seiner Papiere dorthin geschafft hatten? Er sollte Sie zu Fouqué bringen. Madame Bernard hat Sie übrigens ebenfalls in meinem Auftrag überwacht. Und die Gegenstände in Ihrem Zimmer umgestellt, um Sie ein wenig zu zermürben.« Jetzt lacht Bocksnick so laut, dass seiner Nase das hässliche Schnauben entweicht, bisher hatte er es unter Kontrolle.

In Fritz arbeitet es, er versucht, alles zu verstehen, kann aber kaum etwas begreifen. Er denkt an die vielen einsamen Wochen in Paris, in denen er nur gewartet hat und darüber fast wahnsinnig geworden ist. Offenbar ist ihm dies alles widerfahren, weil es Bocksnick ein sadistisches Vergnügen bereitet hat. Diese Erkenntnis verwirrt ihn zutiefst. Und da ist noch etwas, was ihm nicht klar ist. »Was ist mit Mimi?«

»Wer?«, fragt Bocksnick verständnislos zurück.

Ein unerwartetes Glücksgefühl durchfährt Fritz. Mimi war keine Agentin, ihre Gefühle für ihn sind aufrichtig gewesen!

»Nun haben Sie alles erfahren«, unterbricht Bocksnick seine frohen Gedanken. Schlagartig kehrt Fritz in die Gegenwart zurück. Der andere richtet wieder die Waffe auf ihn. »Jetzt händigen Sie mir die Pläne aus, Leutnant.«

Langsam, um keine falsche Bewegung zu machen, zieht Fritz die Mappe mit den Plänen unter seinem Hemd hervor und reicht sie Bocksnick. »Sie sind wertlos«, erklärt er trotzig. »Es fehlen einige Papiere, die Hummert offenbar damals nicht in seinem Haus gehabt hat.«

Bocksnick greift nach den Plänen. Ein triumphierendes Schnauben entfährt ihm. »Ja, so etwas habe ich mir gedacht, nach all den Jahren«, sagt er leichthin. »Trotzdem sind diese Pläne legendenumwittert in Agentenkreisen. Ich werde sie in Umlauf bringen, überall, und behaupten, dass der jeweilige Feind die Technik bereits hat und einsetzt.« Er lacht bitter auf. »Meine ganze Arbeit für die Franzosen hat mir auch nichts gebracht. Sie haben mich fallen lassen. Aber nun beginnt meine Rache, mein Junge. Sobald ich die Falschmeldung verbreitet habe, wird jeder glauben, dass alle Funksprüche manipuliert sind. Jeder Feind und jeder Verbündete. Niemand wird mehr wissen, was wahr ist und was nicht. Und diese Welt wird endlich im totalen Chaos versinken.«

Fritz starrt ihn an. Erst jetzt begreift er das Ausmaß des Wahnsinns, dem Bocksnick verfallen ist.

»Aber die schönste Rache, die kommt jetzt gleich. Stehen Sie auf.« Bocksnick erhebt sich und bedeutet Fritz, es ihm gleichzutun. »Sie können das hier ruhig persönlich nehmen, denn das ist es.« Bocksnick grinst. »Ganz und gar persönlich. Als ich Sie in Verdun traf, dachte ich mir: Das muss Schicksal sein. Sie könnten die Pläne beschaffen. Und ich könnte endlich Genugtuung erlangen. Denn Sie sind Gryszinskis Sohn!« Bocksnick hebt die Pistole und drückt die Mündung auf Fritzens Stirn. »Ihr Vater hat mir den einzigen Menschen genommen, den ich jemals geliebt habe, meine Verlobte Anna. Dafür töte ich nun sein einziges Kind.«

56.

Irgendwo hinter Parikkala, 1916

Keine halbe Stunde später sitzt Fritz auf Kandinskys blauem Fahrrad und radelt durch eine finnische Seenlandschaft. Er ist noch immer etwas durcheinander, aber die gleichmäßige Bewegung auf dem tief tönenden Rad beruhigt ihn. So ganz versteht er selbst nicht, was eben geschehen ist, und er bemerkt bereits, wie er es von sich schiebt und umschreibt zu einer Geschichte, die ihm besser gefällt als die nackte Wahrheit: dass genau zu dem Zeitpunkt, als Bocksnick ihm in den Kopf schießen wollte, ein einsamer Zug einfuhr, woraufhin Fritz dem überraschten General die Pläne mit der einen Hand entriss und ihn mit der anderen Hand auf die Schienen stieß. Die schönere Geschichte erzählt, dass sein Vater ihm den Zug geschickt hat, einen Zug voller glitzernder blauer Märchenluft, mit der Kraft eines Riesenhais, der seinen Feind mit einer einzigen schnellen Bewegung verschlang.

An einem einsamen See, dessen Name Fritz nicht weiß, hält er an. Er zieht seine Schuhe aus, krempelt die Hosenbeine hoch. Dann watet er ein Stück in das kalte Wasser, das still und unendlich vor ihm liegt. Wie in einem optischen Trick spiegeln sich die Wolken auf der Oberfläche, als wäre die Erde der Himmel. Was ist falsch und was ist echt? Fritz holt weit aus und wirft die Mappe mit den Plänen so weit er kann den Wolken entgegen. Mit einem leisen Plätschern versinken die Papiere im Wasser. Oder im Himmel. Dann sind sie für immer verschwunden.

Fritz steigt wieder auf das blaue Fahrrad und tritt in die Pedale. Dieses Mal mit mehr Ruhe. Er kurvt durch eine einsame Landschaft. Die Welt liegt immer noch im Krieg, und er ist von seinen Verpflichtungen nicht entbunden. Es ist eine unsichere Zukunft, die vor ihm liegt. Er hat beschlossen, noch eine Weile so zu radeln. Irgendwann wird er einen weiteren Zug besteigen, um über Schweden und die Ostsee zurück nach Zürich zu reisen (nicht ahnend, dass wenige Monate später neunzehn Bolschewiki, darunter ein gewisser Lenin, dieselbe Strecke nehmen werden, nur eben in die entgegengesetzte Richtung). Es wäre korrekt, sich direkt in Berlin zu melden, aber er möchte in die Schweiz, um dort nachzudenken und Klarheit zu gewinnen. Denn er will im Moment nichts mehr als einen klaren Plan: Geht er zurück in die Schützengräben? Wagt er es noch einmal und reist heimlich zu Mimi nach Paris? Oder versteckt er sich doch in der Schweiz?

Während er weiterfährt, kehren die Schnipsel der Vergangenheit in seinen Kopf zurück. Sichere Erinnerungen, die bleiben und nicht mehr geändert werden können, auch wenn er manches erst jetzt erfahren hat. Begleitet von einer Melodie, die tief und warm auf den Seen und Wäldern liegt. Und sich schließlich auflöst im Schimmer der blauen Luft.

Historische Notiz

Was in Wirklichkeit aus der riesigen Elefantenfigur wurde, die im ehemaligen Garten des *Moulin Rouge* stand, konnte ich nicht ermitteln.

Ob Wassily Kandinsky jemals ein blaues Fahrrad besaß, entzieht sich leider meiner Kenntnis.